Des Königs Gunst und Gnade

- Mord am Königshof -

Der 24. des Monats Dezember, im Jahre 1074 nach Fleischwerdung des Herrn

Es war keine gute Zeit zum Reisen. Durch die knochigen Bäume, die die verlassene Straße ins Elsass säumten, strich an diesem Wintertag im Jahre des Herrn 1074 ein eisiger Wind. Unter seiner Strenge krächzten und stöhnten die kahlen Äste, als trügen sie das Elend der letzten Jahre in ihren Kronen.
Aber wann war je eine gute Zeit gewesen? fragte sich Ida.
Das Poltern einiger Karren kam näher und allmählich übertönte es den Wind. Unter diesen Lärm mischte sich Hufgeklapper und das Schnaufen dutzender Pferde. Träge bewegte sich eine kleine Reisegesellschaft die Straße entlang. Man konnte sie hören, noch bevor sie zu sehen war.
Bäume, Sträucher und Wege waren hauchzart mit Schnee bedeckt. Ein eisiger Frost hatte das Land seit Tagen in seinem strengen Griff gehalten und so war es zu kalt gewesen, als dass sich eine dicke Schneedecke auf Wälder, Felder und Flur hätte niederlegen können. In Mäntel eingehüllt saßen die Reiter zusammengesunken auf ihren Rössern. Auf einem der Holzkarren, die sie mit sich führten und der von einem einzelnen Packpferd gezogen wurde, hockten Ida und der Junge, so eng aneinander geschmiegt, dass ihre Silhouetten miteinander verschmolzen. Stumm ertrugen sie Kälte und Angst, gedankenverloren schickte die kleine Frau auf dem Karren ihrer Schutzheiligen manch besorgtes Gebet
Heilige Kunigunde stehe uns bei auf dieser Fahrt. Du, meine gute Freundin und Fürsprecherin.
Ida hatte keine Vorstellung davon, wie lange sie schon unterwegs waren.
Bei Sonnenaufgang waren sie in der Stadt Breisach aufgebrochen und hatten sich auf den weiteren Weg gemacht nach Straßburg. Im Hause eines Dienstmannes des edlen Herzogs von Kärnten hatten sie für die Nacht Herberge genommen, denn wenn sie auch die Gäule zu einem schnellen Tritt antrieben, so war die Reise nicht an einem Tag zu schaffen. Zu jeder anderen Zeit des Jahres wäre es ein Leichtes gewesen, auf dem mächtigen Rheinstrom von Rheinfelden direkt hinunter zu reisen in die Bischofsstadt. In den vergangenen Wochen, in denen ein gnadenloser Frost das Land im Würgegriff hielt, war der Fluss jedoch gefroren und die Reisenden mussten den umständlichen Landweg nehmen.

Obwohl der Trupp, der sich dort auf der holperigen Straße vorwärts kämpfte, zahlenmäßig klein war, war er dennoch nicht unbedeutend.
Herzog Rudolf von Schwaben aus dem edlen Geschlecht derer von Rheinfelden war gemeinsam mit seiner Familie aufgebrochen. Während sein junges Weib Adelheid neben ihm ritt, hockte sein Sohn Berthold zusammen mit der Kinderfrau Ida auf dem Karren. Begleitet wurde die Reisegesellschaft von einem knappen Dutzend berittener Krieger und einigen Pferdeknechten.
Seit Stunden drückte Berthold seinen dünnen, schmächtigen Körper fest an Idas Schulter. Es strengte die Frau an, dem Drängen des Jungen nicht nachzugeben, sondern aufrecht sitzen zu bleiben. Ihre Hüfte schmerzte mehr als sonst, sie wußte kaum mehr, wie sie ihr verkrüppeltes Bein strecken sollte auf dem harten Boden des polternden Karrens.
Achtsam horchte sie auf den Jungen und spürte, wie er lautlos in sich hinein weinte. Ida umfaßte seine langen, schmalen Hände und versuchte, sie warm zu reiben. Der Wind hatte im Verlauf des Tages aufgefrischt und zerrte nunmehr immer ungestümer an ihrem Mantel, den sie sich fest über den Kopf gezogen hatte.
„Will nicht mehr fahren. Berthold ist kalt und will schlafen."
Ida strich dem Jungen über den Kopf.
„Still, Berthold, sei ein guter Junge und schweig."
„Nein, Berthold ist kein guter Junge. Ich will hier weg. Hier ist es unheimlich. Mir ist kalt und ich habe Angst."
Trotzig hatte sich der Sohn Rudolfs von Schwaben aufgerichtet und Ida die wütenden Worte entgegen geschleudert. Die schaute eilig hinüber zum Herzog, ob dieser den Aufschrei seines Sohnes bemerkt hätte, doch der Fürst blieb ohne Reaktion. Bewegungslos verharrte er auf seinem Ross, in sich zusammengesunken, den Blick starr gradeaus gerichtet.
„Sei still, Berthold, willst du, dass dein Vater dich so reden hört?"
Die Warnung vor dem strengen Mann blieb nicht ohne Wirkung. Verängstigt kauerte Berthold neben Ida und weinte wieder stumm, den Kopf in ihrem Schoss gebettet.

Die Reise Marias nach Bethlehem, als sie unseren Herrgott unterm Herzen trug, kann nicht beschwerlicher gewesen sein, kam es Ida in den Sinn.
Sie war noch ein kleines Mädchen gewesen, als Pater Hermann ihr vom Jesuskind erzählt hatte, von der wundersamen Geburt im Stall, von den Hirten und von der Jungfrau Maria. Jedes Jahr am Feste der Geburt des Herrn, nachdem in der kleinen Kapelle am Ufer des Rheins die Messe gefeiert worden war und die Familie der Rheinfeldener bei einem festlichen Mahl oben in der Burg Stein beisammen saß, hatte der Geistliche sie zur Seite genommen und ihr vom Licht erzählt und von der Hoffnung, die mit Jesus in die Welt gekommen war.
Nun war es wieder soweit. Morgen würden sie die Geburt Jesu feiern. Der Gedanke an Pater Hermann zauberte ein kurzes Lächeln auf Idas Gesicht.
Der Geistliche wartete in der Bischofsstadt Straßburg auf sie und gemeinsam würden sie während der Messe den Gesängen des Domkapitels lauschen, würden die prächtige Prozession der Priester vor dem Altar bestaunen und die festlichen lateinischen Worte vernehmen, die die Ankunft des Heilands verkündeten.
Hermann führte nunmehr als Domherr ein angenehmes Leben. Vor Monaten hatte er den Herzog auf der Burg Stein besucht und dabei eine Botschaft seines Bischofs überbracht. Ida hatte nicht schlecht gestaunt, wie gut es dem alten Freund als Mitglied des Straßburger Domkapitels wohl zu ergehen schien. Sein Bauch war noch runder und sein Hals noch dicker geworden. Er hatte ihr von der großen Stadt berichtet, von seinem prächtigen Haus mit vielen Bediensteten, von einer Küche, in der das Herdfeuer nie zu erlöschen schien und von der gewaltigen Kirche. Ida konnte den Anblick des Münsters, dessen Größe und Ausmaß die Leute ein Wunder nannten, kaum erwarten.
Der Gedanke daran war ihr ein guter Trost. Dagegen nahm ihr die Vorstellung, bald dem Hofstaat des Königs und seinen zahllosen hochgeborenen Gästen begegnen zu müssen, beinahe den Atem. Der Ruf des Königs war an die Großen des Reichs ergangen. Mit ihnen zusammen, mit seinen Fürsten, den hohen Geistlichen, den Rittern und Herren des Reichs wollte Heinrich die Geburt des Heilands feiern, aber auch Hoftag halten und beraten, wie es im Reich zugehen solle. Ob Krieg ausgerufen werden müsste gegen die aufständischen Sachsen oder Frieden gehalten werden könne mit allen Feinden der Krone.

Das eiserne Band der Angst legte sich wieder einmal eng um ihre Brust, schnitt sich ins Fleisch und drückte ihren Leib zusammen, dass ihre Sinne ihren Dienst versagten und ihr beinahe Schwarz vor Augen wurde. Wie vertraut war ihr doch diese Last, die sie erstarren ließ. Nur die Gedanken in ihrem Kopf wirbelten durcheinander.
Die Bilder von frohen Festen und geschmückten Menschen, die ausgelassen feierten, drängten sich in ihre Gedanken.
Sollte sie sich freuen auf die vornehmen Gäste oder sich vor ihnen und ihrem Hohn fürchten? Der König hatte geladen und alle würden kommen. Auch Herzog Rudolf war der Aufforderung gefolgt. Fürsten, Bischöfe und Äbte würden morgen in Straßburg zusammentreffen und sie alle würden die hinkende Ida und Berthold, den schwachsinnigen Sohn Rudolfs von Rheinfelden, Herzog von Schwaben und Schwager König Heinrichs, voller Spott betrachten.
Ida wurde schlecht. Sie fürchtete, dass jenes Dröhnen in ihrem Kopf wieder einsetzte, das sie, wann immer sie sich ängstigte, anwuchs in ihrem Schädel und sie schwindelig machte.
Ida nahm einen tiefen Atemzug. Die eisige Luft stach in ihre Brust. Langsam reckte sie den Kopf nach hinten in den Nacken und zwang ihren Blick in den Himmel. Laut schreiend zog ein Schwarm Wildenten über sie hinweg auf dem Weg ins Nachtquartier.
Herr Jesus, gib mir Kraft, auch diese Bürde zu tragen. Hilf mir den Anfeindungen jener bösen Menschen zu bestehen, bete Ida still in sich hinein.
Blätterlose Äste streckten sich nach ihr aus wie knochige Finger lüsterner Geister. Dieser Wald berge unheimliche Bewohner, so erzählte man sich in dieser Gegend. Ida kannte die Geschichten der einfachen Leute. Das einfache Volk war dumm und ungebildet, einzig über Dämonen und Hexen wußte es Bescheid, nicht jedoch über Jesus Christus und die Verheißung der heiligen Kirche.
Ida schüttelte verärgert den Kopf. Sie verabscheute den Aberglauben der Bauern, deren Angst vor Zauberei und Hexenwerk war ihr von jeher ein Gräuel, dennoch fürchtete sie sich nun selbst?
Die Kälte hatte ihrem Verstand arg zugesetzt.

Bald würde die Dämmerung über das Land hereinbrechen und sie mussten endlich Straßburg erreichen, wollten sie nicht in die Dunkelheit geraten. Die Straße war holperig und der Knecht Walther, der das Zugpferd an der Trense führte, mußte seine ganze Kraft und Geschicklichkeit aufwenden, den Gaul samt Karren vorbei zu lenken an all den Löchern und den knochigen Wurzeln, die aus dem Boden aufragten. Brav trottete das Tier neben ihm her und folgte der Hand des Knechts. Nur wenn der Schrei eines Waldtiers aus dem Unterholz drang, scheute es kurz und verweigerte den Dienst. Mit ruhiger Stimme redete der Knecht Walther ihm dann zu und zog es sanft weiter.
Wachsam schaute sich Ida um. Dichter Wald ragte zur linken Seite der Straße auf wie eine schwarze Wand. Zur Rechten fiel das Land zum Fluss hin flach ab.
Ida horchte, ob sich nicht ein fremdes Geräusch leise zwischen das Wehklagen der kahlen Bäume schob und Gefahr verriet.
Die Kälte und der harte Boden des Holzkarrens, auf dem sie seit dem Morgen hockte, hatten in ihrem Körper jedes Gefühl ausgelöscht. Ihre Beine waren taub und Ida spürte ihre Füße nicht mehr. Mit dem Gefühl war auch der Schmerz in ihren verkrüppelten Gliedern verschwunden. Vielleicht würde die schneidende Kälte sie sogar von all der Pein erlösen, die ihr ihre krummen Knochen bereiteten. Sie spürte dieses abscheuliche Bein nicht mehr, hatte ihre verwachsene Hüfte beinahe schon vergessen. Sie schloss die Augen und bete.
Kunigunde, geliebte Beschützerin, wache über mich auf dieser Reise. Du kennst die Strapazen, warst du doch selbst auf mühevoller Pilgerfahrt.
Wie um sich zu trösten, zwang die Kinderfrau Ida frohe Bilder herbei. Im Tagtraum sah sie, wie sie leichtfüßig vom Karren springen und voller Anmut, grad gewachsen und der Herzogin gleich mit hoch erhobenem Haupt einher schreiten würde. Die edlen Kleider würden an ihrem wohl geformten Körper entlang fließen. Ihr war beinahe, als fühlte sie die bewundernden Blicke, die sonst nur Adelheid, der schönen Gemahlin Herzog Rudolfs galten. Die Krieger und Dienstmänner würden in ihr nicht mehr das Hinkebein sehen, sie nicht mehr als Missgeburt verlachen, die sich schwerfällig, an einen dicken Stock geklammert, dahinschleppte, sondern sie würden sie als begehrenswerte Frau betrachten, sie umwerben und einer von ihnen würde sie vielleicht sogar freien wollen.

Bei diesem Bild lächelte sie in sich hinein. Schon lange war sie keine junge, unbekümmerte Maid mehr, die darauf hofften durfte, einem stolzen Burschen versprochen zu werden. Mittlerweile war Ida im 36. Jahr und hatte eingesehen, dass sie in diesem Leben keinem Mann genug gefallen würde, damit dieser sie zum Weibe nehme. Sie hatte gelernt, den von Gott auferlegten Schmerz ihres irdischen Daseins anzunehmen. Sie war dankbar für alle Mildtätigkeit und Güte, die ihr widerfuhr durch Herzog Rudolf. Dennoch erträumte sie sich manchmal ein Leben als geachtetes Weib eines angesehenen, starken Mannes, dem sie fest verbunden wäre, der sie beschützte und der ihr ein geborgenes Heim böte.
„Macht Euch die Kälte nichts aus? Ihr scheint verzückt, Ida."
Bodo, Krieger im Dienste des Herzog Rudolf, war an Idas Karren heran geritten. Ein Grinsen flog über sein jungenhaftes Gesicht. Es waren die Züge eines Knaben wie auch seine zierliche Gestalt eher die eines Jungen denn die eines reifen Kerls war, weshalb die Leute ihn auch „den Kleinen" riefen.
„Ida, Ihr seid eine Eisblume, ich wußte es schon immer, eine Blume - aber aus Eis", rief Bodo.
„Sei still," herrschte Rudolf seinen Mann an. „Lass Ida in Frieden. Halte Ausschau, dass wir nicht einer Räuberhorde in die Hände fallen. Oder Freundschaft mit den scharfen Zähnen eines wütenden Keilers schließen dürfen."
In ihrem Schoß hielt Ida den Kopf des Jungen, der heftiger denn je jammerte. Ihre Finger strichen über seinen rotblonden Schopf. Leise sprach sie auf ihn ein, aber Berthold hörte nicht auf zu wimmern und vor Kälte zu zittern.
Herzog Rudolf hörte weder das klägliche Jammern seines Sohnes noch die beruhigende Stimme Idas. Auch sein Weib Adelheid vernahm nichts von den unterdrückten Klagelauten, was daran liegen mochte, dass sie dem Schicksal des Jungen grundsätzlich keine Aufmerksamkeit schenkte. Sonst kerzengerade, saß das schöne Weib des Schwabenherzogs nun zusammengesunken und zitternd im Sattel. Das noch vor Stunden hoch erhobene Haupt war vorn übergebeugt, von einem dicken, den Körper umhüllenden Mantel bedeckt.
Die Dämmerung war beinahe völlig der Dunkelheit gewichen, als Herzog Rudolf in Begleitung seiner Familie in die Stadt Straßburg einritt.

Von den Straßen und Plätzen war das lebhafte Treiben verschwunden, kein Marktgeschrei war zu hören, kein geschäftiger Händler, keine stolzierende Hausfrau drängelte sich den Besuchern in den Weg. Alles schien wie ausgestorben. Eine scheue Katze huschte in den Deckung bietenden Schatten eines Zaunes, wenige Schritte davon entfernt verriet leises Rascheln eine Ratte, die sich aus den Abfällen des vergangenen Markttages ihr Nachtmahl stahl.
Vor der Stadt hatte ein Dutzend berittener Krieger des Bischofs auf Herzog Rudolf gewartet, um ihn und seine Familie das letzte Stück des Weges erst durch das Vellemansburgtor und dann durch das Sattlertor in die Stadt zu geleiten.
Herzog Rudolf von Schwaben konnte ein befriedigtes Grinsen nicht unterdrücken. Ein Dutzend war eine stattliche Zahl. Der Bischof hatte ihm also schon vor den Mauern der Stadt mit diesem beachtlichen Geleittrupp die höchste Ehre erwiesen, eine Ehre, die Rudolf nicht erwartet hätte. Beide Männer schätzten sich nicht unbedingt. Der jugendliche Kirchenfürst und der schon ergraute Herzog waren sich in vielen Punkten der Kirchenzucht uneins. Im ganzen Reich war bekannt, wie sehr Rudolf solch sündige Kirchenmänner verachtete, wie Bischof Werner einer war. Bischöfe, Äbte und Kapläne, die ihre Ämter gekauft hatten, die weder nach den Kanones der heiligen Kirche, noch nach Sitte und Anstand lebten, die das Zölibat missachteten und lasterhaft sich der Völlerei hingaben, waren Rudolf eine Qual. Bischof Werner war einer der sündhaftesten Kirchenmänner der Reichskirche. Der Heilige Vater in Rom würde dieses gottlose Treiben bald unterbinden und dann helfe auch die Freundschaft zum jugendlichen König den Sündern nicht mehr. Daran glaubte Rudolf ganz fest.
Schweigend ritten die bischöflichen Krieger den Reisenden voran durch die leeren Straßen hin zum Haus des Domherren Hermann. Der hatte sich erboten, den Herzog, seinen Vetter mütterlicherseits, samt Gefolge zu beherbergen.

Als die Reisenden in die Gasse hin zum Steinburgtor einbogen, erkannten sie in der sich mittlerweile ausbreitenden Dunkelheit die Umrisse des mächtigen Münsters. Wer hatte jemals solch ein riesenhaftes Bauwerk gesehen? Das Kirchenschiff lag träge auf dem weiten Platz, zwei Türme ragten in den schwarzen Himmel. Um das Münster herum waren unzählige Zelte für die Gäste des Königs aufgebaut. Neben dem massigen Kirchenbau sahen sie wie Bertholds kleine hölzerne Spielzeughäuser aus.
Am südlichen Rand des Platzes, das wusste Ida aus Hermanns Erzählungen, befand sich der Palast des Bischofs, wo der König mit seiner Königin und seinem Gefolge vor einigen Tagen bereits Quartier genommen hatte und wo die Fürsten nach den Weihnachtsfeiern sich versammeln sollten, um zu beraten und zu beschließen. Im Norden des Platzes aber schloss sich das prächtige Haus des Domherrn Hermann an, das an die alte, halb verfallene römische Steinmauer grenzte und für die herzogliche Familie in den nächsten Tagen eine gute Herberge sein sollte. Zwei Diener standen davor, Fackeln in den Händen.
Hermanns Gastfreundschaft mochte einerseits den familiären Blutsbanden geschuldet sein, andererseits erhoffte sich der Geistliche von dem Besuch seines hochgeborenen Verwandten auch eine Stärkung der eigenen Stellung innerhalb der Bischofsstadt. Dass er mit dem Herrn der Stadt, Bischof Werner, nicht unbedingt auf gutem Fuße stand, war kein Geheimnis und dass sich diese Gegnerschaft für Hermann sogar unheilvoll entwickeln konnte, seit die Freundschaft des Bischofs mit König Heinrich noch inniger und vertrauter geworden war, war allerorten bekannt. Der Domherr Hermann hatte mittlerweile zwei Gegner zu fürchten, den Bischof in unmittelbarer Nachbarschaft und den König draußen im Reich.
Nun aber würde sein Haus den mächtigen Verwandten beherbergen, würde Herzog Rudolf, der Freund des Papstes, der Reichsfürst und Krieger, ihm zur Seite stehen, während sich sein Widersacher Bischof Werner dem König anbiederte. Heinrich, von Gottes Gnaden König war bereits seit drei Tagen in der Stadt mit seinem gewaltigen Gefolge. Die Fronten waren eindeutig gezogen.

Vom Klappern des Holzkarrens angelockt trat Hermann ins Portal. Sein massiger Körper zeichnete sich deutlich ab vor dem Lichtstrahl, der aus dem Inneren des Hauses auf die Gasse fiel.
„Seid gegrüßt! Herzog Rudolf. Seid willkommen edle Frau Adelheid," rief der Domherr seinen Gäste zu.
Mühevoll stieg Rudolf vom Pferd, denn die unterkühlten Glieder versagten ihm beinahe den Dienst. Hermann jedoch nahm auf die Erschöpfung des Herzogs keine Rücksicht und fiel ihm um den Hals.
„Ihr seid hier. Endlich. Ich war in großer Sorge um Euch, mein lieber Vetter. Die Dunkelheit ist ein schlechter Reisebegleiter, denn sie ist im Bunde mit Strauchdieben und Halunken, die in den Wäldern vor der Stadt hausen."
„Es ist fürwahr eine beschwerliche Reise gewesen, lieber Vetter. Meine Gemahlin kann sich vor Erschöpfung und Kälte kaum noch auf ihrem Pferde halten, bitte sorgt dafür, dass sie eilig an einen warmen Platz in Eurem Hause gebracht wird."
Der Domherr verneigte sich mit sorgenvollem Blick vor Herzog Rudolf und Adelheid, die dessen ehrfürchtige Geste jedoch nicht beachtete. Gerade wollte Hermann sich seinen beiden Dienern zuwenden, um entsprechende Befehle zu erteilen, da ergriff sein hochgeborener Gast abermals das Wort.
„Auch mein Sohn ist müde und beinahe erfroren. Der Junge jammert und weint. Ich bitte Euch, sorgt auch für ihn."
Hermanns Blick streifte kurz den Holzkarren.
„Sehr wohl", antwortete er seinem vornehmen Gaste und drehte sich seinen Dienern zu.
„Eigentlich würde ein Platz im Schweinekoven auch genügen für das schwachsinnige Balg", zischte einer und Ida tat, als habe sie die frechen Worte nicht gehört.
Zwei Diener hoben Adelheid, die Gemahlin Herzog Rudolfs von Schwaben, aus dem Sattel, und der kräftigere Kerl von beiden trug sie ins Haus. Schon umflatterten ihn einige Mägde, um die schöne Last zu betrachten und zu umsorgen.
Ida und Berthold jedoch hockten noch immer auf ihrem Karren, Rudolf musste sich wohl selbst der Sache annehmen.

„Komm Junge. Die Reise ist vorbei. Du musst nun vom Karren herabklettern. In dem Haus hier gibt es ein gutes Mahl und ein sauberes, warmes Bett. Steige hinunter vom Karren!“

„Idda, Idda.“ stotterte Berthold, blieb aber liegen und vergrub sein Gesicht noch tiefer in Idas Mantel. Die umfasste den Kopf des Jungen und stemmte ihn hoch, ihr Griff war sehr kraftvoll und ungeduldig.

„Hör auf, Berthold. Du tust mir weh. Steig hinab, wie dein Vater dir befohlen hat. Du kannst doch laufen“, sagte Ida.

Der Junge jaulte auf und kletterte flink wie ein Eichhörnchen vom Karren auf die Straße, dann rannte er lachend ins Haus des Domherren Hermann.

Ida sah Rudolf an. „Wir hätten ihn in der Obhut der Mönche lassen sollen zusammen mit Euren Töchtern. Er verkraftet diese anstrengende Reise nicht.“

„Er kommt mit mir. Er ist mein Sohn und wird lernen, sich im Kreise der Großen des Reiches zu behaupten. Und die Großen werden lernen, ihn als meinen Sohn und Erben anzunehmen“, sagte Rudolf und gab seinen beiden Kriegern ein Handzeichen.

„Ihr wisst, dass dies nie geschehen wird“, antwortete Ida.

Ein einzelner Diener trat auf die Gasse, nicht der Stärkste und auch sicher nicht der Jüngste im Hause des Domherren Hermann. Er stellte sich abseits und beobachtete, wie zwei Krieger des Schwabenherzogs die Frau vom Karren hoben. Sie war keine schwere Last für die beiden. Bodo der Kleine stellte sie sanft auf den Boden und der kahlköpfige Hannes reichte ihr den Stock. So verwachsen ihr Körper war, so wirkte er doch auch zart und zerbrechlich. Den großen blauen Augen, die wach aus dem fein geschnittenen, schmalen Gesicht blickten, sah man die ganze Kraft und Lebendigkeit an, die in Idas Körper steckten.

Sie war mindestens so berühmt wie der Herzog. Die lahme Ida. Die verwachsene Ida. Ida, das Hinkebein. Die Kinder sangen Spottverse auf ihren Namen, junge Frauen beteten, dass ihren ungeborenen Töchtern nicht solch ein Schicksal ereilen solle wie der armen Ida. „Arme Ida", das waren noch die freundlichsten Worte, die jene Person zu hören bekam, die nun schwerfällig, auf einen Stock gestützt, zu der hölzernen Treppe an der Seite des Gebäudes hinüber schlich. Schief hing die Hüfte. Das linke Bein schien gerade und gesund gewachsen. Das Knie des rechten Beins jedoch knickte bei jedem Schritt seitlich nach innen, während dessen Fuß über den Boden schleifte wie ein lebloses Stück Fleisch, umförmig und kraftlos. Bevor sie sich daran machte, die Treppe hinaufzusteigen, nahm die kleine Frau noch einen tiefen Atemzug der eiskalten Winterluft.
„Werte Ida, darf ich Euch helfen? Nehmt doch bitte hier vor dem Kamin Platz. Es ist alles zu Eurer Bequemlichkeit hergerichtet." Hermanns rundes Gesicht strahlte, als er die lahme Ida auf sich zu humpeln sah.
Auch Ida schaute erfreut, als sie die vertraute Stimme des Domherrn hörte. Er war ihr in ihrer Kindheit ein guter Lehrer gewesen, manchen Abend hatte er ihr die Geschichten aus der heiligen Schrift vorgelesen und, als sie älter geworden war, hatte er ihr sogar einige Brocken der lateinischen und der griechischen Sprache gelehrt. Auch im Schreiben auf einer Schiefertafel und im Lesen der heiligen Texte hatte er sie zusammen mit den Töchtern des Grafen Kuno von Rheinfelden unterwiesen.
Ida hatte dabei von allen das größte Talent und die meiste Freude gezeigt, sodass der Geistliche bald daran ging, ihr auch die Anfangsgründe der Grammatik, der Dialektik, der Astronomie und der Geometrie zu vermitteln. Fast hätte er sie in allen Disziplinen der Sieben Freien Künste unterrichtet, doch ihr Ziehvater, Graf Kuno, hatte dem schließlich Einhalt geboten, denn Ida war nicht nur verkrüppelt und reizlos, sie war auch nur die Tochter eines Leibeigenen.

Dennoch war Pater Hermann, dieser dicke, ruhige und kluge Mann, ihr ein treuer Freund geblieben, auch als sie schon zur Frau gewachsen und Hermann als Domherr nach Straßburg gegangen war. Die Zeiten hatten sich gewandelt, Graf Kuno war schon lange tot und sein Sohn Rudolf hatte das Erbe der Rheinfeldener angetreten. Wie der Vater duldete der Herzog der Schwaben Ida ebenfalls auf der Burg Stein, er vertraute ihr, suchte ihren Rat und hatte ihr schließlich die Sorge um seinen Sohn Berthold übertragen.
Zwiebelmus, gebratener Fisch, Dinkeleintopf und dicke Bohnen mit Kräutern erwarteten die Gäste.
Hermanns Dienerschaft hatte die große Stube wahrlich sehr behaglich hergerichtet. In Feuerbecken, die auf jeweils drei kunstvoll geschmiedeten Beinen in allen Ecken standen, hatten Knechte Kienspäne gestapelt und entzündet. Vor dem Fenster waren dünne Häute gespannt und so strich nur ein ein kaum spürbarer Windzug durch den Raum, in dem sich die Flammen sanft hin und her wiegten. Sie spendeten Wärme und Licht und es schien Ida, als sei in Hermanns Haus die vor Stunden erloschene Abendröte eingefangen.
In der Mitte der großen Stube hatten Mägde schließlich eine längliche Tafel mit Schalen voll dampfender Speisen aufgebaut.
„Greift zu, wenigstens einen kleinen Happen, werte Frau Ida, auch wenn die Fastenzeit noch einen weiteren Tag andauert, so sollt Ihr dennoch nicht verhungern. Diese Speisen sind erlaubt und gottgefällig."
„Gottgefällig sind sie bestimmt, aber eine Fastenspeise wohl kaum. Ihr versteht es, die Kanones der heiligen Kirche recht weitläufig auszulegen, verehrter Domherr."
Das Feuer verteilte seine Wärme und Ida spürte, wie ihre erfrorenen Glieder langsam wieder lebendig wurden. Ihr war, als stächen Tausende kleiner Nadeln in Füße und Hände.

„Lasst gut sein, teurer Freund, ich habe keinen großen Hunger. Ein kleiner Kanten Brot sollte genügen, den ich ebenso gut in meiner Kammer verspeisen kann. Auch habe ich lange genug gesessen und es war eine schwere Arbeit mich hinzustellen. Ich bleibe lieber noch etwas aufrecht, soweit man meinen krummen Leib überhaupt so nennen kann. Ich werde nach dem Jungen sehen. Kümmert Euch um den Herzog. Er ist die wichtige Person hier."
Damit verlies sie den Raum und verschwand im hinteren Teil des Hauses.
Die Diener des Domherrn Hermann hatten Adelheid, die schöne Gemahlin des Herzogs von Schwaben, längst schon in die Schlafkammer gebracht. Dort waren zwei Betten für die Gäste vorbereitet worden. In dem einen sollten der Herzog mit seiner Gemahlin nächtigen, das andere war für Berthold und Ida reserviert. Dazwischen stand ein kleiner Ofen, in den eine Magd nun Holzscheite nachlegte. Zuvor hatte sie Adelheid den Mantel von den Schultern genommen, ihr die Schuhe von den kleinen Füßen gestreift und schließlich das Oberkleid ausgezogen. Statt eines ihrer kostbaren Seidengewänder hatte Adelheid auf der Reise eine derbe Cotte aus Wolle über einem langärmeligen Untergewand getragen. Dennoch war sie halb erfroren. Dicke Felle deckten die junge Frau nun zu und in dem kleinen Ofen neben ihrem Bett bullerte wohlig ein Feuer. Dennoch zitterte sie noch immer am ganzen Körper.
Auch Berthold fror, er saß auf seinem Bett, den Mantel hatte er über den Kopf gezogen. Niemand schien sich um ihn zu scheren, bis Ida den Raum betrat. Eilig zog sie dem Jungen die eisigen Kleider aus und legte ihn unter Decken und Fellen ins Bett, nicht ohne die Magd, die sich noch immer nur um Adelheid bemühte, mit einem strafenden Blick zu bedenken.

Derweil stand der Domherr Hermann noch immer in der großen Stube und hing seinen Gedanken nach.
„Der Junge, immer nur der Junge. Ida, Ihr seid verrückt mit diesem Bengel“, murmelte Hermann in sich hinein.
„Berthold ist doch schon lange kein kleines Kind mehr, er überragt sie schon um Hauptes Länge und trotzdem beträgt er sich wie ein Kind, das gerade erst seinen Namen zu brabbeln gelernt hat. Sie ist wirklich eine brave Seele, unsere arme Ida. Eine brave Seele, ein gutes Herz, ein klarer Verstand und schöne Augen, die fürwahr entzücken, jedoch auch ein krummer und verkrüppelter Leib, der keinen Mann zu locken vermag.“
Die Worte des Domherren verebbten in einem undeutlichen Murmeln. Hermann betrachtete die vollen Schüsseln und Teller auf der Tafel. Vor seinem Auge jedoch erschienen ferne Bilder, Bilder aus jener warmen Nacht, als mordende und brandschatzende Horden das Dorf des Azzo überfielen.
Er war ein Jüngling gewesen damals und auch Rudolf hatte noch keine 20 Jahre gezählt. Hermann hatte von seinem Fenster aus in der Ferne den Schein gelbroter Flammen lodern sehen, die gierig die Häuser und Ställe der Bauern fraßen.
Früh am nächsten Morgen waren Rudolf, dessen Vater Graf Kuno und er zu den Überresten des Dorfes geritten, um dort einer unheimlichen Stille zu begegnen. Es war die Stille des Todes gewesen. An jenem Tag hatte Hermann das erste Mal die Abwesenheit Gottes wahrgenommen.
Noch jetzt spürte er die eisige Kälte, die um die verbrannten Körper und die zerstörten Hütten zog. Hier in dem warmen Raum, in seinem stattlichen Haus weit entfernt von der Burg Stein und den Ländereien der Rheinfeldener, war es ihm, als drang noch immer das weinerliche Schluchzen eines Kindes aus der Vergangenheit an sein Ohr. Halbtot hatte es unter den niedergerissenen Dielen der zerstörten Hütte gelegen, ein Mädchen mit zerschlagenen Gliedern, das eine Bein grausam verrenkt, deren lautes Jammern die Stille zerschnitt und das der edle Graf Kuno sanft emporhob, um es auf seine Burg oberhalb des zerstörten Dorfes zu seinem Weibe Irmgud zu bringen.
Die laute Stimme Rudolfs schreckte ihn aus seinen Erinnerungen auf.

„Jawohl, mein guter Hermann. Steht da und träumt vor Euch hin. Um mich sollt Ihr Euch kümmern, da hat die lahme Ida Recht. Ich freue mich schon seit heut Morgen auf einen Becher Wein und einen anständigen Plausch vor dem Feuer mit Euch. Welche Neuigkeiten gibt es hier in deinem Straßburg? Was treibt Werner, dieser gottlose Sünder? Hat euer Domkapitel diesen Hurenbock von Bischof noch immer nicht aus der Stadt gejagt? Führt er noch immer solch ein liederliches Leben?“

In der Schlafkammer im oberen Stockwerk des Hauses hatten sich die beiden Frauen bereits zu Bett begeben, als die Dunkelheit sich fast völlig über die Häuser der Stadt gelegt hatte.
Derweil berichtete der Domherr in einer kleinen Kammer seinem Vetter Herzog Rudolf im Schein nicht weniger Talglampen noch immer von all den Neuigkeiten, die sich seit dem letztem Besuch des Fürsten in der Bischofsstadt ereignet hatten. Ein Kamin beheizte den kleinen Raum und beide Männer spürten, wie die Wärme, der gute Wein und die gesellige Plauderei, ihre Augenlider schwer und ihren Geist schläfrig werden ließen. Schon machte der Rheinfeldener Anstalten, sich zu erheben. Er streckte die langen Beine aus und straffte die breiten Schultern, als der Geistliche ihm Einhalt gebot. Die Ungeheuerlichkeiten, von denen er noch zu berichten wußte, würden dem Herzog die Müdigkeit aus Geist und Körper vertreiben.
Hermann erzählte von Frowila, jenem Weib, das Bischof Werner bereits vor Jahren zur Frau genommen hatte und das noch immer Nacht für Nacht bei dem Kirchenfürst lag. Sie war fürwahr ein ansehnliches Weibsbild, alle Teile ihres Körpers waren vortrefflich gewachsen, die Hüften, die Brüste, die Taille, alles an ihr hatte das rechte Maß. Wie sonst nur bei verheirateten Weibern Sitte, war ihr kastanienbraunes Haar züchtig mit einem Schleier bedeckt, dennoch verriet es ihr heißblütiges Temperament und zusammen mit ihren dunklen Augen ihre südländische Herkunft. In der Stadt raunten sich die Leute des Öfteren zu, Frowila, die Frau des Bischofs, sei von Byzanz nach Straßburg gekommen.

„Der Bischof ist kaum älter als unser König und steht in der Blüte seiner Manneskraft. Dass er diesem Weibsbild nicht widerstehen kann, wem wundert es?“ gab Hermann zu bedenken. Herzog Rudolf jedoch schüttelte entschieden den Kopf.
„Mein lieber Vetter, die Kirche des Reiches ist in einem erbärmlichen Zustand und der Grund dafür sind Männer wie Werner. Das Seelenheil aller Gottesfürchtigen ist gefährdet, wenn Simonie und Priesterehe ihre Säulen erschüttern und Kleriker sündig leben. Werner, Bischof Heinrich von Speyer und wie diese gottlosen Pfaffen noch alle heißen, sind nicht grundlos vom Papst Gregor suspendiert. Der Pontifex ist unser aller Hoffnung. Mit Gottes Hilfe wird er Kirche und Reich - wie sagt ihr Geistlichen immer? sacerdotium und regnum?“, Hermann nickte zustimmend, „die wird er aussöhnen und die sündige Priesterschaft entfernen“, schloss Rudolf des Domherren.
„Ihr beeindruckt mich sehr, verehrter Rudolf, Ihr sprecht wie ein Gelehrter, nicht wie ein Kriegsmann.“
„Ihr wißt, dass Papst Gregor, wie auch die Kaiserin Agnes und die Markgräfin Mathilde mir in Briefen die missliche Lage erläutert haben, in der sich die Kirche des Reichs befindet. Ich werde nicht nur mit dem Schwerte, sondern auch mit der Zunge und dem Herzen bereitwillig dem Pontifex beistehen, alle Missstände zu beheben.“
„Eine Frage bleibt aber noch.“
Rudolf sah den Domherrn fragend an.
„Wie steht der König dazu?“
Das Kaminfeuer brannte an diesem Abend noch lange im Hause des Domherren Hermann. Die Diener, die Wein und Speisen für die zwei Männer herbeischleppten, durften sich erst in ihre Schlafkojen verkriechen, als die Complet schon gesungen war.

Am 25. des Monats Dezember, im Jahre 1074 nach Fleischwerdung des Herrn, die an jenem Tage gefeiert wurde.

Auch für Ida war die Nacht kurz gewesen. Lange hatte sie keinen Schlaf finden können. Erschöpft von der Reise hatte der Gedanke an die kommenden Tage sie wach gehalten. Die versammelten Fürsten würden Herzog Rudolf wichtige Entscheidungen abverlangen. Es ging darum, sich für eine Seite zu entscheiden. Der König war ein misstrauischer Mann, der dem Herzog von Schwaben nicht wohl gesonnen war. Ida betete innständig darum, dass sich Rudolf gegen den königlichen Argwohn behaupten könne.
Alle Hoffnungen setzte sie dabei, wie so oft, auf die alte Kaiserin Agnes, die Mutter König Heinrichs.
Erst nach Stunden hatte Ida denn doch endlich Ruhe gefunden und ein bleierner Schlaf legte sich über die erschöpfte Frau. Wieder einmal zogen die alten Bilder durch ihren Kopf. Die warnenden Stimmen drangen anfangs ganz schwach zu ihr, um dann immer schriller und lauter zu werden. Endlich hoben sie zu einem wilden Geschrei an. Der rote Greif setzte sich wie beinahe jede Nacht auf ihre Schulter, sah sie mit seinen schwarzen Augen an, zerkratzte ihr Gesicht und riss mit seinem scharfen Schnabel faustgroße Fleischstücke aus Armen und Beinen. Sein Löwenkörper drückte sie zu Boden, so dass sie sich nicht rühren, geschweige fliehen konnte. Sie hörte, wie Felsen auf sie niederfielen, wie ihre Knochen brachen. Um sie herum loderten die gelbroten Flammen. Fremde Augen, undeutliche Gesichter starrten sie im Feuerschein an.
Ida schreckte auf und sah sich um, Berthold lag neben ihr. Der Wind hatte erbarmungslos an den Holzläden der Fenster gerüttelt.
Als kleines Mädchen hatte der Alp sie manche Nacht heimgesucht. Weinend war sie dann zu Irmgud gelaufen, die die bösen Bilder vom roten Greif und den wilden Flammen mit ihren Liedern vertrieben und ihr Trost gegeben hatte. Die gute Frau hatte ihr auch von der Kunigunde erzählt, deren Grab nicht fern der Burg Stein verehrt wurde und die schon viele Wunder getan hatte an Lahmen und Blinden. Gemeinsam waren sie oft dorthin gepilgert und hatten gebetet.

Seit Ida sich erinnern konnte, war die Gräfin Irmgud ihr wie eine Mutter gewesen. Nur ihr hatte Ida von dem schrecklichen roten Ungeheuer erzählen können und nur mit ihr hatte sie beten können. Nun jedoch war sie schon seit vielen Jahren ohne die mütterliche Freundin, auf sich allein gestellt. Wie sie die Frau geliebt hatte, dachte Ida.

Hätte sie ihre eigene Mutter mehr lieben können als Irmgud? Hätte sie ihren eigenen Vater mehr achten können als den Grafen Kuno? Er hatte sie aus dem brennenden Haus ihrer Eltern gerettet, damals, als die Räuberhorden gekommen waren in ihr Dorf, als sie noch ein ganz kleines Kind gewesen war. Er hatte sie gerettet, als sie mit zerbrochenen Gliedern in den Trümmern der Hütte gelegen hatte, hatte sie unter den Dielen hervor gebuddelt und sie mit zu sich genommen. Später war sie zusammen mit seinen Töchtern erzogen worden, mit ihnen hatte sie das behagliche Leben auf der Burg Stein an den Ufern des Rheins geführt. Waren die Mädchen nicht wie Schwestern zueinander gewesen?

Und Rudolf, der ihr immer wie ein älterer Bruder gewesen war, hatte er die Stelle eines anderen eingenommen? Gab es irgendwo noch eine Seele, die zu ihr gehörte? Die von ihrem Blute, von ihrem Stamm war oder hatte sie nur noch Rudolf? War der Herzog ihr einziger Halt?

Eiskalte Luft zog durch die enge Stube und der kleine Ofen zwischen den beiden Bettkojen in der Schlafkammer kam dagegen nicht an. Berthold lag ganz nahe an Idas Körper und klapperte trotz der Felle und Decken noch immer vor Kälte mit den Zähnen. Idas Hand suchte nach dem Stock, der vor ihrem Bett lag. Sie schaute hinüber zu Adelheid, die in der anderen Koje schlief. Allein, wie Ida nun erkannte. Rudolf war bereits aufgestanden. Die kleine Frau schleppte sich durch den Raum und suchte zwei weitere Decken zusammen. Die legte sie umständlich über den schlafenden Jungen aus.

Wenig später konnten jene Straßburger, die schon bei Sonnenaufgang in den engen Gassen der Stadt unterwegs waren, ein nicht mehr ganz junges Weib beobachten, das sich die Treppe am Hause des Domkapitular Hermann hinab quälte, krumm gewachsen und aufgestützt auf einen Stock.

Der Wind war noch immer stark. Er riss an Idas Haaren, die sich nicht länger in die Flechten, die zuvor hastig am Hinterkopf zusammengesteckt hatte, zwingen ließen. Strähnen ihres dicken, dunkelblonden Haares hingen wirr umher. Sie raffte über der Brust mit einer Hand den Mantel zusammen, den sie sich um die Schultern gelegt hatte.
Rasch fand ihr Stock auf der Treppe sicheren Halt, sodass sie es wagte, den Blick zu heben und über den Platz hinüber zum Münster gleiten zu lassen. Das gewaltige Gotteshaus widerstand trotzig dem Unwetter und ragte wie ein mächtiger Fels in den Himmel. Davor flatterten im Sturm die vielen bunten Zelte. Sie dienten den Kriegern, Knechten und Bediensteten, die im Gefolge hochgeborener Fürsten nach Straßburg angereist waren, in diesen Tagen als Herberge. Sogar einige Bischöfe, Grafen und auch Herzögen hatten in Zelten Quartier nehmen müssen, da sie keine Verwandten in der Bischofsstadt hatten, bei denen sie Unterschlupf hätten finden können.
Am Fuße der Treppe angekommen, hielt Ida kurz inne und richtete den Blick in die Höhe. Wie gewaltig das Münster vor ihr aufragte, sie hatte noch nie solch ein riesiges Bauwerk gesehen. Zur Ehre Gottes hatten sie hier in Straßburg ein wahrhaftiges Wunder geschaffen.
Die Gebete, die in diesem Gotteshaus gesprochen werden, kam es Ida in den Sinn, sind ohne Zweifel wirksamer als andernorts, denn das Dach ragte direkt in den Himmel. Diese Gewissheit spornte sie an, so flink es ihr möglich war, dem Sturm zu trotzen, hinüber zum Münster zu humpeln und gemeinsam mit den wenigen Gläubigen dieser frühen Stunde die Laudes zu feiern.
Die Sonne war mittlerweile vollständig über den Horizont gekrochen, Geschäftigkeit und Lärm schlugen Ida entgegen, als sie aus dem dunklen Kirchenschiff hinaus auf den Kirchplatz trat. Noch immer fegte der Sturm über den Platz. Der Anblick der unzähligen bunten Zelte erinnerte an eine Sommerwiese voller Kornblumen und Fingerkraut, Mohn, Rotklee und Veilchen, und daran, wie sie im Wind hin und her wogten. Wie schmerzlich Ida doch die Farben und Düfte der Erntezeit vermisste. Der strenge, graue Winter war ihr zu lang.

Mit der linken Hand faßte die zierliche Frau den Mantel enger vor ihrer Brust zusammen, während ihre Rechte den Stock umklammert hielt. Gestärkt durch das Morgengebet kämpfte sie sich durch die Menschenmenge und durch den Sturm bis zum Hause des Domherrn, und schritt durch das Portal in die Eingangshalle.
Die Nachbarn des Hermann wussten, dass im Erdgeschoss des Hauses auch die Küche war, wo der Hausherr die meiste Zeit des Tages verbrachte. Seine Fresswut machte ihm die Gegenwart des Küchengesindes an diesem Ort erträglich.
Auch heute morgen saß er bereits auf der Bank vor der großen Feuerstelle und hielt eine Schale dampfender Dinkelgrütze in den Händen. Neben dem Domherrn hockte Rudolf. Eine Decke aus grober Wolle um die Schultern sollte ihm Schutz gegen die morgendliche Kälte sein.
„Nehmt Euch doch auch eine Schüssel dieser wunderbaren Grütze, Vetter Rudolf. Die Köchin hat getrocknete Früchte beigegeben. Und Milch. Ihr braucht heute viel Kraft und Geschicklichkeit, wenn Ihr dem König unter die Augen tretet. Mit einem hohlen Bauch werdet Ihr nicht bestehen vor Heinrich. Bedenkt auch unser Gespräch von gestern Nacht. Ihr seid bekannt als Parteigänger des Papstes."
„Grütze wird meine Lage kaum verbessern. Mir ist bewußt, wie argwöhnisch Heinrich mir gegenüber ist, Hermann. Nicht wenige behaupten sogar, der König trachte nach meinem Leben. Noch kein Jahr ist vergangen, seit dieser Regenger aus dem Gefolge Heinrichs behauptet hat, der König habe ihm den Mord an mir befohlen. Auch wenn die Königlichen das abgestritten haben und Regenger einen Lügner schimpften, ich traue Heinrich keinen Fuss weit. Die ewigen Gerüchte im Reich sind mir so zuwider. Ich hasse es, niemanden trauen zu können, in jedem einen Feind, einen Attentäter im Dienste des Königs vermuten zu müssen. Der offene Kampf, den ziehe ich diesem verlogenen und hinterhältigem Versteckspiel vor", antwortete Rudolf und erblickte Ida, wie sie durch die Tür in die Küche humpelte. Ihr rechter Fuss schleifte wie immer kraftlos über den Boden. Das schabende Geräusch, das er dabei verursachte, liess das Gesinde aufhorchen. Die Köche und Mägde des Bischofs unterbrachen ihre Arbeit und beobachteten jeden einzelnen schwerfälligen Schritt Idas. Rudolfs Kriegsmann Bodo aber sprang auf und reichte ihr eine Schüssel Grütze.

„Was meint Ihr, teure Ida, wie wird der König sich stellen? Es werden sich viele Große in der Stadt versammeln und die Geburt des Herrn feiern. Der König hat die wichtigsten Fürsten gerufen. Wird Heinrich endlich auf ihren Rat hören? Was wird wegen der suspendierten Bischöfe geschehen? Und wird es einen erneuten Kriegszug gegen die Sachsen geben?"

„Hermann, ich bin nur ein Weib und verstehe nichts von Versammlungen, Ratschlägen oder Krieg. Ich kümmere mich um die Kleider der Herzogin, ihren Schmuck und um Berthold."

Der Domherr lachte laut auf.

„Am frühen Morgen seid Ihr schon zu Späßen aufgelegt, kluge Ida. Jedermann weiß doch, dass Ihr die treueste Ratgeberin des Herzogs seid."

Hermann sah Rudolf an. Der saß noch immer zusammengesunken auf der Bank und stierte auf den Boden.

Er ist alt geworden. Zwar ist er noch immer groß, seine Schulter noch immer breit, aber sein Körper ist müde, schlapp hängt das Fleisch, wo früher Muskeln waren, und die Haare sind grau geworden.

Vermag er im Kampf mit dem König überhaupt noch zu bestehen? Heinrich könnte sein Sohn sein, dachte Ida, als sie den Herzog betrachtete.

Einsam sah er aus, wie er dort hockte, die Decke noch immer fest um die eingefallenen Schultern gelegt.

In Ida erwuchs ein vages Gefühl. Eine unergründliche Ahnung drückte schwer auf ihre Brust, als sie an die kommenden Tage dachte. Von draußen drang das Schreien eines Raben in die Küche. „Verdammter Unglücksvogel", kreischte die Köchin.

Ida konnte nicht erkennen, was sie beunruhigte, nur dass ein Unheil lauerte. Das spürte sie genau.

„Hemma, wo bist du?".
Die Königin wurde ungeduldig.
„Hemma, komm her und hilf mir." Berthas Stimme überschlug sich.
Der Wind, der die Nacht über an den Fensterläden gerüttelt hatte, war mittlerweile zum Sturm angewachsen. Mittlerweile begann man damit, im Hof des Bischofspalastes die Zelte des Gefolges und der zahlreiche Gäste, hastig abzubauen. Die Gerätschaften wurden festgebunden und Pferde in den Ställen am Stephanstor in Sicherheit gebracht.
Die Dienerinnen flatterten aufgeregt um ihre Herrin herum. Ursel und Margret, die schon seit langem im Dienste der Königin standen, trugen Oberkleider, Tuniken und Schleier aus feinsten Stoffen hin und her. Zwei große Truhen mit Kleidern hatten Knechte in Berthas Kammer getragen. Die Königin beobachtete zusammen mit Käthelin und Affra, zwei ihrer liebsten Hofdamen, die Geschäftigkeit der Dienerinnen.
„Nein, nein, nein", rief Affra, die ältere von beiden, entsetzt.
„Nicht das blaue Kleid! Die Königin muss heute strahlen." Affra stürzte auf Bertha zu und hielt ihr ein anderes Kleid an den zierlichen Körper.
„Die rote Tunika steht Euch besonders gut. Ich werde den passenden Schmuck heraussuchen. Aber welche Eurer Frauen hat das blaue Kleid herausgelegt? Sicher ein ganz unnützes und untaugliches Weib."
Die Tür wurde aufgestoßen und die Dienerin Hemma stolperte eilig in die Kammer der Königin hinein.
„Wo warst du? Dein Gesicht ist ganz rot. Außer Atem bist du auch. Warst wieder beim Hetzil, der Henkersfratze?" fragte Affra streng die Dienerin.
„Verzeiht, Herrin", antwortete Hemma leise.
Affra war in ihrer Jugend eine Schönheit gewesen, berühmt für ihre vornehmen Kleider und ihr geschickt gestecktes Haar, alles nach byzantinischer Art. Nun war sie bereits im 47. Lebensjahr, aber auch als alte Frau erstrahlte noch immer ein Rest ihrer vergangenen Anmut. Dazu stand jedoch ihre scharfe Zunge im auffallenden Gegensatz. Affra blieb selten eine Schwäche einer anderen Hofdame verborgen, über die sie sich mit vielen, oft auch spitzen Worten ausbreitete.

Auch die Königin war erbost und wandte sich ihrer Dienerin zu, die verlegen mit gesenktem Kopf vor ihr stand.
„Du weißt, dass ich Sturm und Unwetter mehr fürchte als alle bösen Zauber des Teufels."
Mit fahriger Geste schlug ihre rechte Hand über Brust und Stirn das Kreuzzeichen, ihre Frauen taten es ihr eilig nach.
„Hilf mir, mich anzukleiden und zu schmücken. Wenn ich meine Schwester empfange, will ich einer Königin würdig sein. Adelheid ist nur vermählt mit einem Herzog, kommt aber prunkvoller daher als jede Kaiserin", erklärte die Königin.
„Bertha, Gold und Edelsteine machen keine Kaiserin. Niemand weiß das besser als ich."
Unbeachtet von den Frauen war Agnes, die alte Kaiserin, Mutter König Heinrichs, hinter der Dienerin in die Kammer getreten.
„Adelheid ist nur die Gemahlin des Schwabenherzogs Rudolf, du musst dich nicht versündigen und neidisch sein auf ihre Gestalt. Sie mag ein hübsches Gesicht, eine anmutige Figur haben. Auch ihre Kleider sind so prächtig wie die der Kaiserin in Byzanz, aber deine Schwester wird dich an Würde nie übertreffen. Ich habe dich wie meine eigene Tochter erzogen zur Königin und ich habe gut getan daran. Vergiss nie, wer du bist", sagte Agnes und strich über Berthas Wange.
Berthas Leidensmiene vermochte die Kaiserin dadurch jedoch nicht aufzuhellen. Die weiße, von Sommersprossen übersäte Haut, ihre weichen Züge und das kraus gelockte Haar, das wild aus den dicken Flechten ausbrach, verliehen Bertha einen kindlich unschuldigen Liebreiz.
„Der König wird mir zürnen. Er schätzt es nicht, wie ich ausschaue", sagte Bertha. „An mir sehen die prächtigsten Kleider aus wie Lumpen einer Bäuerin."
Tränen standen in Berthas Augen.
„Mein kleines Gänschen, was sollen diese Reden? Du bist wunderschön. Dein Haar glänzt und deine Haut ist makellos."
Nun war auch Kuniza zur Königin getreten. Wie Affra und Käthelin stand sie als Hofdame in Diensten der Königin.

„Wo bist du gewesen, Kuniza? Alle haben mich allein gelassen. Wir feiern heute die Geburt Christi, meine Schwester wird hier sein. Unzählige Große kommen, der König hält Hof vor ihnen allen und ich habe niemanden, der mir beisteht, wenn ich neben ihm in die Kirche schreiten muss. Aller Augen werden sich auf mich richten und keine von euch hilft mir, mich zu kleiden, wie es einer Königin geziemt. Sogar Hemma treibt sich lieber herum, statt mir zu Diensten zu sein. Und du, Kuniza, warum kommst du erst jetzt?"
Die Kaiserin nahm Berthas Hand.
„Beruhige dich, Kind. Alles wird sich zum Guten wenden. Kuniza wird dir die schönsten Kleider heraussuchen und dich begleiten, wenn du vor die Großen des Reiches trittst, nicht wahr Kuniza?" Agnes schaute die Frau ernst an.
„Zu Diensten", sagte Kuniza, verneigte sich vor der alten Kaiserin und beugte sich sogleich über die große Truhe, die zarte Schals, prächtige Mäntel, Tuniken und Überkleider aus feinstem Leinen und edler Seide verwahrte.
„Verehrte Herrin, wer hat Euch die rote Tunika herausgesucht? Die passt nicht zu dem heutigen Fest. Lasst mich eilig ein prächtiges Gewandt auswählen, in dem Ihr wahrhaftig wie eine herrliche Königin erscheint."
Der Blick, den Affra der vornehmen Kuniza zuwarf, war von Hass erfüllt.

Wenig später trat Bertha prächtig gekleidet und geschmückt auf die Empore der großen Halle und schaute auf die versammelten Gäste hinab. Über einer schneeweißen Tunika aus Leinen trug sie ein violettes Oberkleid aus wertvollem Samit. Kostbar bestickte Borten zierten die langen, weiten Ärmel. Über ihre Schultern hatte Hemma der Königin einen nachtblauen Mantel gelegt, der von einer auffälligen Fibel gehalten wurde. Das Schmuckstück hatte die Form eines Pinienzapfens, war ungefähr handbreit und ragte 3 fingerbreit empor.

Trotz ihrer Größe nahm sich diese Fibel sonderbar bescheiden aus neben dem aufwendig gestalteten und mit Edelsteinen besetzten Halsschmuck, den kostbaren goldenen Armreifen und den Ohrringen, die der Königin beinahe bis zu den Schultern reichten und die mit bunten Steinen verziert waren, denn sie war von einfacher Gestalt und nur aus Bronze gefertigt. Es schien, als habe ein Goldschmied, vermutlich aus fernen Ländern, die Fibel aus einem Band voller metallener Perlen gewickelt. Auf ihre Spitze hatte er eine kleine Platte gesetzt, in die ein Kreuz ziseliert war, dessen Arme sich auf wundersame verästelten, wie die eines wilden Rosengebüschs.
Königin Bertha wagte einen kleinen Schritt noch näher an die Brüstung heran und drehte sanft den Kopf, wobei sie ihren Blick über die Hofgesellschaft schweifen liess. Sie erblickte Herzog Rudolf von Schwaben, Herzog Welf von Bayern stand neben ihm, auch Erzbischof Udo von Trier, die Bischöfe von Bremen und von Bamberg waren erschienen, ebenso zahlreiche Grafen, Edle und die Dienstmannen der edlen Fürsten.
Aus dem Gefolge des Königs erkannte Bertha den Kaplan Gottschalk. Wie immer stand der kleine Mann abseits und allein. Er war ein Mann der Feder, seit Jahren fertigte er als Notar die königlichen Urkunden an. Die Meisterschaft, die er dabei errungen hatte, sicherte ihm einen festen Platz im Kreise der liebsten Freunde und Ratgeber ihres Gemahls. Neben den in Kampfesübungen gestärkten Körpern der Krieger, deren Gelächter die Halle füllte, fiel Bertha jedoch der schmächtige Wuchs des Kaplans noch deutlicher auf. Wenige Fuss von ihm entfernt lachten Konrad und sein Bruder Swigger zusammen mit zwei jungen Männern, die der Königin fremd waren. Nun traten Godobald und Berchtold zu der kleinen Gruppe hinzu, beide waren wie die meisten der königlichen Freunde von einfachem Stande, dennoch ob ihrer Ratschläge von Heinrich geliebt. Treu standen sie an der Seite des Königs, ihren Dienst erfüllten sie eifrig, auf ihre Hilfe war Verlass.
Dass der König in ihrer Runde fehlte, war ein ungewohnter Anblick. Für gewöhnlich suchte er die Gemeinschaft mit diesen jungen Kriegern. Je ungehobelter ihr Betragen, desto lieber waren sie ihm.
Allmählich kehrte Ruhe ein in die Gästeschar. Einer nach dem anderen blickte hinauf zur Königin.

Die hielt den Kopf erhoben, ganz wie es ihr die alte Kaiserin in Kindertagen gelehrt hatte, und ertrug tapfer die Blicke der versammelten Großen unten in der Halle. Ihre Mundwinkel waren nach oben gezogen, die Lippen jedoch aufeinander gepresst. Der edle Schimmer ihrer Haut ähnelte gewöhnlich jenen elfenbeinernen Schnitzereien, die an hohen Tagen auf den Altären mächtiger Gotteshäuser zu bestaunen waren. Nun aber war sie grau und matt, fahl und unansehnlich wirkten die Sommersprossen und am Hals zeichneten sich rote Flecken deutlich ab.
An Bertas Seite standen ihre liebsten Hofdamen. Die Krieger und die Geistlichen ihres Hofstaates, unter ihnen Berthas Beichtpater Eliah, hatten sich hinter ihrer Herrin aufgestellt.
Zwei Ammen traten hinzu. Die eine führte an jeder Hand eine königliche Tochter, die andere trug den Sohn und Nachfolger König Heinrichs, den noch kein Jahr zählenden Konrad auf dem Arm.
Bewegungslos stand Königin Bertha da, nur ihre linke Hand befingerte ruhelos die bronzene Rosenfibel. Suchend streifte ihr Blick über die Köpfe der Versammelten unter der Empore.
Endlich entdeckte Bertha ihre Schwester in der Menge.
Adelheid thronte auf einem Stuhl am Kopfe des Saales. Neben ihr stand König Heinrich, wohl der einzige im Raum, der das Erscheinen seiner Gemahlin hoch oben auf der Empore nicht bemerkt zu haben schien. Verzückt schaute er auf seine Schwägerin herab, die unter diesen Blicken zufrieden zu ihrer Schwester hinauf sah.
War dieses Haus auch nicht ihr Eigen, so stand Bertha als Königin doch dem königlichen Haushalt vor, der in diesen fremden Mauern vorübergehend Herberge gefunden hatte. Mit würdevoller Geste, die Hand salbungsvoll zum Gruß erhoben, richtete sie als Gastgeberin das Wort an die Versammelten.
„Edler König Heinrich, edle Kaiserin Agnes, Herzogin Adelheid, meine teure Schwester, geschätzte Gäste. Mit großer Freude sehen wir Euch heute hier versammelt. Treu ergeben und in wahrer Zuneigung zu Euren Majestäten seid Ihr dem Befehl des Königs gefolgt und habt Euch hierher begeben, damit wir gemeinsam die Geburt unseres Herrn Jesu Christi feiern können."

Sie ist so viel sanfter als ihre Schwester, dachte Ida, als sie die Königin hoch oben auf der Empore erblickte. Wie Adelheid trug Bertha ihr volles dunkelbraunes Haar in dicken Flechten und wie ihre Schwester schimmerten ihre Augen grün wie das Blätterdach jener Eichen, die im Sommer Schatten spenden vor der kleinen Kapelle des heiligen Gallus, unweit der Burg Stein. Oft schon hatte Ida zusammen mit Berthold dort zur Jungfrau Kunigunde, Beschützerin und Patronin der Blinden und Lahmen, gebetet. Vor langer Zeit war die gottesfürchtige Frau auf der Rückreise von einer Pilgerfahrt eben an jener Stelle gestorben und beigesetzt worden, so erzählten es sich die einfachen Leute der Gegend.
Wenige Male nur hatte Ida die Königin getroffen, aber immer erinnerten sie Berthas grüne Augen an die Eichen vor dem Grab der frommen Jungfrau Kunigunde, eine Erinnerung, die ihr bei der Herzogin Adelheid noch nie gekommen war, wie es Ida nun bewusst wurde.
Neben Bertha stand die vornehme Kuniza, von der erzählt wurde, sie stamme aus einer alten ungarischen Familie. Ihr Vater sei ein mächtiger Fürst in dem fernen Ländern gewesen, von denen Ida nicht einmal wußte, ob es dort gute Christenmenschen oder gottlose Heiden gäbe.
Als Kuniza noch ein Kind gewesen war, habe er im Heere des Ungarnkönigs Andreas gekämpft. Als dessen Bruder Béla gegen diesen rebellierte, sei er jedoch im Kampf ums Leben gekommen. Auch ihre Mutter sei früh gestorben.
Ein Ritter aus den Karpaten habe sich des Mädchens angenommen. Aus dem fernen Lande habe er sie ins Reich gebracht, fromme Schwestern hätten sie erzogen und schließlich sei sie an den Hof König Heinrichs gekommen, um dessen junger Braut Gesellschaft zu leisten.
Im Umkreis des Hofes raunte man sich gelegentlich aber auch zu, Kuniza sei in Wahrheit eine Prinzessin, entstamme dem russischen Geschlecht der Rurikiden und ihre Vorfahren hätten ein riesiges Reich von den Karpaten bis zu den Flüssen Don und Wolga beherrscht. Ida kannte diese fernen Gegenden nicht, vermochte auch nicht zu urteilen, ob dies nur ein Gerücht oder aber die Wahrheit sei. Die Namen, die von dort zu ihr gedrungen waren, klangen jedoch geheimnisvoll und aufregend. Rjasan, Turow, Kiew.

Und geheimnisvoll war schließlich auch Kuniza. Ihre dunklen Augen waren betörend und doch auch bedrohlich wie die einer Katze, ihre hohen Wangenknochen verliehen ihrem Gesicht eine strenge Schönheit und ihre Stimme hatte einen fremden Klang, der keinem Stamm im Reich eigen war.
Die Schar der Gäste war nun verstummt, jeder blickte zur Empore hinauf, Heinrich unterbrach seine Plauderei mit Adelheid. Herzog Rudolf stand bei der alten Kaiserin Agnes und auch sie verharrten still, sahen hinauf und warteten ab. Einzig Moricho, der Truchsess des Königs, lief noch immer auf und ab. Ihm oblag die Aufsicht über die königliche Tafel, an der sich Heinrichs Gäste nach der Messe versammeln sollten.
An der Seite Kunizas schritt Bertha die Treppe von der Empore in den großen Saal hinab. Hinter den beiden erkannte Ida die anderen beiden Damen, die zum Hofstaat der Königin gehörten, Affra und Käthelin. Vor allem die jüngere von beiden achtete angestrengt darauf, dass der Saum des prächtigen Mantels formvollendet über die Stufen hinunterglitt und nicht etwa an einer Unebenheit hängen blieb. Dahinter folgten die Ammen mit den königlichen Töchtern an der Hand. Ida erblickte auch den kleinen Sohn des Königs. Ein Geistlicher, der dicht hinter den Kinderfrauen ging, schaute sanft auf das Kind.
Schließlich erblickte Ida auch Rainald, jenen hoch gewachsenen Krieger König Heinrichs, der, wann immer Ida bisher die Königin gesehen hatte, dieser stets wie ein Schatten gefolgt war.
Immer war er bemüht, einen Schritt hinter der jungen Frau zu bleiben, sein ernster Blick verfolgte aufmerksam jede ihrer Bewegungen, um dann wieder über die Gästeschar zu gleiten wie der eines hungrigen Seeadlers.
Ida fragte sich, ob sie jemals ein einziges Wort über seine Lippen hatte kommen hören.
Rainald war ein Riese, der jeden der hochgeborenen Gäste überragte. Seine langen Beine steckten in einfachen eng anliegenden Hosen, über seine breite Brust und den muskelbepackten Armen hatte er einen einfachen grauen Mantel geworfen.
„Was starrst du so zu meiner Schwester hinüber, Ida? Nimm den Jungen und komm mit uns in die Messe.“

Adelheid thronte nicht länger auf ihrem Stuhl, sie war zu Ida getreten. Das Wort hatte sie an die Frau gerichtet, ihr Blick aber streifte den Jungen voller Abscheu. Die Fürsten des Reichs machten sich bereit zum Aufbruch in die Messe. Bischof Werner, die Priester, Diakone und Domkapitulare würden in der gewaltigen Kathedrale die Geburt des Herrn feiern und die hochgeborenen Gäste folgten den Geistlichen ins Gotteshaus.
Heinrich ging schleppend auf seine Königin zu, ergriff ihre Hand und gemeinsam zog das Herrscherpaar mit seinen Gästen hinüber ins Münster.
An der Spitze dieser Prozession schritt Bischof Werner an der Seite von König Heinrich durch die Hallen des Bischofspalastes, beide mit jugendlichem Schritt, dass vor allem die wohlgenährten Domherren schon bald Mühe hatten zu folgen. Auch die alte Kaiserin Agnes und Heinrichs Gemahlin Bertha strengte der schnelle Lauf des Königs und seines Bischofs sichtlich an. Die beiden Männer jedoch lachten sich an und schienen die heilige Messe als großes Vergnügen zu betrachten, ähnlich einem Kampfspiel unter Freunden, bei denen die jungen Männer ihre Kräfte messen konnten.
Erzbischof Udo von Trier, Bischof Liemar von Bremen und die königlichen Kapläne schlossen sich der Gruppe an. Dahinter reihten sich Herzog Rudolf mit seiner Gemahlin Adelheid und einige weitere hochgeborene Herzöge, Grafen und vornehme Große des Reiches ein. Stolz und doch auch freundlich umherschauend folgte Frowila, die Gefährtin des Bischofs, dem Zug der noblen Gäste in die Kirche. Niemand hatte bisher ein Wort an sie gerichtet, dennoch schien sie zufrieden, beinahe glücklich. Ihre Augen strahlten im Widerschein der zahllosen Lichter, die die große Halle erleuchteten.
Am Ende der Prozession humpelte Ida nur mit Mühe. Berthold hielt sie an der einen Hand, mit der anderen umfaßte sie ihren Stock. Langsam schoben sich die beiden voran, gemeinsam mit den Dienstmannen des Königs, jenen nieder geborenen Leuten, die in Diensten Heinrichs standen und deren Ratschlag der Herrscher so viel Gewicht beimaß. In der Menge war es schwierig für Ida, sicheren Halt zu finden und das Gleichgewicht zu bewahren. Überall drängelten und stießen die Männer sie in die Seite.

Ida wünschte sich Bodo herbei. Wo mochte der Kerl nur stecken? Auch wenn der herzogliche Krieger oft derbe Späße mit ihr machte, so war er doch auch hilfsbereit. Gerne hätte sie jetzt seinen Arm als Stütze angenommen. 31
Der Weg war mühevoll, Berthold ließ sich ziehen, den Kopf schief geneigt, den Blick in die Leere gerichtet. Kraftlos schleppte er sich voran und Ida hatte Mühe, nicht zu stolpern. Dennoch ließ sie es sich nicht nehmen, sich selbst um den Jungen zu sorgen. Als Sohn des edlen Herzogs von Schwaben wäre es sein Recht gewesen, hinter dem König gleich neben seinem Vater in die Kathedrale einzuziehen. In seltener Eintracht hatten Adelheid und der Domherr Hermann jedoch entschieden, dass die Gegenwart des schwachsinnigen Sohnes weder die Hoheit des Herzogs noch die Schönheit der Herzogin zierte. So blieb ihm der Platz an Idas Seite. Darüber war die Kinderfrau froh, die spöttischen Blicke der versammelten Gäste, die gehässigen Worte, die Berthold trafen, verletzten sie. Der Junge dagegen, so schien es, blieb von jeder boshaften Rede unberührt. Wer konnte das jedoch so genau wissen? Ida jedenfalls schnitt jedes einzelne boshafte Wort ins Herz.
Einen heiligen Schwur hatte sie einst geleistet, den Jungen zu behüten und ihm wie eine Mutter zu sein, obwohl sie damals selbst noch ein junges Ding gewesen war. Was ihr erst Pflicht gewesen, war schnell Liebe geworden. Und wie alles, was freiwillig und aus Neigung gegeben wird, statt aus Pflicht und dem Zwang des Befehls, entfachte auch diese Liebe ihrerseits tiefe Zuneigung beim Jungen. Ja, da war sich Ida sicher, Berthold liebte sie.
Als die Gäste das Haus verließen und auf den Platz traten, an dessen Nordseite sich das Münster hoch in den aufgewühlten, schwarzen Himmel reckte, wurde Ida von dem Sturm ergriffen. Es war nie einfach für sie das Gleichgewicht zu halten, ohne den Stock konnte sie sich nur mit Mühen auf den krummen Beinen halten. Nun aber war auch er keine Stütze mehr für sie. Der Wind, der seit dem gestrigen Tage unbarmherzig über Straßburg hinweg gefegt war, war zu einem gewaltigen Sturm angewachsen, der wie ein tobendes Ungeheuer gegen die Mauern des Münsters donnerte. Ida ließ die Hand des Jungen los und suchte nach Halt. Der Sturm zerrte an ihr und ihr fehlte die Kraft sich ihm zu widersetzen.

„Berthold komm, bitte, komm jetzt. Hilf mir, Berthold, bitte“, schrie sie, ihre Worte aber gingen im Tosen des Unwetters verloren. Mit beiden Händen hielt sie ihren Stock umklammert. Lange, das wußte Ida, konnte sie sich nicht mehr auf den Beinen halten.

Steh mir bei, heilige Kunigunde, hilf und stütze mich.

Plötzlich spürte sie den festen Griff einer starken Hand. Ida schaute erschrocken in das regennasse kantige Gesicht des königlichen Kriegsmannes Rainald. Er war ihr zur Seite gesprungen und legte stützend seinen linken Arm um sie. Gemeinsam schleppten sie sich durch das Unwetter in das Münster.

Kaum hatte Ida das rettende Innere des Kirchenschiffs jedoch erreicht, ließ Rainald sie los, kehrte um und rannte abermals in den Sturm hin zu Berthold, der verlassen, mitten auf dem Platz stand.

Wie der Junge so dastand, den Kopf noch immer schräg, den Blick leer, schien es, als bemerke er das tosende Wetter um sich nicht einmal. Rainald nahm Berthold an die Hand und zerrte ihn in das Gotteshaus.

Auch die anderen Gäste des Königs hatten sich mit großer Mühe in das Kirchenschiff gerettet. Unerbittlich rüttelte der Sturm an den Türmen des Münsters, sein schrilles jaulendes Lied erfüllte den hohen Raum der Kirche und war lauter als die Gebete und Gesänge der Priester. Über Berthold, der mit abwesenden Blick neben Ida stand, spottete in dieser Nacht niemand. Alle wünschten rasch das Ende der Messe herbei.

Ida fror, die nassen Kleider hingen schwer an ihrem Leib, die Schmerzen in ihren verkrüppelten Gliedern machten ihr das Stehen zur Pein. In das Klagelied des Windes mischte sich angsterfülltes Jammern und Flüstern der edlen Damen und Herren, das von allen Seiten an ihr Ohr drang. Kaum einer der Gäste achtete noch auf die Zeremonie weit vorn vor dem Altar. Niemand hörte auf die Gesänge der Geistlichen, während die Holzbalken im Dachstuhl des Turms knarrten.

Von Todesangst verzerrt waren die Gesichter einiger Frauen, Gemahlinnen und Töchter der hochgeborenen Gäste, und auch die meisten Männer, tapfere Krieger allesamt, schauten besorgt die hohen Wände des Münsters hoch.

Ida sah sich ebenfalls um, dicht bei ihr standen die Gefolgsmänner des Königs, Dienstleute und Krieger. Weiter vorn erblickte sie Rudolf neben Adelheid, bewegungslos, die Köpfe würdevoll erhoben, hatten sie ihre Blicke fest an das Geschehen im Chor geheftet.
Der Gemeinde abgewandt, hatte sich Bischof Werner vor dem Altar mit ausgebreiteten Armen aufgestellt, während der Archidiakon im Wechsel mit dem Domkapitel „*Gloria in excelsis Deo*“ sang. Dann sprach der Propst die Gemeinde mit den Worten "*Dominus vobiscum*“ direkt an. Gemeinsam mit den Versammelten um sie herum, antwortete Ida "*et cum spiritu tuo*". Nun hob der Lektor an aus dem Johannesevangelium zu lesen. Andächtig lauschten die vorn im Chor versammelten Priester. Bis zu Ida in den hinteren Teil der gewaltigen Kathedrale drangen jedoch nur wenige Worte.
Sie ließ wieder ihren Blick schweifen. Wenige Armlängen vom Altar entfernt wurde sie der Königin gewahr, ihr ganz nahe war Kuniza. Beide hielten sich an den Händen. Dicht hinter den Frauen standen ihre Krieger, von denen einer alle anderen um Haupteslänge überragte: Rainald.

Bischof Werner hatte den hohen Gästen einen großen Teil seiner Pfalz überlassen. König und Königin bewohnten Teile des Wohntraktes, in dem er mit Frowila sonst allein residierte. Auch einige Männer aus dem Gefolge Heinrichs waren in den Räumen des bischöflichen Gesindes einquartiert worden, die restlichen Krieger waren jedoch auf dem großen Bischofshof in Zelten untergebracht, die nun dem Unwetter hatten weichen müssen. Heinrichs hochgeborene Gäste wurden im Saal der bischöflichen Pfalz bewirtet und die Messe, mit der der König und die Großen des Reiches das Weihnachtsfest begingen, zelebrierte Bischof Werner in seiner Kathedrale.
Als Kirchenfürst war er seinem Herrn, dem König, gegenüber dazu verpflichtet, jedoch leistete er diesen Dienst umso bereitwilliger und freudiger, je mehr sich sein Streit mit dem Papst in den letzten Jahren verschärft hatte.

In Rom wurde neuerdings jede geringste Spur unsittlichen Verhaltens der Kirchenmänner, jeder Verdacht des Ämterkaufs strengstens bestraft, ein Umstand, den auch Werner zu spüren bekommen hatte, als Papst Gregor ihn seines Bischofamtes enthob. Der Pontifex hatte damit Werners Lebenswandel bestraft, denn auf die Freude, das Bett mit seiner Geliebten Frowila zu teilen, hatte der Kirchenmann trotz aller Weihen nicht verzichten wollen. Auch war er, trotz anfänglicher Ermahnungen aus Rom, nicht müde geworden seine Amtsbrüder zu ermutigen, es ihm gleich zu tun und in Gemeinschaft mit einem Weibe zu leben. Vor allem aber, dass König Heinrich vor beinahe zehn Jahren den damals erst 16jährigen Werner in das bischöfliche Amt eingesetzt hatte und weder Eignung noch Erfahrung, sondern nur die Freundschaft der beiden diese Ernennung gefördert hatte, erzürnte den Papst. Aber wie sollte man in diesen Tagen auch sonst in Amt und Würden gelangen? fragte sich Werner im Stillen.
Für Gregor jedoch war das Maß voll.
„Die Kirche muss von diesem faulenden Mitglied, das sie entehrt, gereinigt werden“, schimpfte der Pontifex im fernen Rom über den Straßburger Bischof und nur dem Schutz des Königs verdankte es Werner, dass er noch als Kirchenfürst in seiner Stadt walten konnte. Das Domkapitel aber, an erster Stelle Domherr Hermann, und sogar einige Fürsten des Reichs standen insgeheim auf Seiten des Papstes in diesem Streit und verabscheuten wie dieser die Lebensweise des Kirchenmannes.
Konnte Werner also auf deren Unterstützung im Streit mit Papst Gregor nicht rechnen, so blieb ihm noch immer die Freundschaft mit dem König.

Der war jung wie Werner. Und wie Werner liebte der König das Leben, die Frauen, das gute Essen und die Jagd. Zusammen mit seinen Freunden und Ratgebern hatten sie schon viele fröhliche Stunden erlebt. Vor allem die beiden Brüder Konrad und Swigger, jeder von ihnen ein unerschrockener Krieger, dienten als treue Gefährten im Spiel wie auch in der Politik. Beide waren stattliche Mannsbilder, die das Blut der Damen ordentlich in Wallung brachten. Gemeinsam mit dem König waren die beiden Brüder schon einigen Weibern nachgestiegen und hatten manch wilde Rose gebrochen, wobei sich Konrad im Vergleich zu seinen beiden Kumpanen immer leichter dabei tat, die Gunst der Damen zu gewinnen. Alle Weiber bewunderten ihn und schwärmten von seinem hohen Wuchs, der schmalen Taille und den breiten Schultern, den blonden Locken, seinem kantig geschnittenen Gesicht und den klaren, freundlichen blauen Augen, die jedes Weib anstrahlten, ob niedere Magd oder verehrungswürdige Herrin. Im Reich war er als der „schöne Konrad“ bekannt.
Sei es die in die Jahre gekommene Affra oder die Gemahlin des Bayerischen Herzogs, sie alle suchten nur einen Blick von ihm zu erhaschen oder ein Lächeln, das er ihnen zuwarf. Sogleich erglühten ihre Wangen und ihr Blick senkte sich verlegen. An diesem Schauspiel ergötzte sich der König jedesmal.
Sogar Ida hatte sich schon dabei ertappt, wie sie entzückt den Kumpan des Königs betrachtete. Er war ein sehr angenehmer Anblick, zu jedermann freundlich, immer heiter, dabei jedoch scharfsichtig und trotz seiner Jugend klug. König Heinrich schätzte seinen Rat.
Nun hatten sie sich also alle im Hause des Bischofs versammelt und speisten an seiner Tafel, die Freunde gleichermaßen wie die Feinde.
Bischof Werner musterte einen nach dem anderen. Einträchtig saßen sie zusammen. Die Gefährten des Königs, Krieger aus einfachen Familien, und Kirchenmänner, die ihr Amt dem Wohlwollen des Königs verdankten, hockten an seiner Tafel und speisten zusammen mit jenen edlen Männern, die so streng über ihn und sein Weib urteilten und die Gefallen fanden am wütenden Gebaren des Heiligen Vaters. Eifrig sprachen sie seinem Wein zu und machten sich her über das üppige Mahl, das seine Bediensteten seit Wochen vorbereitet hatten.

Zornig beobachtete Werner Herzog Rudolf von Schwaben. Der war als Freund und Unterstützer der päpstlichen Politik bekannt. Wie dieser Rudolf mit seiner sündig umher buhlenden Gemahlin, seinem schwachsinnigen Sohn und diesem Hinkebein Ida herein stolzierte, war beinahe schon aufreizend, sinnierte der Bischof.
Aber auch Erzbischof Udo war einer von den Papstfreunden, die nun kein Wässerchen zu trüben schienen. Werners Blick streifte den Trierer Kirchenfürst, der ausgelassen mit der alten Kaiserin plauderte. Der Straßburger erinnerte sich beinahe angeekelt, dass dieser Pharisäer Udo ebenfalls vor Jahren in den Verdacht geraten war, sein Amt gekauft zu haben, wie weiland Simon Magnus, als dieser von Paulus gegen Geld die Gabe erbeten hatte, das Sakrament der Taufe spenden zu können. Beim Papst hatte der Erzbischof um Gnade gewinselt, gleichzeitig umschwänzelte er noch immer den König. Niemand wußte genau, auf wessen Seite Erzbischof Udo stand, wem seine Treue wirklich gehörte.
Auch Herzog Rudolfs Treue zum König war zweifelhaft. Der, das wußte Werner genau, misstraute seinem Schwager, man raunte sich sogar zu, der König trachte dem Herzog nach dem Leben, überlegte Werner.
Andererseits war es aber auch kein Geheimnis, dass einige Fürsten des Reichs den Herzog anstelle Heinrichs zum König erheben wollten. Was für verworrene Zeiten, in denen wir leben, sprach Werner zu sich selbst. Wer ist Freund und wer ist Feind? Wessen Treue ist echt und wer ist an dieser Tafel der Judas?
„Ihr seid in Gedanken, teurer Werner. Habt Ihr nun, da die Fastenzeit beendet ist, keinen Hunger?" Berthas Stimme riss den Bischof aus seinen Gedanken. Die Königin saß zu seiner Linken, gemeinsam mit der Kaiserin hatte sie an der Tafel Platz genommen. Die anderen Damen hatten sich gemeinsam mit den königlichen Kindern gleich nach der Messe in ihre Kammern oder Zelte zurückgezogen.
Werner erinnerte sich, dass Rudolfs Weib, die schöne Adelheid zusammen mit dem Hinkebein Ida von einigen seiner Bediensteten in das Haus des Domherren Hermann geleitet worden war. Auch dieser, so stieß es Werner bitter auf, war ein Freund des Papstes.

Kaiserin und Königin hatten nur wenige Bissen gemeinsam mit den versammelten Großen genommen. Nun war es an der Zeit, den Männern die Gelegenheit zu geben, ungestört zu speisen. Würdevoll erhoben sich die Damen und verließen gemessenen Schrittes die Halle, ganz wie es sich für eine glanzvolle und fromme Königin geziemte.

„Wo steckt Hemma? Wo bleibt Kuniza schon wieder? Ich brauche sie. Allein finde ich aus dieser Tunika nicht hinaus“, jammerte Bertha.
„Du hast nicht nur deine Kuniza, auch Affra und Kätherlin stehen dir zu Diensten, mein Kind. Sie werden dir helfen, da bin ich gewiss“, sagte Agnes in sanftem Ton und legte Bertha den Arm zärtlich um die Schultern. Dann drehte sie sich den Dienerinnen und Hofdamen zu, die unentschlossen in der Ecke der Kammer standen.
„Schnell, kommt herbei, die Königin ist erschöpft und muss sich zur Ruhe begeben.“
„Ach Agnes, ich fürchte diese Stadt, dieses Haus. Am meisten fürchte ich jedoch dieses Unwetter. Wenn nur Kuniza bei mir wäre. Ich möchte endlich zu Bett gehen. Auch meiner Dienerin bin ich ledig. Was bin ich nur für eine Königin? Dass mein Gemahl mich verachtet, wundert niemand.“
„So darfst du nicht sprechen, liebes Kind. Keine Seele verachtet dich und dein Gemahl, der König, am allerwenigsten.“
Agnes streichelte die Wange der jungen Königin.
Die alte Kaiserin war Bertha in deren Kammer gefolgt, gemeinsam saßen sie nun, einander die Hände haltend, auf dem Bett der Königin und lauschten auf den Wind.

„Hemma, dieses liederliche Weibsbild, wird wieder bei ihrem Galan sein, dem Galgengesicht Hetzil“, stieß Affra verärgert aus, während Käthelin damit begann, Berthas Haare zu lösen und ihr Obergewand zu öffnen. Ihre zierlichen Hände lösten flink die Schnüre der kostbaren Seidentunika. Käthelin war noch jung, gerade dreiundzwanzig Jahre alt, und dennoch trug sie schon den Witwenschleier. Ihr Gemahl Marcquard, ein Ritter im Diensten des Königs aus einer edlen bayerischen Familie, war zu Tode gekommen in den Kämpfen gegen den Markgrafen von Thüringen. Fünf Jahre war das nun her. Das königliche Heer hatte die Burg Beichlingen erobert und Marcquard war dabei von einem thüringischen Pfeil getroffen worden, der sich tief in seinen Hals gebohrt hatte. Seither lebte seine junge Witwe am Hofe der Königin, umsorgte sie, kümmerte sich um ihre Kleider, ihren Schmuck, leistete ihr Gesellschaft und wartete, dass sich ein geeigneter Kandidat für eine neue vorteilhafte Ehe fand.

Es war schon spät am Abend und die Fackeln waren in der großen Halle beinahe vollständig heruntergebrannt, als die Männer dort noch immer an einer langen Tafel speisten und tranken. Die Fastenzeit war endlich beendet und herrliche Braten vom Schwein, Reh und Hasen, duftende Soßen und Schüsseln mit dampfenden Mus waren in nicht enden wollender Folge von den Dienern des Straßburger Bischofs serviert worden.
Der Truchsess Moricho war auch zur Ruhe gekommen, gemeinsam mit den anderen Dienstleuten des Königs und den Großen des Reiches saß er satt, müde und zufrieden bei süßen Honigkuchen und getrockneten Früchten, bei Wein und Bier.

Heinrich hatte sich endlich zu seinen Freunden gesetzt. Der schöne Konrad erzählte von einem Jagdausflug, den die Männer vor Jahren einmal gemeinsam in den Wäldern um Straßburg herum gemacht hatten und sein Bruder Swigger streute eigene Erinnerungen in die Rede ein. Lauthals lachten die Männer und prosteten sich vergnügt zu. In diesem Kreise fühlte sich der König wohl, ihm war, als sei er unter seinesgleichen. Konrad strich sich die blonden Locken aus dem Gesicht, seine klaren blauen Augen strahlten, als plötzlich ein Dienstmann des Bischofs in den Saal geeilt kam.

„Herr Bischof, die Wand! Der Turm! Er stürzt ein. Der Sturm hat die Wand eingerissen."

Eilig sprangen die Männer auf. Gesinde, Ritter, Dienstmänner und Edelmänner liefen durcheinander, hinaus auf den großen Platz vor der Kathedrale.

Auch Rainald war aufgesprungen und stürzte den anderen hinterher, blieb dann aber auf der Schwelle des weiten Portals stehen und schaute in die Nacht. Vor ihm öffnete sich der weite Platz, in der Dunkelheit war die Kathedrale nur zu erahnen. Mächtig trotzte ihr riesiger Westturm dem Getose des Unwetters. Die zwei Türme jedoch, die über dem Chor in den Himmel ragten, waren völlig in der Gischt des wild umher fegenden Regens versunken.

Rainald überlegte nur einen kurzen Augenblick, dann eilte auch er hinaus, sich der Gefahr durchaus bewußt, hin zum Ostturm, dessen Wand vom Sturm bereits eingedrückt war. Er und die anderen Männer kämpften sich Fuss um Fuss durch das Unwetter hin zu dem gewaltigen Gotteshaus. Einige Diener des Bischofs hatten bereits Holzplanken herbeigeschafft und versuchten den Ostturm zu stützen. Die königlichen Dienstleute sprangen ihnen helfend bei, ihre Rufe aber gingen im wütenden Donnern des Sturms unter. Schon war Rainalds Mantel vom Regen vollgesogen und lag schwer auf seinen breiten Schultern, über sein Gesicht lief das Wasser, die dunkelbraunen Haare klebten in dicken Strähnen an seinem Schädel.

Die Nacht war schwarz. Rainald versuchte etwas zu erkennen, schon hatte er jede Orientierung verloren, weder die Umrisse des Bischofpalastes, noch die Mauern der Kathedrale waren in der Finsternis auszumachen. Kurz hetzten einzelne Männer an ihm vorbei, Krieger im Diensten des Königs wie er. Die vertrauten Gesichter seiner Gefährten, die geisterhaft an ihm vorbei hasteten, waren von Anstrengung und Verzweiflung gezeichnet.
Wie in der Schlacht, dachte Rainald, als plötzlich, von göttlicher Zorneshand geschleudert, schwere Gesteinsbrocken auf die Männer niederstürzten.
Schreie durchschnitten das Tosen des Unwetters. Rainald spürte einen stechenden Schmerz an seiner rechten Schläfe und kurz darauf ein Brennen in seinem Auge. Er befingerte die Stelle. Blut. Eilig wischte er es aus dem Auge und kämpfte sich zu einem Krieger, der bewußtlos am Boden lag. Der Sturm zerrte an Rainald, mit der ganzen Kraft seines schweren Körpers stemmte er sich gegen den Sturm. Der Boden jedoch war völlig aufgeweicht und knöcheltief versank er im Schlamm. Jeder Schritt wurde zu einer schmerzhaften Anstrengung. Seine muskulösen Beine zitterten. Schon begann der durchweichte Boden zu gefrieren. Endlich hatte Rainald die wenigen Schritte hin zum leblosen Körper des Gefährten geschafft und kniete sich neben ihn nieder. Ein dicker wollener Mantel verbarg den Körper des Mannes, sein Gesicht lag im Schlamm. Als Rainald den Krieger herumdrehte, sah er, dass dessen Gesicht völlig zerschmettert war. Von der Stirn reichte ein tiefer Riss quer über die rechte Wange bis hinunter zum Hals. Blut und rohes Fleisch quollen aus der Wunde. Rainald hob den Kopf des Mannes hoch, der jedoch rührte sich nicht, gab keinen Laut von sich. Er war tot. Erschlagen von den Gesteinsbrocken des Ostturms, der an diesem Weihnachtsabend zusammengebrochen war.

„Den Rollo hat's erwischt."
„Der Berno liegt erschlagen."
„Tot liegt auch der Adam."
„So geht kein Sturm, kein Wetter. Das war Teufelszeugs."
„Hexenwetter war's"

„Wohl wahr, ein Hexenwetter war's, was unsere Männer hat erschlagen."
Eine Ausgeburt der Hölle.
Solche Reden hörte man in dieser Weihnacht in der Pfalz des Bischofs.
Käthelin nahm der Königin den Halsschmuck und das Ohrgehänge ab und verbarg die Stücke sorgfältig in einer kleinen Schatulle. Als sie auch die Rosenfibel der Königin zu den anderen Stücken legen wollte, schrie Bertha laut auf.
„Du einfältiges Weib. Ich sagte dir, dass dieser Schmuck niemals in die Truhe oder in eine Schatulle gelegt werden soll. Die Fibel bleibt bei mir, nur ich verwahre sie."
Damit zog die Königin einen Beutel hervor, den sie an ihrem Gürtel trug und ließ die bronzene Rose, die bis vor kurzem noch ihren Mantel gehalten hatte, hineingleiten.
Da öffnete sich die Tür und Kuniza trat herein, kurzatmig, der Schal war ihr von den Haaren auf die Schultern gerutscht und das Gesicht war gerötet.
„Wo bist du gewesen? Ist das der Dienst, den du mir schuldig bist? Läßt mich allein bei einem Unwetter, obwohl du weißt, dass ich nichts mehr fürchte als Sturm und Regen."
„Verzeiht, edle Königin. In einer Nacht wie dieser sind an allen Ecken hilfreiche Hände gesucht", antwortete die vornehme Frau.
„Sogar Eure Krieger sind unten und helfen die Schäden des Sturms zu beseitigen."
Schwerfällig erhob sich Agnes.
„Ich sehe, mein Kind, ich werde hier nicht mehr gebraucht. Du hast deine Kuniza wieder und ich kann mich in meine Kammer zurückziehen."
„Werte Herrin wartet", rief Kuniza der Alten nach. In der einen Hand hielt sie einen kleinen Hammer, in der anderen eine gelblich bemalte Tonschüssel, aus der stechend riechender gelber Rauch aufstieg.
„Was hast du da?" fragte die Kaiserin, Kuniza jedoch blieb ohne Antwort. Jede der Frauen starrte auf die Schüssel.
„Ich war es nicht. Ich habe nichts getan. Ihr müsst mir glauben. Ich schwöre hundert Eide, dass Ihr mir glaubt. Hoch verehrte Kaiserin", flehte die junge Königin.

Die alte Kaiserin hielt Bertha im Arm und versuchte die Wortfetzen, die die junge Frau stammelte, zu verstehen. Ihre einfache Cotte wurde nass von den Tränen der Königin, die ihr Gesicht an den Busen der Schwiegermutter gedrückt hielt. Der Blick der Alten aber lag auf der Schale, die Kuniza in den Händen hielt.
Die Hofdame roch vorsichtig daran und drehte sich angewidert ab.
„Wetterzauber." Agnes Lippen formten tonlos das Wort.
Kuniza nickte stumm und murmelte nur:
„Hexenzeug. Verflucht sei dieses Teufelswerk."
Mit einer leichten Kopfbewegung schickte die Kaiserin alle Dienerinnen und Damen der Königin hinaus, nur Kuniza hatte sie mit einem kurzen Nicken wortlos befohlen zu bleiben. Schweigend betrachteten die beiden Frauen nun die schluchzende Königin, während der Sturm an den Fensterläden zerrte. Immer wieder versuchte die alte Kaiserin die weinende Königin durch sanftes Streicheln zu trösten, jedoch erfolglos. Bertha stammelte unter Tränen unverständliche Sätze. Nur wenige ihrer Worte waren verständlich.
„Heilige Dorothea, stehe mir bei. Schützerin und Freundin aller Verleumdeten. Der König…keine Zauberei…Heinrich…verstoßen…böse Zungen…hilf mir, heilige Dorothea hilf, Kuniza bleib."
Der Beistand eines frommen Priesters musste herbeigeschafft werden, das war beiden Frauen gewiss.
Noch immer zerrte der Sturm an den Fensterläden und sein Heulen und Jammern vermischte sich mit den winselnden Klagelauten der jungen Königin.
Agnes hielt die schluchzende Bertha fest in den Armen und wiegte sie, wie eine Amme ein Neugeborenes, beruhigend hin und her. In der nur von einer Öllampe schwach beleuchteten Kammer verschmolzen die Umrisse der beiden Frauen ineinander. Kuniza stellte sich ganz nahe an sie heran und streichelte sanft die Schulter ihrer Herrin.
„Eile und schaffe den Priester herbei", befahl die alte Kaiserin mit sanfter Stimme.
Mitleidig betrachtete die Hofdame die Königin, ihre Gedanken jedoch flohen fort. Plötzlich drehte sich weg und eilte aus der Tür. Nur wenige Augenblicke später stand sie mit Pater Hanno wieder in dem kleinen Raum.
Bertha schaute auf.

„Was holst du den Hanno her? Ich will ihn nicht hier in meiner Kammer."
„Pater Eliah war nirgendwo zu finden."
„Du lügst, Pater Eliah würde mich nie verlassen. Ich vertraue nur ihm."
Wieder vergrub Bertha ihr Gesicht in Agnes Schoss.
Doch weder Kuniza noch Pater Hanno kümmerten sich um das Klagen der Königin, sondern verschwanden mit der Schale, aus der noch immer gelber, schwefelig riechender Rauch aufstieg, in eine kleine, durch einen Vorhang abgetrennte Nische. Dort war ein Tisch mit einem Kruzifix aufgestellt, vor dem die Königin noch am Morgen im Gebet niedergekniet war.
Nun stand Hanno davor, die Schüssel in den Händen. Seine gedämpfte Stimme war kaum zu hören, als er die beschwörenden Gebete murmelte.
Bertha starrte derweil mit tränennassen Gesicht stumm vor sich hin und als Agnes ihr tröstend den Arm um die Schultern legen wollte, schüttelte sie diesen nur wie ein lästiges Insekt ab.
„Ich verstehe es nicht. Wieso in meiner Kammer? Immer wieder. Hat dieser Alp nie ein Ende?"
Weder die alte Kaiserin noch die junge Königin wussten eine Antwort.
Ungeduldig zerrte die Königin ihren kleinen Beutel hervor, fingerte die Rosenfibel heraus und hielt sie krampfhaft in den Händen.
So saßen sie noch lange, reglos und schweigend, ihre starren Blicke verloren sich in der Dunkelheit und nur Hannos Gemurmel hinter dem Vorhang drang leise durch den Raum. Irgendwann jedoch schreckte Bertha auf.
„Wo ist Hemma? Sie bringe mir eine Schale heißer Suppe vom Huhn, mich fröstelt. Wo treibt das Ding sich wieder herum?"
„Ich werde gehen und sie suchen", antwortete Kuniza, die bisher dicht bei dem Geistlichen hinter dem Vorhang gestanden hatte. Hastig huschte sie auf den Flur. Hanno folgte ihr wenig später und so blieben Königin Bertha und die alte Kaiserin Agnes allein zurück.
Weder Hemma noch Kuniza kehrten in dieser Nacht in die Kammer ihrer Herrin zurück.

In der großen Halle saßen im fahlen Schein der Fackeln König Heinrich, sein Bischof Werner und Konrad, der königliche Krieger. Die Müdigkeit und der Schrecken dieser Nacht zeichnete sich auf ihren Gesichtern ab. Sogar die sonst so strahlend schönen Züge Konrads waren grau und eingefallen. Zu ihren Füßen lagen die Toten und Verletzten dieser Weihnacht.
Die Fürsten, die noch vor wenigen Stunden hier gefeiert hatten, waren schon lange in ihre Herbergen verschwunden. Nur noch einige Krieger und Bedienstete des Königs waren geblieben und liefen zusammen mit den Dienern des Bischofs zwischen den Reihen blutender Leiber hin und her.
Ein Dutzend Verletzter und Toter hatten die Männer unter den Trümmern des Ostturmes hervorgezogen. Auch war neben dem Chor der aufgeweichte Boden eingebrochen und es hatte sich ein zehn Fuss breites Loch aufgetan. Darunter war die Decke der Krypta eingestürzt. Ein greiser Domherr, der dort das Nachtgebet verrichtet hatte, lag nun erschlagen auf dem Boden der Halle in der bischöflichen Palastanlage. Neben ihm waren weitere tote und lebendige Leiber aufgereiht. Die Priester der Hofkapelle König Heinrichs gingen von einem zum anderen, um sowohl Trost als auch Sterbesakramente zu verteilen.
Der Beichtvater der Königin Bertha, Eliah, wischte sich den Schweiß von der Stirn und schaute traurig auf die geschundenen Körper, die vor ihm lagen.
Schweigend trat Rainald zu ihm und klopfte ihm anerkennend auf die Schulter.
Jäh drehte sich der Priester zu ihm um.
„Du bist verletzt, Rainald. Deine Schläfe ist voller Blut."
„Kaum der Rede wert," antwortete Rainald.
Der Geistliche schmunzelte. *So ist seine Art*, dachte Eliah über den Freund. *Nicht viele Worte. Jede Freundlichkeit und Anteilnahme wehrt er ab. Viele Leute halten ihn darob für grob, ungehobelt und rüpelhaft, glauben, ihm liege nichts an den Menschen um ihn.*
Der Geistliche wußte es aber besser. Rainald besaß ein Herz, jedoch hatte er es vergraben, schon vor vielen Jahren, unter einem dicken Panzer aus Gram und Argwohn, dass niemand es erahnten konnte.
Beide Männer nickten sich kurz zu und und widmeten sich wieder jenen, die ihrer Hilfe bedurften.

Eliah kniete neben einem knabenhaften Krieger nieder, dessen Beine von den herabstürzenden Trümmerteilen zerquetscht worden waren. Der Junge stöhnte vor Schmerz und der Priester konnte nichts weiter tun, als ihm mit einem nassen Tuch die Stirn kühlen. Ob er noch in dieser Nacht vor seinen Schöpfer treten sollte, konnte niemand beurteilen. Eliah hatte schon viele Verletzte gesehen. Er kannte die fürchterlichen Wunden, die der Krieg schlug, hatte manch einen Kriegsmann getroffen, der furchtlos in den Kampf geritten war, wenig später aber verzweifelt im Dreck gelegen und um Gnade gewinselt hatte, da seine Eingeweide aus dem geschundenen Leib quollen. Aber Eliah hatte auch schon das Wunder erlebt, dass ein Krieger wieder genas, obwohl er die Sterbesakramente bereits empfangen hatte.

„Das ist ein Strafgericht Gottes“, sagte Bischof Werner.
König Heinrich schaute den Kirchenfürst fragend an.
„Regt sich Euer Gewissen?“
„Verehrter König, in Rom werdet Ihr nicht lange suchen müssen, um jemanden zu finden, der erklären könnte, welche meiner Sünden unser Herrgott in dieser Nacht gestraft hat. Hier in Straßburg aber werden wohl bald Gerüchte die Runde machen. Der Groll der römischen Pfaffenbrut auf Euch und Eure Bischöfe hat das Volk erschreckt. Und auch Eure Feinde werden nicht zögern, alte, längst vergessene Geschichten wieder hervorzukramen. Ein Unwetter wie heute Nacht kann nur das Werk finsterer Zauberei sein und Ihr wisst, wer an Eurem Hofe in diesem verdachte steht.“
„Schweigt still. Ich rate Euch, lasst die Vergangenheit ruhen“, erwiderte Heinrich.
„Bischof Werner hat Recht, edler König. In dieser Nacht habe ich schon einige von Teufelswerk und Zauberei reden hören. Die Verleumder werden nicht lange ruhen.“ Konrad hatte wie selbstverständlich das Wort ergriffen. König und Bischof schienen die Anmaßung seiner Rede jedoch nicht zu bemerken. Heinrich nickte stattdessen nur mit dem Kopf und schwieg.
„Die Gehässigkeit und die Missgunst der Menschen ist eine Eigenart, mit der man zu jeder Zeit rechnen kann,“ ergänzte der Krieger.

„Nun, vor mir braucht Ihr Euch nicht zu fürchten, edler König. Ich selbst habe keinen Grund, Vergangenes wieder ans Licht zu zerren“, antwortete Bischof Werner und goss Heinrich noch einen Becher Wein ein.

Am 26. des Monats Dezember, im Jahre 1074 nach Fleischwerdung des Herrn.

Die Sonne ging hinter dunklen Wolken auf, die nun, als der Sturm seine Kraft verloren hatte, zögerlich aufrissen. Ida erwachte und horchte angestrengt, doch der Morgen schien ruhig, nur das ärgerliche Gekrächze eines Raben war zu hören. Ida kam Hermanns Köchin in den Sinn, wie diese gestern aufgeregt geschrien hatte: „Verdammter Unglücksvogel".

Sollte das Tier ein Künder kommenden Unglücks sein? Manch törichtes Weib fürchtete die schwarzen Vögel als unheilschwanendes Zeichen, manche sogar meinten in ihm den Gebieter über alle bösen Kräfte, über Tod und Verderben zu erkennen, der die verhängnisvollen Geschicke lenke und bestimme.

Ida jedoch war auch dieser heidnische Aberglaube von klein auf fremd. Irmgud hatte sie gelehrt, fest im Glauben an das Heil in Jesus Christus und an ihre von Gott verliehenen Verstandeskräfte zu sein. Sie vertraute keinen Ahnungen oder Vorboten. Unglück und Verderben trafen die sündigen Menschen auch ohne Krähenvögel, schwarze Katzen oder Hühnerknochen. Dieser Weihnachtstag konnte sehr wohl Unglück und Verderben bringen. Das aber würde nicht das Werk von Vögeln, Katzen oder Knochen sein.

Rudolf von Rheinfelden musste zusammen mit seinen Getreuen und Freunden im Reich auf der Hut sein, auch wenn der König zur Versöhnung geladen hatte. Heinrich hatte die Fürsten des Reiches zum Weihnachtsfest nach Straßburg gerufen, denn er beabsichtigte im kommenden Frühjahr ein Heer aufzustellen und die aufrührerischen Sachsen mit Hilfe seiner Großen endgültig zu bezwingen. Es würde in den nächsten Tagen endlos scheinende Beratungen geben, es würde geschachert und gehandelt werden wie auf einem byzantinischen Markt.

Die Großen hatten Heinrich zwar die Treue geschworen, hatten versprochen ihm beizustehen mit Rat und Tat, trotzdem ließen sie sich ihre Hilfe vor jedem Kriegszug aufs Neue versilbern, sie plünderten die königliche Kammer und griffen gierig nach Rechten, sowohl über Land wie auch über Leute.

König Heinrich ermahnte jeden einzelnen Fürsten an seine Pflicht zur Treue ihm gegenüber. Und diese Ermahnungen waren notwendiger denn je zuvor, das musste Ida zugeben.

Gerüchte machten im Reich die Runde. So raunten sich die Leute zu, Herzog Welf von Bayern habe sich verschworen gegen den König. Auch erinnerte sich Ida daran, dass man sich seit Jahren im ganzen Reich zuflüsterte, Herzog Rudolf von Schwaben plane den König zu ermorden und es gab Stimmen, die behaupteten, er verfolge eigene Pläne, strebe nach der Krone.
Ebenso halblaut tuschelte man sich an anderen Ecken des Reiches aber auch zu, Heinrich trachte Rudolf nach dem Leben. Ein gedungener Mörder habe dem Herzog aufgelauert und ihn mit dem Schwerte niederstrecken wollen, auf Befehl des Königs.
Ida überlegte angestrengt, doch ihr fiel der Name jenes Halunken nicht mehr ein. Ein königlicher Dienstmann, von niederer Geburt und noch niederer Moral hatte solch unglaubliche Anschuldigungen hinausgeschrieen.
Werd' schon ein altes Weib, mein Gedächtnis schwindet, schalt sie sich selbst. In ihrer Erinnerung sah sie Rudolfs sorgenvolles Gesicht, als der schwer bewaffnet und gerüstet mit seinen Kriegern aufbrach, um den Meuchelmörder zu stellen.
Mit der flachen Hand rieb sich Ida die Stirn. Plötzlich kam es ihr wieder in den Sinn. Regenger. Das war sein Name gewesen. Regenger, der Lumpenhund, der Lügensack. Niemand wußte mehr, wem zu glauben sei, diesem zweifelhaften Halunken, dem König oder sogar jenen, die behaupteten, der wendige Otto von Nordheim hätte hinter dem Intrigenstück gestanden, um den König in Verruf zu bringen.
Die Verwirrung, die der elende Kerl ausgelöst hatte, sollte er jedoch nicht mehr erleben. Er war in sein Schwert gestürzt und starb eines furchtbaren Todes. Unvergessen blieb den Mitgliedern des königlichen Gefolges der Anblick seines leblosen Körpers, der in einer Blutlache lag, das Schwert war in seinen Bauch eingedrungen, hatte ihn durchteilt und war am Rücken wieder ausgetreten. Noch lange Zeit später erzählten sich die königlichen Kapläne, die Hofdamen und Krieger vom ehrlosen Tode des Regenger. Nicht wenige sahen darin die gerechte Strafe für ein lasterhaftes Leben und ein sündiges, grausames Treiben. Aber die Gerüchte waren nicht mit ihm verstummt, während Regenger hinab in die Hölle gestürzt war, trieben sie auf Erden Blüten und Sprossen.

Gerüchte speisen Zweifel und Zweifel sind die Nahrung jeder Zwietracht. Noch immer spürte Ida die Sorge um Rudolfs Heil und Leben, fürchtete sie Heinrichs Hinterlist und Tücke.
Aber nicht nur Ida, auch manch Feind des Reichs wußte um diese alte Weisheit und hatte sie genutzt, um den König und seine Großen zu entzweien. Zwietracht schwächte den König und das Reich.
Nun jedoch sollte Einigkeit herrschen zwischen Heinrich und seinen Fürsten, so wollte es der König und darum betete auch Ida. Nur die Einigkeit und der Friede zwischen den Großen konnte Rudolf Schirm und Schild sein. Er hatte ihr versprochen, dass er nicht gemeinsame Sache machen würde mit den Gegnern der Krone, sich nicht gegen den König verbinden würde mit dem Bayernherzog, dass er vielmehr gemeinsam mit Heinrich gegen die aufständischen Sachsen reiten werde. Die Krone des Reiches sollte wieder triumphieren.
Ida schickte ein stummes Gebet gen Himmel. Möge Friede herrschen und Eintracht.
Eilig zog sie sich die wollende Cotta über, legte sich ihren derben Mantel um die Schultern und zwängte sich in die Füßlinge, die ihr bis zu den Waden reichten. Draußen hing noch immer die nächtliche Finsternis über der Stadt, die Laudes aber würden schon bald gesungen werden, der Tag erwachte und Ida musste sich sputen, wollte sie ihre morgendlichen Gebete rechtzeitig verrichten.
„Bist du traurig, Ida? Hast du geweint?“ Berthold hielt den Kopf schief wie er es immer tat, wenn er nicht verstand, was um ihn herum vorging.
„Nein, mein Junge“, antwortete die kleine Frau dem langgewachsenen Kind lächelnd, „ich war nur in Gedanken. Ich hörte den Schrei des schwarzen Vogels und fragte mich, was er zu bedeuten habe.“
„Was hat er zu bedeuten?“
„Ich glaube, der schwarze Vogel hat den Morgen begrüßt.“

Ida trat mit Rudolf und Adelheid auf den großen Platz vor dem Münster, den Jungen an der Hand.

Das Blau des Himmels verleugnete das Unwetter des vorherigen Tages, die Sonne streichelte sanft die wintergrauen Gesichter. Ein strahlend heiterer Tag war angebrochen, Ida wollte nicht länger an dunkle Vorzeichen und an drohendes Unheil denken.
Wie jeden Morgen hatte sie auch an diesem Morgen die Laudes gesungen, hatte um Einheit und Friede im Reich und um das Wohl Herzog Rudolfs und seiner Familie gebetet und darin Stärke für den Tag gefunden, jedoch nicht im Münster. Knechte des Bischofs hatten ihr den Zugang wortlos versperrt. Die Trümmer waren noch immer nicht beseitigt und Domherren wie Laien blieb der Zutritt zum Gotteshaus verwehrt, ein Einsturz der durch den Sturm zerstörten Mauer war zu befürchten.
Ida hatte einige Straßen der Stadt ablaufen müssen, bis sie eine Kirche gefunden hatte, in der sie die morgendlichen Gebete hatte leisten können. Frohen Mutes sah sie nun allen kommenden Ereignissen entgegen.
Auch Rudolf schien guter Dinge an diesem Morgen. Statt wie sonst schwerfällig und mit gebeugtem Rücken, ging er mit federndem Schritt und erhobenem Haupt voran.
Nur Adelheids Miene verriet Übellaunigkeit. Eher widerwillig schlich sie ihrem Gemahl, dem Herzog, hinterher. Als dieser stehen blieb, um sich nach Ida und seinem Sohn umzudrehen, folgte die Herzogin seinem Blick. Als er auf Berthold liegen blieb, verzerrte Abscheu ihr Gesicht.
Der Junge war eine Missgeburt und niemand fand Gefallen an ihm. Hoch gewachsen wie sein Vater, jedoch schmal, beinahe dürr, sah er aus wie ein hungerleidender Bauernknecht, nicht wie der erstgeborene Sohn eines mächtigen Herzogs. Die Leute lachten, trieben ihre Späße mit ihm und verhöhnten ihn, wenn Ida nicht in der Nähe war.
Adelheid jedoch hasste ihn.
Die Gemahlin von Herzog Rudolf galt als eine der schönsten Frauen des Reiches, ihr dunkelbraunes Haar rahmte ein wohlgeschnittenes Gesicht mit feinen Zügen ein. Ihre grünen Augen funkelten wie große Edelsteine, kaum ein Mann konnte diesem Blick ausweichen. Ida aber wußte um die Kälte in Adelheids Herzen.

Adelheid liebte Schmuck, schöne Kleider und prächtige Stoffe, aber auch Ruhm und Macht. Das alles bot ihr Rudolf. Was er ihr jedoch versagte, war Zuneigung und Vertrauen. Er weigerte sich, sie als das zu behandeln, was sie war, seine Gemahlin. Während jeder Mann Adelheid verehrte und umgarnte, schenkte ihr eigener Gemahl ihr keinerlei Beachtung. Einst hatte er sie sogar verstoßen, hatte die Ehe auflösen wollen. Erst die Vermittlung des Papstes hatte Rudolf bewegen können, Adelheid wieder als Gemahlin anzunehmen. Sie hatte ihm zwei Töchter geschenkt, seine Wertschätzung verweigerte er ihr aber weiterhin. Dunkle Schemen aus der Vergangenheit hielten Rudolfs Herz und sein Gewissen gefangen und deren Fanal, das ahnte Adelheid, war Berthold. Solange Berthold in Rudolfs Nähe war, verdrängten jene dunklen Schemen sie von ihrem rechtmäßigen Platz an seiner Seite.
Auf dem Platz herrschte ein lebhaftes Treiben, die Dienstmänner des Bischofs waren damit beschäftigt, die Schäden des Vortages fortzuschaffen. Die Zelte, die am Vortag hastig abgebaut worden waren, konnten nun wieder errichtet werden und den hochgeborenen Gästen wie auch den einfachen Dienstleuten und dem Gesinde eine Unterkunft bieten.
„Werte Frau Ida, ich sehe Ihr seid gestern unbeschadet in Eure Herberge gekommen. Ich sorgte mich um Euer Wohlergehen, denn ich hatte Euch und den geschätzten Berthold nicht begleitet."
Die warme Stimme Rainalds traf Ida unvorbereitet, jäh drehte sie sich zu ihm um. Seine dunklen Augen trafen sie. Mit seinem kräftigen, hochgewachsenen Körper trat er ihr und dem Jungen in den Weg.
Über das glatt rasierte Gesicht ging ein Lächeln. Die braunen Haare hatte er fahrig mit der Hand nach hinten gestrichen, damit sie die Stirn frei gaben für einen Verband, der quer über die verletzte rechte Schläfe ging. Struppig und wild hingen die Strähnen über dem Leinenband und verliehen dem Krieger ein verwegenes Aussehen.
„Eures Spottes bedarf es ebenso wenig wie Eures Beistands", zischte Ida ihn an und humpelte so eilig sie konnte, den Stock mit der einen Hand umklammert, den Jungen mit der anderen zerrend, an ihm vorbei in den Palast des Bischofs, dass Adelheid Mühe hatte, die aufgebrachte Ida einzuholen.

„Warum bist du so boshaft zu Rainald?“ fragte Adelheid, hielt inne, fasste Ida am Arm und rang nach Atem.
„Er treibt seinen Schabernack mit mir. Will sich auf unsere Kosten erheitern“, antwortete Ida schnell.
„Wer? Unser Rainald? Das kann, werte Ida, nicht Euer Ernst sein. Ihr wisst doch sonst so gut das Wesen der Menschen einzuschätzen, kennt Euch aus mit ihrer Natur“, entgegnete Agnes.
Unbemerkt war die alte Kaiserin zusammen mit Königin Bertha an die Frauen herangetreten und schien belustigt über die Worte, die sie soeben angehört hatte.
„Glaubt mir, Rainald ist ein sehr ehrenwerter und ernsthafter Mann, tapfer und dem König treu ergeben. Wenn überhaupt an ihm etwas sei, das zu schelten Grund gebe, dann ist dies seine Einsilbigkeit“, fügte Bertha hinzu.
„Er grummelt wie ein alter Bär“, lachte die alte Kaiserin und die schon gänzlich verloren geglaubte Anmut ihrer Jugend funkelte aus ihren Augen.
Ida und Adelheid verbeugten sich tief vor Agnes und der Königin. Gerade wollten die Schwestern sich herzen und küssen, da drang das aufgeregte Geschrei der bischöflichen Dienstleute in den Palast. Ratlos schauten die Frauen sich an.

Die Männer des Bischofs hatten die Trümmer des Ostturms, die ins Innere des Gotteshauses gestürzt und bis vor das Westportal gerollt waren, beiseite geräumt und waren bis zum Altarraum vorgedrungen, wo ein weiterer Gesteinsberg den Weg versperrte. Die Wand hinter dem Chor war eingestürzt und durch das dort klaffende Loch fiel die grelle Wintersonne auf die Trümmer. Das Licht blendete die Männer. Blinzelnd, die Hand über den Augen, betrachteten sie die Gesteinsbrocken vor sich und nur zögerlich erkannten sie schließlich auch die Umrisse eines menschlichen Körpers.
Als sie näher traten, sahen sie, dass ein Leichnam rücklings auf dem Trümmerhaufen vor dem Altar lag, an jener Stelle, an der am Tag zuvor Königin Bertha und Kuniza sich verängstigt an den Händen gehalten hatten.
Zusammen mit Pater Eliah war Rainald in die Kathedrale geeilt.
„Wie geht es deiner aufgerissenen Schläfe?“, fragte der Geistliche.

„Ein wenig Saft des Spitzwegerichs, eine Auflage von dieser Wunderpflanze und die Wunde ist bis zum Abend verheilt. Du weisst, ich habe schon manch anderen Kratzer abbekommen und ihn mir dann immer ganz ordentlich selbst kuriert."
„Ich kenne keinen besseren Medicus, mein Freund. Sollte auch ich mir mal etwas brechen oder abbrechen, werde ich nur dich an meine Wunden lassen."
Die Freunde lachten kurz auf, verstummten aber sofort wieder, als sie erschrocken gewahr wurden, wo sie sich befanden.
Stumm betrachteten die beiden Männer den toten Körper, der wie aufgebahrt vor ihnen lag. Die Morgensonne hatte mittlerweile ihre höchste Stelle am Himmel erreicht und nur noch ein schwacher Schein schien durch das Loch in der Kirchenwand. Diener waren daher herangetreten. Sie hielten Fackeln, in deren Licht sich deutlich der Leichnam einer Frau abzeichnete. Ihr knöchellanges Kleid war voller Blut, so dass man die graue Farbe des derben Stoffes nur entlang des Saumes erkennen konnte. Strähnig hing ihr gelöstes Haar über das zur Seite geneigte Gesicht.
„Ist das arme Weib ebenfalls von Steinen erschlagen worden?" fragte Domherr Hermann. Er hatte sich unauffällig zu Rainald und dem Kaplan Eliah gesellt, sein dicker Leib drängelte sich nahe an den Trümmerberg heran. Neugierig betrachtete er die tote Frau darauf.
„Nur, wenn Satan, der das Unterste zuoberst kehrt, die Steine persönlich geschleudert hat", antwortete der Kaplan.
Hermann blickte erst den königlichen Dienstmann und dann Eliah fragend an. Lächelnd erklärte der Priester ihm, dass die Trümmer des Turmes, sollten sie die Frau tödlich getroffen haben, ihr wahrscheinlich nicht noch eine Bettstatt seien. Hermann nickte verständig und beobachtete, wie Eliah sich bedachtsam der Toten näherte. Sorgsam setzte der Priester die Füße zwischen die auf dem Boden verteilten Trümmer, bis er dicht an den Gesteinshaufen getreten war, sich über den Leichnam beugte und der Toten das Haar aus dem Gesicht strich.
„Hemma" stieß der Geistliche hervor.

Rainald trat ebenfalls heran und betrachtete das vertraute Gesicht der Dienerin, als ein greller Schrei durch die Kathedrale fuhr. Der Kriegsmann wandte sich um zum Chor. Dort stand einer der Domherren vor dem Altar, ein junger Priester, beinahe noch ein Knabe, und hielt ihnen zitternd einen grauen Klumpen von einer halben Elle Länge entgegen, aus dem ein halbes Dutzend Nadeln ragten, jede etwa eine Handbreite lang. Stockend kamen die Worte von seinen Lippen.
„Hier. Ich habe es gefunden. Auf dem Altar habe ich das gefunden."
König Heinrich schaute auf die vor ihm versammelten Fürsten herab. Seine hervorspringende Stirn und seine lange kräftige Nase verliehen seinem Blick jene herrschaftliche Würde und Entschlossenheit, die es bedurfte, um die zerrüttete Gemeinschaft der Großen und Edlen unter seiner Herrschaft wieder zu einen. Zeigte sein Antlitz im ungezwungenen Gespräch auch eine gewisse weibliche Anmut und Weichheit, so war diese doch verschwunden, sobald majestätische Strenge von ihm gefordert war. Ein voller Schnurrbart über dem feinen Mund und große, oft freudig strahlende, manchmal allerdings auch streng maßnehmende Augen verliehen Heinrich die eines Königs würdigen Gesichtszüge. Die Älteren erkannten in ihm den kaiserlichen Vater, wenn Heinrich stolz und entschlossen auf die versammelten Fürsten hinabschaute, eingedenk, dass nicht wenige von ihnen seine Krone und sein Amt erstrebten. Zwar noch nicht alt, er zählte gerade einmal 24 Jahre, erstrahlte seine ganze Person dennoch bereits selbstbewußt in herrschaftlicher Würde.
Die aufständischen Sachsen sollten, sobald der Frühling ins Land zöge, endgültig mit einem vereinten Heer besiegt werden. Dieses Vorhaben wollte Heinrich den Edlen und Großen kundtun und sich dafür deren Unterstützung sichern.
Niemand schien sich jedoch in dieser Stunde darum zu scheren. Anstelle des anstehenden Feldzugs beredeten die Fürsten einzig das Unwetter der vergangenen Nacht und die Opfer, die es gekostet hatte. Ihre Reden gingen wirr durcheinander.
„Drei Männer sind tot. Und nun auch noch die Frau."
„Erschlagen vor dem Altar hat sie gelegen."
„Es ist die Dienerin der Königin. Dieses Hexenwetter hat ihr das Leben gekostet."
„Die hat mit ihren Zauberkräften die eigene Dienerin geopfert."

„Die Königin?“
„Der Priester Hanno hat erzählt, in ihrer Kammer hat er eine Zauberschale gefunden. Werkzeuge finsterer Zaubererei, mit dem sie den Wetterzauber vollbracht hat.“
„Ekelhaft stinkender Rauch ist aus der Schale aufgestiegen.“
„Hanno hat versucht, mit Gebeten die Zauberkraft zu bezwingen.“
„König Heinrich muss sich endlich von der Zauberin lösen.“
„Seid still. Ihr wisst nicht, wovon Ihr redet“, zischte Rainald einen kleinen jungenhaft wirkenden Mann in vornehmer Kleidung an. Herzog Welf von Bayern stand dicht bei Rudolf von Schwaben und fuhr erschrocken herum.
„Rainald, du wagst es, einem Fürsten mit solch dreisten Worten zu belehren? Bist doch nur ein niedrig geborener Krieger, nur ein Dienstmann des Königs.“
Rainald aber beachtete die Schelte des Herzogs von Schwaben nicht.
„Hanno ist schlimmer als jedes Tratschweib und nicht würdig, Reden über die Königin zu führen. Was auch immer in ihrer Kammer gefunden wurde, auf das Wetter hat es sicher keinen Einfluß. Und eine Zauberin ist die Königin auch nicht“, sagte Rainald, drehte sich weg und ging hinüber zu seinem König.
„Dass der so redet, verwundert niemanden. Ist einer ihrer Krieger, Mitglied der königlichen Leibwache, doch treibt er wohl mit ihrem Leib noch ganz andere Sachen, als sie nur zu beschützen. Der König ist ein Esel, dass er seinem Rat solch Gewicht beimisst“, sagte Welf leise zu Rudolf.
„Kein Esel, eher ein Rindvieh mit Hörnern“, antwortete der Herzog von Schwaben.
Derweil beugte sich Rainald zum König hinunter. Sichtlich vertraut flüsterten die beiden miteinander. Schließlich nickte Heinrich, winkte seinen Vertrauten Konrad und den Notar Gottschalk zu sich und gebot Jedermann Ruhe. Das Wort jedoch ergriff Udo, der Erzbischof von Trier.

„Fürsten des Heiligen Römischen Reiches, seid gegrüßt und gesegnet. Bevor unser edler König Heinrich diese Versammlung eröffnen wird, will ich euch alle an das göttliche Gebot ermahnen, dass ihr nicht falsch Zeugnis wider euern Nächsten, sei es Mann oder Weib, Edler oder Knecht, ablegen dürft. Auch sollt ihr stark sein im Glauben an Jesus Christus und nicht anhängen heidnischen Vorstellungen von finsterer Zauberei. Weder sollt ihr daran glauben, dass es solch gottlosen Unfug gibt, noch ihm selbst nachgehen. Vor allem aber seid eingedenk, dass ihr einen heiligen Eid der Treue Eurem Herrn und König gegenüber geschworen habt. Ihn zu brechen gilt als Verbrechen gegen alles, was heilig ist, gegen Gott und Jesus Christus. Der Eid ist ein Sakrament, Gott ist Herr eines jeden Eides."

Die Wintersonne hatte ihren höchsten Stand lange schon überschritten und verkroch sich bereits hinter die Dächer besonders stattlicher Bürgerhäuser, als Rainald mit weit ausladenden Schritten über den Hof vom Bischofspalast hinüber zu den Wirtschaftsgebäuden schritt. Sein großer, breiter Körper warf einen langen Schatten auf den noch immer aufgeweichten Boden. Er musste großen Pfützen ausweichen, die mit einer dünnen Eisschicht bedeckt waren, bis er endlich ein niedriges Gebäude hinter dem Palast erreichte. Das breite Portal war offen, weit fiel das Sonnenlicht ins Innere hinein und erleuchtete den Raum.
Rainalds Blick fiel auf einen Mann, der ihm den Rücken zuwandte. Der Kriegsmann betrachtete die hagere Figur, die sich über Hemmas geschundenen Leichnam beugte. Eliah, Priester der Hofkapelle und Beichtvater der Königin, war groß gewachsen. Wie Rainald überragte der Geistliche die anderen Männer im Gefolge des Königs um eine Hauptes Länge. Sein Gesicht jedoch war schmal und eingefallen, lange Furchen durchzogen es. Seine Schultern waren knochig, die Arme hingen dünn und schlaff an dem dürren Körper herab.
Als Eliah Rainalds Gegenwart bemerkte, drehte er sich zu ihm. Sie standen in der Vorratshalle des erzbischöflichen Palastes. Vor ihnen lag auf einem großen Tisch die tote Dienerin, den Leib mit einem Leinentuch bedeckt.
„Ich habe sie herbringen lassen."

„Hier ist wahrlich ein seltsamer Ort, um einen Leichnam aufzubahren. Zwischen Schweinehälften, Säcken voller Bohnen, Trockenfrüchten und gepökelten Fisch“, sagte Rainald und wies mit der Hand auf die gelagerten Köstlichkeiten um sie herum.
„Ich halte hier auch nicht die Totenwache, aber ich dachte es könnte nützlich sein, wenn ich mir ihren Leichnam noch einmal anschaue, ungestört von den ganzen Dienern und Dienstleuten.“
„Machst du das mit jedem Toten?“
„Nein, die drei Männer liegen bereits eingehüllt in Leichensäcken auf Bahren. Darin werden sie ausharren müssen, so streng wie dieser Winter ist, wohl bis Annunciatio Marie. Die Sonne wird dann hoffentlich allen Frost vertrieben haben und die sterblichen Reste können in geheiligter Erde beigesetzt werden. ‚Hodie sit in pace locus tuus et habitatio tua apud Deum‘, Amen.“
„‚in pace locus‘ - Das habe ich verstanden. Warum versagst du dann aber dieser Toten einen Leinensack, worin sie ersehnen kann ihren Platz in Frieden?“
„Weil sie ganz offensichtlich nicht Opfer eines von Gott gesandten wütenden Unwetters geworden ist, sondern eines in Menschengestalt umher wandelnden und mordenden Satans.“
Wieder neigte sich der Geistliche der Toten zu. Mit einem Holzstab hob er das Leichentuch, das ihren Körper bedeckte. Als schliefe sie, so schien es. Friedlich lag die tote Dienerin der Königin vor ihnen, die Hände auf der Brust verschränkt, das fahle Gesicht ihrem Herrgott und Erlöser im Himmel entgegengestreckt.
„Solltest du nicht drüben in der Versammlung sein? Oder wenigstens der Königin beistehen?“ Eliah hatte Rainald angesprochen, ohne ihn dabei aufzuschauen.
„Du gabst mir Nachricht, einiges am Tode dieses armen Geschöpfes habe dich verwundert? Ich habe dem König davon unterrichtet. Auch dass sie jetzt hier liegt und du sie deshalb in Augenschein nehmen willst. Er gab mir den Auftrag, dich dabei zu unterstützen. Du weißt, wie er ist. Er will kein Gerede.“

„Aber genau das versetzt gerade die Versammlung der Großen in Aufruhr, jeder meint sich das Maul zerreissen zu müssen über Schwarzen Zauber und Hexerei“, Eliah schaute vom Leichnam hoch. Sein Blick ging scheinbar durch den Körper seines Freundes hindurch und heftete sich an ein fernes Ziel. Die Stirn des Geistlichen lag in Falten, die klaren Augen waren zusammengekniffen, als könnten sie nur schwer jenes unsichtbare Ziel erkennen.
„Das Tatsächliche verschwindet hinter der Imagination“, murmelte der Pater.
Zwei Knechte des bischöflichen Küchenmeisters schlichen in die Vorratshalle und verdrehten neugierig die Köpfe, um einen Blick auf die Tote zu erhaschen. Verstohlen drückten sie sich im hinteren Teil der Vorratshalle herum, wo Fässer voll mit gepökeltem Schweinefleisch, Stockfisch und in Essig eingesäuerten Gemüse lagerten. Ohne Hemmas Leichnam aus den Augen zu lassen, fingerten sie an einem Sack mit getrockneten Linsen herum. Eliah senkte die Stimme und versuchte mit seinem schmalen Körper den Leichnam vor den Blicken der Jungen zu schützen.
„Sieh, Rainald, solche Einstiche hat sie am ganzen Körper. Am Rücken, Bauch, in die Brust und in die Seite, sogar an den Schenkeln.“
Die Tote war entkleidet und gewaschen, nirgends war mehr eine Spur von dem Blut zu sehen, das noch Stunden zuvor den ganzen Körper bedeckt hatte. Überall auf der kreideweißen Haut schimmerten bläuliche Flecken auf, die unleugbare Zeugen ihres Todes waren. Eliah packte den Leichnam und dreht ihn um.
Sowohl am Rücken wie auch an den Schenkeln, sogar entlang ihrer rechten Lende erkannten die beiden Männer die bläulichen Totenzeichen. Pater Eliahs Hand berührte beinahe zärtlich den leblosen Körper, sein Finger strich sanft die bleiche Haut entlang bis zu einem besonders dunkel schimmernden Mal. An der bläulich-violetten Stelle drückte er kräftig in das tote Fleisch. Rainald beobachtete, wie sich unter dem Druck des Fingers der Fleck augenblicklich aufzulösen schien. Fragend blickte er den Freund an. Dieser jedoch nickte nur leicht und drehte den Leichnam wieder auf den Rücken.

Nun betrachtete der Priester ein knappes Dutzend klaffender Risse, länglich schmale Einritzungen, die längsten etwa eine Daumenweite breit, die über den gesamten Körper verteilt waren. Dunkelrot bis schwarz zeichneten sie sich deutlich auf dem bleichen Körper ab.

„Noch nicht einmal ein Tag ist vergangen, seit die Arme ihre Seele ausgehaucht hat. Ihren Leib hat man danach bewegt, das steht fest. Offensichtlich saß sie aufrecht, als der Tod sie ereilte, danach erst legte man sie nieder, auf den Rücken vor den Altar."

„Woher nimmst du die Gewissheit für deine Annahme?", fragte Rainald den Freund.

„Der Tod erzählt von sich mit unverkennbaren Zeichen." Der Geistliche sah den Freund fest in die Augen und lächelte: „Jedoch nur jenem, der sie auch zu lesen versteht."

„Sie zeigt Verletzungen, wie sie nur eine Klinge verursachen kann, von einem Dolch schätze ich oder einem Messer. Sie fuhr schräg in das Fleisch des armen Weibes ein. Hätte sie gelegen, am Boden auf einem Tisch oder wo auch immer, wären die Stiche senkrecht eingedrungen. Nach dem Tode legte man sie vor den Altar nieder. Sie war da noch keine zwei Stunden tot."

Rainald blickte seinen Freund fragend an. Der jedoch überging die Aufforderung, seine Mutmaßungen zu erklären und widmete sich wieder der Toten.

Schweigend ließ Eliah das Tuch wieder herab, griff nach einem grauen Gegenstand, der neben Hemmas Kopf gelegen hatte, und reichte ihn Rainald hin. Der erkannte sofort das mit Nadeln gespickte Bündel. Am Morgen hatte der knabenhafte Domherr ihn auf dem Altar der Kathedrale gefunden, als Eliah und er den toten Körper der Dienerin das erste Mal in Augenschein genommen hatten. Nun drehte Rainald den Gegenstand hin und her und betrachtete ihn von allem Seiten. Schließlich erkannte er, was er in den Händen hielt. Das Bündel war aus Lumpen genäht, mit Stroh gefüllt und zeigte die Formen eines menschlichen Körpers. Ein halbes Dutzend Nadeln steckten in der Figur.

„Ein Atzmann", murmelte der Kriegsmann.

„Auf der Rückseite ist ihr Name eingeritzt. Hemma. siehst du?", fragte der Geistliche.

„Was meinst du, Eliah, wurde die Dienerin mit seiner Hilfe getötet?"
„Ich bin Geistlicher und mein Glauben lehrt mich, in magischen Praktiken den Ausfluss dämonischen und satanischen Unwesens zu erkennen. Jede Magie, so lehrt Augustinus in seiner Schrift *De Doctrina Christiana*, beruht auf *pacta quaedam significationum cum daemonibus placita atqua foederata*."
„Bitte Eliah, ich verstehe wenige Brocken deines Lateins, um einigermaßen der Messe folgen zu können. Beim Latein der Gelehrten muss ich jedoch kapitulieren."
„Entschuldige mein Freund. Abergläubische Bräuche, *maleficium*...", Eliah sah Rainald fragend an, doch der nickte, „*maleficium*, also Schadenszauber, Verwünschungen, Hebewetter, alle derartigen Künste beruhen auf einem Pakt, einer verschlagenen und schädlichen Freundschaft von Menschen und Dämonen."
„Es ist also denkbar, dass Hemma mit diesem Atzmann getötet worden ist?"
Auch Rainald senkte nun die Stimme. Die beiden Küchenjungen konnten das Flüstern der Männer kaum noch verstehen, was ihre Neugier aber nur noch anzuheizen schien. Sie hatten mittlerweile von dem Linsensack abgelassen und sich dem Geschehen vollends zugewandt. Mit offenen Mündern beobachteten sie, wie der hochgewachsene, kräftige Kriegsmann des Königs eine seltsame Figur in den kräftigen Händen hielt.
„Nun, einen Menschen töten, indem man Nadeln in eine Puppe aus Lumpen und Stroh sticht? Das erscheint mir denn doch etwas unwahrscheinlich, denn der Zauber hätte nicht nur die vielen Stichwunden herbeiführen, sondern den Leichnam auch auf jenen Steinhaufen aufbahren müssen, wo wir ihn dann gefunden haben."
Rainald legte die Wachsfigur zurück neben Hemmas Kopf.
„Hemma ist nicht in der Kathedrale gestorben wie die drei Männer", sagte Eliah und atmete tief ein.
„...es war nur sehr wenig Blut auf dem Fussboden", vervollständigte der Krieger seinen Satz.
„Sehr richtig, mein Freund. Dort, wo sie diese Stichverletzungen erlitten hat, müssen reichlich Eimer Blut geflossen sein. Sieh dir auch das an."

Eliah hob nochmals das Tuch. Zum Vorschein kamen nun Hemmas Hände, dann die Füße. Dunkelrote bis bläulich-schwarze Striemen legten sich um die Handgelenke. Auch um die Fußknöchel waren Striemen zu erkennen. Außerdem zogen sich blutige Schürfwunden von den Zehen bis hoch zum Span.
„Auch wenn ein Zauber für ihren Tod gesorgt haben sollte, so hat er sie sicher nicht in die Kathedrale geschleift."
„Ich verstehe, Eliah, von Zauberhand ist Hemma nicht bewegt worden. Das muss schwere Arbeit gewesen sein."
„Das Tatsächliche und die Imagination, mein Freund. Auch ihr Tod war nicht einfach. Sie hat sich wohl gewehrt, was aber ein hoffnungsloses Unterfangen gewesen sein muss."
„Sie war gefesselt", sagte Rainald.
„Das ist wohl wahr. Und ihr Todeskampf muss lange gedauert haben."
„Jemand hat Hemma also gemartert und schließlich getötet, um ihren Leichnam dann in die Kathedrale zu bringen und sie auf dem Trümmerberg aufzubahren..."
„...und dann die Wachsfigur auf den Altar niederzulegen," vervollständigte der Geistliche Rainalds Satz und bedeckte die tote Dienerin erneut mit dem Tuch.
„Das ist wahrlich ein gutes Stück Arbeit gewesen und sie war zu diesem Zeitpunkt noch keine zwei Stunden tot", räumte der Ritter ein, darauf hoffend, dem Geistlichen nun eine Erklärung für seine Annahme zu entlocken.
Der lächelte mildtätig und zeigte Erbarmen.
„Ihr Körper ist erstarrt", sprach er vieldeutig und blickte den Ritter auffordernd an.
„Ich verstehe, mein Freund. Die Starre, die ein toten Leib erfasst, sie hat Hemmas Körper auf dem Trümmerberg vor dem Altar ereilt."
„So ist es, du hast es erkannt. Und diese Starre setzt etwas nach einer Stunde, bei dieser Kälte eher etwas später ein."
„Ich wundere mich immer wieder darüber, dass du für einen Mann, der die Bibel und die Schriften der Kirchenväter studiert hat, erstaunlich gut über solch weltliche Sachen Bescheid weißt."

„Der Tod gehört zum irdischen Jammertal, das wir durch die Liebe Jesu überwinden können", antwortete der Geistliche mit übertrieben weihevoller Stimme und fuhr dann flüsternd fort: „Da ist noch etwas, das ich dir zeigen will. Aber nicht hier. Gehen wir", sagte der Kaplan und wies mit der Hand zum geöffneten Tor.
Während er sich vom toten Leib der Frau abwandte, warf er den zwei Küchenjungen noch einen strengen Blick zu. Sogleich drehten die sich wieder dem Sack mit getrockneten Linsen zu, während der Kriegsmann und der Priester gemeinsam hinaus ins Sonnenlicht traten.

Durch die fein geschabten Tierhäute, die man zum Schutz vor der Kälte vor die Fenster gespannt hatte, fielen nur wenige Sonnenstrahlen in die große Halle der Bischofspfalz, wo die Fürsten des Reiches, die Edlen, Grafen und Vasallen noch immer versammelt waren und nun lautstark über die rebellierenden Sachsen stritten. Die Burgen des Königs, namentlich die Harzburg, hätten die Aufständischen geschleift und Kirchen geplündert. Sogar die Gruft der königlichen Familie hätten sie geschändet.
Unter Tränen erinnerte König Heinrich die versammelten Männer daran, dass die aufrührerischen Sachsen das der Ehre Gottes und seiner Heiligen geweihte Stift der Harzburg mit ärgerem Wüten, als es den Heiden eigen ist, bis auf die Grundmauern niedergerissen, dass sie Glocken, Kelche und alles übrige sakrale Gerät, was dort gesammelt worden war, zerbrochen hätten. Die Leichname seines Bruders und seines Sohnes, beide waren zu früh aus diesem Leben geschieden, hätten die Aufständischen aus den Gräbern gerissen und ihre Glieder in alle Winde zerstreut.
Fürchterliches Rasen und zerstörerische Wut habe die Aufständischen getrieben, schlimmer und niederträchtiger als alle in der Hölle schmorenden Heiden seien sie wie ein Feuersturm über die heilige Stätte gerannt. Im Jenseits könne es für dieses Verbrechen keine Gnade geben, daher könne der König als weltlicher Richter den Aufständischen ihr Verbrechen auch nicht vergeben.

Auch wenn Herzog Rudolf bisher im Stillen den Ausgleich mit den Gegnern Heinrichs angestrebt hatte, rührte die Rede des Königs nun ganz besonders sein Herz. Im Schein der Fackeln erkannte er die wütenden Gesichter. In dieser Stunde zählte es nicht, ob man den Reformideen des neuen Papstes in Rom anhing oder die Politik des Königs verteidigte. Auch Rudolf vergaß die Bedenken, die er seit Jahren gegen den jungen König hatte. Nun zählten nicht mehr jene Intrigen, mit denen all die schmeichelnden Emporkömmlinge in Heinrichs Umgebung versuchten, ihn, den Schwabenherzog vom Hof zu verdrängen.
Dumpfe Wut über die treulosen Sachsen und ihren Anführer erfasste den Schwabenherzog Rudolf. Das gottlose Wüten der sächsischen Bauernhorden verabscheute er besonders. Die Meute hatte wild getobt und geheiligte Gräber geschändet.
Rudolf ergriff in dieser Stunde Partei für den König. Einst waren er und die aufständischen Sachsen sogar heimlich verbündet gewesen, hatten Absprachen getroffen und sich gegenseitig Hilfe und Treue gegen die Willkür des Königs geschworen. Dann aber waren die Sachsen wortbrüchig geworden. Zu ärgerlich war ihm die Erinnerung an diesen Verrat. Voller Zorn dachte Rudolf an das vergangene Jahr, als König Heinrich gegen dieses ehrlose Volk geritten war, dann aber angesichts der sächsischen Übermacht den Kampf gescheut hatte. Die Sachsen hatten sich, den Triumph vor Augen, zu einem schändlichen und übereilten Frieden mit dem König hinreißen lassen. Alle Bündnisse, die ihre Führer, allen voran Otto von Northeim, mit dem Schwabenherzog zuvor geschlossen hatten, waren mit einem Handschlag verraten. Seitdem haftete dem sächsischen Volk der Makel der Treulosigkeit an.
Herzog Rudolf verspürte einen brennend-bitteren Geschmack auf der Zunge. Beim Gedanken an den Sachsen Otto von Northeim drückte aufsteigender Ärger ihm die Kehle zu, Wut legte sich wie ein ehernes Band um seine Brust. Niemals zuvor hatte jemand ihn in solch niederträchtiger Weise hintergangen.
Schwaben und Sachsen hatten einander beistehen wollen gegen alle Bemühungen des Königs, sie mit Gewalt zu unterdrücken und ihnen neue Abgaben aufzuzwingen.

Bald würde Rudolf sein fünfzigstes Lebensjahr erreichen. Er hatte viel erlebt, hatte sowohl Verrat als auch Freundschaft gesehen in den letzten Jahren. Verschwörer hatten ihm nach dem Leben getrachtet, verlässliche Bündnisse hatten ihm und seinem Land Frieden und Sicherheit vor der Willkür des jugendlichen Königs geschenkt. Aber solch Verrat, wie der des Ottos von Northeim, stieß Rudolf bitter auf. Ungestüm sprang er auf und ergriff das Wort:
„Gerechter König, verehrte Fürsten des Reichs, hört mich an. Wir haben von den gottesschänderischen Taten der grausamen Sachsen erfahren. Ihre Verbrechen erschüttern uns, jedes Geschlecht und Alter verfluche sie alsbald. Das Gott, unserem gerechten König und allen Fürsten angetane Unrecht darf nicht ohne Strafe hingehen. Nun winseln die gotteslästerlichen Sachsen zwar darum, sie nicht mit Waffengewalt anzugreifen, ehe sie einer Schuld überführt seien. Sie senden Boten aus, um Gnade für ihr fürchterliches Wüten zu erlangen. Ich aber sage euch, nur eine gerechte Sühne vermag das verletzte Recht Gottes wiederherzustellen. Ich verspreche, an der Seite des Königs mit der ganzen mir zur Verfügung stehenden Streitmacht dafür zu kämpfen."
Ein gewaltiger Jubel ergriff die Zuhörer. Begeistert rief ein jeder, auch er wolle mit dem König gegen die Sachsen reiten und immer wütender wurden die Rufe der Versammelten nach Vergeltung. Als der Tag zur Neige ging, hatte König Heinrich ein stattliches Heer seiner Vasallen um sich vereint, um gegen die aufrührerischen Sachsen zu reiten, sobald der Frühling ins Land zog.
In den Gemächern der Königin wurde derweil nur leise gesprochen. Adelheid machte ihrer Schwester, der Königin Bertha, ihre Aufwartung. Gemeinsam saßen die beiden Frauen vor dem Ofen. Einige der Fensterläden waren geöffnet worden, damit etwas Sonnenlicht in den Raum fallen konnte. Das erhellte an diesem traurigen Weihnachtstag zwar die Kammer, verhinderte aber, sie zu erwärmen. Kaiserin Agnes und Ida hatten sich zu den beiden Schwestern an den Ofen gesellt, Berthold hockte auf dem Boden neben Ida und spielte mit Tierfiguren, die aus Holz geschnitzt waren. Affra und Käthelin saßen zu beiden Seiten der Königin. Dankbar lächelte diese den beiden Damen zu. Ihre Gegenwart gab der Königin Ruhe in diesen aufwühlenden Tagen und auch Agnes war eine wichtige Stütze für Bertha.

Wie so oft schon, kam es Ida in den Sinn. Etliche Male hat die Kaiserin in den letzten Jahren für Frieden und Eintracht gesorgt. Zwischen den Fürsten hat sie Freundschaften ausgehandelt und auch für Bertha hat sie sich beim König immer verwendet.

Ida betrachtete die Alte bewundernd. Einfach, beinahe demütig mutete ihr Kleid an. Die alte Kaiserin hatte wieder ihr einfaches braunes Obergewand angelegt, das formlos an ihr herabhing. Hatte sie gestern auch zu Ehren der versammelten hohen Gäste ein etwas vornehmeres Kleid getragen, dunkelgrün mit einer einfachen Borte an den schmalen Ärmeln und am Halsausschnitt, so bevorzugte sie nun wieder ihre schlichte Kleidung. Kein Schmuck und kein Gürtel war an ihr zu bestaunen, schlichte Wolle umhüllte sie wie eine Bauersfrau statt kostbare Seide oder Barchent. Ein grober Schleier verriet jedem ihren Witwenstand.

Seit Agnes vor Jahren einen frommen Schwur getan hatte, gleich einer Ordensfrau ein gottgeweihtes Leben in Keuschheit, Demut und Gehorsam zu führen, schloss sie sich nur noch selten dem Gefolge ihres Sohnes an. Viel lieber residierte sie in Italien und suchte dort die Gesellschaft feinsinniger und geistreicher Kirchenmänner. Nur das Christfest hatte sie an den Hof des Königs geführt, nun aber thronte sie als heimliche Herrscherin im Kreise der hochgeborenen Gäste. Neben Königin Bertha und Herzogin Adelheid bestach sie durch ihre Würde und Majestät. Ein abgeschiedenes, gottgefälliges Leben hatte sie führen wollen, aber immer wieder wurde sie in die Ränkespiele der Großen hineingezogen, und immer wieder war ihr Rat in heiklen politischen Angelegenheiten des Reiches gefragt. Der heilige Vater in Rom, der König, mächtige Bischöfe und Fürsten, allen voran Rudolf, schätzten ihre Meinung. Ida bewunderte die Frau dafür.

Fasziniert beobachtete sie das Lichtspiel, das die einfallenden Sonnenstrahlen auf dem blank gescheuerten Fussboden entstehen ließen. Hatte Erzbischof Udo gestern nicht davon gesprochen, Jesus Christus sei als Licht in die Welt gekommen, damit jeder, der an ihn glaube, nicht länger in Dunkelheit leben müsse?

Sie konnte nur wenig Latein, aber diese Bibelworte hatte sie verstanden. Fest war Idas Glaube an Jesus Christus, aber das Leid und die Bedrängnis um sie herum, raubten ihr oft alle Hoffnung. Sie hatte keine Familie, ihr Körper war verwachsen und verkrüppelt. Nie würde sie deshalb einen Mann finden, der sie zur Frau nehmen würde. Auch war sie dafür schon zu alt. Rudolf war ihre einzige Stütze. Wie ein Bruder oder ein Oheim sorgte er für sie und doch konnte auch diese Wohltat mit einem Mal beendet sein, sollte er getötet werden im Kampf.
Kampf, Gewalt und Tod waren doch allezeit und überall, auch hier. Es wurde von Krieg gesprochen in den Ecken und Fluren des Bischofspalastes, von Aufruhr und Plünderungen. Genauso erzählte man sich von den vielen Männern, denen der Sturm das Leben gekostet hatte in der vergangenen Nacht, und deren Leiber zertrümmert in den Kellern noch bis zum Frühjahr lagen, wenn sie endlich in geweihter Erde bestattet werden konnten. Schließlich hatte Ida an diesem Morgen immer wieder die Lästermäuler von der Toten reden hören, die gefunden ward in der zertrümmerten Kathedrale und von den wütenden Mächten, die das Unwetter heraufbeschworen hätten. Während der Morgenandacht wurde viel über finsteren Zauber geflüstert und nur der eine Name war dabei geflüstert worden: Bertha.
Ida tat einen tiefen Atemzug. Fort mit den schweren Gedanken und der Angst, ermahnte sie sich. Sie feierten die Geburt des Herrn und das Licht schien in das Zimmer der Königin.
Schweigend saßen sie beisammen, nur das Klappern der geschäftigen Dienerinnen, die den Damen einen kleinen Imbiss anboten, und Berthas Schluchzen war zu hören, bis verzweifelte Worte plötzlich aus ihr heraussprudelten.
„Hemma ist gestorben, wie schon Juta vor Jahren. Und immer dieser Nachtmahr, die Schmähungen gegen mich. Verleumdungen, bösartige Verleumdungen. Der König wird mich wieder verstoßen wollen, wie damals."
„Mein armes Kind, hab keine Sorge. Niemand wird glauben, dass du Schuld an ihrem Tode bist. Oder dass es Zauberei war", sagte Agnes und hielt Berthas Hand.

Auch die Königin war im Gegensatz zum Vortag heute schlicht gekleidet. Ein grünblaues Obergewand, das bis zu den Waden reichte und ein weißes Unterkleid erkennen liess, hing gerade geschnitten an der Königin herab. Weder Gürtel noch aufwendig gearbeitete Ziernähte oder Borten betonten die Figur der Trägerin. Ida fiel auf, dass Bertha sogar auf Schmuck verzichtet hatte. Lediglich jene einfache Rosenfibel aus Bronze, die die Königin schon während der Messe unablässig befingert hatte, hielt einen ebenfalls blauen Mantel vor der Brust zusammen.
„Weshalb sprecht Ihr von Hexerei, verehrte Kaiserin?“ Adelheids Stimme schnitt scharf durch den Raum.
„Der ganze Hof spricht doch davon. Eine Schale mit scharf riechendem Rauch und einen Hammer habe ich in der Kammer der Königin gefunden. Nun raunen sich alle zu, der große Sturm der vergangenen Nacht sei durch einen Wetterzauber entstanden und wir seien Schuld.“
Kuniza stand in der Tür, ihre tiefe Stimme mit dem fremdländisch klingenden Akzent verlieh ihren Worten einen strengen Klang.
„Nicht wir, liebe Kuniza, ich, die Königin, sei Schuld, das denken alle. Und alle verlangen vom König, dass er sich von mir löse, ich weiß es. Heilige Dorothea, Beschützerin aller zu Unrecht Verleumdeten, steh mir bei in meiner Not.“
Wieder begann Bertha zu schluchzen.
„Kuniza, du bist die einzige Seele, die treu zu mir steht. Ich fürchte mich so.“
„Das musst du nicht, mein Kind“, versuchte die Kaiserin zu trösten.
„Das muss ich wohl. Erst vor wenigen Monaten stürzten sie in Köln eine Weibsperson von der Stadtmauer hinab in die Tiefe. Man sagte, sie habe mit magischen Künsten die Menschen in den Wahnsinn getrieben. Eine Hexe sei sie gewesen.“
„Der Wahn des niederen Volkes vor Schwarzem Zauber, vor Hexen und Magie ist ein heidnischer Frevel, das glaube mir, mein Kind“, erklärte die Alte mit sanfter Stimme und streichelte die Hand der jungen Königin.
Die jedoch kniff die Augen zusammen und schüttelte den Kopf als sei sie ein trotziges Kind, das nicht hören will auf die Worte der Mutter.
„Dir wird kein Unheil geschehen, mein Liebes. Wir sind an deiner Seite und stehen dir bei“, versprach Agnes.

„Ich habe auch gleich den Hanno geholt, als ich die Schale gefunden hatte, damit er den Zauber bezwingen konnte mit einem christlichen Segen.“
Ein selbstzufriedenes Lächeln huschte über Kunizas Gesicht.
„Weshalb hast du eigentlich den Hanno gerufen? Eliah ist der Beichtvater der Königin. Ihm zu rufen, hatte ich dir aufgetragen. Ihm vertraut deine Herrin. Außerdem ist er verschwiegen und nicht solch ein Tratschmaul wie Hanno, das alles gleich weiterträgt, was in der Kammer der Königin vorgefallen war.“
Die Frage der alten Kaiserin stand im Raum. Kuniza schaute gereizt um sich, lächelte aber sogleich sanft und antwortete ruhig:
„Eliah war nicht aufzufinden, überall habe ich nach ihm gesucht, alle habe ich gefragt, wo er denn nur sei. Bis der Hanno kam. Den habe ich dann mit nach oben zur Königin gebracht.“
„War noch jemand dabei, als Ihr die Schale gefunden habt? Vielleicht Hemma?“
Ida erschrak, als sie ihre eigene Stimme in dieser vornehmen Runde hörte. Was war nur in sie gefahren, dass sie es wagte, zu fragen?
Kunizas durchdringender Blick aus tiefschwarzen Augen traf Ida schwer. Augenblicklich sackte sie noch tiefer in sich zusammen und schob sich zwei Schritte zurück in den Schatten. In ihrem Kopf wirbelten die Bilder umher. Sie hatte von der toten Dienerin gehört, die erschlagen in der Kirche gefunden ward, von dem Hexenwerkzeug und von den aufgeregten Männern, die erschrocken durch die Sturmnacht gelaufen waren. Eine Nacht voller Unglücke und schrecklicher Mysterien. Es hätte doch aber die Nacht eines herrlichen Wunders werden sollen. Ida schüttelte leicht den Kopf. Wie das zusammenging, konnte sie nicht verstehen, in jener Nacht war noch mehr geschehen, als sie bisher erfahren hatte. Schließlich siegte ihr Wissensdurst über alle Scheu. Sie reckte ihren krummen Körper, so gut es eben ging, und fragte erneut, diesmal jedoch aus dem Dunkel heraus:
„War jemand in der Kammer, als Ihr nach dem Festmahl hier hereinkamt?“
Die Frauen blickten überrascht zu Ida.
„Es waren nur Königin Bertha, die verehrungswürdige Kaiserin, die Dienerinnen und ich hier. Aber Hemma…“, Kuniza schaute sich fragend nach der Königin um, „…nein, Hemma war nicht im Raum.“

„Und wie habt Ihr die Hexenschale finden können?“, Idas Wissbegier hatte nun endgültig über ihre Scheu gesiegt.
„Ich hatte einen stechenden Gestank bemerkt, als meine Königin sich zum Schlafen auskleiden wollte. Dann sah ich auch schon die Schale, aus der Rauch aufstieg. Daneben lag der Hammer.“
Affra beobachtete nahezu belustigt den Schlagabtausch der Frauen.
„Als wir das Festmahl verlassen hatten und in die Kammer kamen, warst du, Kuniza, nicht bei uns. Du kamst erst später.“
Die alte Kaiserin sprach ruhig und wandte sich dann Ida zu. Kuniza jedoch schleuderte der alten Kaiserin giftige Blicke zu.
„Und auch Hemma war nicht hier, das ist richtig. Ich sah jedoch, als ich die Treppe hinaufstieg, euren Dienstmann. Diesen Bewaffneten, der im Dienste Herzog Rudolfs steht. Der mit dem Knabengesicht und dem schmächtigen Körper. Bodo ist, so glaube ich, sein Name.“
„Werte Kaiserin, Ihr habt den Bodo vor der Kammer der Königin gesehen?“ Ida unterdrückte ihre Aufregung.
„Könnt Ihr Euch erinnern, wann das war?“
„Nun, der Sturm tobte draußen. Einige unserer Krieger waren schon verschwunden, sie halfen wohl den Dienstmännern des Bischofs, Haus und Kirche gegen den Sturm zu sichern. Dieser Bodo drückte sich in den Schatten neben der Tür. Und etwa eine Stunde später riefen die Männer aufgeregt, der Turm der Kathedrale sei eingestürzt.“

Eliah hatte Rainald in das Garwehaus geführt. Zu dieser frühen Abendzeit waren keine Priester dort, um sich für das Gebet zurechtzumachen. Die *vespera* war bereits begangen, bis zum *completorium* war noch genügend Zeit. Die beiden Männer hatten ein halbes Dutzend Lichter entzündet und beugten sich gemeinsam, die Köpfe dicht beieinander, über ein etwa Handteller großes Stück Pergament.
„Ich fand es unter Hemmas Cotte.“ Wieder traf den Geistlichen ein fragender Blick des Freundes.

„Ihre Kleider waren zerrissen“, verteidigte der Geistliche sich. „Ich musste sie entkleiden, um die Verletzungen untersuchen zu können“, erklärte Eliah flehendlich seinem Freund und seufzte schwer, als stünde er abermals vor der Entscheidung, dem toten Weibe das Gewand vom Leibe zu ziehen.
„Unter ihrer Cotte trug sie ein Hemd, das von einem breiten Band gehalten wurde, ein Band, aus Leinen, das um ihren Leib gebunden war. Als ich es löste, fiel es zu Boden.“
Eliahs Fingerspitzen klopften sanft auf das Pergament.
„Glaubst du, dass das Blut ist?“ fragte Rainald den Priester.
„Davon gehe ich aus. Die Schrift ist leider nur auf der linken Hälfte des Pergaments zu erkennen.“
Das spärliche Licht half wenig dabei, das Pergamentstück eingehend zu betrachten. Auch war es voller Falten und Knicke. Auf dem rechten Rand prangte ein dunkelroter Fleck.
„Kannst du lesen, was dort steht?“
„Nur einige Wörter und Silben. Ich muss morgen bei Tageslicht noch einmal diesen Fund genauer betrachten. Es ist wohl nur ein kleiner Teil eines großen Textes.“
„Vielleicht ist Hemma wegen dieses Pergaments getötet worden.“
„Womöglich gehört dieser Fetzen zu weiteren Schriftstücken, die das Weib am Leibe trug und die der Mörder ihr entriss.“
„Vielleicht war es Hemma gelungen, ihn vor den diebischen Fingern des Mörders unter der Leibbinde zu verstecken“, gab Rainald zu bedenken.
Eliah nickte.
„Das können wir noch nicht beantworten“, erklärte der Geistliche .
Bei diesen Worten blickte Rainald erstaunt auf und rief ganz gegen seine Art aufgeregt aus:
„Geschwind, eile mein Freund und lies, was dort geschrieben steht. Dieser Fetzen ist der Schlüssel, er verrät, weshalb Hemma getötet wurde.“
„Da wirst du wahrscheinlich Recht haben,“ entgegnete der Geistliche, verwundert über die ungewohnt ungestüme Rede des Ritters.

„Es verrät womöglich einiges, vielleicht sogar, wer die arme Hemma quälte und erstach. Eins ist jedoch jetzt schon sicher. Es war kein Atzmann."
Der Tag war mit einem feierlichen Festmahl beendet worden. Alle versammelten Gäste des Königs hatten noch üppiger gespeist als am Vorabend. Es waren Pasteten von Wild und Schwein mit Rosinen, Aprikosen und Pflaumen gereicht worden, gebratene Fische und Hühner wechselten mit süßen Verlockungen wie ausgebackenen Feigen in Mandelmilch und kleinen Honigkuchen.
Es wurde gelacht und sich gegenseitig zugeprostet. Die Ritter erzählten laut und prahlerisch von ihren Heldentaten in etlichen Kämpfen und die Damen schauten sich gern die muskelbepackten Recken an. Hinter vorgehaltener Hand jedoch wurde getuschelt über Hebewetter und eine Hexenschale, über die tote Hemma, über die Königin und über eine kleine Figur aus Wachs, in der ein halbes Dutzend Nadeln steckten.
Es dämmerte bereits, als Ida gemeinsam mit Herzog Rudolf und dessen Familie hinüber ins Haus des Domherrn Hermann ging. Auf der alten römischen Mauer, an die das Haus gebaut war, erblickte Ida den Raben, der sie am Morgen mit seinen Schreien geweckt hatte. Das Tier begann auch sogleich zu rufen, nun jedoch nicht mehr verärgert schimpfend, sondern als wollte es warnen vor Unheil und Gefahr.
Was, wenn das Tier wahrhaftig seherische Gaben hat? Will es uns mahnen, achtsam zu sein? Womöglich sollen seine Rufe uns auffordern, diesen Ort zu verlassen, um kommendem Unglück auszuweichen?
Ida blieb stehen und betrachtete den schwarzen Vogel. Still hockte er und starrte sie bewegungslos an. Still war auch alles um Ida herum, ein kalter Wind war wieder aufgekommen, doch der ging lautlos. Ein stummer eisiger Hauch.
Adelheid war ebenfalls stehen geblieben und erblickte den schwarzen Raben auf der Mauer, wie er gebannt Ida anstarrte. Unvermittelt jedoch breitete das Tier seine kräftigen Flügel aus und stieg mit wenigen Schlägen in die Luft. Die Herzogin stieß einen kurzen Schrei aus, denn der Vogel senkte sich wie ein Schatten auf Ida. Nur wenige Fuss vor der Frau drehte er ab und flog kreischend davon.

„Verehrter Domherr, ich möchte Euch etwas fragen. Sagt mir, der Sturm in der vergangenen Nacht, glaubt Ihr, der könnte herbeigezaubert worden sein?“
Ida hatte gewartet, bis alle anderen zu Bett gegangen waren und Hermann sich ganz nach seiner Gewohnheit für das Nachtmahl in die Küche verkrochen hatte. Hierhin war sie ihm gefolgt, auch wenn es mühselig gewesen war, abermals die steile Treppe hinabzusteigen.
Nun saßen sie gemeinsam vor dem Feuer, Hermann hielt eine Schale mit Mortel in den Händen, jenem Mus aus Fleisch vom Schwein und vom Huhn, welches zusammen mit Weißbrot in Weißwein gekocht und mit Ei eingedickt wird.
„Liebe Ida, möchtet Ihr nicht auch etwas von dieser herrlichen Speise? Meine Köchin würzt sie immer sehr herzhaft mit Safran und sogar etwas Zimmet. Ihr habt schon vorhin beim Festmahl kaum einen Bissen genommen.“
„Werter Domherr, ich danke sehr, jedoch fehlt mir heute nach all dem Schrecken der Appetit.“
„Es war ein Tag voller schrecklicher Nachrichten und böser Worte, da muss ich Euch beipflichten, liebe Ida. Es hat Tote gegeben in unserer prächtigen Kathedrale. Und es wird noch mehr Tote geben auf dem Kriegszug gegen die aufrührerischen Sachsen, den die Fürsten beschlossen haben. Unser verehrter Herzog hat auf der Versammlung ergreifende Worte gefunden, um die Fürsten für den Heereszug zu gewinnen. Ich war Zeuge und habe alles mit angehört. König Heinrich kann sich glücklich schätzen, einen so guten Gefolgsmann in Rudolf zu haben.“
„Ich habe ebenfalls keinen Zweifel an Herzog Rudolfs Treue, jedoch bin ich zu Euch gekommen in einer anderen Sache. Ihr seid ein gelehrter Kirchenmann und Eure Meinung ist mir wichtig. Sagt mir, gibt es einen Wetterzauber?“
Hermann stellte die Schale beiseite, faltete die Hände über den runden Bauch und lächelte Ida freundlich zu, dann erklärte er: „Ein jeder, der Gottes Werk einem Menschen zuschreibt, macht sich der Lüge oder der Dummheit schuldig, denn er verleumdet oder verkennt den göttlichen Gedanken hinter allem irdischen Geschehen. Dass ein Einzelner mit einigen Zaubersprüchen solch eine Macht besäße, ein Unwetter heraufzubeschwören, wie sie sonst nur Gott hat, ist wohl wenig glaubhaft.“

„Dennoch glaubt ein jeder, ein Hexenwetter habe die Kathedrale beschädigt und es habe auch die Männer des Königs, den greisen Priester und die arme Dienerin der Königin getötet.“
„Die Menschen suchen in ihrer Einfalt oft nach Erklärungen für Vorgänge, die nicht offensichtlich sind. In ihrer Kleingeistigkeit können sie nicht die göttliche Idee hinter allem erkennen und begnügen sich mit Aberglauben. Aber was ist es nur, dass überall nur noch Aberglauben herrscht?“
Ida wußte keine Antwort darauf und die Worte des Domherren vermochten ihren Wissensdurst auch nicht zu stillen. Sie runzelte leicht die Stirn und blickte gedankenverloren auf einen unsichtbaren Punkt an der Wand.
„Ihr überlegt, Ida. Genügen Euch meine Worte nicht?“
„Was Ihr über den Aberglauben sagtet, überzeugt mich, teurer Domherr. Aber ich verstehe umso weniger, wieso solch Teufelsgerät in der Kammer der Königin gefunden worden ist.“
Hermann nahm sich wieder seiner Schale mit Mortel an. Genüßlich löffelte er die Speise, seinen Gast schien er wohl vergessen zu haben.
„Verehrter Domherr, wer war Juta? Und weshalb sprach die Königin davon, dass sie immer wieder Verleumdungen ausgesetzt sei?“
„Ihr fragt und fragt. Weshalb wollt Ihr all das Vergangene wissen? Eure schönen Augen sollten fröhlich in die Welt schauen, anstatt nach dunklen Geheimnissen oder finsterem Hexenwerk zu suchen.“
„Unsere Zeiten lassen keine Fröhlichkeit zu. Zwietracht und Unheil sind überall.“
„Fürwahr, wir sind Weinende in diesem Jammertal - *flentes in hac lacrimarum valle*…“
Hermann nahm einen weiteren Löffel des Mortel. Zufrieden lächelte der Geistliche und bewegte die Fleischmasse genüsslich in seinem Mund hin und her.

Die Köchin hatte zwar bei der Zubereitung auf Safran und Zimt gegeizt, zu sehr waren die Preise für derlei Leckereien und Spezereien gestiegen, seit der König die Großen des Reiches samt deren Gefolge in die Stadt geladen hatte. Dafür jedoch hatte sie mit der Beigabe feinstes Hühnerfleisches nicht geknausert und nur soviel Brot beigegeben, wie es ihre Kunst verlangte, um eine feine Masse aus dem geschnittenen Fleisch und den Eiern zu erhalten.
Nachdem der Domherr den letzten Happen aus seiner Schale gekratzt und verspeist hatte, wandte er sich wieder seinem Gast zu:
„Die ganze Stadt redet nur noch über jenes Teufelsgerät, das bei der Königin gefunden ward? Was wisst Ihr darüber, Ida?"
„Kuniza, die Hofdame der Königin, fand eine Schale, aus der scheußlich riechender Rauch aufstieg, und daneben einen kleinen Holzhammer. Ich habe einmal gehört, dass Hexen mit Schalen, Schüsseln oder Töpfen durch die Nacht ziehen und solange mit einem Hammer gegen das Geschirr schlagen, bis teuflisch stinkender Rauch aufsteigt und sich ein Unwetter erhebt. Die einfachen Leute nennen deshalb solch herbeigezaubertes Wetter auch Hebewetter."
„Davon habe ich ebenfalls gehört. Es gibt genügend Geschichten, mit denen sich das einfache Volk Gottes Schöpfung erklären will. Die Frage ist doch aber, warum findet sich solch ein Hexengerät in der Kammer der Königin? Eine tumbe Bauernmagd wird wohl kaum dort hineingeschritten sein, um Schale und Hammer niederzulegen."
„Die Leute behaupten nun, die Königin hänge dem Hexenglauben und der schwarzen Magie an."
„Teure Ida, das behaupten sie nicht erst jetzt."
Idas schöne Augen wurden noch größer.
„Ja, schaut nicht so fragend, werte Frau. Alte Geschichten hervorzukramen, tut niemanden wohl."
„Es sei denn, sie entlarvten den Verleumder."

„Aus welchem Grunde möchte eine kluge Frau wie Ihr, Ida, einem frevelhaften Verleumder die Maske vom Gesicht reißen und den Leumund der Königin bewahren? Deine Wohltäterin Adelheid ist nicht sehr gut auf ihre Schwester Bertha zu sprechen. Und auch Rudolf, den wir beide lieben wie einen Bruder, ist kein Freund der königlichen Familie."
„Vielleicht hat Rudolf nicht alles, was im Namen Heinrichs geschehen ist, für gut und richtig beurteilt, er ist dem König jedoch ein treuer Vasall. Und die Kaiserin Agnes ist für ihn sogar wie eine Mutter. Wir wissen, welch enge Bande zwischen ihnen sind. Kein Unglück der Vergangenheit konnte sie lösen."
„Wie ich schon sagte, alte Geschichten..."
Hermann nickte bedächtig und hoffte, das heikle Thema sei damit beendet.
„Jetzt ist es aber, dass neue Gefahr aufzieht. Gerüchte durchziehen das Reich, wonach gedungene Mörder im Auftrag des Königs den Herzog umzubringen sollen. Jede Seite sät Misstrauen und falsche Beschuldigungen aus und nun noch ein Weiteres."
Werner sah Ida fragend an.
„Die Kaiserin erzählte, dass sie Bodo vor der Kammer der Königin gesehen hat", erklärte Ida, „als Kuniza jene unheilvolle Schale fand. Es werden sich sicher wieder einige Treue des Königs finden, die Rudolf bezichtigen, hinter all dem Schrecken der letzten Nacht zu stecken. Sie werden behaupten, er habe seinen Kriegsmann Bodo angewiesen, das Hexengerät in Berthas Kammer zu verstecken. Es herrscht in diesen Tagen sehr viel Misstrauen und Unfriede zwischen den Großen des Reiches."
„Weshalb sollten Rudolf oder Bodo solch Narretei begehen?"
„Weshalb sollte überhaupt jemand dies tun? Vielleicht um Unfrieden zu säen? Um den König zu schwächen? Sein Ansehen zu beschmutzen?"
Hermann sah Ida nachdenklich an und strich sich mit der flachen rechten Hand über den runden Leib.
„Vielleicht habt Ihr Recht, denn die Geschehnisse erinnern mich doch sehr an Vergangenes."
„Was meint Ihr, Hermann?"

Der Domherr schien mit den Gedanken in weit zurückliegende Zeiten getaucht zu sein und überhörte die Frage. Ida betrachtete ihn ungeduldig, jedoch bemerkte er sie nicht und murmelte Unverständliches vor sich hin.
„Ich verstehe nicht. Bitte, verehrter Domherr, antwortet mir."
„Verzeiht, Ida, aber ich war in Gedanken. Dem Frieden ist wohl am ehesten gedient, wenn die Wahrheit ans Licht kommt. Nur wird dies nicht einfach sein. Dem äußeren Schein müssen wir mit Argwohn begegnen. Zweifel und Argwohn sind die Augen, die uns die Wahrheit offenbaren, so steht es schon in den Schriften der Gelehrten. Misstraue dem äußeren Schein und der Kern der Wahrheit wird sich dir zeigen."
„Das sind wohl klingende Worte, Pater Hermann."
„Nur einfach wird es nicht sein, den Kern zu verstehen, denn fast jeder, der damals beteiligt war, ist schon tot."
„Ihr meint Juta?"
„Nicht nur Juta, das arme Mädchen. Die Geschichte ist wirklich schon lange her. Ihr wisst vielleicht noch, als unser König damals den Fürsten des Reiches seine Absicht kund tat, die Ehe mit Königin Bertha annullieren zu lassen."
„Daran erinnere ich mich noch sehr gut, verehrter Hermann. Unser Herzog strengte ja selbst in jenem Jahr eine Scheidung von Adelheid an. Das mag nun an die fünf Jahre her sein. Es war eine schlimme Zeit und schlimme Geschichten wurden im Reich erzählt."
„Sehr wohl. Den Fürsten und auch dem Papst hat Heinrich damals keine Begründung für sein Begehr gegeben. Er erklärte lediglich, *sibi cum uxore sua non convenire* - dass er mit seiner Gemahlin nicht zusammenpasse. Ich erinnere mich noch gut, das war zu jener Zeit, als ich oft am Hofe des Königs weilte. Damals war ich noch Priester im Gefolge unseres Herzogs, meines verehrten Vetters. Ich begleitete ihn damals überall hin, auch an den Hof des Königs."

„Ich sehe Euch vor mir, wenn ihr zu uns kamt auf die Burg Stein. Auf dem Inseli im Rhein saßen wir. Berthold war ja noch ein Kind, und ich wartete sehnsüchtig auf all die Geschichten, die Ihr vom Königshof zu uns brachtet. Wie Ihr als einfacher Priester versucht habt, Abt Giselbert von Sankt Blasien in theologische Streitgespräche zu verwickeln. Wie ein hungriger junger Köter, der in der Hofküche einen alten Knochen erbettelt, seid Ihr um den Alten herumscharwenzeltet."
„So war das, Euer Gedächtnis trügt Euch nicht. Und ich erinnere mich daran, dass der König damals davon sprach, man möge ihn von der Ehefessel lösen, die er unter bösen Vorzeichen eingegangen war. Niemand verstand, welche bösen Zeichen er meinte. Erst Monate später, der Legat des Papstes, der werte Petrus Damiani, war mittlerweile angereist, um den Ehestreit zu schlichten, machten Gerüchte am Hof die Runde, die Königin hänge der schwarzen Magie an. Sie habe Heinrich verhext und mit einem Liebeszauber an sich gebunden. Dass dies Unsinn war, verstand jeder, der klaren Verstandes war. Schließlich versicherte der König unter Eid, er habe sie bewahrt, wie er sie empfangen habe, *incontaminatam inlibatoque virginitatis pudore* - unversehrt und in unbefleckter Jungfräulichkeit."
Ida beobachtete, wie Hermanns Erinnerung in die Zeit am Hofe des Königs zurücksank.
„Das bedeutet, dass es damals auch schon jene Verleumdung der Königin gab. Was war vorgefallen?", fragte Ida und holte den Domherr aus seinen Gedanken zurück.
„Wie heute fanden sich damals auch immer wieder verdächtige Gegenstände in der Nähe der Königin. Eine tote Katze, Töpfe mit übel riechendem Pulver, ein Amulett mit heidnischen Zeichen. Viele glaubten, Heinrich habe die Scheidung aus Angst vor Berthas bösem Zauber verlangt."
„Dann steckte König Heinrich hinter all dem falschen schwarzen Zauber?"
„Das allein weiß unser Herrgott in seiner unendlichen Weisheit. Wir Sterblichen werden dieses Geheimnis nie erraten können."
Ida runzelte die Stirn.

„Und nun sagt mir noch, werter Hermann, wer war Juta? Ich lebte doch damals mit Berthold fern ab auf unserer einsamen Burg Stein am Rhein. All diese Geschichten um die Königin habe ich nie erfahren. Es wurde zwar einiges gemunkelt, das weiß ich schon, aber Genaueres ist mir nie zu Ohren gekommen."
„Soweit ich mich erinnere war Juta die Dienerin der Königin. Sie wurde erstochen, in der Nacht vor Berthas Abreise in die Abtei Lorsch. Ich sehe alles noch genau vor mir. Die Königin war totenblass und zitterte am ganzen Leib. Ihr Kleid war mit Blut beschmutzt. Sie hatte die Tote gefunden und sich neben sie gekniet. Einige erzählten sich, sie hätten Flüche gehört in ihrem Schlafgemach."
„Weshalb wollte die Königin abreisen?"
„Die Fürsten hatten das Scheidungsbegehr des Königs an eine Synode verwiesen. Bis zu einer Entscheidung sollte die Königin sich von Heinrich fern halten, am besten in der Abtei Lorsch. Ich glaube, nach Jutas Tod nahm Hemma ihre Stelle an und begleitete die Königin."
„Erst Juta, nun Hemma...", flüsterte Ida und fiel gedankenverloren in Schweigen. Hermann nickte nur erleichtert, denn auf Idas Seele schienen keine weiteren Fragen mehr zu brennen.
„Guter Pater Hermann, erklärt mir bitte noch eins. Ihr sprachet davon, dass noch weitere Beteiligte von damals gestorben sind."
„Ja, meine liebe Ida, Ihr wollt wirklich immer alles ganz genau wissen, nicht wahr? Ich meine den damaligen Beichtvater der Königin. Er hatte aber mit den Geschehnisse überhaupt nichts zu schaffen und hielt immer treu zur Königin."
„Ich erinnere mich. Er war ein unheimlicher Kerl."
„Sein Name war Aurelius, jedoch nannten ihn alle nur den Iberer. Ein Mann, den man so schnell nicht vergisst. Fremdländisch war er, kam wohl aus Kastilien oder Aragon."
„Aus dem Land der Mauren?", rief Ida dazwischen.
„So erzählte man es sich. Er war schließlich sonderbar, aber auch sehr gebildet. Die Leute flüsterten sich sogar zu, er verstünde sich auf Schwarze Magie. Wenige Jahre nach Jutas Tod ist er erschlagen oder erstochen worden, genau weiß ich es nicht mehr."

Es war spät in der Nacht. Die Bettstatt war weich und ein halbes Dutzend Felle und Decken hielten die Schlafenden warm. Bertholds Atem ging langsam. Der Junge hatte sich fest an Ida geschmiegt und schlief ruhig und zufrieden. Ida indes starrte in die Dunkelheit. Ihre Gedanken wanderten, kreisten in ihrem Kopf und verscheuchten den Schlaf.

Das Gespräch mit Hermann wirkte nach. Ida erinnerte sich an die Tage, als Missmut und Groll in Rudolfs Herzen erwuchsen gegen Adelheid und deren schamloses Treiben. Mit dem Habsburger habe diese gehurt, so raunten sich alle in Schwaben zu. Damals hatte Rudolf sein Weib verstoßen und strengte die Auflösung der Ehe an, wie auch König Heinrich zu dieser Zeit die Annullierung seiner Ehe mit Bertha anstrengte.

Adelheid hatte ihr Schicksal abzuwenden gewußt, jedoch hatte sie seitdem auch gelernt, mit Rudolfs Missachtung zu leben. Auch die beiden kleinen Mädchen, Agnes und Adelheid, mit deren Geburt das herzogliche Paar gesegnet ward, stimmten Rudolf nicht milder.

Ida dachte weiter zurück, erinnerte sich an die Zeit, als Berthold vom kleinen Kind zum Knaben wuchs und für alle ersichtlich wurde, dass er nie ein starker und gescheiter Krieger wie sein Vater werden würde. Adelheid hatte ihn schon immer verachtet, nun jedoch begann sie streng darauf zu achten, dass der Knabe nicht in der Gesellschaft ihrer Töchter aufwuchs. Sie war mit den Mädchen weggezogen, begleitet von einigen Kriegern, Ammen und Geistlichen.

Von da an sorgte Ida allein für Berthold. Es waren einsame Tage auf der Burg Stein am Rhein gewesen. Die Mutter war dem Knaben gestorben und einen Lehrer brauchte es nicht, so hatte Rudolf entschieden. Denn der sei bei solch einem schwachsinnigen Jungen ohnehin vergebens.

Der arme Junge. Das arme Kind.

„Mein armes Kind".

Bilder aus jener Nacht stiegen auf aus Idas Erinnerung. Es war eine warme Nacht gewesen, damals, als Berthold geboren wurde. Mild und süß war der laue Wind durch das Schlafgemach der Herzogin Mathilde geweht, Maienduft hatte in der Luft gelegen und kündete vom Erblühen neuen Lebens. Das junge Mädchen, das Mathilde damals noch gewesen war, lag jedoch völlig entkräftet im Kindbett, die Niederkunft hatte ihren zarten Körper ausgezehrt. Ihr kindliches Gesicht war grau, vom durchlittenen Schmerz verzerrt, ihre ängstlich aufgerissenen Augen suchten Idas Blick. Aus der Ferne klang Mathildes zittrige Stimme durch die eisige Winterluft zu Ida:
„Mein armes Kind."
Ida zwang sich die Erinnerungen zu verscheuchen, aber die Worte schallten aus der Ferne hinüber:
„Mein armes Kind. Bitte Ida, ich flehe dich an, behüte meinen armen Sohn. Beschütze ihn. Mein armes Kind."
Erst zehn Tage später war Rudolf in die Burg eingeritten. Er hatte nicht nach Mathilde gefragt und er hatte nicht einmal seinen Erstgeborenen sehen wollen. Als Ida ihm das Kind brachte, schickte er sie weg.
„Geh mir aus den Augen, du hinkende Missgeburt", hatte er ihr ins Gesicht gebrüllt und einen weiteren Becher Wein geleert. Niemals zuvor und nie wieder danach hatte er solch derbe Worte ihr gegenüber gebraucht. Den Jungen würdigte er nicht eines Blickes.
Der Kummer darüber hatte lange in Idas Herzen gebrannt. Nun war das schon besiegt geglaubte Feuer wieder entfacht und raubte Ida den Schlaf. So blieb sie wenigstens vom blutroten Greif in dieser Nacht verschont.

Am 27. des Monats Dezember, im Jahre 1074 nach Fleischwerdung des Herrn.

Nach dieser schlaflosen Nacht schmerzten Idas Glieder in den frühen Morgenstunden noch mehr als gewöhnlich und sie suchte Erfrischung und neuen Lebensmut an der eisigen Winterluft. Nicht einmal das Morgengebet hatte ihr heute Kraft geschenkt. Die Stimmen der Geistlichen hatten nur dünn die Lobgesänge in die Höhe getragen, rasch hatten sie die Psalmen und die Gebete für den Tag gesprochen. Ida hatte spüren können, wie eilig es den Geistlichen gewesen war.

Nun waren sie alle in den Zelten und Häusern verschwunden und außer ihr war niemand mehr auf dem weiten Platz zwischen der Kathedrale und Hermanns Haus zu sehen. Ehrfürchtig blickte Ida zu dem einen, noch unversehrt gen Himmel ragenden Turm der Kathedrale empor, als sie plötzlich die Stimme des Jungen vernahm:

„Ida, bist du wieder in Gedanken? Über den schwarzen Vogel?", schrie er zu ihr hinüber.

Barfüßig, die Felldecke über den Schultern, sprang Berthold auf die letzte Stufe der Treppe, die sie sich gerade noch so schwerfällig herunter gequält hatte. Sie hielt die Hand vor dem Mund und bedeutete ihm so, an diesem Morgen leise zu sein. Mühevoll hinkte sie zu ihm hinüber.

„Ja, Berthold, ich bin in Gedanken, aber nicht wegen des schwarzen Vogels. Ich bin halt nur ein bisschen traurig."

„Aber warum? Hier ist es so schön. Die große Kirche ist schön und die Messe war auch so schön. Die Königin ist nett und ich hab die Königin lieb. Und sogar der König ist da."

„Das ist fein, Berthold, dass du unsere Königin und unseren König verehrst."

„Aber warum bist du traurig, Ida? Du darfst nicht traurig sein."

„Weißt du, eigentlich bin ich auch nicht richtig traurig. Ich habe nur etwas an deine Mutter gedacht. Und an die Nacht, als du geboren wurdest. Das macht mich ein wenig nachdenklich."

„Du hast aber gesagt, du bist traurig,"

„Das ist richtig und vielleicht bin ich das sogar."

„Als ich geboren wurde, ist meine Mutter tot gegangen, nicht wahr?"

„Ja, Berthold, da ist sie gestorben und du kamst ins Leben. Sie hat aber noch lange genug gelebt, um dich zu sehen und lieb zu gewinnen."

„Ich kann mich gar nicht an sie erinnern."

Ida mußte schmunzeln, während ihre Augen voller Tränen standen.

„Deshalb erzähle ich dir ja auch so oft von ihr."

Sie streichelte sanft sein Gesicht. Berthold überragte Ida mittlerweile wirklich schon um einen ganzen Kopf.

„Ich weiß, Ida. Sie war die Tochter der Kaiserin. Sie war aus der Familie des Königs, seine Schwester. Bin ich auch aus der Familie des Königs?"

„Ja, Berthold, daran musst du immer denken. Du entstammst der königlichen Familie, bist Sproß von vornehmen Königen und Kaisern. Das Blut Kaiser Heinrichs und Kaiserin Agnes fließt in deinen Adern."

Der Junge schaute entsetzt auf die sich auf seinem Unterarm abzeichnenden Venen. Dann drückte er seinen Daumen in die Armbeuge und betrachtete, wie die bläulich schimmernden Adern hervortraten.

„Da ist das Blut von der Kaiserin drin? Dann hat sie jetzt gar kein Blut mehr. Das hab ja ich."

Berthold begann laut zu lachen, bis ihm die Tränen über die Wangen liefen.

„Was lachst du so blöd?" herrschte Rudolf seinen Sohn an. Unbemerkt war der Herzog, einen seiner Kriegsmänner an jeder Seite, ebenfalls die Treppe hinunter gestiegen und Ida auf den Platz vor das Münster gefolgt.

„Schwachsinniges Balg."

Diese Worte des Herzogs trafen Idas Herz wie felsenschwere Steine und bedrückten es mit ihrer ganzen Last. Sie biss sich auf die Unterlippe. Berthold verstummte jäh, starrte seinen Vater mit schreckgeweiteten Augen an und hastete geduckt zurück ins Haus.

Mit sorgenvollem Blick schaute Ida dem Jungen hinterher, ihr blieb nur zu schweigen, Rudolfs Verhalten zu schelten stand ihr nicht zu. Sie war an seiner Seite aufgewachsen, wie Geschwister hatten sie zusammen gespielt und gelernt. Dennoch war sie dem Herzog nicht ebenbürtig, blieb sie die Tochter eines unfreien Dienstmannes. Rudolf schätzte ihren Verstand, suchte oft ihren klugen Rat, aber ihre ungleiche Geburt stand wie eine unsichtbare Mauer zwischen ihnen und mit den Lebensjahren hatte diese Mauer an Höhe gewonnen.
Der Herzog drehte sich wortlos weg und eilte mit hastigen Schritten über den großen Platz. Ida sah ihm nach, bis er in den Schatten des Münsters eintauchte und ihrem Blick entschwand.

Im Bischofspalast auf der anderen Seite des großen Platzes vor dem Münster hatten sich derweil seit den Morgenstunden die Fürsten des Reiches auf ein Neues versammelt. Der Krieg gegen die Sachsen war am Vortage beschlossen worden, darin waren sich alle einig gewesen. Aber würde die Einigkeit auch über den Streit mit den rebellierenden Sachsen hinaus bestehen? Würde König Heinrich seine Fürsten auch nach einem Triumph über den Aufrührer Otto von Northeim hinter sich versammeln können? Blieben die Großen des Reichs ihm treu ergeben, nachdem die Aufstände niedergeschlagen waren? Die Bischöfe standen, mit Ausnahme der sächsischen, treu zu Heinrich.
Die Herzöge und Markgrafen aber waren unberechenbar. Für sie zählte lediglich der eigene Vorteil und der lag letzten Endes in einem schwachen Königtum begründet.
Erzbischof Udo von Trier hatte sich soeben erhoben und war vor die Menge getreten. Obwohl er stand, überragte der Kirchenfürst seine Standesgenossen, die auf Schemeln und Bänken hockten, nur um wenige Fingerbreiten.
Herzog Rudolf von Schwaben und Herzog Welf von Bayern waren gerade noch rechtzeitig in den Saal geschlüpft, um die Rede des Kirchenmannes aus Trier zu hören. Weit hinten standen sie an einen Pfeiler gelehnt und betrachteten den Bischof.

Der stand aufrecht und hielt in den Händen ein Pergament. Schrill übertönte seine Stimme das Brummen und Murren der Fürsten.
„In diesem Brief", Udo hielt nun das Pergament in die Höhe, "werden ganz ungeheuerliche Anschuldigungen gegen meinen Amtsbruder, Bischof Pibo von Toul erhoben. Ein feiger kleiner Priester, der nicht einmal den Mut hat, mit seinem Namen hervorzutreten, hat Bischof Pibo beschuldigt, in Sünde zu leben, Hurerei und Blasphemie zu betreiben, sein Amt gekauft und es sündhaft und unehrenhaft geführt zu haben. Meine verehrten Fürsten, Große des Reiches, dass ein verlogener, niederer Priester solche Reden gegen einen aus unserer Mitte erhebt, ist eine Ungeheuerlichkeit. Jedoch hat unser heiliger Vater es nicht vermieden, sich diese Verleumdungen zu Eigen zu machen. Papst Gregor verurteilte, ohne zu prüfen. Er nennt in diesem Brief Pibo einen *exepiscopus et lupus* - einen ehemaligen Bischof und Wolf."
Wieder hielt Udo das Schriftstück für alle sichtbar in die Höhe.
„Mir erlegte der heilige Vater nun die wenig ruhmreiche Aufgabe und Pflicht auf, diese ungeheuerlichen Anschuldigen zu überprüfen. Aber ich sage euch, werte Fürsten des Reichs, folgte ich dieser Anweisung, würden die alten Rechtsvorschriften der Ehrfurcht und der Liebe verdreht. Untergebene der Bischöfe würden ermutigt, jederzeit ihren Herrn zu demütigen und zu verleumden. Ja, sie könnten ihn zwingen, sein gesamtes Leben vor ihnen offenzulegen. Neue und keineswegs zu billigende Gewohnheiten würden in die Kirche eingeführt."
Tosender Beifall schlug Udo wie eine gewaltige Flutwelle entgegen. Die Großen des Reiches waren empört.
Bischof Liemar von Bremen sprang auf. Sein Kopf war noch um einiges röter als sonst, an seinem dicken Hals pulsierten die Adern.
„Papst Gregor, dieser gefährliche Mensch, will uns, den Bischöfen des Reichs, was immer er will, befehlen, so als wären wir seine Gutsverwalter. Und wenn wir nicht alles erfüllt haben, sollen wir nach Rom kommen, um uns dort zu rechtfertigen, zu erklären, ... zu verteidigen", der Geistliche stotterte nur noch, „oder werden ohne gerichtliches Urteil des Amtes enthoben."

Die Empörung der versammelten Fürsten war nun nicht mehr zu steigern. Ärger machte sich Luft. Die Vornehmen und Mächtigen, seien sie nun geistlichen oder weltlichen Standes, waren sich einig, nicht in dieser Weise mit sich umspringen zu lassen.

König Heinrich hatte die erhitzte Debatte nur mit einem halben Ohr verfolgt. Sanft lenkte er Bischof Werner am Arm in eine Nische. Dort stand bereits sein treuester und engster Ratgeber, Ritter Konrad, und schien auf beide zu warten. Werners Blick sprang unsicher zwischen dem König und dessen Freund hin und her. Wie gewohnt lächelte der schöne Krieger freundlich, als sei der Kirchenmann eine ansehnliche Maid, zu der er sich legen wollte.

„Was meint Ihr, verehrter Bischof? Wird die Stimmung anhalten?"

„Die Fürsten sind in Feinschaft vereint, verehrter König. In Feindschaft gegen die Sachsen. Gegen den Pontifex. Jedoch solltet Ihr auf der Hut sein, dass sich ihr Groll nicht auch gegen Euch wendet." Werner machte eine Pause, Konrad jedoch zischte ihn ungeduldig an.

„Sprecht nicht in Rätseln. Was meint Ihr und vor allem wen?"

„Rudolf von Schwaben und Welf von Bayern. Sie hocken andauernd beisammen. Es würde mich nicht verwundern, wenn sie sich mit Legaten des Papstes treffen würden. Überall im Reich ziehen diese Agenten des Gottlosen auf Petri Thron umher. Sogar in meiner Stadt sind einige von ihnen gesehen worden."

Nun lächelten weder Konrad noch der König.

„Aus Rom kommen nur noch Hetze, Unterstellungen und Missgunst. Für manchen Fürsten klingt das jedoch süßer als Engelsgesang. Schon in früherer Zeit haben die immer wieder den Aufstand geplant. Fänden sich Beweise, dass sie sich noch immer gegen den König verbündet haben, könntet Ihr sie zur Rechenschaft ziehen. Briefe, Schriften, die eine coniuratio gegen das Reich, eine Verschwörung gegen die Krone belegen, sie wären ein wirksames Druckmittel. Vielleicht sogar, dass sie gemeinsame Sache machen mit den Agenten dieses falschen Papstes. Solch Material zwänge die beiden Herzöge endgültig unter eure Herrschaft." Der Bischof war nach seiner Rede völlig außer Atem.

„Wenn man solch belastende Schriften fände, wäre mir sicher die Sorge um Rudolfs und Welfs Treue genommen. Ich könnte sie vor das Fürstengericht zitieren und ihnen Herrschaft und Titel absprechen. Könnte ich ihren Verrat vor den Großen beweisen, ihr Los wäre besiegelt. Nur, wo sollte man solche Beweise finden?“, fragte der König und verfiel in Gedanken.
„Briefe. Briefe dieses Hetzers aus Rom. Dieser Papst schreibt doch unentwegt an seine Anhänger. Sie könnten als Beweis für einen Treuebruch dienen.“ Wieder herrschte Schweigen. Schließlich durchbrach abermals der König die Stille:
„Wer könnte die Aufgabe übernehmen, sie zu suchen?“ flüsterte Heinrich mit kummervoller Miene.
Werner und Konrad grinsten sich gegenseitig an. Voller Ehrerbietung verneigte sich der Ritter vor seinem König und verließ den Saal.
Heinrich schritt nachdenklich in den Saal zurück, nahm wieder auf seinem erhabenen Stuhl Platz und blickte auf die Fürsten des Reichs hinab. Neben ihm stand sein Freund und Vertrauter, der Bischof dieser Stadt und Herr dieses Palastes.

Lärm und emsiger Trubel erfüllten den Platz vor dem Münster. Straßburg war zu vollem Leben erwacht. Zwischen den bunten Zelten eilten Knechte und Mägde hin und her. Träger schleppten vom nahegelegenem Markt Ballen und Kisten voll getrocknetem Fisch und gepökelten Schweineseiten herbei. Einige Weiber standen herum und machten den fremden Rittern schöne Augen. Eine lachte sogar Rainald schamlos an.
Die Weiber aus dem Gefolge der Königin hätten solch dreistes Verhalten nie gewagt, denn Rainald blickte stets finster und übellaunig, war einsilbig, oft sogar abweisend. Nur mit wenigen Kriegern wechselte er überhaupt ein Wort und Pater Eliah war wohl die einzige Person, mit der er freundschaftlich verbunden war.
Nun jedoch stand Rainald gedankenverloren inmitten des bunten Treibens und, obwohl ihm die Unrast der Städte eigentlich zuwider war, genoss er heute das Getose und die Geschäftigkeit. Mild lächelten seine Augen und selbst die schamlose Dirne bedachte er mit einem sanftmütigen Blick.

Er spürte eine Leichtigkeit, die ihm bisher fremd gewesen war. War es die Wintersonne, die sein Gemüt so erwärmte? War die Lebendigkeit, die um ihn herum tobte, auf Rainald übergesprungen, wie ein Fieber?
„Hei, Ihr seid ein wahrlich stattlicher Kerl, habt starke Schultern und einen klaren Blick. Was treibt Ihr hier in Straßburg. Ihr seid doch fremd hier, oder? Soll ich Euch ein heimeliges Lager bereiten?"
Aus dem Maul des kecken Weibes, das ihn gerade noch ungeniert angelacht hatte, kamen die frechen Worte. Dabei kam sie auf ihn zu gelaufen und grinste breit.
Rainald drehte sich erschrocken ab.
Die Dirne verfiel in klirrendes Gelächter.
„Seid einer von den Königlichen, gell? Gar einer aus dem Gefolge der Hexe, der Zauberin Bertha", rief sie ihm nach und verschwand im Gedränge.
Rainald sah vor sich wieder das nächtliche Brausen des Sturmes und die verrenkten und zerschundenen Leiber der Toten, die unter den Trümmern der Kathedrale hervorgezogen worden waren.
Atemlose Rufe rissen Rainald aus seinen Gedanken. Jobst, der Diener der Kaiserin, kam auf ihn zugeeilt. Er war von kleiner, beinahe zwergenhafter Statur, hatte kurze Arme und Beine und seine Hände waren kaum größer als die eines Kindes. Mittlerweile bedeckte eine beachtliche Schneedecke den Boden und der kleine Mann hatte Mühe, sich durch sie hindurch zu schleppen.
„Rainald, da seid Ihr endlich."
„Jobst, du bist ganz außer Atem? Was quälst du dich durch den Schnee?"
„Die Kaiserin verlangt Euch zu sehen. Und die gnädige Herrin auch. Königin Bertha schickt nach Euch, obwohl sie heute das Bett noch nicht verlassen hat und auch niemanden empfangen will."
„Ist die Königin erkrankt?"
Eine ehrliche Sorge war in Rainalds Stimme nicht zu überhören. Seite an Seite stampften die beiden Männer nun den kurzen Weg zum Bischofspalast. In dicken Flocken schwebte der Schnee sanft auf die Stadt.

„Krank? Ich glaube kaum. Zwar ist Kuniza bei ihr, die weiß Genaueres, jedoch hörte ich sie zur Kaiserin sagen, die Königin sei noch zu erschrocken über Hemmas Tod."

Rainalds Aufgabe bestand vorrangig darin, die Königin zu schützen, sobald sie ihre Gemächer verließ. Die Krieger der königlichen Leibwache unterstanden seinem Befehl. König Heinrich hatte das höchstpersönlich veranlasst und dafür mit Rainald einen seiner tüchtigsten und erfahrensten Krieger abbestellt. Seitdem sich die Sachsen gegen seine Herrschaft auflehnten, fürchtete Heinrich einen Mordanschlag zu jeder Tageszeit und an jedem Ort, den er und seine Gemahlin bereisten.

Im Palast angekommen, wollte Rainald schon die ersten Stufen hinauf zu Königin Berthas Kammer nehmen, als die dunkle Stimme Kaiserin Agnes ihm befahl, kehrt zu machen.

„Rainald, komm einmal zu mir hinüber."

Rainalds Blick flog hin und her zwischen der zarten Statur der alten Kaiserin und den Deckenbalken, über denen die königliche Schlafkammer lag.

„Was zauderst du so, meinem Befehl nachzukommen?", rief die Alte verärgert.

„Verzeiht Herrin, jedoch die Königin wartet in ihrer Kammer. Sie ist wohl in Todesangst gefangen und hat nach mir den Jost geschickt."

„Sie wird es noch einige Augenblicke ertragen, ohne dich zu sein. Eliah ist bei ihr, sie zu trösten und auch Kuniza. Hier droht ihr jedenfalls keine Gefahr und allein das ist von Bedeutung."

Aus dem großen Saal drangen die aufgeregten Stimmen einiger Fürsten an Rainalds Ohr. Drinnen war die Versammlung in vollem Gange. Einzelne Worte konnte Rainald zwar nicht verstehen, doch war ein grimmiges Murren und dumpfes Schimpfen zu hören, das von Erzbischof Udos schriller Stimme übertönt wurde.

„Ich versichere Euch, meine Herrin, die Königin zu schützen und alle Gefahren abzuwenden, so gut ich es vermag. Doch ist erst vor einigen Tagen ihre Dienerin einen sehr grausamen Tod gestorben."

„Das ist es, worüber ich mit dir sprechen will."

Agnes bedeutete ihm, ihr zu folgen und schlüpfte durch eine kleine Holztür in eine schmale Kammer. Durch eine Luke unterhalb der Decke fiel etwas Tageslicht in den Raum, dennoch brauchte Rainald einen Moment, bis sich seine Augen an die Düsternis gewöhnt hatten. Lediglich eine kleine Truhe, höchstens drei Ellen breit, und ein schiefer Schemel befanden sich in der kleinen Kammer. Als die alte Kaiserin sich auf ihm nieder ließ, schien es jedoch, als verwandle sich das brüchige Möbelstück in einen prachtvollen Thron.

„Der Tod der armen Hemma hat uns alle in Angst und Schrecken versetzt. Was erzählt man sich? Was reden die Leute? Im Gefolge des Königs wird doch viel getratscht, oft hat solch Gerede einen wahren Kern."

Agnes betrachtete den Ritter und fuhr dann fort: „Was ist es mit dem Tod der Dienerin?"

Die knappe Frage der alten Kaiserin war vielmehr ein Befehl, ganz wie es ihre herrschaftliche Gewohnheit entsprach.

Rainald berichtete Kaiserin Agnes von dem nächtlichen Sturm und von der auf Trümmern aufgebahrten Leiche, erzählte vom Atzmann, den der Domkapitular auf dem Altar gefunden hatte, und von Dutzenden Messerstichen, die ohne Blutspuren in der Kirche geblieben waren. Schließlich erzählte der Krieger seiner Kaiserin auch von den Hetzreden, die die Leute gegen die Königin hielten. Sie sei mit dem Teufel im Bunde, führe Hexenwerk aus und habe das Unwetter herbeigezaubert.

Die Kaiserin schüttelte kaum merklich den Kopf. Ihr Obergewand war zerknittert und ihr Schleier war verrutscht, an den Schläfen schauten dünne weiße Haarsträhnen hervor. Es war ungewöhnlich, dachte Rainald. Waren die Kleider der Kaiserin auch schlicht, so achtete sie doch immer auf einen ordentlichen Zustand. In ihrem Gesicht erkannte er den Grund für die Nachlässigkeit. Das sonst rosige Gesicht war grau, unter den runden Augen lagen tiefe Schatten. Zierten sonst Fältchen um Augen und Mund das Antlitz der Kaiserin und zeugten von vielerlei Erlebnissen, so durchzogen nun tiefe Furchen das Gesicht und verrieten Sorgen und Angst.

„Das Reich ist in Aufruhr. Mein Sohn hat alle Mühe die Fürsten unter seine Herrschaft zu zwingen. Die Reichskirche ist in einem maroden Zustand und ungehorsam gegenüber dem Heiligen Vater in Rom. Und nun wächst auch noch großer Argwohn gegen die Königin."
„In der ganzen Stadt machen bereits die hässlichen Gerüchte die Runde. Jeder zerreißt sich das Maul über die Hexenschale, das Unwetter und den Tod der Dienerin Hemma."
„Mein treuer Rainald, diese Verleumdungen werden bald das gesamte Reich erschüttern wie schon die Treulosigkeit einiger Herzöge und die Sündhaftigkeit der Bischöfe."
„Ich fürchte, auf Herzog Rudolfs Treue ist in dieser Stunde, trotz all seiner kriegerischen Worte gegen die Sachsen, auch kein Verlass", entgegnete Rainald.
Die Kaiserin schaute ihn streng an.
„Herzog Rudolf von Schwaben ist ein ehrenwerter und tüchtiger Krieger. Wir haben ihm damals das Herzogtum verliehen aufgrund seiner Treue und seiner Verlässlichkeit. Wir gedenken nicht, jetzt daran zu zweifeln."
Die Freundschaft der Kaiserin zu Herzog Rudolf war unerschütterlich, das wurde Rainald mit diesen Worten abermals bewußt. Niemand im Reich verstand, weshalb die Alte noch immer zu Rudolf stand nach all dem erlittenen Unglück und Leid. Weshalb sie sich noch immer zu seiner Fürsprecherin machte, auch wenn Heinrichs Zweifel an seinem Schwager wuchsen.
„Wir wollen, dass du nicht nur die Königin schützt, sondern auch, dass du ihren Leumund wiederherstellst. Deine Aufgabe soll sein, dass du den arglistigen Verleumder dingfest machst. Wer streute die Gerüchte von Hebewetter und Hexenzauber?"
„Ihr fragtet zuerst nach Hemmas Tod", schob Rainald ein und erschrak augenblicklich, der Kaiserin ins Wort gefallen zu sein. Die jedoch schien die Unartigkeit nicht bemerkt zu haben. Wieder schloss sie die Augen, nickte langsam und nahm einen tiefen Atemzug.

„Wir vermuten, all die furchtbaren Ereignisse in jener Nacht geschahen nicht aus einem Zufall. Deshalb verlangen wir, dass du den Mörder enttarnst. Rainald, finde heraus, wer dieses blutige Verbrechen begangen hat. Wir fürchten, jemand sät Unfriede und Zwietracht und trägt auch Schuld am Tod der armen Hemma. Niemand im Reich soll künftig behaupten, die Königin hänge einem bösen Zauber an, dem die eigene Dienerin zum Opfer gefallen sei."
„Verehrte Kaiserin, ich stehe euch zu Diensten und ich werde nicht ruhen, bis ich die Verleumdungen und Anschuldigungen gegen unsere Königin widerlegt habe."
Rainald verbeugte sich tief, dann hob er wieder an zu sprechen.
„Verzeiht mir teure Herrin, das alles geschah, als der Sturm wütete. Ich selbst war nicht zugegen, als dieses Teufelszeug gefunden ward. Könnt Ihr mir sagen, was es mit dieser Hexenschale auf sich hat?"
Die Kaiserin schloss erneut für einen Moment die Augen.
„Kuniza fand sie. Sie hielt die Schale mit dem Hammer in den Händen, nur wenige Augenblicke nachdem sie hereingekommen war."
„War noch jemand anderes in Königin Berthas Kammer an diesem Abend?", fragte Rainald die alte Kaiserin.
„Die beiden Damen Affra und Käthelin, sowie die Dienerinnen."
„Verzeiht, verehrte Herrin, aber welche Dienerinnen meint ihr?" Rainald war sichtlich verlegen, die Kaiserin zu befragen.
„Ursel und die Margret und zwei, drei andere, deren Namen ich nicht kenne. Der Königin war es nicht recht, dass Hemma ihr nicht half."
Die Kaiserin schwieg und schüttelte nur sanft den Kopf. Wieder musste Rainald nachfragen.
„Weshalb half Hemma nicht?"
„Sie sei bei ihrem Galan gewesen, diesem Pferdeknecht Hetzil, hatte Affra behauptet. Das war nicht recht, denn Hemma ist schon seit langem die Dienerin der Königin. Keine ist vertrauter mit Berthas Kleidung und ihrem Schmuck."
Wieder verstummte die Alte und versank in Gedanken. Rainald nickte wortlos.
„Und dann war da noch Bodo", rief die Kaiserin unvermittelt aus. Rainald zog die Stirn in Falten: „Was meint Ihr, werte Herrin?"

„Bodo der Kleine“, fügte Kaiserin Agnes erklärend hinzu und erzählte: „der Kriegsmann Herzog Rudolfs, der ausschaut wie ein Knabe. Er stand vor der Tür. Ich habe mich gewundert, weshalb er nicht bei den anderen Männern war und half, die Verletzten zu bergen. Außerdem kam Hanno dazu, nachdem Kuniza die Teufelsschale gefunden hatte. Sie hatte ihn gerufen, damit er mit Segenssprüchen und Gebeten gegen den Schwarzen Zauber anging.“
„Das sind fürwahr merkwürdige Geschehnisse. Es scheint, als passe das alles nicht recht zusammen.“
„Deshalb Rainald, möchte ich, dass du erkundest, was in jener Nacht geschehen ist und wer dahinter steckt.“
In diesem Moment öffnete sich die schmale Tür und Ritter Konrad trat herein.
„Verehrte Kaiserin“, flüsterte der Krieger und verbeugte sich tief vor der Alten. Dann wandte er sich kurz Rainald zu und nickte ihm zum Gruß zu.
„Wie ich höre, unterweist Ihr den königlichen Dienstmann gerade. Die teuflischen Umtriebe, die unsere Königin verleumden, sollten fürwahr aufgedeckt werden. Die Umtriebe einiger treuloser Großer, die die Herrschaft und Macht unseres Königs erschüttern, gehören aber nicht minder ans Tageslicht gezerrt. Ich denke, die Aufgaben, die Ihr ihm gabt, lassen sich im Sinne des Königs erweitern.“
Auch wenn er die Kaiserin ansprach, so galten seine Worte Rainald. Dicht standen die beiden Männer um Agnes herum, die enge Kammer umschloss die drei wie eine Auster. Agnes drehte sich unversehens von Konrad ab und wedelte mit der Hand, als verscheuche sie ein lästiges Insekt.
„Mit den Anweisungen meines Sohnes habe ich nichts zu schaffen, Konrad“, zischte die Alte den Krieger an, „geht und macht das draußen miteinander aus. Ich werde hier noch einige Augenblicke im Gebet verharren. Geht. Beide.“

Rainald trat auf den Bischofshof und musste sich augenblicklich die Hand schützend vor die Augen legen. Nach der Düsternis in dem kleinen Raum blendete ihn die tief stehende Wintersonne auf den Straßen, Plätzen und Dächern umso schmerzhafter.
Die Begegnung mit Ritter Konrad, der er gerade entronnen war, war ihm kaum erfreulicher erschienen als das Gespräch mit Kaiserin Agnes. Eindeutig waren die Anweisungen, die er von dem engen Vertrauten des Königs erhalten hatte.
Rainald sog die eisige Luft ein. Hatte sie ihn jedoch vorhin noch erfrischt, so schmerzte sie nun in seiner Brust. Schwer stieß er sie wieder aus. Der Schmerz blieb. Es war ihm, als läge ein gewaltiger Stein auf seiner Brust. Die eindringliche Stimme Konrads hallte ich seinem Kopf nach. Dicht war der Ritter des Königs an ihn herangetreten und hatte die Anweisungen eher geflüstert als gesprochen.
Der Herzog von Schwaben sei ein Verschwörer, ein untreuer Vasall des Königs. Seine Eide seien nichts wert, auf die Treue des Fürsten sei kein Verlass. Die Beweise dafür müßten nur noch erbracht werden. Eindringlich hatte Konrad zu Rainald gesprochen. Der Befehl des Königs, aus Konrads Mund ihm übermittelt, war unmissverständlich.
Rainald hastete eilig an einigen Zelten vorbei hin zu der großen Kirche, vor der einige Diener des Bischofs letzte Trümmerreste beseitigten. Dem einfachen Volk war verboten worden, sich dem Münster zu nähern, zu gefährlich schien das beschädigte Bauwerk noch immer zu sein. In 50 Schritt Entfernung standen jedoch einige Männer und Frauen, die meisten von ihnen Mägde und Knechte aus der Nachbarschaft, um den Schaden an dem Gotteshaus zu begaffen und sicher auch, um sich vor ihrer Arbeit zu drücken.
Im Innern der Kirche waren alle Spuren sowohl des Unwetters, als auch der Bluttat beseitigt. Kein Trümmerteil lag mehr vor dem Altar, kein noch so kleiner Stein war zu entdecken. Über das Loch im Boden, das noch in der Weihnachtsnacht wie eine klaffende Wunde den Blick in die zerstörte Krypta freigemacht hatte, waren Holzbohlen gelegt worden.

Auch die Stelle vor dem Chor, wo gestern der große Trümmerberg den Leichnam der Dienerin Hemma getragen hatte, war geräumt, und regelmäßige Streifen auf dem sandigen Boden verrieten, dass ein gewissenhafter Diener ihn sorgfältig geharkt hatte.
Beim Anblick der ordentlich hergerichteten Stätte, seufzte Rainald schwer. Nun schien es ihm unmöglich, doch noch Hinweise zu finden. Wie war Hemmas Leiche in die Kirche gekommen? Rainald schaute sich um, schritt den Gang des Langschiffs zum Portal herunter und trat ins Freie.
Er dachte daran, was er von der Kaiserin erfahren hatte. Bodo, der Kriegsmann Herzog Rudolfs, habe vor der Kammer der Königin herumgelungert. Später, als Kuniza die Teufelsschale gefunden hatte, sei Hemma bei ihrem Liebsten gewesen, Hetzlil, dem Pferdeknecht.
Rainald überlegte, was er über den Kerl wußte. Im Gefolge des Königs nannte ihn jeder nur Henkersfratze oder Galgengesicht. Er war ein hässlicher Vogel, übersät mit Narben und, soweit erinnerte sich Rainald, es fehlte ihm ein Ohr. Ein unheimlicher Bursche, dachte der Ritter. Von Pferden verstünde er jedoch einiges, so sagte man.
Bisher hatte Rainald immer einen Bogen um die Henkersfratze gemacht, auch weil der sich um die Streitrosse des Königs zu kümmern hatte. Um sein Pferd wie auch um die Reittiere einiger anderer Ritter des Königs sorgte sich dagegen ein junger Knecht, den alle nur den dicken Peer nannten. Ein sanfter, immer fröhlicher Bursche aus dem Norden.
Ohne zu wissen, wie er eigentlich dorthin gekommen war, stand Rainald plötzlich vor den Ställen der bischöflichen Pfalz. Die Pferde des Kirchenfürsten wie auch der hochgeborenen Gäste waren hier untergebracht. Zwei junge Burschen schleppten Strohballen. Rainald folgte den beiden in einen Verschlag, in dem die Pferde des Erzbischofs von Mainz standen. Rainald erkannte den herrlichen spanischen Hengst des Kirchenfürsten.
„Die Pferde des königlichen Gefolges, wo sind die?“, fragte der Krieger, obwohl er dies ganz genau wußte. Zu keinem Zeitpunkt war er im Ungewissen über seinen Rappen.

„Die sind da vorn." Der jüngere der beiden Mainzer Knechte wies in Richtung der vorderen Ställe.
„Und wo ist der Hetzil?" Rainald bemühte sich, seine Frage so beiläufig wie möglich klingen zu lassen.
„Die Henkersfratze?", der junge Knecht zuckte die Achseln. Sein älterer Kumpan kam hinzu und zog ihn von Rainald weg.
„Was sollen wir das wissen? Der gehört nicht zu uns, dieser Lump. Ist vom König einer. Den solltet Ihr besser kennen, ist schließlich einer von euren Männern. Fragt den Rizzo. Der weiß immer, wer hier in den Ställen ein und aus geht."
„Wo finde ich diesen Rizzo?", fragte Rainald.
„Kommt, ich zeig es Euch", raunzte der Alte, zeichnete mit einem Stock einige Linien in den sandigen Boden und verschwand mit dem Jungen in den Ställen.
Rainald streifte weiter umher. In einigen der Verschläge, im hinteren Teil des Bischofshofs, hatten die Knechte ihre Wohnstätten, andere dienten als Geräteschuppen. Direkt an der alten Römermauer stand ein kleiner, grauer Verschlag. Rainald ging auf ihn zu, stieß die Tür auf, die nur noch schief in den Angeln hing und schlich hinein.
Eliah lief schweigend neben der Königin her. Sie hatte ihren dunkelblauen Mantel über den Kopf gezogen und trotzte so der Kälte. Hinter ihnen folgte Affra der Königin, um diesem Spaziergang jeden Hauch eines Zweifels ob seiner Schicklichkeit zu nehmen, auch wenn ein Geistlicher in Gesellschaft der Königin war.
Als Bertha endlich aufhörte zu schluchzen, konnte Eliah den Sinn ihres Wortschwalls verstehen, mit dem sie ihm ihre Not zu schildern versuchte. Noch immer war sie verängstigt wegen des Funds, den Kunizas in der vergangenen Nacht gemacht hatte und der sie abermals in den Verdacht der Hexerei zu bringen drohte.
„Eine Teufelsschale in meinem Schlafgemach. Sagt Eliah, wie kann die dorthin gelangt sein? Ich verstehe es nicht."
Eliah schwieg noch immer.

„Und die arme Hemma. Tot. Ich brauche doch eine treue Dienerin wie sie. Seit so langer Zeit war sie schon in meinen Diensten. Wie soll ich mich zurecht machen, wie es einer Herrscherin gebührt ohne eine Dienerin, die mir Schmuck und Kleider bereit hält? Dieser furchtbare Sturm."

Endlich verstummte die Königin und alle drei hingen ihren Gedanken nach. Sie wandelten zwischen den Zelten auf dem Bischofshof entlang. Die Sonne schien auf den Schnee und ließ ihn funkeln.

„Verehrte Herrin", hob Eliah an.

„Ich werde versuchen, den Tod der armen Hemma und den unseligen Fund der Kuniza aufzuklären, all die Verleumdungen und Verdächtigungen müssen ein Ende haben. Ich werde mich dafür jedoch in der Pfalz des Bischofs ungehindert bewegen müssen und auch die Bediensteten befragen dürfen. Ich bitte Euch, ersucht Frau Frowilas Einverständnis dafür."

Bertha sah Eliah fassungslos an.

„Diese Hure? Dieses Weibsbild, das beim Bischof liegt und alle Kanones der heiligen Kirche beschmutzt?"

„Sie ist die Hausherrin in diesem Bischofspalast."

Bertha betrachtete ihren Geistlichen, hinter ihrer Stirn wirbelten die Gedanken umher, das war deutlich ihrem Gesicht abzulesen.

„Ihr meint, ihr könntet all die unsäglichen Vorfälle der letzten Tage aufklären?"

„Ich werde mein Mögliches tun, verehrte Königin."

Berthas Blick schweifte über den Platz, über all die bunten Zelte hin zu den Pferdeställen.

„Seht, Eliah, dort kommt Rainald herbeigeeilt. Mir scheint, er ist etwas aufgewühlt."

Wenige Augenblicke später blieb Rainald vor den Königin stehen und verbeugte sich atemlos.

„Edle Königin, ohne Schutz sehe ich Euch hier umher spazieren. Ich bitte um Verzeihung, dass ich nicht bei Euch war, Euch zu begleiten, wie es meine Pflicht gewesen wäre. Aber ich habe einen guten Grund für meine Nachlässigkeit. Ich konnte etwas Wichtiges über Hemmas Tod in Erfahrung bringen."

Königin Bertha, Affra und Eliah sahen den Krieger überrascht an.
„Ich möchte das jedoch nicht hier zwischen all dem Volk besprechen.“
Das Gesinde des Bischofs, königliche Kriegsmänner, Mägde und Knechte im Diensten der hochgeborenen Gäste, alle liefen sie zwischen den Zelten umher. Einige Fürsten bereiteten schon ihre Abreise vor, andere waren dabei, sich dem königlichen Gefolge anzuschließen und gemeinsam mit Heinrich noch weitere Tage in der Bischofstadt Unterkunft zu nehmen. Neugierige Kinder, Bettler und Dirnen trieben sich herum, angelockt von diesem fremden Volk, das sich auf dem Bischofshof einquartiert hatte.
„Wir sollten einen ruhigen Raum finden, denn auch ich habe etwas zu berichten“, flüsterte Eliah.

In einer kleinen Kammer neben dem großen festlichen Saal standen Eliah und Rainald eng beieinander. Eigentlich hatte nur der Hausherr, Bischof Werner, Zutritt zu diesem Raum. Darin war es behaglicher als in den anderen Gemächern, ein kleiner Kamin sorgte für wohlige Wärme. Fein geschabte Tierhäute vor den Fenstern ließen Sonnenlicht herein und schützten gleichzeitig vor eisigem Luftzug. Als Königin Bertha die Frau des Bischofs um einen ruhigen Ort im bischöflichen Palast gebeten hatte, war deren Gesicht stolz erstrahlt. Wortlos und mit hoch erhobenen Kopf hatte Frowila die drei hier hereingeführt. Das Weib des Bischofs gab sich alle Mühe die Rolle der Hausherrin auszufüllen.
Bertha hatte ihre Hofdame Affra derweil ungewohnt entschlossen in die königliche Schlafkammer vorausgeschickt. Die konnte ihre Empörung über ein solch unsittliches Betragen ihrer Königin kaum verbergen. Mit säuerlicher Miene, nicht ohne zuvor Eliah und Rainald einen strafenden Blick zugeworfen zu haben, entfernte sich die Hofdame.

Das erste Mal seit dem Christfest fühlte sich Königin Bertha unbeschwert, sie betrachtete die beiden Männer und fand in ihrer Nähe etwas Ruhe. Sie hatte großes Vertrauen zu ihrem Beichtvater Eliah, dessen klarer Verstand und warmherzige Güte ihr schon in vielen Momenten Trost gespendet hatten. Und auch Rainald war ihr oft eine wichtige Stütze gewesen. Dieser große, breitschultrige Mann stand wie ein Fels neben ihr und schien die Kraft zu haben, alle Anfeindungen abschmettern zu können.
Seit den vergangenen zwei Tagen ertrug sie es nicht mehr, in ihrer Kammer zu sitzen. Überall spürte sie Gefahr. Jedes Knarren, jedes Pfeifen des Windes ließ sie zusammenfahren. Weder die Gegenwart der Kaiserin, noch Affras mütterliche Hingabe, sogar Kunizas tröstende Worte konnten ihr die Ängste nehmen. Einzig in diesem Augenblick fühlte sie sich vor allen Anfeindungen des Bösen gefeit.
Nun beugten sich Eliah und Rainald über das Stück Pergament, das die tote Hemma am Leibe getragen hatte. Bertha fröstelte trotz des Kaminfeuers bei dem Gedanken an den vergangenen Christfestabend.
„Was kannst du erkennen?“, fragte Rainald ungeduldig. Für ihn waren die Buchstaben auf dem Pergament nicht mehr als sinnlose Kritzeleien.

Der Geistliche jedoch drehte den Fetzen hin und her, hielt ihn gegen das einfallende Licht und befingerte die Oberfläche.
Der braun-rote Fleck am Rand verdeckte einige Buchstaben, das konnte auch Rainald erkennen. Er bezweifelte, ob den wenigen erkennbaren Strichen überhaupt ein Sinn zu entnehmen war.
„Es sind nicht alle Worte leserlich. Ich kann ‚*errat narrare*‘ entziffern, dort ist ‚*marchi*‘ zu lesen, was vielleicht ‚*marchio*‘, also Markgraf, bedeuteten könnte und ‚*nomine Ard*‘ ist auch noch deutlich“, erklärte Eliah.
„Ein Name? Mit Namen *Ard*? Was bedeutet das?“ Rainald sah den Freund und dann die Königin fragend an. Die schüttelte nur sanft den Kopf und bedeutete ihm, dass auch sie keine Erklärung hatte.
„Das ist alles?“ Rainald war enttäuscht. Er hatte insgeheim gehofft, von dem Schriftstück wichtige Antworten zu erhalten.

„Sei etwas geduldiger mein Freund." Der hoch gewachsene, hagere Kirchenmann sah den Kriegsmann und dann die Königin lächelnd an.

„Ich glaube, hier steht soviel wie ‚*rusticis*'. Bauern..."

Eliah rieb sich mit den Fingerspitzen die Stirn, drehte sich zu der Königin um, hielt ihr das Pergament hin und zeigte auf ein Wort.

„Dieser Teil ist nicht vollständig."

„*delicet de thesa*", las Königin Bertha zögerlich vor.

„Das Wort ‚*thesa*', was könnte das bedeuten, Pater Eliah?"

„Ich glaube, dort steht ein Rest des Wortes ‚*thesaurus*' geschrieben."

Die Königin riss die Augen vor Staunen weit auf.

„Was bedeutet das?", fragte Rainald nunmehr gereizt.

„Es bedeutet, mein Freund, dass dieses Schriftstück von einem *thesaurus*, das heißt von einem Schatz, berichtet."

Rainald atmete mit einem langgezogenen Pfiff tief ein.

„Und es verrät uns, in welche Richtung wir suchen sollen. Wir müssen noch mehr über dieses Stück Pergament in Erfahrung bringen. Und auch über Hemma."

Rainald runzelte die Stirn. Gern hätte er Eliahs Begeisterung über das Pergament geteilt, jedoch gelang ihm das nicht wirklich. Die wenigen Silben, die lesbar darauf standen, beantworteten keine seiner Fragen.

„Nun verratet mir aber, weshalb warst du vorhin so aufgeregt, mein guter Rainald? Du meintest, du hättest etwas in Erfahrung gebracht", fragte Bertha.

„Das habe ich, gnädige Herrin. Denn ich weiß nun, wo Hemma getötet worden ist."

Obwohl die Königin mit den beiden Männern allein in dem kleinen Raum war, schilderte Rainald flüsternd, wie er eine Stunde zuvor die Ställe entlang geschlendert war, ohne gewahr zu sein, wie er dorthin gekommen war, und wie er schließlich hinter den Schuppen der Pferdeknechte eine grauenvolle Entdeckung gemacht hatte. Blut hatte er gesehen. Auf dem Boden. An den Wänden.

„Du musst mir beistehen, Rainald, und die Wahrheit erkunden. Geh hin mit Eliah, schaue dir den fürchterlichen Raum an, in dem Hemma den Tod gefunden hat, finde den Bösewicht, der ihn verschuldet hat“, schluchzte Bertha.
„Rätselhafte Dinge sind geschehen. Bitte Rainald, finde heraus, was das alles zu bedeuten hat. Ich fürchte mich, mach dem ganzen bösen Spuk ein Ende.“
Rainald hatte die erschrockene Königin in ihre Kammer geleitet, wo Kuniza schon mit sorgenvollem Gesicht auf sie gewartet hatte.
„Teure Herrin, wo seid Ihr gewesen? Ich ängstigte mich um Euch.“
„Das musst du nicht Kuniza. Rainald hat mich umhergeführt, bei ihm bin ich sicher und behütet.“
„Wo hat er Euch denn umhergeführt?“
„Es ist nicht deine Aufgabe über mich zu wachen, du musst mir lediglich Kurzweil und Gesellschaft leisten und mir mit meinem Schmuck und Putz zu Diensten sein.“
Die Schärfe dieser Worte überraschte Rainald. Die Königin war ihrer Hofdame von Herzen zugetan, niemand stand ihr näher, denn Kuniza, niemand verstand ihre Ängste vor den Wutanfällen des Königs, vor der Häme ihrer Schwester und vor den böswilligen Verleumdungen ihrer Feinde so gut. Nun jedoch schalt die Herrin ihre Dame. Auch Bertha schien über ihre eigenen Worte erstaunt. Beschämt schaute sie zu Boden und atmete schwer.
Unverzüglich kamen die Dienerinnen herbei gelaufen, um der Königin beim Entkleiden behilflich zu sein und ihr einen Schlaftrunk darzureichen. Bertha verabschiedete ihren Beschützer und sah ihn flehentlich an.
„Edle Herrin, seid ohne Furcht, ich werde die Nacht hier vor Eurer Kammer verbringen. Keine Seele wird hineingelangen, wenn ich es nicht gestatte. Zuvor werde ich jedoch mit Eliah noch Eurem Befehl folgen.“
Rainald lächelte die Königin verschwörerisch an,
Kuniza jedoch warf dem Kriegsmann einen kurzen strafenden Blick zu, der wohl ihrem Unmut über seine und Berthas Heimlichkeiten geschuldet war.

Wenig später standen Eliah und Rainald in dem kleinen Schuppen hinter den Pferdeställen, den Rainald kurz zuvor entdeckt hatte. Einige Ballen Stroh, Seile, Pferdegeschirre und anderes Werkzeug lagen nicht sehr ordentlich umher. Der hagere Eliah wie auch der kräftige Rainald mußten die Rücken krumm machen und die Köpfe senken, um nicht gegen die niedrige Decke zu stoßen. Sie mussten über wüst im Raum verteilte Säcke und Gerätschaften steigen, bis sie eine in diesem Wirrwarr sonderbar anmutende freie Fläche fanden. Durch die Ritzen zwischen den Dachbalken fiel etwas Sonnenlicht direkt auf den Boden, so konnten Rainald und Eliah dunkle Schatten im Sand erkennen und als sie näher traten, sahen sie das Blut.
Rainald hielt die kleine Laterne, die er ahnungsvoll mitgenommen hatte, dicht über den Boden. Eliah hockte sich neben ihn nieder. Im Schein des schwachen flackernden Lichts erkannten die beiden Männer deutlich, dass die Ränder des zuvor lediglich schwarz anmutenden Flecks von einer bräunlichen Farbe waren, die sich zur Mitte hin in ein kräftiges Karminrot veränderte. Rainald streckte die Hand danach aus und berührte die Oberfläche sanft mit den Fingerspitzen.
„Gefroren", stellte er fest.
Eliah erhob sich und schaute sich in dem Schuppen um, während Rainald in der Hocke blieb und den Boden rund um die eisige Blutlache absuchte.
„Dort. Sieh nur, Eliah", der Kriegsmann wies mit der Hand auf eine zwei Fuss vom Blutfleck entfernte Stelle. Wieder hielt er seine Laterne dicht über den Boden. Schleifspuren zeichneten sich schwach ab. Nur erahnen liess sich, wie hier eine Last über den hartgefrorenen Boden gezogen worden war und dabei die hauchdünne obere Sandschicht zerfurcht hatte. Rainald musste an Hemmas aufgescheuerte Füße denken. Die hatten jedoch nur auf dem Erdboden ihre Spur hinterlassen, durch das Blut waren sie nicht geschleift worden. Es musste also bereits gefroren gewesen sein, als Hemma hinausgebracht worden war.

Hier war sie getötet worden. In diesem einfachen Bretterverschlag hatte man auf das gefesselte Mädchen immer wieder eingestochen, hatte sie womöglich hier liegen lassen und sie, blutend und leidend, der eisigen Kälte ausgeliefert. Schließlich, als alles Leben aus ihrem geschundenen Körper entwichen und ihr Blut am Boden bereits zu Eis erstarrt war, hatte man ihren Leichnam gepackt und ihn über den eisigen Boden hinaus geschleift.
Rainald versuchte der Spur zu folgen. Gebückt schlich er durch den Raum, die Laterne eine Hand breit über den Boden haltend. Drei Schritt war die Spur lang, unmittelbar vor der Tür jedoch war sie nicht mehr zu erkennen.
„Von hier aus hat man sie wohl auf anderem Wege fortgeschafft. Womöglich auf einem Handkarren oder ähnlichem."
„Ein Kerl mit einem Handwagen hätte nichts Verdächtiges an sich gehabt an diesem Abend, als sämtliche Diener die Zelte und was sonst noch auf dem Platz herumstand, hin und her schleppten und sie vor dem Sturm in Sicherheit brachten", gab der Geistliche zu bedenken.
Als die beiden Männer ins Freie traten, hatte die Abenddämmerung zwar noch nicht eingesetzt, dennoch verdunkelte sich der Himmel über der Stadt. Der Schuppen, in dem sie ihren grausigen Fund gemacht hatten, war der letzte in einer Reihe von Verschlägen, die allesamt verlassen und unbenutzt aussahen. Hinter ihm erhob sich die alte Römermauer, die den Bischofshof nach Westen von der Altstadt abgrenzte. In dieser hintersten Ecke waren die Schreie der gequälten Hemma ungehört verhallt, während um sie herum der Sturm getobt hatte.
Stumm sahen sich die beiden Männer nochmals um, dann machten sie sich gemeinsam auf den Weg zurück zum großen Platz vor dem Münster.
„Sag an, mein Freund, hast du in jener Nacht des großen Sturms eigentlich den Hanno gesehen?", Rainalds Frage durchschnitt das Schweigen, so dass Eliah kurz zusammenfuhr.
„Nun, da du es ansprichst. Ich war verwundert, dass dieser Maulheld sich wirklich auch mal nützlich machte. Er half, die Verletzten in der Halle zu versorgen. Als du dazu tratest, war seine Mildtätigkeit jedoch schon wieder verflogen."
„Er hat keine Ausdauer in solchen Dingen."

„Mein lieber Rainald, da tust du ihm Unrecht. Kuniza kam und holte ihn weg. Wohin, das weiß ich nicht. Ich hatte alle Hände voll zu tun.“
Rainald nickte.
„Du warst also bei Hanno, als Kuniza ihn holte? Das ist seltsam. Es wird bald Abend, lieber Freund, die Königin begibt sich nun zum Abendgebet und du solltest dabei nicht fehlen.“
„Du hast Recht, ich muss laufen, die Glocke ruft bald zum Vespergottesdienst,“ rief Eliah und eilte hinüber zum Münster.
Rainald jedoch machte kehrt und lief in die entgegengesetzte Richtung. Es würde nicht mehr lange hell sein und er wollte den Rest des Tages nutzen. Sorgenvoll schaute er zum Himmel auf. Graue Wolken waren aufgezogen. Schneeluft, kam es dem Ritter in den Sinn.

Herzog Rudolf von Schwaben hatte die Fürstenversammlung vorzeitig verlassen. Noch immer schimpften die Geistlichen über die Worte des Heiligen Vaters. Es tat ihm weh zu hören, wie roh und sündig die Priesterschaft des Reiches geworden war und wie wenig sie den Willen des Papstes achteten.
Rudolf lief über den großen Platz am Münster vorbei in Richtung Sankt Martin, Bodo und Hannes folgten ihm augenblicklich.
„Bleibt weg. Lasst mich allein. Ich kann sehr gut allein durch die Stadt gehen“, herrschte er die beiden Krieger an.
Vor der Kaufmannskirche von Sankt Martin versammelten sich zu so später Stunde noch einige Händler, um Absprachen für den nächsten Markttag zu treffen. Ihre Knechte begannen bereits mit dem Abbau der Stände. Der Fischmarkt war beendet. Den gesamten Tag über waren Hausfrauen, Mägde und Küchendiener aus den umliegenden Gassen ungestüm und auf der Suche nach der besten Ware auf den Platz geströmt, ihre Rufe und ihr Gelächter waren überall zwischen den Buden ertönt. Nun aber legte sich Ruhe über die Stätte.
Hinter der Kirche von Sankt Martin bog Rudolf in einen engen Weg ein, der ihn direkt zur Langen Straße führte.

Rudolf war ein Kriegsmann von edler Abkunft, war aufgewachsen auf den Burgen und Herrenhöfen seiner Familie entlang des Rheins. Er liebte die schwarzgrünen Wälder und die goldgelben Felder an beiden Ufern des Flusses, die sanften Hügel dort, die in der Ferne zu mächtigen Gebirgen anwuchsen. Vor allem aber liebte er den Klang der Natur: das Rauschen des Windes in den Ästen, den morgendlichen Gesang der Amseln und Lerchen, das Klopfen des Regens auf die Feldwege.
Das Leben in der Stadt hatte ihn dagegen schon seit Kindestagen geschreckt. Niederes Volk trieb sich in den engen Gassen umher. Dienstboten, Knechte und Mägde tranken und hurten bis in die Nachtstunden in den Schänken, um jeden Fremden, der ihnen in die Hände fiel, auszurauben und niederzuschlagen. Sein Vater hatte ihm oft erzählt von den wilden Mörderbanden in den Wirtshäusern der Städte. Manch Reisenden fand man, angelockt von sündhaften Dirnen, am nächsten Morgen mit eingeschlagenem Schädel in einer der finsteren Gassen. Schmutzig, gefährlich und düster war das Leben auch hier, in Straßburg.
Von der Altstadt um das Münster weg über den Gerbergraben hin zur Kirche des heiligen Petrus lief Rudolf von Schwaben, eilig hastete er die Lange Straße entlang. Wer ihn erblickte, dem schien es beinahe, als würde er gehetzt, als triebe ihn ein unsichtbarer böser Geist. Immer wieder schaute Rudolf über die Schulter zurück, den Kopf hielt er eingezogen zwischen den breiten Schultern.
Rainald ließ die Altstadt hinter sich. Die Pferdeknechte hatten ihm den Weg zu Rizzos Hütte beschrieben.
Allein der erste Pferdeknecht des Bischofs würde wissen, was es auf sich hatte mit dem Verschwinden des Galgengesichts Hetzil und dem verlassenen Schuppen am Rande der Ställe, wo die schrecklichen Spuren einen ebenso schrecklichen Todes bezeugt hatten.

Suchend streifte der Ritter durch die Neustadt. Zwar hatte er Straßburg bereits einige Male im Gefolge der Königin besucht, aber besonders dieses Viertel, das sich westlich des Münsters hinter dem Gerbergraben bis zum Fluss erstreckte, veränderte sich immerfort. Zahlreiche der niedrigen Buden aus Lehm und Holz hatten in den letzten Jahren großen Steinhäusern weichen müssen. Zwar waren die neuen Häuser ebenso schmal wie ihre hölzernen Vorgänger, aber viele von ihnen hatten mehrere Stockwerke. Standen sie auch eng beieinander, so boten diese steinernen Bauten doch besseren Schutz gegen jene schnell wütende Feuersbrünste, die die Stadtbewohner beinahe so sehr wie die Flammen der ewigen Verdammnis fürchteten.
Auch waren in den letzten Jahren ganze Straßenzüge hinzugekommen, Freiflächen, wie es sie früher innerhalb der ummauerten Stadt gegeben hatte, suchte man heutzutage vergebens. Die Kaufleute, die schon in alter Zeit begonnen hatten, sich in diesem Viertel anzusiedeln, konnten sich offensichtlich über gute Geschäfte freuen.
Ja, dachte Rainald bei sich, es ist eine neue Zeit.
Mittlerweile war Rainald die gesamte Lange Straße hinaufgelaufen und stand unweit der Kirche des heiligen Petrus. Hier endete die Stadt, Reste der alten Römermauer erhoben sich und versperrten den Weg, dahinter war nur noch der Fluss. Die kleine Hütte des bischöflichen Pferdeknechts Rizzo jedoch, die man ihm beschrieben hatte und in dem er so wichtige Antworten zu erhalten gehofft hatte, hatte Rainald nicht finden können. Nachdenklich wanderte sein Blick zurück, die Lange Straße herunter.
Den Herzog erkannte Rainald bereits in hundert Schritt Entfernung. Flink trat er in eine enge, dunkle Gasse und verbarg sich dort vor den Blicken des Edelmanns. Dieser schien ängstlich, beinahe wie von panischem Schrecken erfasst, als flöhe er vor unsichtbaren Geistern davon. Vor dem hohen Portal des Gotteshauses blieb Herzog Rudolf stehen und schaute sich hektisch um, bevor er in den Schatten der mächtigen Petruskirche trat.

Lautlos schlich Rainald ihm ins düstere Innere des erhabenen Baus hinterher, einen Augenblick lang suchten seine Augen den Herzog im Dunkel des Kirchenraums, bis er ihn schließlich erblickte. Hinter einer Säule verborgen, beobachtete Rainald die nur schemenhaft erkennbare Gestalt. Der Herzog war kein junger Mann mehr, gebeugt und schwerfällig schritt er vor dem Altar auf und ab. Offenbar wartete er ungeduldig. Immer wieder sah er zum Portal und Rainald folgte ebenfalls erwartungsvoll Rudolfs Blick. Nicht lange musste er so ausharren, denn plötzlich öffneten sich die Türen und drei Männer traten ein. Zielstrebig liefen sie das Kirchenschiff entlang, hin zum Chor, vor dem Herzog Rudolf von Schwaben stand, und begrüßten sich in vertrauter Weise.
Rainald konnte nicht erkennen, wer sich hier außer dem Herzog zu diesem ungewöhnlichen und allem Anschein nach heimlichen Treffen eingefunden hatte. Noch immer hinter der Säule versteckt, lauschte er angestrengt, ob er nicht ein Wort, womöglich gar einen Namen verstünde, jedoch vergebens. So bemerkte er auch nicht, dass sich einer der Männer verabschiedete.
Rainald schreckte auf, als der Unbekannte dicht an ihm vorbei lief. Für einen kurzen Augenblick wurden die Umrisse der geheimnisvollen Gestalt sichtbar. Ein kleiner Mann strebte mit federnden Gang dem Ausgang entgegen. Herzog Welf von Bayern, schoss es Rainald durch den Sinn. Wer jedoch waren die anderen beiden Fremden?
Und weshalb trafen sich die Männer hier im Verborgenen, wenn sie doch auf der Fürstenversammlung ganz offen beieinander standen? Waren die beiden Unbekannten der Grund für das geheime Gebaren der Herzöge?
Der Auftrag Ritter Konrads kam ihn in den Sinn. Rainald hatte es für eitles Geschwätz gehalten, als der Ritter ihm von den Verschwörungen und den päpstlichen Legaten in der Stadt erzählt hatte und auch der Befehl, Herzog Rudolf nachzuspüren, hatte Rainald als anmaßenden Ausdruck seiner Überheblichkeit empfunden. War die Sorge des schönen Konrads und mit ihr sein Auftrag berechtigt? Welch schändliches Spiel trieb Rudolf auf diesem Hoftag? Suchte er wahrhaftig Kontakt zu den Legaten des Papstes? Vieles sprach dafür.
Als die drei Gestalten so lautlos die Kirche verließen, wie sie hineingeschlichen waren, schlüpfte auch Rainald hinaus ins Freie.

Draußen war die Wintersonne ganz von grauen Wolken bedeckt. Es wird bald beginnen zu schneien, dachte Rainald.
Der schmale Platz vor der Kirche war noch immer mit buntem Volk gefüllt, das geschäftig umherlief. Hier in der Neustadt schien wohl nie Ruhe einzukehren. Kaufleute, in Mänteln aus feinster Wolle gehüllt, standen beieinander, feilschten, stritten und lachten. Durch das nahe gelegene Stadttor rollten unablässig Wagen, voll beladen mit Fässern und Säcken in die Stadt. Rainald staunte, dass selbst im tiefsten Winter der Handel nicht verebbte.
Aber der König hatte zur Versammlung aller Fürsten des Reichs geladen und unersättlich war die Gier der Bischofstadt und ihrer hochwohlgeborenen Gäste nach gepökeltem Fleisch und getrocknetem Fisch, nach Wein und Bier, nach Stoffen und manch anderem schönen Gerät zur Zier und Freude. Berittene Krieger im Dienste manch eines Großen bahnten sich ihren Weg durch die Menge, Mägde und Knechte drängelten sich voran, zwischen ihren Beinen liefen Kinder, lachend, schreiend. Bis die Abenddämmerung eintrat, war es nicht mehr lange und ein jeder hatte offenbar noch vielerlei zu erledigen.
Rainald versuchte den leicht gebeugten Rücken des Schwabenherzogs zu erblicken, bis er unmittelbar vor dem Gerbergraben beinahe mit ihm zusammenstieß. Mitten auf der Straße war der Edelmann stehen geblieben und Rainald hatte im allerletzten Moment hinter eine niedrige Verkaufsbude springen können, um nicht entdeckt zu werden.
Vorsichtig streckte er den Kopf aus seinem Versteck und erblickte sogleich den Grund für Rudolfs plötzliches Innehalten. Ida stand dem Herzog wortlos gegenüber, den traurigen Blick voller Fragen. Rudolf von Schwaben schüttelte aber nur den Kopf und eilte an ihr vorbei.
Schon riefen die Kinder Spottlieder über die hinkende Frau und Wut drückte auf Rainalds Herz. Er wollte jedem das Maul stopfen, der solch hässliche Verse sang, wollte die andauernde Traurigkeit aus ihrem Gesicht vertreiben. Ihren zerbrochenen Körper wollte Rainald beschirmen und ihr eine Stütze sein wie zwei Tage zuvor auf dem großen Platz vor dem Münster, als der Sturm getobt hatte. Zögerlich kroch Rainald aus seinem Versteck hervor und tat einen Schritt auf Ida zu.

Sie wurde ihm auch sogleich gewahr. Verachtung sprang ihm aus ihren schönen Augen entgegen. Einen kurzen Augenblick standen sie sich reglos gegenüber, dann aber drehte sie sich weg und humpelte, den Stock fest umklammert, in Richtung Altstadt.

„Ida, wartet, ich werde Euch stützen. Alleine schafft Ihr den Weg nie."

„Lasst mich. Ich verabscheue Männer wie Euch. Ihr späht den Herzog im Auftrage des Königs aus. Weshalb ist Heinrich so voller Misstrauen gegen ihn? Er ist ihm ein treuer Vasall und wird das im Kampf auch beweisen."

Jemand zog an Rainalds Mantel. Ein Bettler war zu dem Paar gekrochen, seine leblos schlaffen Beine zog er wie alte nutzlose Lappen hinter sich her, und seine schwarze, dreckverkrustete Hand krallte sich in Rainalds Mantel fest.

„Misericordiae, Herr, seid gnädig. Eine milde Gabe, bitte. Misericordiae."

Der Bettler streckte Rainald die andere Hand entgegen. Ärgerlich stieß dieser den am Boden hockenden Kerl beiseite. Ida jedoch begann lauthals zu lachen.

„Mildtätig seid Ihr wohl nur zu einem Krüppel wie mir, den armen Mann hier verachtet Ihr. Der aber steht auch bestimmt nicht in Diensten eines Feindes der Krone, wie das Hinkebein Ida. In sein Vertrauen braucht Ihr Euch nicht einzuschleichen."

„Seid bitte still, Ida, Ihr tut mir Unrecht."

Ida jedoch hörte nicht mehr auf Rainalds Worte. Mit bemerkenswerter Kraft, die ihr niemand zugetraut hätte, humpelte sie fort und ließ ihn allein zurück.

Schnee begann auf die Stadt zu fallen, fiel auf die Dächer und Straßen, deckte den Schmutz und das Elend zu und dämpfte den Lärm der unzähligen Menschen. Die dicken Flocken tanzten immer wilder um Ida herum und nahmen ihr die Sicht. Mit einer Hand raffte sie ihren Mantel über der Brust enger zusammen, mit der anderen Hand umklammerte sie den Stock, der unter der Schneedecke nach Halt suchte.

Ida konnte nichts mehr erkennen, sah keine Häuser und keine Menschen mehr. Sie musste mittlerweile am Ende der Langen Straße angelangt sein. Welche Richtung sie nun einzuschlagen hatte, war in dem Schneegestöber nicht auszumachen. Hilflos schaute sie sich um.

Das bin ich, sprach sie still in sich hinein, *Ida, Tochter des Unfreien Azzo, Waise und Jungfer. Welchen Weg soll ich nehmen? Heilige Kunigunde hilf mir. Geleite und beschütze meinen Weg. Nirgendwo ist mein Platz. Niemand gehört zu mir, wie auch ich zu niemanden gehöre.*
Schnee fiel auf ihr tränennasses Gesicht.
Immer wilder wurde der Tanz der Flocken, immer schriller die Stille um Ida herum. Wieder musste sie einsehen, dass sie Hilfe brauchte. Es genügten Schnee oder Wind, um ihren krummen Körper niederzustrecken.
Ida dachte an den Sturm, der an ihr gerissen hatte auf dem Platz vor dem Münster. Bodo hätte dasein sollen, als alle in die Messe gingen, um die Geburt des Herrn zu feiern. Ihr und Berthold beizustehen, das war seine Pflicht gewesen. Wo hatte Bodo sich nur herumgetrieben, als der Sturm tobte? Sie hatte hilflos und verlassen inmitten des tosenden Wetters gestanden, bis Rainald plötzlich erschienen war.
Ihr war, als fühlte sie noch immer dessen starken Arm um ihre Taille, spürte sie seine Kraft, mit der er sich gegen das Unwetter stemmte. Sie sah ihn vor sich, seine zerzausten Haare, sein regennasses Gesicht. Während der Messe hatte er wieder dicht bei der Königin gestanden. Bodo jedoch war nicht im Münster zu sehen gewesen. Erst später, das Festmahl war schon beendet, hatte die Kaiserin ihn getroffen. Vor der Tür zu Berthas Kammer.
In ihrem Inneren dröhnten dumpfe Schläge. Ida fasste sich an die Schläfe und versuchte tief und ruhig zu atmen, aber das Dröhnen wurde immer stärker. Als die Mörderbande in jener Nacht die Häuser zerschlagen, als sie die Holzbalken zerschmettert und auf die Menschen eingeprügelt hatte, hatte das Dröhnen in Idas Kopf begonnen. Bisweilen verstummte es beinahe völlig und Ida konnte es vergessen, um dann jedoch wilder als zuvor hervorzubrechen, meist wenn sich die Stille der Einsamkeit um sie schloss wie ein ehernes Band und lähmende Angst ihren Körper durchflutete. Dann stürzte der rote Greif auf sie herab, peinigte ihren zerschundenen Körper. Gierig riss das Untier Stücke blutenden Fleischs aus ihren Beinen.

Rainald kämpfte sich die Lange Straße entlang durch den Schneesturm. Das Gestöber war so dicht, dass es ihm Sicht und Atem nahm. Beinahe hätte er das leblos am Straßenrand liegende Bündel übersehen. Erst als er auf eine Armlänge herangetreten war, erkannte er Idas braunen Mantel, daneben lag ihr Stock. Mühelos hob er den zarten Körper der Frau hoch und trug sie vorsichtig zum Haus des Domherrn Hermann.

Dort richtete eine Dienerin ihr in der Küche vor der Feuerstelle eine Bettstatt ein, hüllte sie in Decken und Felle und trichterte ihr dünnen, heißen Brei mit viel Butter, Safran und Mandelmilch in den Mund. Ida schlief in den Abend hinein, kam nur kurz zur Besinnung und fiel dann abermals in einen Dämmerschlaf bis zum Morgengrauen.

Am 28. des Monats Dezember, im Jahre 1074 nach Fleischwerdung des Herrn.

Die Dunkelheit der vergangenen Nacht lag noch immer über der Stadt. Kein Laut tönte durch Straßburgs Gassen.
In den Häusern erwachte langsam das geschäftige Treiben der Leute und auch in der Küche des Domherrn Hermann waren bereits zwei eifrige Küchenmägde damit beschäftigt, den großen Herd anzuheizen.
Gegen Morgen hatte ein traumloser Schlaf Ida Erholung verschafft. Mit dem blutgierigen roten Greif war auch das Dröhnen in ihrem Kopf verschwunden und auch der Schwindel, der ihr am Tag zuvor das Bewusstsein genommen hatte, war verflogen. Nun trieb Hunger sie aus dem Bett herunter in die Küche.
Auf dem Feuer stand bereits ein Kessel mit fetter Brühe und an einem Tisch neben dem Herd schnitt die jüngere der beiden Mägde Zwiebeln und Lauch in feine Scheiben, zerrieb Kümmel in einem Mörser und gab alles in eine Schüssel voller Quark. Arme, Hals und Gesicht des Mädchens waren ganz mit Sommersprossen bedeckt.
„Sag mir, wer half mir gestern zurück in dieses Haus zu kommen? Mein Gedächtnis ist getrübt. Ich erinnere mich nur noch an den Schneefall und an die Straße voller Menschen."
„Das war einer der Krieger der Königin. Dieser Große, der aussieht wie ein Riese", antwortete die junge Magd und schaute Ida mit tränennassen Augen an.
„Wie ein riesiger Bär", verbesserte die Ältere und lachte.
„Ja, er trug sie so leicht, als seien sie ein kleines Kätzchen."
„Ich hatte eine Bettstatt hier vor dem Herd gemacht, da haben wir Euch heiße Suppe gegeben. Später dann hat er Euch hochgebracht in Eure Kammer", erzählte die ältere Magd stolz. Ihr schiefer Mund grinste breit.
„Wer?", fragte Ida entsetzt.
„Na der Bär, der riesige Kerl. Jost, unser Knecht, wollte ihm dabei helfen, aber der Krieger hat gesagt, der Jost soll nur weg bleiben. Er wollte sie unbedingt allein in ihr Bett legen."
Die Alte lachte und auch die Jüngere lächelte ein wenig, während ihr die Tränen über die runden Wangen liefen.

Ida spürte, wie sich ein mächtiger Fels auf ihre Brust legte und ihr Herz ungestüm schlug. Wie konnte der Kerl es wagen, sie in ihre Kammer zu tragen? Womöglich hatte Rainald sie sogar unsittlich berührt.
„Ihr braucht aber nicht glauben, dass er Euch die Kleider ausgezogen hat. Das haben Elss und ich gemacht.“
Beide nickten eifrig und wandten sich wieder den Speisen zu, die mittlerweile einen köstlichen Duft verströmten.
Ida saß auf der harten Holzbank vor dem Herd und versuchte, ihre Gedanken zu ordnen. Weshalb war sie gestern allein umhergeirrt? Was hatte sie angetrieben, in beinahe unschicklicher Weise durch die fremde Stadt zu laufen?
Sie erinnerte sich, wie sie Tags zuvor vor dem Hause stand. Die verächtlichen Worte des Herzogs und Bertholds Tränen kamen ihr in den Sinn.
Schließlich fiel ihr Utz, der Dienstmann des bayerischen Herzogs Welf ein. Was hatte der ihr erzählt? Ida erinnerte sich nicht.
Dabei war sie auf die Klarheit ihres Verstandes immer stolz gewesen. Gegen diesen Stolz kämpfte sie zwar tapfer an, denn sie wollte nicht dieser schweren Sünde verfallen, womöglich sich sogar des Hochmuts schuldig machen.
Oft merkte sie jedoch, dass ihr Verstand schneller war, dass sie oft getrieben wurde von Wissbegier und Fragedurst und dass ihre Gedanken weiter reichten, als die der anderen Frauen im Umfeld des Herzogs. Der schätzte sie dafür, fragte sie oft nach ihrem Rat und den gab sie Rudolf freigiebig. Das war das Wenige, was sie für ihn tun konnte nach all den Wohltaten, die er ihr entgegengebracht hatte.
Nun hatte sich aber etwas verändert und sie begriff nicht, wie es dazu hatte kommen können. Ihr Verstand erstarrte jäh, sobald von Rainald die Rede war. Traf sie ihn, gelang es Ida nur mit Mühe, die träge Masse ihrer Gedanken zu ordnen. Wut legte sich dann bleischwer über ihren Körper, füllte ihren Kopf, ließ keinen Raum zum Nachdenken. Sie schämte sich in seiner Gegenwart für ihren Körper, für ihr verkrüppeltes Bein, für ihre schiefe Hüfte. Sie wurde wütend, weil er sie so sah, wie sie war. Weil er sie bemerkte, sie betrachtete und ansprach. Und weil er ihr zu Hilfe kam.
Die junge Magd riss Ida aus ihren Gedanken.

„Nehmt diesen Becher Brühe. Sie ist noch heiß und wird Euch Kraft geben."
Der Utz, so kam es Ida wieder in den Sinn. Langsam verzog sich der Nebel um ihren Geist und sie begann wieder klarer denken zu können. Utz hatte sich beklagt, dass sein Herr, der Bayernherzog, ihn zurückgeschickt hatte. Der Alte stand schon seit vielen Jahren in Welfs Diensten und behütete den jungen Fürsten, als sei er sein Sohn.
„Nun will er hier allein durch die dreckigen Gassen streifen, hat er mir gesagt. ‚Geh. Fort mit dir.' Das waren seine Worte. Zu irgendeiner Kirche in dieser sündhaften Stadt wollte er. In die Neustadt, drüben, jenseits des Gerbergraben, wo nur Diebe und Hurenvolk unterwegs sind. Dabei stehen wir hier direkt vor der größten Kathedrale, die ich je gesehen habe. Solch derbe Worte hat er noch nie gegen mich geführt", hatte der alte Dienstmann gejammert.
Und dann erinnerte sich Ida plötzlich an alles, was am vorherigen Tag passiert war.
Sie war los gehumpelt durch das Schneetreiben und durch die Menschenmassen. Sie war der Richtung gefolgt, die der alte Utz in seinem Ärger mit fahriger Geste gezeigt hatte. Über den Gerbergraben in die Neustadt.
Ihr Stock hatte unter der Schneedecke Halt gesucht, aber der Weg war schwer und lang geworden. Irgendwann war ihr Herzog Welf begegnet, begleitet von zwei fremden Herren, Geistliche wohl. Ida hatte nur wenige Worte gehört, die die Männer gewechselt hatten. Aber sie hatten fremdländisch geklungen, als habe einer der Fremden mit romanischer Zunge gesprochen. Wenig später hatte sie hinter dem Gerbergraben Rudolf getroffen.
„Ihr habt dem König Treue geschworen, Ihr dürft keine Heimlichkeiten haben mit seinen Gegnern", hatte sie ihm zugerufen. Der Herzog hatte jedoch nur den Kopf geschüttelt und war weitergehetzt. Wild waren danach die Gedanken in Idas Kopf umher gewirbelt, als plötzlich Rainald vor ihr auftauchte. Ihr war gewesen, als sei sie ganz langsam einen schwarzen Abhang hinabgestürzt.

Immer lauter waren die Stimmen in der Küche zu hören. Schwere Schritte hallten durch das Haus. Einige bewaffnete Reiter aus Rudolfs Gefolge hatten ihre Schlafzelte auf dem Platz vor dem Münster verlassen und hofften, in der Küche des Domkapitulars auf einen Becher heißer Suppe.
Schließlich traten Herzog Rudolf und Hermann in den Raum.
„Ida, es freut mich, Euch wohlauf vorzufinden", rief der Hausherr ihr gut gelaunt zu.
„Rainald, der Krieger der Königin, hat Euch gestern zurückgebracht. Ihr ward ohne Bewusstsein", erklärte der Domherr.
Wieder stieg Wut auf in Ida.
„Ich weiß", gab sie zurück.
Während Hermann und seine Gäste bei heißer Brühe, Roggengrütze und Quark beisammen vor der großen Feuerstelle saßen, kaute Ida an einem Kanten trockenen Brot, sprach keine Silbe, und als Hermann und sämtliche Krieger sich anschickten, die Küche zu verlassen, bedeutete Rudolf die Frau sitzen zu bleiben.
„Sage mir Ida, wieso bist du mir gestern in die Neustadt gefolgt?"
„Ich war in Sorge um Euch."
„In Sorge? Wolltest mich beschützen? Vielleicht mit deinem Stock Straßenräuber und Diebespack in die Flucht schlagen?"
Rudolf lachte verächtlich.
„Ist es so verwunderlich, dass ich mich um Euch sorge? Ihr seid mir wie ein Bruder, ein Oheim an meines Vaters statt, auch wenn Ihr vom Stande her weit über mir steht."
„Ich empfinde dich auch als Schwester, Ida. Da tut der Stand nichts zur Sache. Meine Eltern haben dich aufgenommen und erzogen."
„Ich denke oft an Eure Mutter, Rudolf. Irmgud war eine liebevolle Frau. Auch Euer Vater war mir immer ein gutmütiger Beschützer. Ich werde ihnen und Euch bis zu meinem Ende dankbar sein."
„Dann sage mir, was bringt dich in Sorge um mich? Fürchtest du wieder die bösen Geister deiner Alpträume? Den roten Greif, der sich in der Nacht auf deinen Körper setzt und dir die Fleischstücken vom Körper reißt? Oder sind's die mordenden Horden und Bösewichter? Wie die, die deine Eltern ermordeten."

„Nicht die Bösewichter, die ein ganzes Dorf abfackeln oder im Schatten einem edlen Herrn auflauern, schrecken mich, sondern die Fallstricke, die drüben, im großen Saal, ausgelegt sind. Die Ränkespieler und Verleumder, die fürchte ich. Sie verleumden die Königin genauso wie sie Euch verleumden. Und den kindlichen Wankelmut des Königs."
„Ich verstehe, was du sagen willst."
Ida schluckte und sah Rudolf fest an. Der lächelte gütig. Wieder war jene Vertrautheit zwischen ihnen aufgekeimt, die in ihrer Kindheit geblüht hatte.
„Verzeiht mir die Widerworte, aber ich denke, Ihr versteht es nicht."
Das Lächeln im Gesicht des Herzogs war mit einem Schlag gewichen, nun lag nur noch Erstaunen in seinem Blick.
„Schon einmal hat der König Euch beschuldigt, die Treue gebrochen zu haben. Erinnert Euch. Umstürzlerischer Umtriebe hat er Euch verdächtigt. Der Kaiserin Agnes verdankt Ihr es, dass Ihr versöhnt seid und die Freundschaft zwischen Euch und dem König wieder besteht, dass Ihr noch im Besitz eures Herzogtums seid und nicht abgesetzt und verjagt. Trotzdem flüstern sich bis zum heutigen Tage die Verleumder an allen Ecken des Reichs zu, Ihr und Herzog Welf strebten nach Heinrichs Krone."
Rudolf nickte stumm. Ida betrachtete ihn, sein Haar war mittlerweile von grauen Strähnen durchzogen, sein Rücken gebeugt und die Haut an seinem Hals war faltig und grau. Der Herzog war ein alter Mann, kam es Ida in den Sinn.
„Erinnert Euch, Rudolf. Es muss nun doch zwei oder drei Jahre her sein. Als jener Dienstmann zugab, Euch im Auftrage seines Herrn und unsres Königs nach dem Leben getrachtet zu haben. Was auch immer der wahre Kern dieser Geschichte gewesen sein mag, so geschah auch sie nur, weil Herzog Welf mit Euch zusammen im Verdachte stand, sich gegen die Krone verschworen zu haben. Seit Jahren schwelt dieses Misstrauen, stehen die Verdächtigungen zwischen dem König und Euch. Und immer ist Welf mit verwickelt in das Gestrüpp von Zwietracht und Verleumdung."
Rudolf drehte sich jäh ab. Seine Gesichtszüge waren verzerrt und seine Stimme rau.

„Ich weiß selbst, dass der König mir misstraut. Ich habe immer versucht einen Ausgleich zu finden und auch, den Frieden mit den Sachsen zu stiften. Allein der König ist wankelmütig wie ein ungezogener Bub. Seine Zuneigung schwankt wie ein Rohr im Wind. Heinrich könnte mein Sohn sein, jedoch muss ich mich seinen Launen beugen. Ich bin es so leid, den Ränkespielen und Intrigen ständig auszuweichen. Diese Heimlichkeiten, das einander Umschleichen und Umgarnen ist nicht meine Art. Ich bin ein Krieger, liebe den geraden, direkten Kampf."
„Rudolf, Ihr seid ein treuer und ehrlicher Gefolgsmann, daher bitte ich Euch, haltet Abstand zu Welf. Er führt Verrat und Hinterlist im Schilde. Ihr seid schon einmal in großer Gefahr gewesen, als dieser Gefolgsmann des Königs versuchte auf Geheiß seines Herrn Euch zu töten."
„Er behauptete lediglich, der König habe ihn beauftragt", warf Rudolf ein, Ida jedoch achtete nicht darauf.
„Es ist nicht gut, wenn Ihr hier, in Gegenwart des Königs, mit ihm Heimlichkeiten habt. Ihr seid schon einmal beinahe Opfer einer Mordverschwörung geworden. Erinnert Euch auch, wie es Herzog Otto ergangen ist.
„Der Northeimer ist ein treuloser Lump", entfuhr es dem Herzog.
„Das mag sicher so sein. Dass er die Versprechen, die er Euch gab, so leichtfertig brach, war schändlich. Die Strafe für diesen Treuebruch wird ihn ereilen am Jüngsten Tag." Ida schlug das Kreuzzeichen und Rudolf machte es ihr nach.
„Zuvor jedoch ward ihm übel mitgespielt worden."

Otto von Northeim und König Heinrich hatten sich um einige Güter gestritten, als Klage erhoben wurde, Otto habe dem König nach dem Leben getrachtet. Ein übel beleumundeter Kerl, Egeno aus edelfreiem Geschlecht und Gefolgsmann des Königs, behauptete lauthals, Otto von Northeim habe ihn gedungen, Heinrich zu ermorden. Er führte sogar ein Schwert vor, das Otto ihm zu diesem Zweck übergeben haben soll. Hinter der Intrige, so vermuteten bald schon alle, steckten Adalbert von Schauenburg und Graf Giso. Sie hatten die Anschuldigung gründlich erdacht und so halfen auch Ottos Unschuldsbekundungen nicht. Der König wies den angeklagten Herzog an, durch ein Gottesurteil sich von allen Anschuldigungen rein zu waschen zu beweisen. Im Zweikampf sollte Otto gegen Egeno bestehen. Der hochgeborene Herzog wies dieses Verlangen jedoch erbost zurück. Niemals wollte er sich messen mit einem niederen Kerl, einem Strauchdieb, wie manche den Egeno nannten. Herzog Otto von Northeim war daraufhin in die Reichsacht gefallen und Heinrich hatte ihm seines Amtes und seines Besitzes enthoben.
Ida betete inständig darum, dass Rudolf ein ähnliches Schicksal nie ereilte. Der junge König war unberechenbar.
„Ihr seid auch weiterhin in Gefahr, wenn sich der Groll des Königs abermals gegen Euch wendet, wenn Ihr wieder in Verdacht gerät, Euch mit seinen Gegnern zu verschwören, mit den Legaten des Heiligen Vaters oder auch mit den aufrührerischen Sachsen. Ich will nicht, dass es Euch ergeht wie Otto von Northeim.“
Rudolf sah Ida prüfend an.
„Ich sah Herzog Welf gestern die Lange Straße entlang eilen, zwei fremde Männer, Geistliche wohl, waren bei ihm, kurz bevor ich Euch traf. Ich hörte fremdländische Worte, Latein oder ein romanischer Dialekt, wie er im Westen gesprochen wird. Ihr hattet ein Treffen im Verborgenen mit Welf und diesen Fremden, hab ich Recht? Waren es Legaten des Heiligen Vaters?“
Der Herzog schüttelte heftig den Kopf.
„Und wenn schon, wer bist du, dass du mir verbieten willst, mich mit Männern der Heiligen Kirche zu beraten. Gesandte, die der Heilige Vater schickte, weil er meinen Kummer über den Zustand der Kirche im Reich kennt.“

„Verehrter Herr, mir steht nicht zu, Euch irgendetwas zu verbieten. Ich ängstige mich nur, dass die Späher des Königs Euch entdecken zusammen mit den Legaten aus Rom und Heinrichs Hass Euch trifft.“
Idas Stimme überschlug sich.
„Ich habe schon bemerkt, dass mir ein Späher folgte und mich beobachtete, ich hielt ihn für einen der königlichen Dienstleute. Vielleicht Rainald, dieser riesenhaften Krieger des Königs. Die ganze Zeit hindurch verabscheute ich es, ständig belauert zu werden. Ich spürte ihn in meinem Rücken. Und nun erfahre ich, dass du mich verfolgt und jeden meiner Schritte genau besehen hast. Da war kein königlicher Dienstmann, kein Rainald hinter mir her. Nur du verfolgtest mich.“
Rudolf schaute Ida fest in die Augen. Sie wandte den Blick jedoch ab und sah in die hellroten Flammen des Herdfeuers. Ihr schauderte.
„Ist dir kalt? Ida, bist du noch zu schwach? Du zitterst, deine Kräfte sind noch immer nicht zurück“, sagte der Herzog mit milder Stimme.
„Mir geht es gut genug.“
Ida schüttelte Rudolfs Hand von der Schulter. Der Gedanke, dass sie Rainald am Tag zuvor gesehen hatte, als dieser dem Herzog nachgefolgt war, verärgerte sie mehr noch als der Umstand, dass er sie ohnmächtig im Schnee hatte liegen sehen, sie mit seinen starken Armen aufgehoben, sie getragen und dann in ihr Bett gelegt hatte.

Zufrieden blickte sich König Heinrich in dem großen Festsaal des bischöflichen Palastes um, wo die Großen des Reiches sich in den vergangenen Tagen über die Anmaßungen des Heiligen Vaters empört und hitzig über die mordenden sächsischen Horden geschimpft hatten.
Gottschalk, sein Notar und Konrad, sein Freund und Ratgeber, standen dicht bei ihm. So hatten sie bereits vor einigen Tagen hier gestanden und miteinander verabredet, welche Reden zu führen seien, um die Unterstützung der Fürsten für einen Kriegszug gegen die Sachsen gewinnen zu können. Ihr Vorhaben war auf ganzer Linie erfolgreich gewesen.

Lautlos trat Bischof Werner an die drei heran und hüstelte angestrengt in seine Faust hinein.
„Bischof. Ihr seid zu solch früher Stunde bereits auf den Beinen? Ich hätte angenommen, Ihr würdet nicht so schnell aus Eurem Bett finden, schließlich wärmt Euch ein stattliches Weib unter der gemeinsamen Decke."
Werner grinste, verzog jedoch augenblicklich sein Gesicht. Mit großer Mühe gelang es ihm, empört auszusehen.
„Mein teurer, verehrter König, ich bin ein Mann der Kirche. Glaubt Ihr, ich wolle den Zorn des Heiligen Vaters auf mich ziehen?"
„Das glaube ich ganz bestimmt. Vielmehr noch, ich fürchte, es kümmert Euch nichts geringer, als die Drohungen und Anschuldigungen aus Rom."
„Da könnte einiges dran sein. Rom ist weit weg und Ihr seid in meiner Stadt. Heinrich, durch Gottes Gnade König der Römer."
Mit diesen Worten verbeugte sich der Bischof tief vor dem Herrscher.
„Der Heilige Vater mag sich in seinem Palast verbarrikadiert haben, verkriecht sich in Rom. Seine Späher und Agenten jedoch schwirren im ganzen Reich umher. Es würde mich nicht wundern, wenn sie auch hier in Straßburg sind, um Unmut und Empörung gegen meine Bischöfe zu säen", murmelte der König.
Diener traten in die Halle und stellten schwere Eichenblöcke in die Mitte des Raums, auf die sie eine lange Holzplatte legten. Einer der Männer deckte ein weißes Leinentuch darüber aus, während die anderen Schalen und Becher, Schüsseln mit dampfendem Mus, Teller voll getrocknetem Obst, Brot und Würste herbeischleppten. Das morgendliche Mahl für den König und seinen Wirt, den Bischof von Straßburg, wurde aufgetragen.
„Meine Leute haben bereits Agenten des Papstes hier gesichtet. Ich bin mir sicher, dass sie sich auch schon mit einigen Eurer edlen Fürsten getroffen haben. Vielleicht sogar auch schon mit Eurer Frau Mutter."
„Lasst meine Mutter aus diesem Spiel. Sie ist alt und der Intrigen und Zänkereien müde, so hoffe ich es jedenfalls."
„Und ich hoffe, dass Ihr Recht behaltet", stieß der Bischof aus.

„Habt Ihr bereits etwas über das treulose Treiben Herzog Rudolfs in Erfahrung bringen können?“ sprach der König mit gedämpfter Stimme den schönen Konrad an.
„Noch gibt es nichts gegen ihn oder Herzog Welf. Jedoch habe ich einem Dienstmann den Befehl erteilt, in diesem Sinne Augen und Ohren offen zu halten.“
„Wem gabst du den Auftrag? Ich rate dir, dass es ein zuverlässiger Mann sei.“
„Den zuverlässigsten, den ich in Eurem Gefolge kenne, unüberwindlichster König. Ich gab Rainald den Auftrag.“

„Deine Hände sind so zart, so schmal und schön, Berthold. Wie die deiner Mutter.“
Ida kleidete Berthold an. Sie hatte die besten Beinlinge herausgesucht, die sie auf dieser Reise mitführten und die der Junge noch nicht zerschlissen hatte.
Ein weißes leinenes Untergewand legte sie ihm an und streifte ihm eine edel gearbeitete langärmelige Tunika aus rotem Brokat über. Zufrieden schaute Ida den Knaben an. Er sah vornehm aus. Das Bild, das sich ihr darbot war dem eines herzoglichen Sohnes angemessen.
Berthold jedoch fing auf der Stelle an zu weinen, zappelte herum und jaulte, er wolle die Kleider nicht tragen. Zu eng seien ihm Untergewand und Tunika, er bekäme weder Luft, noch könne er sich in ihnen bewegen und die kostbare Borte am Halsausschnitt zerkratze ihm die Haut.
„Berthold, du bist von vornehmer Abkunft, bist der Spross eines königlichen Geschlechts, da geziemt es sich in edler Kleidung vor der Kaiserin zu erscheinen. Willst du wie ein Bauer in weiten Hemden, die nur für die Arbeit taugen, umherlaufen? Nun sei still. Ich will dein Haar in Ordnung bringen.“
Beherzt griff Ida zu ihrem Kamm, den sie zusammen mit ihren anderen kleinen Gerätschaften auf jeder Reise in einem Beutel mit sich führte.
„Setz dich auf diesen Schemel und benimm dich nicht wie ein ungezogenes Balg.“
Mit hängenden Schultern und krummen Rücken schlich Berthold durch die Kammer und ließ sich auf den einzigen Schemel im Raum fallen.

Mit ganzer Kraft begann Ida, die zerzausten Haare des Jungen zu entwirren und zu kämmen. Jeden Tag musste sich der Sohn des Herzogs von Schwaben dieser Tortur unterziehen, jedoch half sie wenig. Denn nach kurzer Zeit hingen seine Haare nicht mehr in den Nacken hinein, wie es die Mode vorsah, sondern sie standen wieder wirr um seinen Kopf herum.
Nachdem ihr Werk vollendet war und sie Berthold zu guter Letzt einen malvenfarbigen Mantel um die schmalen Schultern gelegt hatte, betrachtete sie den Jungen voller Zärtlichkeit. Eine Mutter hätte ihn nicht mit mehr Stolz und Liebe anschauen können.
„Nun stell dich gerade hin, du dummes Kind, heb dein Kinn hoch und zapple nicht umher. Die Kaiserin empfängt dich und deinen Vater feierlich. Du wirst dich dieser Ehre würdig erweisen, hast du mich verstanden?"
Berthold maulte unverständliche Laute vor sich hin und folgte Ida mit seinem schleppenden Gang.
Der herzogliche Krieger Hannes geleitete Ida und den Jungen vom Hause des Domherrn hinüber zum bischöflichen Palast, wo Herzog Rudolf von Schwaben mit seiner schönen Gemahlin Adelheid, umgeben von seinen restlichen Kriegern, in der Eingangshalle bereits ungeduldig wartete. Wieder spürte Ida dieses schwere Band, das sich um ihre Brust zu legen schien und den Atem raubte. Die Angst kroch ihr in die Kehle und setzte sich wie ein Klos dort fest. Ihr Mund wurde trocken. Die Blicke dutzender Männer und Frauen würden sie gleich spöttisch treffen.
Zögerlich humpelte Ida, den Jungen an der Hand, auf die Gruppe zu, da öffnete sich auch schon die gewaltige Eichentür zum großen Festsaal und ein Diener geleitete die herzogliche Familie hinein.
Agnes thronte auf einem einfach gearbeiteten Sessel, ihre Kleidung war wie gewohnt schlicht. Eine graue, gerade geschnittene Wolltunika hing formlos an ihrem zarten kleinen Körper. Kein Schmuck und keine Borten zierten jene Frau, die in ihrer Jugend für ihre eleganten und aufwendigen Kleider berühmt gewesen war. Einige hatten behauptet, Agnes sei prächtiger als die Kaiserin in Byzanz.
Als Rudolf auf sie zuschritt, hellten sich ihre Gesichtszüge auf.
„Mein geliebter Herzog, ich freue mich, Euch zu sehen."

Galant kniete Rudolf vor ihr nieder und senkte sein Haupt. Auch Adelheid verneigte sich vor Agnes, wie Berthold in seiner ungelenken Art und die herzoglichen Krieger. Ida bescherte der Versuch, ihr Knie vor der alten Kaiserin zu beugen, große Mühen.
„Ida, ich bitte Euch, erhebt Euch", forderte Agnes sie auf und wand sich dann dem Jungen zu.
„Berthold, komm zu mir mein Junge. Ich will dich genau betrachten. Du ähnelst deiner Mutter, weißt du das?"
Berthold schüttelte verlegen seinen hängenden Kopf.
„Verzeiht edle Herrin, aber Mathilde war klein, hatte rundliche, kurze Arme und Beine. Berthold ist lang und dürr", sprach Herzog Rudolf mit einer festen Stimme, der unüberhörbar Ärger mitschwang.
„Mein guter Herzog, ich erkenne meine Tochter in seinen Augen, seinen Gesichtszügen. Er hat ihre kleinen Hände, ihre zarte, weiße Haut."
Rudolf schaute mit ernstem Gesicht geradeaus und schwieg, Agnes jedoch tätschelte Bertholds Wange.
„Meine kleine Mathilde. Sie war ein liebes Kind."
Agnes Blick hing an Bertholds feingliedrigem Körper, ihre Gedanken jedoch wanderten zurück zu jenen Tagen, als sie ihre Tochter Mathilde dem Bischof Rumold von Konstanz zur Erziehung nach Schwaben übergeben hatte.
Ein Seufzer zerriss das Schweigen. Aller Augen suchten dessen Ursprung und richteten sich nun auf Ida. Ihre Kräfte waren erschöpft, das Stehen fiel ihr schwer. Dunkle Schatten lagen unter ihren Augen, ihr Gesicht war grau. Erst jetzt bemerkte die alte Kaiserin ihre anderen Gäste. Mit der erschöpften Ida hatte sie denn auch ein Einsehen und entließ sie.

Müde humpelte die verkrüppelte Frau über den Platz vor dem Münster, sie sehnte sich danach, sich niederzulegen und ihre schmerzenden Glieder auszuruhen. Endlich erreichte sie das Haus des Domherren Hermann. Die junge Magd, die ihr vor der Treppe ins obere Stockwerk begegnete, wies sie an, ihr zu folgen und den Ofen in ihrer Schlafkammer anzuheizen. Schwerfällig kämpfte Ida sich empor, schleppte sich bis zu ihrer Kammer und schlich hinein. Durch die Ritzen der geschlossenen Fensterläden fielen nur dünne Lichtstrahlen. Der Raum war düster und Idas Augen suchten nach vertrauten Umrissen, nach Schemen, die ihr die Orientierung erleichterten.
Ein Licht tanzte in der Dunkelheit. Ida starrte ins Zwielicht, nur allmählich begannen sich ihre Augen an die Dunkelheit zu gewöhnen. Sie erkannte einen Schatten, die Umrisse einer Person. Ein Mann stand in ihrer Schlafkammer und hielt ein Talglicht in den Händen.

Die Schwelle vor der Türe zu Königin Berthas Kammer war Rainald eine harte Bettstatt gewesen. Er hatte kaum Schlaf gefunden in der vergangen Nacht. Schon früh am Morgen hatte er die Königin begleitet bei ihrem Ausgang, hatte dann mit ihr die erste Speise des Tages genommen und sie wieder wohl behütet in ihre Kammer geleitet.
Affra, Käthelin und ein halbes Dutzend Dienerinnen hatten dort bereits auf sie gewartet. Sie halfen Bertha sich anzukleiden und sich zu schmücken. Schließlich hatte Eliah den Raum betreten und sich milde lächelnd zu der jungen Königin gesetzt. Auch sie hatte kaum geschlafen in dieser Nacht, das konnte man ihrem bleichen Gesicht ablesen.
Rainald nutzte den Augenblick, um hinüber zu laufen zum Haus des Domherren Hermann. Eine unwiderstehliche Macht zog ihn. Er musste vor allem anderen nun in Erfahrung bringen, wie es Ida ging.
Seitdem er die arme, verkrüppelte Frau am Wegesrand gefunden hatte, ein hilfloses Bündel in einem gnadenlosen Schneesturm, sie aufgehoben und fortgetragen hatte, als sei sie ein mutterloses Kätzchen, fragte er sich, ob sie sich habe erholen können.

Unschlüssig stand er vor der Treppe, die an der Giebelseite des Hauses hinauf führte zu dem Raum, in dem Ida einquartiert war - wie auch der Herzog.
Gestern, als er die bewußtlose Ida auf ihr Bett gelegt hatte, hatte Rainald sich in der Kammer kurz umschauen können. Der kleine Raum war nur karg möbliert, ein kleiner Ofen wurde von zwei einfachen Bettgestellen eingerahmt, ihm gegenüber stand eine flache Holzbank, auf der Beutel und Taschen lagen. Einige waren mit Perlen bestickt und gehörten sicher den Damen. Darin vermutete Rainald Kleider, Kämme und manche Weibersachen.
Die beiden ledernen Beutel dagegen bewahrten ganz sicher das Zeug des Herzogs. Beinlinge, Gewandzeug, Messer und Schriftstücke, fuhr es Rainald durch den Kopf.
Mit Bedacht setzte er einen Fuss auf die erste Stufe, schaute sich wachsam um und schritt nun zögerlich hinauf. Es war nicht vonnöten, dass er bei seinem Tun beobachtet wurde.

Ida entfuhr ein schriller Schrei, als sie gewahr wurde, dass sich ein Fremder in ihrer Kammer befand. Auch die Person, der sie in der dunklen Kammer gegenüberstand, schreckte zusammen, ließ das Talglicht fallen und rannte hinaus.
Ida humpelte dem Flüchtigen nach, der jedoch stürzte flink die Treppe hinunter. Dabei stieß er beinahe mit Rainald zusammen, der völlig überrascht schien. Mit weit aufgerissenen Augen blickte er zu Ida hinauf.
„Wer? Was ist Euch geschehen? Weshalb seid Ihr so erschrocken? Verletzt? Seid Ihr verletzt?“, stotterte Rainald nur.
„Was wollt Ihr hier von mir?“ Idas Augen blitzten Rainald zornig an.
„Ich wollte sehen, wie es Euch ergangen ist, ob Ihr wohl auf seid nach dem gestrigen Tag.“
Wie selbstverständlich folgte er der kleinen humpelnden Frau in ihre Schlafkammer.
„Ihr habt hier nichts zu suchen.“

Rainald überhörte die wütende Rede Idas und trat näher. Er stieß einen Fensterladen auf. Mit dem Licht strömte eisige Luft in die Kammer. Ida fröstelte. Rainald nahm seinen Mantel ab und legte ihn der Frau um die Schultern. Ihr war zu kalt, um sich der wohlwollenden Geste zu erwehren. Beider Blicke fielen auf den Boden. Dort lag verstreut der Inhalt ihrer Taschen und Beutel.
„Es ist nicht Eure Angelegenheit. Geht und kundschaftet für Euren König woanders."
Mittlerweile war die junge Magd hereingetreten. Als sie einige Lampen entzündet hatte, schloss sie die Fensterläden und begann den Ofen anzuheizen.
„Wie kommt Ihr darauf, dass ich Euch auskundschaften will?", fragte Rainald.
„Ihr seid dem Herzog schon gestern in die Stadt nachgeschlichen. Vertraut der König seinen Fürsten so wenig, dass er seine Dienstleute hinter ihnen herschickt?" entgegnete Ida erbost.
Rainald bückte sich und sammelte die verstreuten Schriftstücke auf. Es waren drei Briefe, deren zerbrochene Siegel nur schwer erkennbar waren. Rainald hielt die Pergamente behutsam in der Hand, betrachtete sie und reichte sie schließlich Ida wortlos hin. Dann drehte er sich weg und verließ den Raum.
„Heb unsere Kleider auf und lege sie ordentlich zusammen", herrschte Ida die Magd an. Sie selbst starrte auf die Briefe, die Rainald ihr zuvor gereicht hatte. Den ersten hatte Kaiserin Agnes vor Jahren an Rudolf geschickt.
Ida wunderte sich, dass der Herzog ihn mit sich führte. Der zweite Brief trug Reste des zerbrochenen päpstlichen Bleisiegels. Immer wieder hatte Rudolf sich das Schreiben von den Mönchen in Sankt Blasien vorlesen und übersetzen lassen. Für ihn waren die Worte Gregors eine große Auszeichnung, eine besondere Ehre, die ihn über jeden seiner Standesgenossen empor hob. Der Heilige Vater in Rom hatte ihm, dem Herzog von Schwaben, Sohn des Grafen Kuno von Rheinfelden, seine Absichten erklärt. Papst Gregor wollte die Kirche erneuern. Wie eine fehlerhafte Vokabel, die von einem Pergament geschabt wird, sollten Ämterkauf und Hurerei der Priesterschaft ausgelöscht werden. Stolz zitierte Rudolf immer wieder aus der Schrift.
„*sacerdotium*"
„*regnum*"

Die fremden Worte gingen ihm mittlerweile wie Honig über die Lippen.
Neben dem päpstlichen Schreiben wirkte schließlich das kleine Stück Pergament, das oben auf den beiden Briefen in ihrer Hand lag, unscheinbar. Ida jedoch wusste, dass das handtellergroße Stück für Adelheid kostbarer war als ein Juwel. Für gewöhnlich bewahrte die Herzogin das Blatt in ihrem Leibbeutel auf.
Die Königin und den gesamten Hofstaat suchte Adelheid aber während des Weihnachtsfestes zu entzücken durch erlesene Juwelen, glänzende Seide und Kleider, die nach neuer Sitte eng ihren wohlgeformten Körper umhüllten. So musste sie den Leibgürtel, an dem ihr Beutelchen befestigt war, ablegen und ihre Kostbarkeiten, die darin verwahrt wurden, der Tasche ihres Gemahls anvertrauen. Auch das kleine Pergament hatte sie darin verstaut. Nun hielt Ida es in der Hand. Die Tinte war teilweise verwischt, Flecken übersäten die Schrift, Feuchtigkeit hatte es wellig werden lassen. Unzählige Male hatte Adelheid es auseinander gefaltet, hatte versucht, es mit den Fingerspitzen glatt zu streichen und oft hatte Ida die schöne Frau auch beobachtet, wie sie das Pergament an ihren Busen gedrückt hielt. Tränen waren in all den Jahren darauf getropft und feuchte Hände hatten es umschlossen.
Obwohl es ihr so vertraut war, betrachtete Ida das Schriftstück nun das erste Mal von Nahem.
Ein Dutzend Zeilen voller kleiner Buchstaben drängten sich auf dem Pergament. Mit scharfem Auge und einer frisch gespitzten Feder hatte ein Geistlicher vor langer Zeit ein Gebet darauf niedergeschrieben. Ida las „*laudate Dominum*“ und „*inhabitare facit unius moris*“.
Adelheid dienten diese Zeilen als Fürbitte und Trost, ihre Mutter hatte sie ihr beigegeben, als sie vor langer Zeit die elterliche Burg verlassen hatte, um die Gemahlin des Herzogs von Schwaben zu werden.

Ida breitete die Schriftstücke umständlich vor sich auf dem Bett aus, nahm jedes einzelne nochmals in die Hand, hielt sie näher an die Laterne und betrachtete sie genauer. Es schien ihr als seien es Zeilen aus einer alten Chronik, als erzählten die lateinischen Wörter von vergangenen Geschehnissen. Ida hatte als Kind lesen wie auch schreiben gelernt und kannte die die lateinische Sprache gut genug, um der Messe folgen zu können. Die vergilbte Schrift auf dem welligen Pergament konnte sie aber nur an wenigen Stellen entziffern.
Ihr fielen jedoch die gelblich-braunen Flecken an den Rändern der Blätter auf. Brandspuren. Offensichtlich waren die Pergamente dicht über eine Flamme gehalten worden und dabei an einigen Stellen angesengt worden.
Während die Magd Adelheids bunte Gewänder, Idas grobe Unterkleider, die Gürtel, kleinen Kästchen und Beutelchen mit den Kämmen, den Fibeln, Ringen, Ketten und Duftfläschchen zusammensuchte und in die Taschen verstaute, stand Ida regungslos in der Kammer. Die Gedanken in ihrem Kopf wirbelten durcheinander. Unwillkürlich griff sie mit der Hand an die Brust und raffte Rainalds Mantel enger zusammen.

Der schöne Konrad stand auf der Empore des großen Saals am Fenster und schaute auf den Platz vor dem Münster. Einige der Zelte waren bereits abgebaut, ihre Besitzer packten sie zusammen und verstauten sie mit anderem Gepäck in große Taschen, die sie seitlich an den Sätteln der Packpferde verschnürten. Zwischen dem geschäftigen Gedränge erblickte der königliche Krieger mit einem Mal Rainald. Offensichtlich kam er aus dem Haus des Domherrn Hermann, stellte Konrad befriedigt fest. Flink rannte der Ritter die Treppe hinunter, eilte durch die große Halle, die mittlerweile menschenleer war, und stürzte in die Empfangshalle des Palastes, just als Rainald durch das Portal schritt.
„Teurer Freund. Ich sehe gerade, du warst im Hause dieses Hermanns. Dort sind auch der Herzog Rudolf und seine Familie untergekommen. Fleißig bist du."
„Ich verstehe nicht, was du mir sagen willst." Rainald schaute Konrad nicht an, sondern beeilte sich weiterzugehen.
„Hast du etwas herausbekommen gegen Rudolf?"

„Nein, das habe ich nicht. Lass mich vorbei. Ich muss zur Königin hinauf, sie wartet, dass ich meinen Dienst tue und sie beschirme."
Mit diesen Worten hetzte Rainald die Treppe zur Kammer der Königin hinauf. Konrad aber stand versunken in Gedanken, bis ihn eine Stimme zurückholte.
„Habt Ihr den königlichen Krieger Rainald gesehen? Wisst Ihr, wo ich ihn finden kann?"
„Verehrte Frau Ida. Welch angenehme, aber auch unerwartete Überraschung, Euch hier ganz allein, ohne Schutz und Schirm eines wehrhaften Mannsbildes zu treffen. Eine Dame wie Ihr sollte in diesen unruhigen Zeiten nicht ohne die Begleitung eines Ritters auf die Straße treten."
„Lasst die Schmeicheleien. Eure schönen Worte und Euer bezauberndes Lächeln prallen an mir ab. Ihr redet, als hättet Ihr eine vornehme Dame von Stand vor Euch. Ich jedoch weiß selbst am besten, wer ich bin. Ich muss Rainald sprechen in einer Angelegenheit, die keinen Aufschub duldet. Die Dringlichkeit dieser Angelegenheit verzeiht mein unschickliches Verhalten. Mein niederer Stand und meine Erscheinung übrigens auch."
Mit ihrem Redeschwall hatte die kleine, krumm gewachsene Frau den sonst so selbstsicheren und stolzen Konrad überrascht. Sprachlos stand der Krieger am Fuße der Treppe und zeigte hinauf zur Kammer der Königin.
Mit großer Mühe erklomm Ida die Stufen und als sie endlich vor Berthas Schlafgemach stand, musste sie kurz inne halten. Kleine Schweißperlen standen auf ihrer Stirn und auf ihrer Nase, schwer ging ihr Atem und die Hüfte schmerzte. Gerade wollte sie zögerlich an die Tür klopfen, als diese sich schwerfällig öffnete. Rainald stand vor ihr. Mit ehrlicher Überraschung schaute er auf sie hinab und ein kurzes Lächeln streifte sein Gesicht. Dann rief er, rückwärts in die Kammer gerichtet, mit lauter Stimme:
„Verehrte Königin, entlasst mich für einen Augenblick."
Entschlossen führte der Krieger die Frau in einen kleinen Raum. Auch hier waren die Fenster mit Tierhäuten bespannt, einige Hocker, Bänke, zwei Truhen und ein kleiner Ofen standen darin, an den Wänden hingen prächtige Teppiche und in der hinteren Ecke war ein Stehpult zu erkennen. Offenbar hatte Rainald sie in einen weiteren jener Räume geführt, die Bischof Werner vorbehalten waren.

„Ich habe Euch Euren Mantel gebracht“, flüsterte Ida mit dünner Stimme.
„Danke.“
„Was ist das für eine Verletzung über Eurem Auge?“, Ida wies scheu mit der Hand zu Rainalds rechter Schläfe hin.
„Als der Turm des Münsters einstürzte, bekam auch ich einen ordentlichen Teil ab von den gesegneten Steinen, die da vom Himmel fielen.“
„Ich hoffe, die Wunde heilt gut.“
„Ich habe sie versorgt, sie ist kaum noch zu merken und eine Narbe wird’s wohl auch nicht geben. Das hoffe ich jedenfalls.“
Rainald schmunzelte verlegen. Auch Idas Gesicht hellte sich langsam auf.
„Ihr sollt wissen, dass ich Euch nicht mehr zürne. Ich glaube Euch, dass Ihr nicht in unserer Kammer ward, um den Herzog auszuspionieren.“
Idas Stimme war wieder kraftvoll geworden.
„Ihr seid kein Späher im Diensten des Königs.“
Rainald betrachtete die bunten Steinplatten auf dem Fussboden.
„Ich hoffe, Ihr verzeiht mir meine barschen Worte. Schon das zweite Mal habt Ihr Euch als freundlich und hilfsbereit mir gegenüber erwiesen. Ich möchte Euch dafür danken.“
Ida ließ sich auf einen der Hocker nieder, das krumme Bein streckte sie aus.
„Diese Zeit ist so voller Misstrauen und Verleumdungen, auch ich bin schon misstrauisch gegen jedermann geworden, obwohl ich das nicht will.“
„Ich weiss, was Ihr meint,“ sagte Rainald, zog sich einen Hocker heran und setzte sich neben die kleine Frau. Für einen Moment schwiegen sie gemeinsam.
Ida bemühte sich, die beklemmende Angst zu verbergen, die auf ihr lastete, seit sie jene fremde Person in ihrem Schlafgemach überrascht hatte.
Sein Blick ist offen, dachte sie, seine Stimme ist fest. Achtsam betrachtete sie ihn. Er scheint ein ehrlicher und aufrichtiger Mann zu sein. Jedoch, so fuhr es ihr in den Sinn, war er auch immer zugegen, wenn sie hilflos und allein gewesen war.

Verfolgte er sie? Rainald war in ihre Kammer getreten, als sie den Eindringling überrascht hatte, er hatte die Briefe betrachtet und sie dann wortlos verlassen. Entweder war er ein Komplize des Einbrechers, war ihr gefolgt, um weiterzuführen, wobei sein Kumpan gestört worden war, oder er verfolgte tatsächlich ehrliche Absichten und versuchte sowohl den Leumund der Königin, als auch den des Herzogs retten.

Ida wollte ihm vertrauen. In ihrem Kopf kreisten dennoch brennende Fragen. Suchte er ihre Nähe, um den Herzog auszukundschaften? Sann er darauf, Rudolfs Schriftstücke in die Hände bekommen? Oder konnte er ihr eine wertvolle Stütze sein, wenn sie Rudolf vor den Intrigen der Königlichen bewahren wollte? Mit Rainald zusammen würde es leichter fallen, den Fallstricken der Königlichen auszuweichen.

„Der Fremde wollte wohl weder der Herzogin noch mir Leid antun. Es ging ihm wohl um die Schriftstücke", erklärte Ida zögernd.

„Ihr kennt deren Inhalt und Absender. Ida, sind sie denn von solch einer Bedeutung? Erzählt mir davon. Wer schrieb die Briefe und was steht drin? Der Inhalt verrät vielleicht, weshalb der Fremde in eure Kammer einbrach."

Ida nahm einen tiefen Atemzug und nickte. Sollte sie ihn ins Vertrauen ziehen? Durfte sie ihm antworten?

Rainald schwieg. Von der Wut, die Ida sonst in seiner Gegenwart überwältigt hatte, war nichts zu spüren. Sie blickte zu ihm hoch. Sein riesenhafter Körper thronte bewegungslos auf dem dürren Hocker. Zögernd erzählte Ida von dem päpstlichen Schreiben, das der Herzog voller Stolz mit sich führte, und von dem Brief der Kaiserin Agnes, von dessen Inhalt Ida nichts wußte, der aber dem Herzog regelmäßig Tränen in die Augen trieb, wann immer er ihn zur Hand nahm. Schließlich erwähnte Ida auch den Fetzen Pergament, auf dem die Worte eines alten Gebets geschrieben standen und die Adelheid Trost spendeten, denn sie waren ein Geschenk der Mutter gewesen.

Dann berichtete sie dem Ritter von den Feuerspuren am Rand der Pergamente.

„Wenn die Schriftstücke von der Flamme eines Talglichtes angesengt worden sind, so ist ihr Inhalt wohl nicht von Bedeutung", mutmaßte Rainald.

„Sagt an, Frau Ida, wie sah der Fremde, den Ihr überrascht habt, aus? Konntet Ihr ihn erkennen?“
Die Frau schloss die Augen, um das Bild zurückzuholen, das sich ihr vor Stunden in ihrem Schlafgemach geboten hatte.
„Es war ein kleiner, schmächtiger Mann, vielleicht noch ein Jüngling. Er hatte einfache Beinlinge an und sein Mantel reichte ihm bis zu den Knien. Eine große Kapuze hatte er sich über den Kopf gezogen.“
„So habe auch ich ihn gesehen, als er mich auf der Treppe um ein Haar umgerannt hätte.“
„Wisst Ihr Rainald, etwas stimmte nicht mit diesem Mann.“
Idas Blick schweifte zum Fenster, als könnte sie durch die Häute in die Ferne blicken.
„Was meint Ihr? Was stimmte nicht?“
„Ich kann es nicht sagen. Auch nicht ob es wichtig ist, ob es irgendwie von Bedeutung sein kann.“
Rainald betrachtete diese zarte, kluge Frau, wie sie gedankenverloren vor ihm saß, den Kopf anmutig erhoben. Jetzt erst bemerkte er ihre hohe Stirn und ihr ebenmäßig geformtes Gesicht, das von einem dünnen Schleier eingerahmt wurde. Bisher hatte er nur ihre Augen gesehen. Diese klugen, lachenden, großen Augen.
„Es ist fürwahr eine betrübliche Zeit. Die Geburt des Herrn Jesu Christ wird gefeiert und doch herrschen Misstrauen und Verrat, Täuschung und Lüge“, flüsterte Rainald.
„Was meint Ihr, Ritter Rainald?“, fragte Ida sanft.
„Es geschehen zu viele unergründliche Dinge in diesen Tagen, die ich nicht verstehe, die jedoch, so fürchte ich, nur Tod und Verderben bringen werden.“
Ida sah Rainald verständnislos an, der Krieger jedoch fiel erneut in Schweigen. Nach einer Weile sah er auf und mit tonloser Stimme brach es aus ihm hervor:
„Dass sich ein Fremder in Eure Kammer stahl und Eure Taschen und Beutel durchwühlte, ist nicht das einzig Beunruhigende dieser Tage. Auch während der Sturmnacht geschahen schreckliche Dinge.“

„Ich habe davon gehört, in Straßburg erzählt man sich von nichts anderem. Die Toten, die erschlagen wurden, als die Türme der großen Kirche einstürzten, die tote Dienerin und besonders die Hexenschale, die im Gemach der Königin gefunden ward. Die Leute sagen, damit sei all das Unglück herbeigehext worden. Von der Königin. Sie sei die Schuldige an all dem Schwarzen Zauber."
Rainald nickte stumm und Ida flüsterte eindringlich:
„Die Leute reden immer wieder unsinnig daher. Schon vor Jahren haben sie sich über die Königin und deren angeblichen Zaubereien das Maul zerrissen."
„Über die Königin, über Euren Herrn, den Herzog Rudolf, über den Bischof dieser Stadt, die Leute schwatzen über so viele. Nun wird allerorts über die Treue der Fürsten und die Feindschaft des Papstes geredet", erwiderte Rainald.
Beide saßen erneut schweigend beisammen. Schließlich jedoch durchschnitt Rainald leise die Stille.
„In jener Unglücksnacht drückte sich Bodo vor dem Schlafgemach der Königin herum."
Rainalds Worte zeigten keine Wirkung in Idas Gesicht. Starr blickte sie vor sich hin.
„Ida, habt Ihr begriffen, was ich Euch gesagt habe? Ein Krieger des Schwabenherzogs war in jener Unglücksnacht in der Nähe, als das Teufelszeug gefunden ward."
Die Frau drehte sich langsam dem Ritter zu.
„Bodo der Kleine?", fragte sie mit zitternder Stimme.
Ida vermied es, Rainald zu berichten, dass die Kaiserin ihr bereits davon berichtet und dass auch sie selbst den Krieger vermisst hatte. Bestürzt erinnerte sich Ida an die Sturmnacht, als sie Ausschau gehalten hatte nach der knabenhaften Gestalt des Ritter Bodo und sie sich schließlich ohne seine Hilfe durch das Unwetter, den Jungen an der einen Hand hinter sich herziehend, in das Münster zur Weihnachtsmesse hatte kämpfen müssen. Jeden Verdacht gegen den Herzog wollte Ida ausräumen und diese Erinnerung war wenig hilfreich dabei.

„Rudolf ist ein treuer Vasall. Er unterstützt den König im Kampf gegen die Sachsen und, das solltet Ihr nicht vergessen, er und Heinrich sind verschwägert. Viel wahrscheinlicher ist doch, dass Rudolf eine Untat angehängt werden soll, dass er unschuldig verdächtigt wird, sich gegen den König verschworen zu haben. Gemeine Unterstellungen, üble Anschuldigungen. Wie einst auch gegen Herzog Otto von Northeim durch diesen Lump Egeno. Niemand im Reich glaubte diesem zwielichtigen Schurken und seinen wüsten Beschuldigungen."
„Dass der König von Egenos schändlichem Spiel gegen Otto wusste, ist nicht bewiesen", gab Rainald zu Bedenken.
„Der König aber hatte Nutzen davon. Herzog Otto war ein erklärter Gegner des Königs, das wußte jeder im Reich. Und als der Lump Egeno behauptete, Otto habe ihn beauftragt, den König zu ermorden, hat Heinrich nicht gezögert, ihn abzusetzen", stellte Ida fest.
„Otto ist dennoch ein Mann mit Einfluss geblieben, in Sachsen schart er nun seine Anhänger um sich und wird sie in den Kampf gegen den König führen. Ihr verdächtigt Heinrich zu Unrecht", entgegnete Rainald.
„Am Hof ist schon lange niemand mehr gefeit vor falschen Beschuldigungen und Verleumdungen. Gegen Rudolf käme dem König auch eine falsche Beschuldigung gelegen, denn er sucht seit Jahren den Herzog in Verruf zu bringen. Weshalb nicht den Vorwurf in die Welt tragen, Rudolf habe der Königin übel mitgespielt, um sich dann seiner Würde und seiner Herrschaft zu bemächtigen? Dieses hinterhältige Spiel tat seine Wirkung schon bei Otto, warum nicht auch bei Rudolf?"
Rainald schwieg betreten, den Redeschwall der aufgebrachten Ida hätte der Ritter auch nicht aufhalten können.
„Wobei, mein guter Rainald, da kommt mir noch ein Gedanke. Vielleicht hatte Heinrich schon vor fünf Jahren seine Finger im Spiel, als die Königin in solche Bedrängnis kam und er sich ihrer entledigen wollte. Womöglich strebt Heinrich mal wieder eine Scheidung an."
Ida sah Rainald triumphierend ins Gesicht.
„Bitte erzürnet nicht, verehrte Frau Ida, denn keine Eurer Gedankengänge überzeugt mich. Ich glaube weder an Heinrichs Schuld, noch daran, dass Herzog Rudolf hinter den Ereignissen dieser Weihnacht steckt."

Ida sah ihn noch immer verärgert an.
„Gerade weil ich dies glaube, ist es notwendig, dass ich die Wahrheit darüber aufdecke, was in jener Nacht geschehen ist. Da ist die Hexenschale im Schlafgemach der Königin, da ist aber auch der Tod der Hemma."
„Glaubt Ihr, beides hing miteinander zusammen?"
Vom Flur drangen Rufe, Frauenstimmen redeten durcheinander.
„Man sucht nach Euch, Rainald. Wahrscheinlich hat die Königin ihre Damen nach Euch geschickt, die den ganzen Palast durchkämmen werden."
„Wir sitzen hier auch schon eine gute Weile in trauter Zweisamkeit beisammen." Rainald lächelte Ida scheu an.

Ida trat durch das Portal des Bischofpalastes auf den großen Platz und obwohl schon einige der königlichen Gäste abgereist waren, bot sich ihr noch immer ein buntes Bild. Unzählige Zelte standen um das Münster verteilt, Menschen aus allen Winkeln des Reichs liefen dazwischen umher: Ritter, Freudenmädchen, Mönche, Pferdeknechte und Küchenmägde. Sie mischten sich mit den Leuten aus der Stadt: Händler, Marktfrauen, Lastenträger und Gaukler. Mancherlei Dialekte wurden gesprochen, von denen einige in Idas Ohren so fremd klangen, als stammten sie aus den fernen Ländern der Normannen oder Griechen. Farbenfroh ging es zu und laut. Fehlte plötzlich nur eine Seele in diesem Menschengewühl, so kam es Ida in den Sinn, veränderte dies nichts an dem bunten Bild.
„Auf Gottes Erden wandeln wir unablässig, Abbilder unseres Schöpfers sind wir alle. Dennoch ist jeder einzelne nicht mehr als eine Ameise und wie diese sind wir nur ein kleiner Teil des großen Gotteswerkes, allesamt entbehrlich. Ein jeder ist im Leben vom Tod umgeben und kann jederzeit vom Tode getroffen werden", überlegte Ida.

Auch Hemma war entbehrlich gewesen. Plötzlich kam ihr das Bild der jungen Dienerin in den Sinn. Ida war ihr nur ein halbes Dutzend Male begegnet, niemals hatte sie sie genauer wahrgenommen, hatte nie ihre Stimme gehört oder in ihre Augen gesehen. Erst ihr Tod hatte das junge Weib in Idas Bewusstsein gerückt, und selbst jetzt fragte sie nur nach der Bedeutung ihres Todes. Sollte sie sich nicht auch nach der Bedeutung ihres Lebens fragen?
Der Herr hatte Hemma zu sich berufen, er hatte entschieden, dass sie einen blutigen Tod sterben sollte. So wie er ihrer aller Wege leitete und ihrer aller Taten schon auf Erden strafte, so hatte er auch über Hemma geurteilt.
Langsam bahnte sie sich ihren Weg durch das Menschengewühl. Endlich erreichte sie das Haus des Domherrn. Auf einem Ast des kahlen Eichenbaums vor Hermanns Haus erblickte Ida den Raben. Den Kopf stolz erhoben, schaute der Vogel über den großen Platz mit seinem bunten Menschengetümmel. Ida schien es, als teilte das Tier ihre Gedanken. Mehr noch, als sehe es Unheil oder Gnade, die den Menschen widerfuhren.
Welches Los ist mir bestimmt? Kennst du es?
Würde Ida das Leid ihres irdischen Daseins irgendwann überwinden? Sie wünschte sich so sehr eine Erlösung von all der Pein.
Wie gewöhnlich traf sie den Domherrn Hermann in der Küche vor der großen Feuerstelle an. Er hockte auf der langen Bank, neben sich eine Pfanne mit einem guten Dutzend in Schmalz gebackener Honigkuchen. Als Hermann Ida bemerkte, winkte er sie erfreut herbei.
„Kommt zu mir, verehrte Ida, und stärkt Euch mit diesen wunderbaren Küchlein."
„Habt Dank für Eure Gastfreundschaft, verehrter Hermann, aber noch immer steckt mir der Schrecken über die furchtbaren Ereignisse der vergangenen Tage in den Knochen. Nach Naschereien verspüre ich kaum Verlangen."
„Ihr solltet mehr essen. Ida, Ihr seid ein solch zartes Weibsbild. Ich befürchte fast, der nächste Sturm wird Euch hinwegfegen wie ein einzelnes Lindenblatt."
„Der Herrgott wird mich vor solch einem Geschick bewahren. Daran glaube ich fest."
Beide nickten einmütig.

In diesem Moment betraten der Herzog und seine Familie die Eingangshalle. Hermann sprang auf und eilte seinen Gästen entgegen. Auch Ida mühte sich auf. Berthold war nach dem langen Besuch bei der Kaiserin sicher gereizt und unleidlich. Sie wollte den Knaben rasch aus der Gegenwart Rudolfs und Adelheids fortbringen.

Rainald richtete sich seine Bettstatt auf der Türschwelle zum Schlafgemach der Königin ein, als Eliah die Treppe hinaufstieg. Entschlossen schritt der Geistliche auf seinen Freund zu.
„Ich habe mir das Pergament der toten Hemma nochmals angesehen, aber den Sinn der Wörter konnte ich noch nicht enträtseln. Ich werde morgen in der bischöflichen Bibliothek nach Hinweisen suchen. *marchi ...nomine Ard...delicet de thesa"* zitierte der Geistliche aus dem Gedächtnis.
„Wo du gerade von Pergamenten sprichst..."
„Von einem Pergament", verbesserte Eliah den Freund. Der zuckte jedoch nur die Schulter und fuhr fort:
„Ein Fremder ist eingedrungen in die Kammer des Herzogs. Ida hat ihn überrascht, als er die Taschen und Beutel der Frauen durchwühlte. Alle Schriftstücke lagen auf dem Boden verstreut und einige waren angekohlt."
„Die hinkende Ida? Hat sie dir davon erzählt oder hast du es mit eigenen Augen angesehen?", fragte der Pater.
„Ich trat hinzu, als der Eindringling gerade flüchtete. Er hatte ein Talglicht zu Boden geworfen und rannte die Treppe hinab. Dabei hat er mich beinahe umgestoßen."
„Das ist fürwahr alles sehr seltsam", murmelte Eliah und versank kurz in Gedanken.
„Ich habe mir vorhin auch unseren kleinen Mann nochmal angesehen", fuhr er fort und zog einen Beutel hervor, den er an seinem Gürtel befestigt hatte. Vorsichtig nahm Eliah die Wachsfigur heraus, die auf dem Altar neben der toten Hemma gelegen hatte. Die Nadeln steckten noch immer fest darin.
„Was hat es Besonderes mit der Figur auf sich?", fragte Rainald.

„Nicht mit der Figur. Die Nadeln sind bemerkenswert."
Der Geistliche reichte seinem Freund die Wachsfigur.
„Wir sind mit der Gewandung der Weiber nicht vertraut, deshalb ist uns nicht gleich eingefallen, auf diese Nadeln zu achten. Wenn ich mich jedoch nicht täusche, benutzen sie sie, um ihre Schleier festzustecken."
Vorsichtig zog Rainald eine der Nadeln aus dem Atzmann und steckte sie am Saum seiner Tunika fest.
„Es wird wohl nicht zu schwer sein festzustellen, woher sie stammt."
Die beiden Männer nickten sich zu, Rainald wickelte sich in seinen Mantel ein und Eliah erhob sich, um eilig hinüber ins Münster zu laufen, wo die Hofgeistlichen gemeinsam mit dem Domkapitel sich bereits zur *Complet* versammelten.

Im Hause des Domherrn Hermann war das Nachtmahl verspeist und die Tafel, an der der Hausherr seine Gäste bewirtet hatte, von der Dienerschaft aufgehoben worden. Adelheid und Rudolf saßen gemeinsam mit ihrem Wirt vor dem Kamin an der Stirnseite des Zimmers. In der Mitte des Raumes, wo gerade noch zwei Eichenblöcke gestanden hatten, um die große Tischtafel zu tragen, lag nun Berthold auf einem Schaffell und spielte mit seinen hölzernen Pferden.
Ida aber hatte sich hinausgestohlen und humpelte in die Küche, wo die Krieger Herzog Rudolfs ihr Nachtmahl einnahmen.
Bodo saß zusammen mit zwei seiner Kumpanen, jeder hielt eine Schale mit dampfenden Mus in den Händen.
„Bodo, komm einmal mit mir und hilf das Gepäck der Herrin zusammenzusuchen."
„Weshalb jetzt, Frau Ida? Wir reisen doch erst in einigen Tagen ab."
„Glaubst du, ich sei so nachlässig, dass ich meine Pflichten erst verrichte, wenn die Herrschaften schon in den Sätteln sitzen?"
Bodo stellte seine Schale auf die Bank und betrachtete sie sehnsüchtig, dann drehte er sich ab und folgte Ida.

Am 29. des Monats Dezember, im Jahre 1074 nach Fleischwerdung des Herrn.

Ida zog vorsichtig die Schnüre des Unterkleides fest. Ganz wie es die neue Sitte verlangte, umschloss der feine Stoff Adelheids schmalen Oberkörper ganz eng und breitete sich unterhalb der Schnürung in weiten Falten aus. Auch das weinrote Obergewand, das Ida der schönen Frau nun überstreifte, wurde in der Taille geschnürt.

Zufrieden betrachtete sie ihr Werk. Sie mußte der Herzogin nun noch den leichten weißen Schleier über das vornehm in Flechten gesteckte Haar legen und die Ohrringe daran befestigen, dann war die Gemahlin des Herzogs von Schwaben angemessen geputzt, um ihrer Schwester, der Königin, ihre Aufwartung zu machen. Wie Halbmonde glänzten die Schmuckstücke auf dem seidigen Tuch. An diesem Morgen erstrahlte die Herzogin prächtiger denn je.

„Ida, schaff mir diese Missgeburt aus den Augen“, rief Adelheid mit greller Stimme.

Angewidert schaute sie hinüber zu Berthold, der auf dem Bett saß und verträumt mit dem Gürtel seiner Tunika spielte. In diesem Augenblick trat Herzog Rudolf in das Schlafgemach. Sichtlich ungehalten raunzte er seine Gemahlin an.

„Gib Ruhe, Ida wird den Jungen nirgendwo hinbringen. Er bleibt bei mir. Er ist mein Sohn.“

„Er ist eine Missgeburt. Ihr solltet ihn fortschaffen lassen, zu den Mönchen im tiefen Wald, wo ihn niemand beachtet. Begreift Ihr nicht, dass er eine Strafe Gottes ist für Euren Frevel?“

„Schweig Weib.“

„Eine Strafe Gottes. Und nur weil Ihr uns zwingt, jeden Tag diesem Balg in seine blödsinnige Fratze zu schauen, macht Ihr Euren Frevel nicht ungeschehen.“

Ida schaute ängstlich zu Rudolf hinüber, Zornesröte stand ihm im Gesicht, sein Mund war von einem stummen wütenden Schrei verzerrt. Zitternd hob er die Fäuste gegen die schöne Frau, brach dann aber in sich zusammen und ließ sich auf einem Hocker nieder. Seine Schultern hingen schlaff herunter, sein Rücken war runder als sonst.

„Schweig endlich, Weib. Du weißt nicht, wovon du redest. Alles ist schon lange her. Die Kaiserin hegt keinen Groll mehr gegen mich. Sie weiß, dass ich nicht schuldig bin an Mathildes Tod. Gott entschied, sie so früh zu sich zu rufen."
Adelheid lachte kurz auf.

Rainald lief eilig durch die engen Gassen der Neustadt. Schon vor zwei Tagen war er in diesem Teil der Stadt umhergeirrt auf der Suche nach Rizzo, dem bischöflichen Pferdeknecht. Vergeblich. Sein Weg hatte ihn vielmehr in die Kirche des heiligen Petrus geführt.
Rainald überlegte, ob er Konrad berichten sollte, wie er dort eine heimliche Zusammenkunft des Schwabenherzogs Rudolf mit Welf dem Herzog der Bayern und zwei Unbekannten beobachtet hatte. Die Anweisung des Königs, die Konrad ihm überbracht hatte, war eindeutig gewesen. Jeder Beweis für die Untreue des Schwabenherzogs, hatte Rainald zu melden. So verdächtig ihm aber auch das heimliche Verhalten der Herzöge Rudolf und Welf gewesen war, bewies es, dass sich die Männer zum Verrat verschworen hatten? Er konnte nicht einmal mit Bestimmtheit behaupten, dass jene fremden Männer, mit denen sich die Fürsten getroffen hatten, päpstliche Legaten gewesen seien. Hatte Ida Recht, wenn sie fest an Rudolfs Treue zum König glaubte?
Rizzo, so hatten die Knechte des Bischofs ihm erklärt, wohne in einem kleinen Haus, nicht weit vom Gerbergraben. Rainald schauderte bei dem Gedanken an den Gestank, der von der Kloake ausging. Dort wohnen zu müssen, war ein hartes Los, jedoch für einen einfachen Pferdeknecht noch immer eine bessere Behausung als die Stallungen der Tiere.
Eine Alte drückte sich an eine Hauswand. Als Rainald an ihr vorbei lief, rief sie ihn mit einer überraschend jungen Stimme an.
„Ey, schöner Recke, was irrst du hier so umher? Bist nicht aus Straßburg, hab ich Recht?"
„Ich suche das Haus des Rizzo. Der ist Pferdeknecht beim Bischof."
„Nie gehört den Namen, aber was kann der dir geben? Ich hab was viel Besseres, na, was is?"

Dabei lachte die Alte und zog ihr braunes, derbes Kleid bis über die Scham hoch. Rainald wollte sich schon angeekelt abdrehen, besann sich dann aber und zog eine Münze aus dem Lederbeutel an seinem Gürtel hervor.
„Ich denke, ich gebe dir den hier“, Rainald hielt die Münze in die Luft. „Dafür sagst du mir, wo ich den Rizzo finde. Und gnade dir Gott, wenn du nicht die Wahrheit sagst. Ich stehe im Dienst des Königs und wenn du lügst, dann kannst du im ganzen Reich keinen Frieden finden. Bei meiner Seele.“
Die Alte schleppte sich über die Straße und stellte sich Rainald in den Weg. Ihre Augen waren starr auf die Münze gerichtet.
„Ey, ein Pfennig. Mit Simon und Judas drauf. Kommt der edle Herr aus Goslar?“
„Du kennst dich gut aus mit Geld. Was ist? Sagst mir, wo ich den Rizzo finden kann?“
„Nun gut, edler Herr. Der Rizzo haust mit seinem Weib und den Bälgern in der kleinen grauen Hütte, dort am Ende der Straße.“
Gierig griff sie nach der Münze, verstaute sie unter dem Umhang, den sie um ihre Schultern gelegt hatte, und verdrückte sich in eine dunkle Gasse.
Rainald ging die Straße hinunter bis er vor jener grauen Lehmhütte stand, die die Alte ihm beschrieben hatte. Ohne an die krumme Holztüre geklopft zu haben, trat er in die Schwärze eines niedrigen Raumes ein, in dessen Mitte eine offene Feuerstelle etwas Licht spendete. Die angerussten Wände schluckten das meiste des Feuerscheins, sodass Rainald lediglich die Schemen zweier Figuren erkennen konnte, die auf dem Boden hockten.
„Rizzo?“, rief Rainald in die Dunkelheit hinein.
Ein Grunzen schlug ihm entgegen. Eine der beiden Schatten erhob sich und humpelte schwerfällig auf ihn zu.
„Edler Herr, was führt Euch in meine elende Hütte? Ich bin nur ein armer Knecht, bitte tut meiner Familie kein Unheil.“
„Was bist du für ein Faulpelz, dass du hier am helllichten Tag am Feuer hockst. Ich habe dich in den Ställen des Bischofs gesucht. Und nun finde ich dich hier, sitzt rum mit deinem Weib.“

“Einer der Packesel hat mir mit seinem Huf eins mitgegeben. Die Seite schmerzt. Verzeiht Herr, aber ich kann mich kaum noch rühren. Ich muss hier hocken, elendig.“
„Wir werden verhungern, wenn er sich nicht bald wieder um die Pferde des Bischofs kümmert“, jammerte eine Frauenstimme.
Rainald griff zu seinem Beutel und zog eine weitere Münze heraus. Als er sie vor dem Gesicht des Knechts in die Höhe hielt, funkelte sie im Feuerschein.
„Was soll ich tun für Euch, edler Herr?“
„Du sollst mir sagen, was du über den Hetzil weißt.“
„Über die Henkersfratze? Das ist ein übler Lump. Keiner will ihn näher kennen.“
„Hat er eine Maid?“
„Der? Nichts da. Hässlich wie der ist. Die Fratze zerschunden und zerschnitten, voller Narben und ein Ohr ist ihm abgeschlagen. Jedes Weib, das ihm angesichtig wird, rennt da doch weg.“
„Der ist zum Fürchten, wie der ausschaut“, krächzte Rizzos Weib aus der Dunkelheit.
„Und ein Gemeiner ist der“, pflichtete Rizzo seinem Weibe bei, dann versank der Pferdeknecht in Gedanken.
„Was meinst du?“ fragte Rainald.
„Er martert. Peinigt gern. Tiere und auch Menschen. Ich habe einmal gesehen, wie er einen jungen Hund geschlagen hat, bis das Tier nur noch leise winselte, dann jagte er ihm ein Messer in den Bauch und brach ihm das Genick. Er ist ein Scheusal. Nur bei Pferden nicht. An denen hängt sein Herz.“
„Wenn er denn eins hat“, warf die Frauenstimme dazwischen.
„Hast du ihn gesehen beim großen Sturm?
Rizzo schüttelte langsam den Kopf.
„Weißt du wo er ist?“
„Der Ritter Konrad hatte einen Streit mit ihm, kurz bevor der verfluchte Esel nach mir getreten hat. Ich hörte, wie er den Lump fortgejagt hat. ‚Du Elender‘ hat der Ritter geschrien und ‚lass dich nicht mehr in der Nähe des Königs blicken‘.“

Rainald drückte Rizzo den Pfennig in die Hand, verlies die düstere Kate und eilte zurück zum bischöflichen Palast. Er hatte noch zu viele Fragen, die beantwortet werden mussten.

Adelheid strahlte. In ihrem Glanz verblasste Königin Bertha, die neben ihr saß. Stolz hielt die Gemahlin des Schwabenherzogs den Kopf erhoben. Der prächtige Ohrschmuck funkelte, der zarte weiße Schleier umrandete ihr fein geschnittenes Gesicht, ihre Haut schimmerte wie Seide, wie zwei große Smaragde glänzten ihre Augen. Adelheid war eine Schönheit und sie war sich dessen bewußt.
Die Königin hatte einige Gemahlinnen der versammelten Fürsten empfangen. Auch Bittsteller waren gekommen, Geistliche ebenso wie Weltliche, die um Fürsprache beim König bettelten. Weiber jeden Standes, Witwen mächtiger Männer oder niederer Dienstmänner drängelten sich neben Nonnen in die Nähe der Königin, um zu erwirken, dass sie bei König Heinrich für sie intervenierte. Sie waren nicht vor Bertha erschienen, um ihr ihre Verehrung zu bezeugen. Wie so oft ging es ihnen nur um weitere Rechte und Freiheiten, die sie vom König begehrten und Bertha sollte ihnen den Weg zum Herrscher ebnen.
Die Königin strengte sich an, neben ihrer Schwester hoheitsvoll auszusehen. Aufrecht saß sie auf ihrem Sessel, ihr Blick lag erhaben auf ihren Gästen. Aber die tiefen Furchen in ihrem jungen Gesicht straften ihre würdevolle, erhabene Haltung Lügen. Dunkle Ringe unter den Augen und das Grau ihrer Haut erzählten von Nächten voller Kummer und ohne Schlaf.
Nervös spielten ihre Finger mit der bronzenen Rosenfibel, die auch nun wieder ihren Mantel über der Brust zusammenhielt. Kuniza und Käthelin saßen in Reichweite ihrer Herrin, zu Diensten wann immer die es wünschte.
Mitleid überkam Ida. Sie wußte um Berthas Pein und Sorgen. Die Verleumdungen der Schandmäuler am Hofe hatten längst ihr Ohr erreicht. Eine Hexe sei sie, finstere Zauberkräfte habe sie, so raunte man sich zu an ihrem Hofe.
Zu gut verstand sie Berthas Schmach. Auch Ida litt unter den Schmähungen der Höflinge, die sich über Königin Bertha das Maul zerrissen.

Auch über Rainald lästerten die Höflinge, er sei mehr als Berthas Beschirmer, sei vielmehr Galan der Königin, so hörte man die Lästermäuler und Schwätzer reden. Was wenn sie Recht hatten? Auch wenn die Königin nicht von solcher Schönheit wie ihre Schwester war, sie war durchaus reizvoll und Rainald war sicher ein Mann, der diesen Reizen erliegen könnte. Es ging schließlich auch das Gerücht, der König habe damals einige seiner Gefolgsmänner angehalten, die Königin zu verführen, um die Scheidung der Ehe erzwingen zu können. Was, wenn ein Ehebruch Berthas mit Rainald vom König geduldet war? Wenn Heinrich seinen Ritter dazu verleitet hatte?

In Idas Kopf surrte es. Sie zwang sich, die Verdächtigungen und Bedenken fortzuschieben. Vielleicht waren auch die Gerüchte um Rainald und die Königin nur böswillige Verleumdungen?

Rainald hatte Ida beigestanden, hatte sie gerettet, als sie bewußtlos im Schneegestöber lag, und hatte sich nach ihrem Wohl erkundigt. Aber weshalb der Krieger sich so um sie bemühte, konnte Ida nicht begreifen. Er hatte ihr anvertraut, was er in Erfahrung gebracht hatte über den Tod der armen Hemma, hatte erklärt, den Leumund der Königin wie auch den Herzog Rudolfs schützen zu wollen. Weshalb hatte er diese Nähe zu ihr gesucht?

Sie war ein Krüppel, zu nichts nutze, weder von Stand, noch jung, ansehnlich oder reizvoll. Aber sie war Herzog Rudolfs Vertraute. In den Gemächern des Fürsten ging sie ein und aus. War das der Grund, weshalb Rainald ihr zugewandt und freundlich begegnete? Sie hatte begonnen ihm zu vertrauen. Das war vielleicht ein Fehler gewesen. Sie hatte sich hinreißen lassen von dem Gefühl, sicher und geborgen zu sein in seiner Nähe. Sie hatte sich gewünscht, dass er es aufrichtig meinte mit seiner Sorge um sie.

Womöglich war er aber doch ein Spion im Dienste des Königs, der Herzog Rudolf ausspähen sollte und womöglich waren die Gerüchte über ihn und die Königin wahr. Ida musste weiterhin auf der Hut sein und Rainalds Nähe meiden.

Hatte er nicht behauptet, er glaube nicht an Rudolfs Schuld? Hatte er ihr nicht erklärt, die rätselhaften Umstände brächten alle, die Königin, den König, die Fürsten in Gefahr, denn sie entfachten Unfrieden und Zwietracht im Reich?

Die Gedanken wirbelten immer ungestümer durch Idas Kopf. Furcht erfasste sie. Sie wußte nicht, wem sie vertrauen konnte. Wußte nicht, ob Rainald aufrichtig zu ihr war. Sooft Ida die Königin getroffen hatte, war er an ihrer Seite gewesen, aber nun konnte sie ihn nirgends entdecken. Wieder wurde ihr schwarz vor Augen.
„Ida, du siehst schlecht aus. Ist dir nicht gut? Bist blass im Gesicht."
Die Worte der Königin zogen Ida aus dem Strudel ihrer sorgenvollen Gedanken zurück in die wohlig warm beheizte Stube der Damen.
„Gnädige Herrin, fürwahr, ein leichter Schwindel suchte mich heim, die Schrecken und Aufregungen der letzten Tage waren wohl etwas zu anstrengend für meinen armen, verkrüppelten Körper."
Ein weiteres Mal, dass sie hilflos und schwach war, dass sie überwältigt wurde von ihren Ängsten und dem Geschehen um sie herum . Ida verabscheute sich selbst in diesen Momenten, wenn die Gedanken in ihrem Kopf nicht mehr zu fassen waren, alles wild durcheinander ging und die Schwärze in ihr ein weiteres Mal aufzog.
Adelheid schnaufte nur kurz, Bertha jedoch zeigte sich ehrlich besorgt.
„Es wird wohl besser sein für dich, wenn du ausruhst. Ursel, geh und rufe einen Bediensteten, damit er Frau Ida zum Hause des Domherrn Hermann führen kann."
Die junge Dienstmagd verließ augenblicklich die Kammer und stieß dabei mit Affra zusammen.
„Wo hast du dich herumgetrieben?", fuhr die Königin ihre Hofdame streng an.
„Weshalb bist du nicht an meiner Seite, wo dein Platz ist, um mir zu Diensten zu sein?"
Der Tadel der Königin klang ungewohnt scharf und so blickte Affra erschrocken und blieb sprachlos.
Im selben Augenblick erschien Ursel mit Rainald an ihrer Seite. Der verbeugte sich tief vor seiner Herrin und neigte den Kopf auch vor Adelheid.
„Verehrte Königin, Ursel holte mich herbei, da meine Dienste verlangt werden?"
Die Königin blickte ihn kurz an und nickte dann eifrig.
„Mein guter Rainald, bitte begleite Frau Ida zurück zum Hause des Domherrn Herrmann. Ihr ist nicht wohl."

„Verehrte Frau Ida, welch glücklicher Umstand, dass ich just in jenem Augenblick vor die Kammer der Königin trat, als die Ursel eine Begleitung für Euch suchte."
An der Seite des Ritters war Ida auf den weiten Platz zwischen Bischofspalast und Münster getreten. Nun stellte sich Rainald vor sie und verneigte sich noch tiefer vor ihr, als er es vor der Königin getan hatte.
„Verschont mich mit Eurem Spott. Ich brauche weder Eure Hilfe noch euren Hohn."
„Bitte Ida, verzeiht mir, ich wollte Euch nicht verärgern. Nichts ist mir ferner. Euch gegenüber empfinde ich weder Spott noch Hohn, vielmehr Achtung und Freundschaft, wenn Ihr erlaubt."
„Weshalb sollte ich? Ihr sucht meine Nähe, um den Herzog auszuspähen. Sicher handelt Ihr auf Befehl des Königs. Oder seines Einflüsterers, diesen Ritter Konrad. Dessen schöne Fratze kann mich nicht täuschen, er will dem Herzog nur Böses."
„Ihr tut mir Unrecht. Ich dachte, ich hätte Euch bereits überzeugen können, mir zu vertrauen. Unsere Absichten decken sich."
Ida betrachtete Rainald. Seine Körperhaltung war entspannt, er hatte sich ihr zugewandt, blickte sie offen und direkt an. Ehrlichkeit sprach aus seinen Augen.
„Welche Absichten sollte ich verfolgen, die auch die Euren sind?", fragte Ida mit scharfem Ton.
„Die Wahrheit."
„Die Wahrheit?"
„Ja, Ida, wir beide wollen doch die Lügen zerschlagen, die in diesen Tagen ein tödliches Netz gewoben haben. Wir alle sind darin gefangen. Die Lügen vernebeln uns den Blick darauf, was wirklich geschieht. Pater Eliah, den ich wohl meinen Freund nennen darf, meinte, das Tatsächliche verschwinde hinter der Imagination."
Stolz ob dieser gelehrten Worte schaute der Krieger auf die kleine Frau und fuhr dann fort: „Niemand scheint mehr aufrichtig zu sein. Jeder misstraut jedem. Das Lügengeflecht kann morgen zum Fallstrick für manch einen werden, der sich heute noch für mächtig und unangreifbar hält. Weder König noch Papst noch Herzog oder Bischof sind gefeit. Die Ereignisse der letzten Tage, Hemmas Tod und die Verleumdungen der Königin, können eine Feuersbrunst entfachen."

„Factum und Imago", meinte Ida und betrachtete den Ritter skeptisch.
„Welche Tatsache habt Ihr also hinter der Imagination gefunden?"
„Nun, es wurde getratscht, dass Hemma einen heimlichen Buhl gehabt hatte. Einer der Pferdeknechte des Königs, Hetzil die Henkersfratze, wie ihn ein jeder nennt. Mit ihm sei Hemma in jener Unglücksnacht zusammen gewesen. Doch das sind Lügen. Hetzil kann niemals der Buhl der Hemma gewesen sein."
„Habt Ihr ihn getroffen?"
„Nein, er ist verschwunden. Ritter Konrad hat ihn verjagt. Rizzo jedoch, ein Pferdeknecht des Bischofs, erzählte, Hetzil sei ein Todschläger, bösartig und bedrohlich. Keine Maid hätte sich mit solch einem eingelassen. Die stille Hemma vor allem nicht."
„Es hatte mich fürwahr auch sehr verwundert, dass ein junges, unschuldiges Ding wie die Hemma mit einer schändlichen Fratze wie dem Hetzil gebuhlt habe. Wie kam es denn aber zu solch Gerede? Hemma war wohl ein tugendhaftes Mädchen, die Königin hätte sie sonst nicht in ihren Diensten geduldet. Weshalb spricht trotzdem jedermann davon, sie sei die Liebschaft des Hetzil gewesen?", fragte Ida."
„Affra habe das behauptet, erzählte mir die die Kaiserin. Und auch sie selbst hat es mir gesagt."
„Ihr habt mit Affra gesprochen?", fragte Ida und zog die Brauen hoch.
„Ja, gerade eben, vor der Kammer der Königin, bevor mir auftragen ward, Euch zum Haus des Domherrn zu geleiten. Die Frau erzählte mir noch einiges mehr. Affra prahlte mir gegenüber damit, sie habe Hemma zusammen mit Hetzil gesehen. Die beiden hätten sehr heimlich getan. Hetzil habe auf die Dienerin mit gedämpfter Stimme eingeredet und als sie merkten, dass die Hofdame sie beobachtete, seien sie schnell fortgelaufen. Affra ist sehr hochmütig und erliegt wohl oft dem sündhaftem Stolz ob ihres tugendhaften, zölibatären Lebens."
„Nun, sie ist verwitwet und auch ihre Jugend ist vergangen. Die Tugend ist allein, was ihr noch geblieben ist. Seid nachsichtig mit uns fehlbaren Weibern."

Ida schmunzelte Rainald scheu an. Der begriff, dass ihre Bitte um Nachsicht nicht ihrer Großmut geschuldet war. Vielmehr war auch Idas tugendhafte Enthaltsamkeit keine freiwillig auferlegte Pflicht. Rainald schluckte verlegen, schuldbewußt stammelte er:
Verzeiht, Frau Ida. Ich wollte nicht, ...Frau Affra ist eine sittsame Person, ... darüber wollte ich nicht spotten."
„Das höre ich sehr erfreut, Herr Rainald. Erzählt weiter, was habt Ihr noch erfahren von Affra?"
„Nun, nicht viel. Nur gebe ich zu bedenken, verehrte Ida, dass Hemma und Hetzil wohl nicht verbandelt waren durch eine Buhlerei, jedoch ein anderes Band die beiden schon zusammenhielt. Sie verheimlichten ängstlich, dass sie miteinander standen, obwohl beide doch dem Gefolge des Königs angehören. Auch erinnere ich Euch daran, wie ängstlich Königin Bertha ist, dem König und den versammelten Großen nicht zu gefallen. Vor der Weihnachtsmesse mit all den hochgeborenen Gästen hatte sie sich ohne ihre Dienerin und ohne Kuniza wahrscheinlich noch hilfloser als sonst gefühlt."
„Die Ärmste, ich beginne zu verstehen, weshalb sie so verängstigt ausschaute, an jenem Abend, als sie hoch oben auf der Empore stand und mit zittriger Stimme die Gäste begrüßte - weil Kuniza ihr nicht hatte helfen können."
„Wie die Dienstmagd."
„Hemma war an diesem Abend oft verschwunden", räumte Ida ein.
„Aber zweifelsohne nicht mit einem Liebsten."
„Hingegen bändelte Bodo mit Käthelin an, das ist gewiss", erklärte Ida und berichtete Rainald, wie sie den herzoglichen Ritter am Vorabend aus der Küche von seinem Nachtmahl weggelockt und er ihr seine Liebespein anvertraut hatte.
„Ihr müsst wissen, ich vermisste ihn schon während der Weihnachtsmesse. Bodo erzählte mir, er sei bei der Käthelin gewesen, um sie zu freien. Gestern klagte Bodo mir nun sein Herzeleid, dass sie ihn nicht erhört habe. Den ganzen Abend habe er auf sie gewartet, als draußen der Sturm tobte und innen die Hexenschale gefunden ward."
„Und deshalb fand die Kaiserin ihn vor der Tür zu Königin Berthas Kammer", warf Rainald ein.

„Ja, die Käthelin ist ebenso ein unschuldiges junges Ding wie die hemma eins gewesen“, meinte Ida.
„Nun, jung ist sie sicher, aber wohl nicht unschuldig.“
„Wie meint Ihr das?“
Nur stockend begann Rainald, von dem Atzmann zu erzählen, der in jener Unglücksnacht neben der toten Hemma in der großen Kirche gefunden ward.
„Ich zeigte Affra eine der Nadeln, die in dem Atzmann steckte.“ Rainald hielt Ida die Nadel hin.

„Affra erkannte sie. Sie gehört Käthelin wie auch die anderen, die wir in der Puppe fanden. Sie sind wohl für die Schleier. Damit befestigt man sie. Habe ich Recht?“
Ida betrachtete das kleine metallene Teil. Die Nadel war einfach aus Bronze gearbeitet, nicht wie die der Herzogin Adelheid aus Silber mit einem kostbar verziertem Kopf aus Gold.
„Ja, es stimmt, mit solchen Nadeln wird ein Schleier festgesteckt. Aber Rainald, Ihr glaubt doch nicht, dass jene zarte Maid die Hemma erstochen hat und dann ihren Leichnam in das Münster geschafft hat.“
„Das ist fürwahr kaum zu glauben.“
„Ich glaube, ich sollte mal einen kleinen Plausch mit der Käthelin halten, über Schmuck und wie sie sich ihren Schleier feststeckt, Weiberzeug halt.“
Beide lächelten sich zaghaft an.
Die Sonne glitzerte auf dem frischen Schnee und schon bald würde sie hinter den Dächern der Stadt versinken. Ida hatte sich über ihren Mantel noch eine Decke um die Schultern gelegt. Der eisige Wind strich über ihr Gesicht. Tränen stiegen ihr in die Augen, jedoch nicht aus Kummer oder Schmerz. Blut schoß in Idas Wangen. Langsam sog sie die kalte Luft ein. Wie herrlich frisch doch dieser frostige Tag schmeckt, dachte sie.
Mit rosigem Gesicht humpelte Ida zurück in das Gemach der Königin. Noch immer saßen die Frauen beisammen, die Bittsteller waren indes verschwunden. Fragend schauten alle Ida an, als diese durch die Tür eintrat.

„Verehrte Herrin, ich habe ein wenig die klare Luft genossen. Nun ist mein Körper gestärkt und mein Geist erfrischt“, hatte Ida leichthin gelogen. Und tatsächlich. Ida fühlte sich ungewohnt sorglos. Die alten und die neuen Ängste waren fortgeweht. Sie spürte weder die Beklemmungen, die ihr die Luft zum Atmen nahmen, noch die Schwindel, die die Welt vor ihren Augen in eine tiefe Schwärze tauchten. Sogar ihr Hinkebein hatte Ida für einige Augenblicke vergessen.
„Dein Geist ist das Letzte, um das ich mich sorge“, hatte die Königin geantwortet und ihr einen Platz neben dem Ofen zugewiesen.
„Dein Gesicht ist ganz rosig, als hättest du ein aufregendes Abenteuer erlebt. Steckt ein Bursche etwa dahinter? Unsere gute Ida ist ganz offensichtlich genesen.“
Die Damen lachten höflich über die Worte der Königin.
„Die Kälte, hochverehrte König, die Kälte. Es geht ein so eisiger Wind“, murmelte Ida, senkte den Blick und liess sich sacht auf einem Hocker nieder.
Schon wenige Augenblicke später wandten die Frauen ihre Aufmerksamkeit glücklicherweise wieder von Ida ab und plauderten freundlich miteinander. Kuniza erfreute ihre Herrin und deren Gäste mit vergnüglichen Geschichten aus längst vergangenen Zeiten und ein Diener reichte köstlichen Honigtrank in einem schweren silbernen Krug. Ihn hatte die Königin zusammen mit anderem kostbaren Geschirr, edlen Stoffen, prächtigen Ringen und Ketten aus Gold und Silber und einem edlen Reitpferd von Heinrich als Morgengabe am Tag nach ihrer Vermählung geschenkt bekommen.
Inmitten der heiteren Runde saß die alte Kaiserin, stumm und mit ernster Miene betrachtete sie das kostbare Geschirr und erinnerte sich an diese lang vergangene Zeiten, als ihr Sohn die junge Bertha zum Weibe genommen hatte. Sie dachte auch an jene unsäglichen Sommertage im Jahre des Herrn 1069, als Heinrich die Ehe hatte auflösen wollen und diesen Schatz zurückforderte.

Die Ehe sei nicht vollzogen worden, hatte er vor den Fürsten und dem päpstlichen Gesandten behauptet, die Morgengabe als Geschenk für die dargebrachte Jungfräulichkeit stünde der verstoßenen Gemahlin nicht zu. Gerüchte gingen durch das Reich, die Königin habe ihren Gemahl behext, hänge dem Schwarzen Zauber an. Andere flüsterten sich zu, Heinrich habe einige seiner vertrauten Gefolgsmänner aufgestachelt, die Königin zu verführen und ihm so einen Grund für die Scheidung zu geben.

Unermüdlich hatte die Kaiserin gemeinsam mit dem päpstlichen Gesandten, dem ehrenwerten Petrus Damiani, auf den gekrönten Sohn eingeredet, um ihn von seinem Scheidungsbegehr abzubringen. Schließlich hatten ihre Mühen gefruchtet. Der König hatte von seinem Vorhaben abgelassen und seine Gemahlin Bertha wieder in Gnade aufgenommen. Dennoch hatte die Erinnerung an jene Tage in Agnes Angst und Trauer hinterlassen, denn auch damals hatte ein Mörder eine Dienerin der Königin hinterrücks erstochen. Die Alte würde den Namen der armen Maid nie vergessen: Jutas Leichnam hatte am Boden gelegen, Blut überströmt und mit verrenkten Gliedern. Nie hatte das Rätsel ihres Todes enthüllt werden können und bald schon war sie fast völlig in Vergessenheit geraten.

Neun Monate später war dem König das erste Kind geboren worden, zwar nur eine Tochter, dennoch stark genug, um zu überleben und die Hoffnung auf weitere Kinder zu nähren. Sollte sich die Geschichte nun wiederholen?

Bertha saß kerzengrade im Kreise der Damen. Nichts an ihr verriet, ob sie ebenfalls an jene vergangene Zeit zurückdachte, oder ob sie sich angestrengt bemühte hoheitsvoll über ihren Gästen zu thronen.

Die Damen lauschten aufmerksam Kunizas Erzählung. Die Hofdame der Königin wußte von unzähligen Abenteuern prächtiger Könige und berühmter Ritter zu berichten, kannte zahlreiche Legenden um Riesen und Drachenkämpfe.

Am liebsten hörten die Damen von der schönen Königstochter, die vor einem wütenden Scheusal und dessen Hundemeute floh, weil der sie zum Weibe wollte.

Als kein Ritter am Hofe des berühmten König Etzels es wagte, für sie einzustehen, nahm der jugendliche Held Dietrich den Kampf für das Mädchen auf und schlug dem Unhold den Kopf ab. Kuniza verstand es, die Not der geflohenen Königstochter so lebendig zu schildern, dass den Frauen beinahe die Tränen in den Augen standen.
Ein junger, mutiger Recke, der ein bedrängtes Mädchen rettet.
Ihn hatte es für Hemma nicht gegeben, kam es Ida in den Sinn. Auch hatte kein abgewiesener Bräutigam in blinder Raserei der Magd nachgestellt, sondern ein unbarmherziger Mörder hatte ihren Tod vorbereitet und kaltherzig herbeigeführt. Fürwahr, Hemma war nur eine einfache niedere Dienstmagd gewesen, aber trotzdem rührte ihr schrecklicher Tod Idas Gemüt.
Und er gab ihr Rätsel auf.
Weshalb machte sich ein Bösewicht solche Umstände, eine niedere Dienstmagd zu töten? Was hatte er von ihr gewollt?
Während Ida ihren Gedanken nachhing, saßen die anderen Frauen angespannt um den Kamin, begierig das Ende der Geschichte von Ritter Dietrich und der schönen Königstochter zu erfahren.
Beinahe vergaßen sie, gemeinsam in den Saal der Bischofspfalz aufzubrechen, wo die Diener bereits ein üppiges Nachtmahl aufgetragen hatten. Erst als Moricho, der Truchsess des Königs, erschien und die Damen zur Tafel rief, konnten sie sich losreißen.
Ida stand es ebensowenig wie den Hofdamen zu, in Gegenwart des Königspaares und der geladenen Gäste zu speisen. Sie konnten später an einem entfernteren Platz das Nachtmahl einnehmen. Bis dahin jedoch blieb genügend Zeit, Käthelin zur Seite zu nehmen, um mit ihr über Weibersachen zu plaudern.
Hinter der Kaiserin einher schreitend, hatte Rainald die Königin in den Saal geleitet, wo die Dienerschaft des Bischofs zwei riesige Tafeln aufgestellt und mit unzähligen Schalen, Tellern und Krügen gedeckt hatte. Der Hausherr war ihnen entgegen geschritten und hatte Berthas Hand auf seinen Arm gelegt. Dann hatte er seinen gekrönten Gast an die königliche Tafel geleitet und sich neben sie gesetzt.

Zu Berthas Linken saß König Heinrich und betrachtete zufrieden seine hochgeborenen Gäste. In den letzten Tagen hatte sich die Versammlung aller Fürsten zu einem Triumph für ihn entwickelt. Alle Großen des Reichs hatten sich hinter ihm geschart, um die aufsässigen Sachsen zu bekriegen. Sogar Herzog Rudolf hatte sich ihm angeschlossen.
Heinrichs Königsmacht war unbestritten. Bischöfe und Herzöge saßen einträchtig an seiner Tafel beisammen und sie würden im Frühjahr in seinem Heer gegen die Aufständischen kämpfen. Heinrich fürchtete nun keinen Widersacher in ihren Reihen mehr. Mochten die Agenten des Papstes auch im Reich umherschleichen und Unmut gegen seine Bischöfe streuen. Heinrich, von Gottes Gnaden unüberwindlichster König, thronte über allen. Und schon bald, wenn er im Reich den Frieden und die Einigkeit wieder aufgerichtet hatte, würde er über die Alpen ziehen, nach Italien, in die ewige Stadt Rom. Der Heilige Vater würde ihm dort die Kaiserkrone Karls des Großen aufs Haupt setzen und niemand könnte die Einheit von Reich und Kirche dann noch stören.

An der königlichen Tafel war für einen Ritter von niederer Abkunft, wie Rainald einer war, zwischen den mächtigen Herren des Reichs, den Herzögen, Markgrafen und Bischöfen, kein Platz. Deshalb stahl er sich unauffällig hinaus und lief hinüber zum Münster, wo Eliah gemeinsam mit den Kaplänen des Königs, den Domherren der Stadt und den Geistlichen der angereisten Fürsten die Gebete der *Complet* sangen.
Als sie die Messe beendet hatten und die Männer eilig aus dem Gotteshaus hinausströmten, drängelte sich Rainald durch die Menge in das Innere des Münsters. Seine Augen suchten den Freund in der nur spärlich erleuchteten Halle. Endlich fand er ihn. Eliah stand gedankenverloren vor dem Altar an jener Stelle, wo vor Tagen noch der Gesteinshaufen mit dem Leichnam der toten Dienstmagd gelegen hatte.
„Eliah, mein Freund, was überlegst du? Schaust ganz betrübt aus."
„Ich frage mich schon die ganze Zeit, ob es ein Zufall war, dass die Dienstmagd hier, an diesem Ort, getötet wurde, an diesem Weihnachtsfeste."

„Du meinst, hier in Straßburg?"
„Ja, hat es etwas zu bedeuten, dass ihr Mörder während einer Fürstenversammlung zuschlug? Hier in dieser Stadt, jetzt zum Fest der Geburt Christi?"
„Wenn es nicht zufällig geschehen ist, würde es bedeuten, dass der Mörder aus dem Kreis der Gäste käme."
„Oder aus Straßburg", ergänzte Eliah.
„Aber weshalb sollte jemand, der nicht dem königlichen Gefolge angehört, solch großen Haß gegen Hemma gehabt haben, dass er sie so grausam ermordete? Sie war nur eine einfache Magd, eine Dienerin, niemand beachtete sie."
„Wenn es aber einer aus dem königlichen Gefolge gewesen ist, womöglich einer von Berthas Leuten, so ist er sehr schlau vorgegangen."
„Dann nutzte er das Durcheinander, das Misstrauen und die Ränke des Hoftages. Zuzuschlagen, wenn der königliche Hof irgendwo allein eine Pfalz bezogen hat, wäre zu gefährlich für einen aus Heinrichs oder Berthas Gefolge", ergänzte Rainald den Gedankengang des Freundes.
„Eindeutig wäre dann, dass es einer aus dem Gefolge sei, der die Bluttat gegangen hat. Jetzt ist der Kreis groß, Freund und Feind sitzen hier zusammen. Und alle reden nur über Schwarzen Zauber und Hexenwerk. Das alles ist kaum vorstellbar. Dennoch ist es geschehen. Hier und jetzt."
Mittlerweile waren die beiden Männer allein im großen Kirchenschiff. Die Geistlichen der Hofkapelle, die Priester aus dem Gefolge der königlichen Gäste und die Domherren des Münsters waren allesamt dem Ruf ihrer leeren Bäuche gefolgt und in den großen Saal des Bischofpalastes geströmt, um ihren Anteil am Festmahl zu ergattern. Waren die edlen Speisen auch den hochgeborenen Gästen des Königs, den Bischöfen, Herzögen und Grafen vorbehalten, so fielen doch genügend Reste ab, um die niederen Gefolgsleute, die Ritter, Dienstleute und Priester zu verköstigen: Krumen, die von den Tafeln der Mächtigen niederfielen auf die niederen Priester, Brocken fettigen Fleisches und gebratener Spieße, die den Kriegern zugedacht waren.

Rainald zog seinen Freund Eliah hinter einen Pfeiler. Geschützt vor neugierigen Lauschern, die der Ritter sogar noch in dem leeren Gotteshaus fürchtete, erzählte er, was er über die Stunden jener Unglücksnacht in Berthas Schlafgemach in Erfahrung gebracht hatte.„Das sind sehr viele sonderbare Geschichten. Was steckt hinter all diesen Geschehnissen? Gibt es eine Verbindung? Außer vielleicht Ida."
Rainald schaute seinen Freund verwundert an.
„Was meinst du? Du glaubst doch nicht, dass sie hinter all dem steckt."
„Nein, ganz sicher nicht. Aber ich glaube, dass du so eifrig nicht nur nach der Wahrheit über Hemmas Tod, sondern auch nach Idas Nähe und Wohlwollen suchst."
„Sie ist ein sehr kluges und wachsames Weib, das uns helfen kann, die Ereignisse der vergangenen Tage zu entschlüsseln. Außerdem will auch sie die Wahrheit ergründen, denn sie sorgt sich um den Leumund des Herzogs. Ihn will sie von jedem Verdachte befreien."
„Rainald, ist es das, was dich immer wieder zu ihr treibt? Weshalb du dich um sie sorgst?"
„Eliah, es stimmt, ich sorge mich um sie. Sie ist zart und schwach, jedoch nur an körperlichen Kräften. Ihr Verstand ist stark, sie ist von feinem, edlen Geiste, ohne Falsch oder Arglist."
Eliah lächelte seinem Freund zu, schon lange hatte er diesen nicht mehr so eifrig von einem Weibe schwärmen gehört.

Kuniza schlich durch die leeren Flure des Bischofpalastes. Alle Gäste des Königs, alle Fürsten und Bischöfe, Ritter und Damen waren in der Halle versammelt gewesen und hatten sich um die voll beladenen Tafeln gedrängelt, sie hatten um Schüsseln mit den feinen Soßen und dem gewürzten Mus, um Teller mit gebratenen Hühnern und Gänsen und Krüge mit dunklem Wein gestritten. An den Seiten hatten die Hofdamen, die niederen Ritter, die Knappen und Bediensteten der edlen Leute, gestanden. Halb belustigt, halb ungeduldig vor Hunger hatten sie das Treiben der Großen beobachtet.

Mitten unter ihnen hatte Kuniza gestanden, ihre dunkle Augen waren aber von den voll beladenen Tafeln der Edlen und Großen abgewandt, suchend streiften sie über die lachenden und feixenden Bediensteten, über die Damen und Knappen zu ihrer beider Seiten. Einige der Weiber, die wie sie im Dienst einer hochgeborenen Dame standen, erkannte Kuniza.

Eine Person jedoch konnte sie nicht entdecken. Unauffällig entfernte sie sich daher aus der Halle und lief eilig zurück zu den Gemächern der Königin. Die Tür zur Schlafkammer war nur angelehnt, leise drangen Stimmen nach draußen. Kuniza hörte die helle Stimme der jungen Kätherlin und die vollere Stimme Idas, verstand aber nicht, wovon die beiden sprachen. Langsam schlich sich Kuniza näher.

Es war still geworden in der Kammer. Hatten die beiden Frauen die Lauscherin bemerkt? Kuniza hielt den Atem an. Sie fürchtete beinahe, Ida und Käthelin könnten ihr wie Trommelschläge wild hämmerndes Herz hören. Nach endlosen Sekunden sprach Käthelin weiter. Nun waren auch einige Fetzen der Unterhaltung klarer.

„...der Bodo...der Kleine...läuft mir nach...die Königin schalt mich...die Nadeln... gesucht...die Nadeln gestohlen..."

Wieder wurden die Worte undeutlicher und leiser, plötzlich jedoch rief Käthelin mit kräftiger Stimme aus:

„Es passieren soviel geheimnisvolle Dinge. Hexerei. Schwarzer Zauber. Weshalb sollte nicht ein böser Dämon die Nadeln genommen haben?"

„Unsinn. Das ist gottloses Geschwätz, heidnischer Unfug", fuhr Ida das verängstigte Mädchen unüberhörbar an.

„Hinter all dem steckt sehr wohl Böses, jedoch kein böser Dämon, sondern ein böser Mensch aus Fleisch und Blut. Ein Mensch, der Hexenschalen versteckt, der stiehlt, der tötet und der Taschen durchwühlt".

Kuniza hörte es der Rede an, dass Ida nun mehr zu sich selbst als zu der Hofdame sprach.

„Ich weiß nicht, wovon Ihr redet, verehrte Frau Ida," flüsterte das Mädchen.

„Ach, verzeiht, ich spreche so daher, aber ich bin selbst ein wenig aufgeschreckt. Ein Fremder schlich sich ein in unser Schlafgemach. Ein Knabe wohl noch, vom Wuchs eher klein und zart. Wie Bodo. Ich ertappte ihn, als er die Taschen des Herzogs und der edlen Adelheid durchkramte und als ich ihn ansprach, stürzte er davon. Stieß mich dabei fast zu Boden."
„Ihr glaubt doch nicht, dass Bodo zu solch frecher Tat fähig sei?", Käthelins Stimme war noch immer dünn.
„Nein, das kann ich fürwahr nicht glauben. Zumal er es nicht nötig hat, heimlich in unser Gemach zu schleichen wie ein Dieb. Er gehört zum Gefolge des Herzogs. Er kann sich leicht Zutritt verschaffen zu den Räumen und dem Gepäck des Herzogs, wenn er das denn wollte. Ein anderer muss sich hochgestohlen haben, verhüllt und unerkannt, von schmalem Wuchs…", Idas Rede brach ab.
„Was ist Euch, Frau Ida?", fragte Käthelin besorgt.
„Ist Euch nicht wohl? Ihr sagt nichts? Was denkt Ihr, Frau Ida?", die Stimme des Mädchens überschlug sich beinahe vor Ungeduld.
„Mir ist sogar sehr wohl, liebe Käthelin, ich frage mich nämlich, ob es möglich sei, dass gar kein Mannsbild, sondern ein Weib…"
„Verzeiht, aber ich verstehe noch immer nicht, wovon Ihr sprecht."
Wieder schwiegen die beiden Frauen, kein Laut von ihnen drang aus dem Gemach der Königin hinaus auf den Flur und Kuniza, die noch immer dort stand, stockte der Atem.
„Ach ich war in Gedanken. Mir ist abermals klar geworden, wie schnell der äußere Schein täuschen kann. Gut oder böse. Mann oder Weib. Das Gewand mag das eine zeigen, was jedoch darin steckt, ist vielleicht von ganz anderer Beschaffenheit. *Factum* und *Imago*. ‚Argwohn und Zweifel heißen die Augen, die uns die Weisheit zeigen.' Laßt uns in die Halle gehen, das Nachtmahl ist sicher bereits in vollem Gange. Wir wollen sehen, dass wir einige gute Bissen abbekommen." Idas muntere Worte zerrissen unvermittelt die Stille.

Das erste Mal seit Tagen verspürte Ida Hunger. Der Bischofspalast war erfüllt vom Duft der Speisen und nun freute sie sich sogar, einige Stücke der gebratenen und gesottenen Köstlichkeiten genießen zu dürfen. Nicht mehr ganz so schwerfällig, beinahe schon lebhaft schleppte sie sich neben der noch immer traurig dreinblickenden Käthelin aus der Kammer hinaus auf den langen Flur. Vor der Treppe begegnete ihnen Kuniza. Scheinbar war sie die Stufen flink hinaufgelaufen und rang nun atemlos nach Worten.

„Die Königin schickt mich…ein Schal…sie braucht einen Schal."

Eilig hastete die Dame vorbei. Ida blickte ihr hinterher und sah sie in die königlichen Gemächer schlüpfen.

Die Halle des bischöflichen Palastes war erfüllt von Stimmengewirr und Gelächter. An den Seiten drängelten sich die Bediensteten, die Ritter, Dienstleute und Hofdamen.

Ida reihte sich ein und genoss die Heiterkeit um sie herum. Die Blicke der Gäste sprangen neugierig umher, die Augen fast aller waren auf die schöne Adelheid gerichtet und beinahe jeder beobachtete den König und seine Königin. Noch immer wurden weitere Speisen hinein getragen. Jeder Diener, der eine Platte mit duftenden Köstlichkeiten brachte, wurde bejubelt. Es war ein wunderbares Fest und Ida war ein Teil davon. Zuerst noch unsicher, dann aber immer ausgelassener betrachtete sie das Geschehen um sie herum. Niemand nahm Notiz von ihr. Keiner beachtete ihren verwachsenen Körper.

Ihre Augen wanderten suchend über die Menge. Ida entdeckte viele vertraute Gesichter, das eine jedoch war nicht zu sehen.

Die Finsternis füllte das Münster beinahe vollständig aus, als Rainald mit seinem Freund Eliah hinaus trat ins schwache Licht des Mondes, der nicht mehr ganz voll am Himmel über der Stadt stand. Die beiden Männer hatten über mögliche Zusammenhänge und Verbindungen der vergangenen Ereignisse gerätselt und darüber die Zeit vergessen.

„Pergament", hatte Eliah leise vor sich hingemurmelt und Rainald hatte den Geistlichen fragend angeschaut. Dessen Umrisse waren im dunklen Kirchenraum nur noch zu erahnen gewesen.

„Vielleicht hängt das eine an dem anderen", hatte Eliah zu Bedenken gegeben. „Unter der Cotte Hemmas war ein Fetzen Pergament verborgen und im Schlafgemach deiner Herzensdame hat ein Dieb Pergamente durchsucht. Und dann erzählst du mir auch noch von Feuerspuren an den Schriftstücken."

„Ida ist nicht meine Herzensdame", hatte Rainald erwidert. Der Geistliche jedoch hatte den Einspruch übergangen und weiter geschlussfolgert.

„Vielleicht haben wir nun eine Erklärung."

Am 30. des Monats Dezember, im Jahre 1074 nach Fleischwerdung des Herrn.

Der sanfte Schimmer der aufsteigenden Sonne, die schon bald über den Horizont kriechen würde, war vor den Toren der Stadt, auf den Feldern und den bewaldeten Hügeln, bereits zu erahnen. Innerhalb der schweren Mauern wußte man davon jedoch noch nichts. Dunkelheit lag über Straßburg. Der mit jeder Nacht schmaler werdende Mond spendete nur wenig Licht.
Ida hatte einen dicken Mantel um ihre Schultern geschlungen. Während der morgendlichen Gebete würde er sie vor der schneidenden Kälte nicht schützen können. Das wußte sie. Dennoch freute sie sich auf die kommenden Augenblicke der Ruhe in der beinahe menschenleeren Kirche,.
Wie an den vergangenen Morgen schlurfte sie aus der Schlafkammer hinaus auf den Flur, als ihr plötzlich eine Gestalt in den Weg trat. Vor Schreck schrie sie laut auf.
„Seid still, Frau Ida, Ihr schreckt ja noch alle auf. Womöglich sogar den Herrn Domkaplan. Dann muss er auf sein Frühmahl verzichten und mit uns zur Andacht in die große Kathedrale kommen." Bodo stand neben Ida und lachte.
„Ihr wollt mit mir zur Andacht?" Ida schaute den jungen Ritter ungläubig an.
„Nun, ich gebe zu, oft habe ich Euch nicht begleitet," wieder traf ihn Idas Blick, „jedoch hat unser Herr, der Herzog, mir den Auftrag erteilt, dies nachzuholen."
„Herzog Rudolf wies Euch an, zur Andacht zu gehen?", wunderte sich Ida.
„Nein, verehrte Frau Ida, der Herzog wies mich an, Euch zu folgen. Zu Eurem Schutz. Gehen wir."
„Das könnte Euch zum Glück gereichen, denn die Damen der Königin, manches Mal sogar die verehrte Königin selbst, gehen morgens ins Münster und beten mit den Geistlichen. Die Kätherlin, so fällt es mir nun ein, singt auch oft mit den Patres die morgendlichen Laudes." Ida schmunzelte den Jungen an.
Der schüttelte verlegen den Kopf, als wollte er den Grund der Anspielungen verneinen. Die Röte, die in seinem Gesicht emporstieg, vereitelte jedoch jedes Leugnen.

Schon nach wenigen Schritten erinnerte sich Ida an das Gespräch mit Rudolf am vorherigen Abend und wurde wieder ernst. Es war schon spät gewesen, als sie dem Herzog berichtet hatte von dem Fremden, den sie in ihrem Schlafgemach überrascht hatte, von den Briefen auf dem Boden und den Taschen, deren Inhalt verstreut lag. Dass Rainald bei ihr gewesen war, als sie jenen schrecklichen Fund machte, hatte sie indes unerwähnt gelassen.

Ungewöhnlich viele Männer und Frauen hatten sich zu solch früher Stunde im Münster zum Gebet versammelt. Ida hatte an den vergangenen Tagen mit nur wenigen Christenmenschen den Morgenpsalm gebetet und den Lobgesängen der Geistlichen gelauscht. Lediglich einige der königlichen Hofdamen und der ein oder andere Ritter aus einem der fürstlichen Gefolge waren mit ihr zur morgendlichen Feier der Laudes erschienen. Heute aber waren Bischöfe, Fürsten und sogar die Königin mit ihren Damen in das Gotteshaus gekommen. Der Tag der Abreise war für viele der königlichen Gäste angebrochen und jeder bedurfte eines schützenden Segens, um den auf den Straßen des Reiches lauernden Gefahren begegnen zu können.
Ida erkannte Kätherlin, Kuniza und Affra. Sie drängelten sich mit den anderen Hofdamen und Dienstleuten, um ihrer Herrin möglichst nahe zu sein. Auch einige Ritter und Ministeriale des Königs standen nicht weit von Ida und beobachteten das Geschehen hinter dem Altar. „*Domine, labia mea aperies.*
Et os meum annuntiábit laudem tuam.“
Die einladenden Worte des Priesters drangen bis zu den im Langhaus der Kathedrale versammelten Laien. Auch die Gesänge der um den Altar versammelten Geistlichen und der gelesene Morgenpsalm waren zu hören. Ida schaute bewundernd die hohen Mauern empor. Obwohl der Kirchenbau derart riesig war, hörte man die Stimmen der Priester auch noch im hinteren Teil des Münsters. Mehr als hundert Schritt mass das Gotteshaus, so schätzte Ida.
Ihr Blick wanderte weiter und blieb an dem Loch hängen, das der Sturm zu Christfest in die gewaltige Mauer gerissen hatte. Wie eine Wunde klaffte es und gab den Blick frei in den nachtschwarzen Himmel.

Nun erklang der Lobgesang des Zacharias.
„Benedictus Dominus Deus Israel,
quia visitavit et fecit redemptionem plebi suae
et erexit cornu salutis nobis, in domo David pueri sui."
Die Worte verebbten in dem gewaltigen Gotteshaus und erreichten kaum noch hörbar Idas Ohr. Dennoch sprach sie den Psalm gewandt und ohne Stocken mit. Sie kannte die Worte auswendig.
„Sicut locutus est per os sanctorum,
qui a saeculo sunt, prophetarum eius,
salutem ex inimicis nostris,
et de manu omnium, qui oderunt nos."
Hermann hatte vor langer Zeit, als er noch als junger Pater in Rudolfs Gefolge seinen geistlichen Dienst getan hatte, sie die fremden Worte und deren Bedeutung gelehrt:
„Gepriesen sei der Herr, der Gott Israels!
Denn Er hat Sein Volk besucht und ihm Erlösung geschaffen.
Er hat uns einen starken Retter erweckt
im Hause Seines Knechtes David."
So hat Er verheißen von alters her
durch den Mund Seiner heiligen Propheten.
Er hat uns errettet vor unseren Feinden
und aus der Hand aller, die uns hassen."
Rettung vor den Feinden versprach der Psalm. Sie hatte Rettung erfahren, damals, als die brennenden und mordenden Horden in ihr Dorf gekommen waren. Es war Gottes Fügung gewesen, dass sie an den Hof der herzoglichen Familie gekommen war. Auch wenn sie keine Erinnerung daran hatte, so wußte sie, dass sie Irmgud ihr Leben verdankte. Wie eine Tochter hatte die gute Frau das halbtote Kind aufgenommen und wie eine Schwester war sie an Rudolfs Seite zur Frau geworden. Und in seinem Gefolge würde sie zur Greisin werden.
„per viscera misericordiae Dei nostri,
in quibus visitabit nos oriens ex alto,
illuminare his, qui in tenebris et in umbra mortis sedent,

ad dirigendos pedes nostros in viam pacis.“

Die Geistlichen sprachen mittlerweile die letzten Verse des Psalms. Ida erkannte Eliah, den Beichtvater der Königin vorn am Altar stehen. Es mutete seltsam an, dass dieser freundliche und umgängliche Gottesmann, dessen Augen stets fröhlich und dessen Wesen jedem gegenüber aufgeschlossen schien, in Freundschaft mit dem wortkargen und mürrisch wirkenden Rainald verbunden war. Ida kam die Bedeutung der lateinischen Worte, die leise an ihr Ohr drangen, in den Sinn:

„Durch die barmherzige Liebe unseres Gottes
wird uns besuchen das aufstrahlende Licht aus der Höhe,
um allen zu leuchten, die in Finsternis sitzen
und im Schatten des Todes
und unsere Schritte zu lenken auf den Weg des Friedens.“

Die barmherzige Liebe Gottes hatte Ida erfahren, als Rudolfs Mutter Irmgud sie aufgenommen hatte wie ein eigenes Kind. Sie hatte befohlen, Ida möge erzogen und unterrichtet werden und viele Male war Irmgud mit ihr zum Grabe der heiligen Kunigunde am nahe gelegenen Dinkelsberg gepilgert. Früh in der Morgendämmerung hatte der Knecht das stärkste Packpferd vor den Karren gespannt. Die ersten Sonnenstrahlen streichelten sanft ihren noch schlaftrunkenen Körper, als sie sich auf den Weg machten, um zur Mittagsstunde vor der Heiligen niederzuknien, zu bitten und flehen um eines jener Wunder, das die Fürsprecherin schon so vielen Lahmen und Blinden zuvor gewährt hatte. Jedoch waren alle Gebete vergebens gewesen. Kunigunde verwehrte Ida die Heilung. Nachdem Irmgud mit ihr ein halbes Dutzend Pilgerfahrten zu der Kirche am Dinkelsberg unternommen hatte, gab Pater Hermann zu bedenken, dass es nicht klug sei, die Heilige mit weiteren Bitten zu bedrücken. Der göttliche Wille sei es nunmal, dass Idas Bein lahm und ihre Hüfte schief bleiben solle. Das Mädchen fügte sich in ihr Los. Von nun an band Dankbarkeit und Treue sie nur noch fester an Irmgud und die Familie der Rheinfeldener. Ihnen würde sie verbunden bleiben bis ins Grab. Sie würden ihr ein Auskommen gewähren.

Die Liebe eines sorgenden Gatten jedoch würde ihr nie zuteil werden.

Die versammelten Gläubigen wurden ungeduldig, die eisige Luft zog durch das Gotteshaus und machte jedem das Stehen zur Qual. Ida stützte sich auf ihren Stock. Bodo stand nun ganz nahe bei ihr.
„Erlaubt mir, dass ich Euch stütze", flüsterte der Junge.
Dankbar klammerte sich Ida mit der linken Hand an seinem Arm fest, während ihre rechte den Stock umfasste.
Endlich war der Segen und der Entlassungsruf gesprochen. Erleichtert strömten sowohl hochgeborene Fürsten und Große des Reichs als auch niedere Dienstleute und Ritter hinaus auf den großen Platz. Wie ein ungezügelter Fluss riss die Menge die hinkende Frau mit sich und spie sie aus dem Gotteshaus hinaus in die eisige Morgendämmerung. Nur mit größter Anstrengung vermied es Ida zu stürzen.
Auf dem Platz angekommen, hielt der Menschenstrom plötzlich inne und Ida fand sich inmitten einer Gruppe von jungen Rittern wieder, deren Sprache ihr gänzlich unbekannt war. Wahrscheinlich standen sie im Dienst des bayerischen Herzogs, kam es der erschöpften Frau in den Sinn.
Besorgt schaute sie sich nach Bodo um, konnte ihn jedoch im schwachen Licht der Morgendämmerung nicht entdecken. Stimmengewirr und Gedränge waren um sie herum. Langsam stieg beklemmende Angst in ihr hoch. Dann war aber plötzlich alles still. Ebenso schnell, wie das Volk auf den Platz vor dem Münster geströmt war, ebenso schnell hatte es sich nun auch wieder verteilt in die umliegenden Gassen, Häuser und in die wenigen Zelte, die allein noch von der vergangenen Fürstenversammlung zeugten. Auch die bayerischen Ritter waren flink ins Warme geflohen.
Unversehens stand Ida allein auf dem Platz, als sie spürte, wie eine Hand ihren Arm packte. Sie erschrak und ließ den Stock fallen. Bodo stand lachend hinter ihr.
„Meine hochverehrte, liebreizende Dame, darf ich Euch meinen Arm als Stütze reichen?" rief er mit gespielter Ernsthaftigkeit aus.
„Wie könnt Ihr mich nur derart erschrecken? Treibt Eure Scherze mit mir, Lausbube." Kopfschüttelnd bückte sich Ida nach ihrem Stock. Als sie sich wieder aufrichtete, bemerkte sie, dass der Junge nicht mehr hinter ihr stand. Sie drehte sich zu ihm um und sah ihn am Boden liegen.

Am östlichen Himmel kündigte ein schwacher Schein den Sonnenaufgang an und im ersten Licht des Tages erkannte Ida, dass Blut aus einer Wunde an Bodos Stirn sickerte.
Seine Augen waren geschlossen und ein leises Röcheln kam aus seinem halboffenen Mund.

Eliah verließ das Münster durch das Seitenportal, das den Geistlichen vorbehalten war und versuchte in der Dämmerung Schemen zu erkennen, die ihm die Orientierung erleichtern würden, als ein greller Schrei die eisige Luft zerschnitt. Der Geistliche lief so schnell es ihm seine knöchellangen Gewänder erlaubten in die Richtung, aus der er den Schrei glaubte vernommen zu haben. In einigen Schritten Entfernung konnte er eine Gestalt ausmachen und als er sich ihr näherte, erkannte er Ida. Ihr zu Füßen lag ein Bündel, ein verschnürter Batzen, ein Haufen Stoff, so mutete es Eliah an.
Als er sich bis auf wenige Armlängen Ida genähert hatte, trat Rainald aus dem Schatten des Münsters hinaus und lief mit großen Schritten auf die Frau zu.
Ida war mittlerweile ganz ruhig geworden. Gefasst zeigte sie auf das Bündel am Boden. Eliah konnte erkennen, dass es sich dabei um einen menschlichen Körper handelte, Rainald kniete derweil wortlos vor dem am Boden liegenden Bodo nieder.

Die Diener verstauten die wenigen Habseligkeiten der alten Kaiserin in Bündel und Taschen. Schon lang vergangen waren jene Zeiten als Agnes mit einem großen Hofstaat und viel Gepäck umherreiste. Statt teuren Schmuckes und prächtiger Kleider, führte sie nun lediglich einfache Gewänder aus derben Stoff und einige Schriften der Kirchenväter mit sich. Der Sohn thronte nun auf dem Stuhl seines Vaters und Agnes hatte gehofft, dass sie mit seiner Krönung aller Pflichten und Sorgen um das Reich entbunden sei. Dem war mitnichten so. Immer wieder hatte es Streit gegeben. Immer wieder hatte sie schlichten müssen. Ihr Freund, der päpstliche Legat Petrus Damiani, hatte sie eingespannt, um den Frieden wieder herzustellen ebenso wie ihr geschätzter Herzog Rudolf.
Agnes schloss die Augen. Ihr schauderte bei dem Gedanken an die lange, beschwerliche Reise, die vor ihr lang. Der Winter ist kein guter Reisegefährte. Es würde sehr lange dauern, bis sie in ihr geliebtes Italien, bis sie in ihr Kloster Fruttuaria zurückkehren würde. Dort würde sie befreit sein von dem lasterhaften Treiben, das um sie herum herrschte. Es war für ihre fromme Seele kaum zu ertragen, dass sie im Hause des sündhaften Werners lebte, Tür an Tür mit dessen Metze.
Sie fühlten sich so sicher. Die Bischöfe, die noch gestern an der Tafel des Königs gespeist und hetzerische Reden gegen den Heiligen Vater geführt hatten. Auch ihr Sohn hatte gelacht und gesoffen mit ihnen. Agnes jedoch wußte es besser. Überall im Reich regte sich Unmut über das liederliche Gebaren der Geistlichen. Überall sammelten die Agenten des Papstes Unterstützer. Auch hier in Straßburg. Die Kaiserin lächelte.
„Was ist Euch Herrin?“, leise war ihre Dienerin an sie herangetreten. Die alte Frau mochte das Mädchen. Sie war die Tochter eines treuen Dienstmannes des verstorbenen Kaisers und erinnerte Agnes an den geliebten Gemahl.“
„Es ist nichts, meine Gute. Ich musste nur an den Heiligen Vater denken. Und an Rom.“
„Ich wünschte, wir wären schon dort, Herrin.“
„Das wünschte ich auch. Hier hält mich doch niemand. Außer vielleicht Berthold. Der Knabe ähnelt seiner Mutter. In ihn sehe ich mein armes Kind. Ich bin froh ihn noch einmal gesehen zu haben.“

„Ihr werdet noch oft die Gelegenheit haben, ihn zu treffen. Er ist der Sohn Eurer Tochter."
„Rudolf schämt sich seiner und hält ihn meist verschlossen auf seiner Burg Stein. Er schämt sich auch meiner Tochter. Am meisten schämt er sich aber seiner selbst und für das, was er ihr getan hat. Sie war noch so jung, ein Kind und er hat sie sich einfach genommen, wie ein Weib hat er sie sich genommen."
„Denkt nicht an sie. Es macht Euch traurig."
„Es stimmt, aber wenn ich Berthold sehe, dann erwacht auch Mathildes Bild in meiner Erinnerung. Obwohl es schon so lange her ist, dass mein Kind mich verließ, in meinen Träumen sehe ich sie noch immer, wie sie fortritt. Ich habe sie nie wieder gesehen."
Tränen liefen über die Wangen der alten Frau. Ohne Scheu setzte sich die Dienerin zu ihr, nahm sie tröstend in den Arm und trocknete ihr das Gesicht.
Idas Schrei hatte einiges Volk vor das Münster gelockt. Mägde und Knechte, Küchenjungen und Priester drängelten sich um den am Boden liegenden Bodo und starrten Rainald neugierig an, wie er mit sicheren Bewegungen den reglosen Körper betastete. Die Fingerspitzen der einen Hand drückten gegen Schläfe und Hals, während die der anderen auf der Brust des Ohnmächtigen lagen. Dann packte er den Jungen an Arm und Bein und rollte ihn auf die Seite. Schnell ging Bodos Atem, immer wieder unterbrochen von Stöhnen und Geröchel. Plötzlich jedoch schoß ein widerlicher Schwall wässerig-gelber Flüssigkeit aus seinem halb geöffneten Mund. Die Augen waren nicht geschlossen, so dass man das Weiße erkennen konnte.
Aus dem Palast kam ein halbes Dutzend bewaffnete Dienstmänner des Bischofs herbeigelaufen. Sogleich verteilte sich die soeben noch gaffende Menge in alle Richtungen. Die Dienstmänner hievten den Jungen auf eine Bahre und schleppten ihn zum Hause des Domherren Hermann.
Rainald hatte sich derweil Ida zugewandt. Das Gesicht der zarten Frau war bleicher als sonst, ihre schmalen Lippen zitterten leicht.
„Ihr müßt ins Warme, verehrte Frau Ida."
Sanft stützte er die Frau und geleitete sie ebenfalls ins Haus des Domherrn.

Eliah beugte sich hinab. Die nächtliche Dunkelheit war einem weißen Winterlicht gewichen. Seine Augen suchten den Boden ab. Wenige Fuß entfernt von der Stelle, wo es Bodo niedergestreckt hatte, fand er ihn. Eliah griff eilig danach und verstaute seinen Fund in dem kleinen Beutel an seinem Gürtel. Dann erhob er sich und lief eiligen Schrittes in die Richtung, die Rainald mit Ida kurz zuvor genommen hatte..

Bodo lag auf dicken Fellen neben dem Herdfeuer, Augen und Mund waren halb geöffnet, sein Atem ging schnell.
Ida, Rainald und Eliah sahen sich schweigend an. Die Mägde hantierten eifrig um den großen Kessel, der in der Mitte des Raumes über dem Feuer von der Decke herabhing. Als sie in den hinteren Teil der Küche verschwanden, um ihrerseits auch endlich einen Kanten Brot und eine Schale Suppe als Morgenspeise zu nehmen, erhob Eliah leise seine Stimme.
„Aus welchem Grunde sollte jemand Bodos Tod wollen?“
„Wir wissen doch nicht, ob Bodo tatsächlich getötet werden sollte“, entgegnete Ida.
Statt einer Antwort griff Eliah nach den kleinen Beutel, der an seinem Gürtel hing, und fingerte einen faustgroßen, kugelförmigen Stein heraus. Er legte ihn auf seine flache Hand und hielt sie Ida und Rainald hin.
„Das Geschoss einer Schleuder?“
„Das vermute ich, mein Freund. Jemand hat es gegen Bodo geschleudert, um ihn niederzustrecken wie einen Hasen.“
„Einen recht großen Hasen“, warf Ida ein.
„Es ist auch ein recht großer Stein, verehrte Frau“, antwortete der Geistliche und betrachtete das Geschoss auf seiner ausgestreckten Hand.

Derweil schleppte sich die ältere der beiden Mägde zu dem noch immer bewußtlos röchelnden Bodo. Sanft nahm sie das Tuch, das seine Stirn bedeckte ab und wollte es gegen ein neues wechseln. Rainald, der dies beobachtete, sprang jedoch auf und nahm ihr den Verband aus der Hand. Sorgfältig prüften seine Fingerspitzen das Kraut, das auf der Wunde aufgetragen war. Dann legte er vorsichtig das Tuch auf die Stelle und ging hinüber zur Magd. Eliah erkannte trotz der Düsternis, die in der Küche herrschte, dass die Alte ihm den kleinen schwarzen Beutel reichte, den der Ritter immer mit sich trug.
„Bist ein ordentlicher Medicus. Was hast du dem Bodo da auf die Wunde getan?"
„Mein Freund, du weißt, dass ich meine geheimen Heilmittel nicht verrate. Nur soviel sei dir gesagt: Unter anderem habe ich Kamille, Beinwell und Spitzwegerich in diesem Beutel. Die Magd hat die Kräuter mit heißem Wasser aufgegossen und ich habe sie auf die Wunde getan. Der Verband ist mit dem Absud getränkt. Nun hoffe ich nur, das Weib hat nicht meinen ganzen Wintervorrat aufgebraucht."
Besorgt wog Rainald den kleinen schwarzen Beutel in der Hand.
„Ich kenne keinen, der sich so auf die Heilkunst versteht wie du, Rainald."
„Beten wir, dass meine Kräuter ihre Wirkung tun. Hexen kann ich nicht und Bodos Verletzung ist schwer."
„Ich bitte euch, sprecht nicht von Hexerei", warf Ida dazwischen.
„Verzeiht, verehrte Frau, das war ein unbedachtes Wort."
Wieder fielen die drei in Schweigen. Auch die Küchenmägde hatten ihre Arbeit niedergelegt und hockten andächtig neben dem Verletzten, die jüngere von beiden jedoch in respektvollem Abstand. Ängstlich schaute sie zu dem Verletzen hinüber. Nur sein leises Röcheln war zu hören.
„Was, wenn der Bodo nicht getroffen werden sollte?", rief Ida plötzlich aus.
Die beiden Männer starrten sie verwundert an und auch die Küchenmägde schauten auf.
„Wer diesen Stein geschleudert hat, lauerte in der Dunkelheit, wahrscheinlich im Schatten der Häuser", stieß Ida leise hervor.
„Ich verstehe nicht, was Ihr sagen möchtet, verehrtes Fräulein Ida."
„Ich meine, dass der Schleuderer wohl an einer freien, jedoch dunklen Ecke des Platzes gewartet haben muss..."

Als von den beiden Männern keine Regung kam, vervollständigte Ida ihren Satz:
„…und er hatte diesen Stein mit Absicht dabei."
„Es ist eine Steinkugel, behauen. Zum Schleudern. Wie die Schäfer welche haben und auch die Knechte. Sie benutzen sie, um zu jagen, Hasen und Vögel", erklärte Rainald und betrachtete den Fund des Freundes genau.
„Einen behauenen Schleuderstein nimmt doch niemand mit in die Frühmesse. Oder gar mehrere."
„Das ist wohl wahr, verehrtes Fräulein Ida, nur verstehe ich noch nicht."
„Der Anschlag geschah aus Absicht. Wer auch immer den Stein schleuderte, hatte das zuvor wohl erwogen und vorbereitet."
Die beiden Männer schauten Ida erwartungsvoll an. Mit dünner Stimme antwortete sie auf die unausgesprochene Frage der beiden.
„Niemand wusste, dass Bodo mit mir zum Morgengebet gehen würde. Der Herzog hat ihm gestern Abend befohlen, mich zu begleiten und zu beschützen. So geschah es, dass er, ganz gegen seine Gewohnheit, heute Morgen mit mir ins Münster ging."
Wieder kehrte betretenes Schweigen ein. Nur das vereinzelte Stöhnen des Verletzen durchbrach die Stille.
„Das morgendliche Gebet ist jedoch meine Gewohnheit."
„Fräulein Ida, Ihr seid in höchster Gefahr. Der Anschlag galt Euch. Ihr ward es, den der feige Mörder hatte treffen wollen." Rainalds Stimme überschlug sich. Eliah mußte ein weiteres Mal feststellen, dass sein Freund mit ungewohnter Inbrunst und Lebendigkeit sprach, wenn es um das Wohl des Fräuleins Ida ging.
„Aber welchen Nutzen bringt es, mir nach dem Leben zu trachten?"

Die Wintersonne hatte ihren höchsten Stand erreicht, Bodo jedoch lag noch immer ohne Bewusstsein auf seiner Bettstatt neben dem Herdfeuer im Hause des Domherrn Hermann. Ida und Rainald harrten aus an seiner Seite, ohne sein Leiden lindern zu können.
Eliah schlenderte derweil scheinbar ziellos an den Ställen vorbei, bestaunte die stolzen Rösser der edlen Herren, die noch in der Stadt verblieben waren, und kam dabei auch mit einem der bischöflichen Pferdeknechte ins Gespräch. Als der Geistliche sich wenig später zur Mittagsmesse ins Münster aufmachte, wußte er, dass die Burschen, seien sie nun bischöfliche Knechte oder stünden sie in königlichem Dienste, alle die Kunst des Steinschleuderns einigermaßen leidlich beherrschten. Einige von ihnen seien sogar wahre Meister darin. Sie würden eine besondere Sorgfalt auf die Auswahl der Steine legen, würden diese bearbeiten, behauen und polieren, und damit bis auf 200 Fuss eine Ratte oder einen Hasen erlegen können.
Wer denn der beste unter ihnen sei? Der Hetzil, die Henkersfratze, der sei unbestritten der beste Schleuderer.
Die junge Küchenmagd reichte Ritter Rainald eine Schale dampfenden Mus hin und schlich scheu in den hinteren, düsteren Teil der Küche zurück. Der Verletze, der vor dem Herdfeuer am Boden lag, ängstigte das Mädchen noch immer. Sein Gesicht war blutverschmiert und auch der Verband, den Rainald gerade erst erneuert hatte, zeigte bereits wieder rostrote Flecken.
„Die Kräuter vermögen die Blutung nicht zu stillen“, murmelte der Ritter besorgt. „Welch grausame Vorstellung, dass der Junge an meiner Stelle getroffen wurde. Wenn ich bedenke, ich sollte dort liegen und um mein Leben kämpfen.“
Rainald tat einen Schritt auf Ida zu und ließ sich dicht neben sie auf der schmalen Herdbank nieder. Tränen standen in den Augen der Frau. Sie rollten über Idas Wangen hinab, als sie ihr Gesicht hob und ihn anblickte. Rainald erkannte zum ersten Mal, wie verletzlich diese kluge Frau war. Und er sah ihre Angst vor dem Tod. Mit den Fingerspitzen wischte Rainald die Tränen sanft fort.
„Seid unbesorgt. Ich werde euch beschirmen. An meiner Seite wird Euch kein Unbill geschehen.“

„Wenn ich nur verstehen könnte, weshalb man mir nach dem Leben trachtet. Ich besitze nichts, was von Wert wäre. Auch bin ich nur ein Weib von niederer Geburt. Mein Vater war ein Unfreier. Ich bin nicht von Stand, bin ohne Habe und ohne Bedeutung."
Ida war, als laste ein Fels schwer auf ihrer Brust. Sie kannte dieses Gefühl nur zu gut. Zu oft schnürte Angst ihren Körper ein, nahm ihr den Atem, ließ ihre düsteren Gedanken im Kopf umher wirbeln. Aber etwas war diesmal anders.
Sie spürte auch Wärme und Geborgenheit. Rainald saß neben ihr, ohne ein Wort, den Blick starr auf den verletzten Bodo gerichtet. Dennoch verband sie ein unsichtbares Band mit diesem Mann. Die heimliche Vertrautheit mit Rainald, so hoffte Ida, würde alle Gefahren abwehren. Er hatte ihr seinen Beistand zugesichert. Sollte ihr doch noch das Glück einer späten Liebe vergönnt sein? Oder, so fuhr es ihr in den Sinn, verstieg sie sich nur in ein Trugbild, weil dieser Mann ihr Aufmerksamkeit schenkte? Ein Mann im Dienste des Königs und in der Gunst der Königin. Ida schüttelte ob ihrer Fantasterei sanft den Kopf.
„Was ist euch?"
„Ich habe mich in Tagträumereien verloren. Die helfen mir jedoch nicht zu verstehen. Mein Geist sollte klar sein."
„Ihr wollt immer alles verstehen. Das kenne ich sonst bei keinem Weibe. Habt Vernunft wie ein Mann."
„Wollt Ihr mir mit dieser Rede schmeicheln oder mich verspotten?"
„Verzeiht, wenn meine Worte dreist erschienen. Aufs Schmeicheln verstehe ich mich nicht so recht."
„Und Schmeicheleien zu bekommen, darauf verstehe ich mich nicht. Verzeiht mir, es steht mir nicht zu, Euch zu schelten. Ich weiß, dass ich anderen Weibern nicht ähnlich bin. Weder mein verwachsener Körper noch mein Geist sind, wie die eines Weibes sein sollen."
„Ihr geht sehr streng mit Euch ins Gericht. Wobei Ihr solch hartes Urteil jedoch ohne Berechtigung sprecht."
Beide lachten laut auf, jedoch etwas zu laut und zu ungestüm. Noch im selben Moment verfielen sie wieder in Schweigen. Verlegen senkten sie ihre Blicke.

Herzog Rudolf trat polternd in die Küche, hinter ihm drängelte sich der Hausherr durch die Tür.
„Mein Ritter liegt verletzt, dem Tode nah?"
Noch bevor die Sonne an diesem Tage unterging, war Ritter Bodo gestorben. Zuvor hatte er noch einmal kurz das Bewusstsein wiedererlangt, ohne jedoch Herzog Rudolf oder Ida erkannt zu haben. Er stieß unverständliche Laute aus. Erst als er schließlich laut aufschrie und „Kopf, mein Kopf" stammelte, erahnten die Umstehenden seine Schmerzen.
Der Herzog war sehr erbost über den Anschlag und befahl die Abreise. Früh am nächsten Tag verließ er mit seinem Gefolge die Bischofsstadt.
Ida saß zusammen mit Berthold auf dem Karren. Wieder einmal. Der Packgaul zog sie geduldig und, wie bereits auf der Anreise vor sechs Tagen, hielt der Knecht Walther die Trense des Tieres fest in der Hand. Nur der junge Bodo ritt nicht an ihrer Seite, seine spottenden Worte und sein frisches Lachen fehlten ihr.
All die furchtbaren Ereignisse der letzten Tage gingen Ida durch den Kopf. Bei dem Gedanken, dass sie sich nicht einmal von Rainald hatte verabschieden können, seufzte sie auf.
„Was ist mit dir, Ida?", fragte Berthold.
„Nichts, mein Junge. Ich habe nur wieder einmal nachgedacht. Es wird alles gut. Sei unbesorgt."
„Das bin ich doch schon."

Wider Gott und seinem Gebot

Im Jahre des Herrn 1075, als Krieg und Unfriede das Reich erschüttern

Die Tage flogen vorüber. Der Winter war einem milden Frühling gewichen und die Bauern konnten die Felder bestellen. Dieses Jahr gäbe es eine reiche Ernte, sagten die Leute, Regen und Sonnenschein waren in einem guten Maß. Das Leben war leicht in diesen Wochen. Friedlich schob sich der Rhein durch die Talebene, breit und glänzend.
Sie waren zurückgekehrt auf den Stein. Herzog Rudolf hatte seine Familie auf die Burg seiner Väter gebracht, hatte aber Weib und Kinder schon nach wenigen Wochen wieder verlassen. Adelheid war also wieder einsam an der Seite des ungeliebten Balges Berthold und seiner nicht weniger verhassten Amme. Sie ließ die beiden ihren Unwillen spüren mit spitzen Reden und scharfen Blicken, dennoch genoß Ida die Heimkehr, sicher fühlte sie sich hier. Gewohnt waren ihr die Mauern der Burg, die Gesichter der Dienstboten, der sanfte Wellenklang des Rheinflusses und sogar der Hass der schönen Adelheid.
Wann immer Ida jedoch an den vergangenen Winter dachte, an Straßburg und an Rainald, ging ihr Atem schwer. Sie war froh diesem Schrecken entronnen zu sein, dem königlichen Gefolge, der Schar fremder Fürsten, Grafen und Ritter, den zahllosen Priestern und Mönchen, Damen Dienern, Knechten und Mägden. Die Bluttaten an jenen Tagen waren dem königlichen Umkreis entsprungen, davon war Ida überzeugt. Das alles war nun aber weit entfernt, mit dem königlichen Tross war auch die Missgunst und die Gefahr entschwunden.
Aber nie werde ich die Wahrheit erfahren, nie werde ich alle Antworten auf meine Fragen erhalten, dachte sie enttäuscht. Die Erinnerungen wirbelten in Idas Kopf umher: Der Tod der armen Hemma, die Intrige gegen die Königin, Bodo, wie er in der Küche des Domherrn gelegen hatte, röchelnd und gepeinigt von seinen Todesschmerzen, Rainald…
Ohne Antworten würden sich vielleicht bald Misstrauen und Argwohn in ihrem Herzen einnisten, Argwohn gegenüber dem König und gegenüber Rainald. Davor fürchtete sie sich. Sie hatte seine Gegenwart, seine Sorge und seinen Schirm genossen.

Seit sie ihn ohne einen Abschiedsgruß verlassen hatte, war sein Bild viel zu oft wie ein schwacher Sonnenstrahl in kühler Frühlingsluft durch ihre düsteren Erinnerungen gestrichen. Sie wollte es festhalten, es durfte nicht vom Argwohn verdüstert werden und sich verflüchtigen.
Es bereitete ihr zwar Pein, in Gedanken sein Gesicht vor sich zu sehen, seine dunkle Stimme zu hören und sich vorzustellen, dass er nun von anderen, schöneren Damen umgeben war. Sehnsucht lähmte dann ihren Geist. Gleichzeitig jedoch wärmte sie sich an dem Gefühl, das er ihr geschenkt hatte, wenn er sie angelächelt, ihr helfend seinen Arm gereicht hatte.
Die Sonne stieg höher und die Maientage wurden mild. Die Frühlingssonne streichelte ihren zerschundenen Leib sanft, ganz sacht ging ein kühlender Wind von den Hügeln entlang des Flusses hinab ins Tal. Der Rhein führte viel Wasser, wie jedes Jahr im Frühling, und die Wellen klatschten träge an die Steine am Ufer. Oft saß Ida allein am Ufer, mit geschlossenen Augen, und genoß die Wärme. Die Spitze der langen Kiesbank, die sich hinter der Burg Stein in den Fluss erstreckte, war von jeher ihr Lieblingsplatz gewesen. Auch in diesem Frühling zog sie sich hierher zurück, um die vergangenen Ereignisse zu überdenken. Ein wütender Herbststurm hatte eine Buche, die seit Generationen hier am westlichen Ende des Inserli gestanden hatte, umgeworfen. Ihr Stamm bot der kleinen Frau nun einen willkommenen Sitzplatz.
Während Ida Ruhe suchte, erzählte man sich im Reich Geschichten über weitere Mordversuche, Intrigen und Verschwörung. Überall tratschten die Leute. Auch über Heinrichs Scheidungsbegehr von der Königin, das er vor Jahren mit List und Tücke betrieben hatte, zerrissen sie sich noch immer die Mäuler.
Der blutige Mord an Berthas Dienerin und die wiedererwachten Vorwürfe, die Königin sei mit dem Teufel im Bunde und betriebe Schwarzen Zauber, hatten die alten Gerüchte wieder aufleben lassen. Es gab zahlreiche Stimmen im Reich, die König Heinrich alle erdenklichen Schlechtigkeiten zutrauten, seinem Hass und seiner Machtgier die blutrünstigen Verbrechen unterstellten. Es war, als zöge ein dumpfes Grollen durch das Reich. Als kündige sich ein gewaltiges Gewitter an, als näherte sich Donner und Beben. Der Argwohn wuchs mit jeder weiteren Verleumdung.

So ließ sich der Tod des armen Bodo ebenfalls mit König Heinrichs Hass auf Herzog Rudolf erklären. Hatte der Herrscher die Gräueltat in Auftrag gegeben, um sich endlich seiner Widersacher zu entledigen?
Der Junge hätte an diesem Morgen nicht vor dem Münster stehen sollen, nur dem plötzlichen Einfall des Herzogs war seine Gegenwart auf dem Platz zu jener frühen Stunde geschuldet. Ida rief sich den unleugbaren Umstand immer wieder ins Gedächtnis.
Nein, stumm schüttelte sie den Kopf, weshalb sollte jemand ihren Tod betreiben? Sie war mittellos, arm und unbedeutend. Oder galt dieser Schlag doch dem Herzog, wie schon einige zuvor? Sollte ihr Tod ihn treffen? Oder wurde Bodo beseitigt, weil er vielleicht doch mehr wußte über den Tod der Hemma oder die vermeidlichen Hexenkünste der Königin?
Wieder schoss dieser schreckliche Gedanke, der sie schon seit Monaten quälte, durch den Kopf: Hatte der Mordanschlag vielleicht doch Bodo gegolten? Er hatte vor der Tür der Königin herumgelungert in jener schrecklichen Nacht, als der Sturm tobte, die geheimnisvolle Hexenschale in Berthas Schlafgemach gefunden ward und die arme Hemma zu Tode gequält worden war.
Wie friedlich der Rhein durch die Ebene zieht, dachte Ida. Wie ein golden Geschmeide glitzerte er in der Sonne. Ida gefielt der Gedanke. Wenn der Fluss ein kostbares Band aus Gold war, dann läge das Inseli mit der Burg Stein wie ein Edelstein in seiner Mitte. Sanft schlugen die Wellen an das Ufer. Doch der Frieden täuschte. Ida kannte den Fluss und wußte um seine Launen und Gefahren. Einen Steinwurf vom nördlichen Inselufer entfernt, lauerten Strudel und Strömungen auf jeden, der versuchte vom rechten Ufer aus zur Burg zu gelangen. Erbarmungslos rissen sie ihn in die Tiefe und ließen ihn niemals wieder frei. An dieser Stelle, wo die Wellen schäumten und wild umher wirbelten, verbarg sich am Grunde des Flusses ein wahres Höllenloch.
So ähnlich war es auch um das Reich bestellt, überlegte Ida. An der Oberfläche scheint alles friedlich, sobald man es jedoch näher betrachtet und um die Streitereien der Großen weiß, erkennt man die Abgründe, die auf jeden lauern, der in das Ringen um Herrschaft und Ehren eingreift.

Auch Bodo schien ihr ein friedfertiger Junge gewesen zu sein. Hatte sie sich auch in ihn getäuscht?
In Gedanken versunken achtete Ida nicht auf den Jungen.
Berthold rannte umher und freute sich über jeden Schmetterling, der vor seiner Nase umherflatterte. Ida saß auf dem Stamm der umgeworfenen Buche. Seit Tagen schon war das ihr Lieblingsplatz. Wann immer die Sonne sich durch die regenschweren Wolken schob, ergriff sie Bertholds Hand und zerrte den Jungen auf die Wiese am Fluss zu ihrer Buche. Zerschmettert lag der Stamm vor ihr. Ida fühlte unendliches Mitleid mit dem ehemals so kraftvollen Baum. Vielleicht weil sie ebenfalls einst hilflos am Boden gelegen hatte, mit zerschmetterten Gliedern, niedergerissen von einem grausamen Schicksal.
Wie aus der Buche waren damals auch aus ihrem Körper beinahe alle Lebenskräfte entwichen. Hätte nicht der edle Graf Kuno von Rheinfelden sie an jenem Morgen gerettet, Ida hätte ihr junges Leben ausgehaucht in den noch schwelenden Trümmern ihres Vaterhauses. Es war nur eine ärmliche Kate gewesen, die räuberischen Horden hatten sie dennoch gebrandschatzt und ihre Bewohner erschlagen.
Herzog Rudolf hatte ihr später oft davon erzählt, wie laut sie geschrien und gejammert hatte, ein kleiner Körper, schwach und gebrochen, der aber hatte leben wollen.
„Ida, Ida. Ich habe einen gefangen." Berthold kam laut lachend zu ihr gelaufen. Zufrieden hielt er ihr seine Hände entgegen, deren Innenflächen er sanft gegeneinander gedrückt hielt. Ida konnte einen Schmetterling erkennen, dessen zarte, bläulich schimmernde Flügel aufgeregt flatterten in dem Kerker, den Bertholds Hände um ihn herum formten.
Der Junge öffnete den Spalt zwischen seinen Daumen, um Ida einen noch besseren Blick auf seinen Gefangenen zu erlauben. Diese Nachlässigkeit nutzte jedoch das Tier und entfloh. Laut schluchzend sank Berthold auf die Knie.
„Mein Schmetterling, nein, ich will nicht, dass er weg ist. Ich will meinen Schmetterling."

„Berthold, ich bitte dich, gib Ruhe. Ein Schmetterling kann dir nicht gehören. Er gehört nur Gott. Und du kannst ihn auch nicht in Gefangenschaft halten. Er stirbt, wenn er nicht umherfliegen kann. Er verhungert. Er braucht die Blumen und das Licht, er muss fliegen können."
„Ich brauche auch die Blumen, und die Sonne. Ida, ich liebe die Sonne."
Augenblicklich hatte der Junge seinen Verlust vergessen und hielt lächelnd sein bleiches Gesicht in den Sonnenschein.
„Das ist schön. Aber lass uns zurückgehen, sonst verbrennt die Sonne noch deine Haut."

Ruhelos zogen die Königlichen in den ersten Wochen des Jahres 1075 durch das Reich. Mit ihrem gesamten Gefolge waren Heinrich und seine Gemahlin Bertha in Straßburg aufgebrochen. Den Rhein hinab und wieder hinauf waren sie gereist, hatten Mainz und Worms besucht und waren zu Lande nach Augsburg geritten. Der Kriegszug gegen die Sachsen musste sorgsam vorbereitet werden. Was all die Treueschwüre und Versprechungen der Großen auf dem Hoftag in Straßburg angesichts des anstehenden Kampfes wert waren, das lotete Heinrich nun von Angesicht zu Angesicht, in den Städten und auf den Burgen seiner Großen aus. Boten wurden ausgesandt, um Herzöge, Bischöfe und Äbte an ihre Pflicht zu mahnen, dem König Heeresfolge zu leisten.
Zum Pfingstfeste, das das Königspaar in Worms feierte, erschien Königin Bertha in den prächtigsten Kleidern vor ihrem Gemahl. Beide zeigten vor den versammelten Großen ihre Herrschaft und Macht. Lediglich die bronzene Rosenfibel an ihrem Mantel verriet Berthas Angst vor den kommenden Wochen. Ruhelos befingerte sie das Schmuckstück.
Es hieß Abschied nehmen. Zusammen mit den königlichen Kindern würde die Königin nach Lüttich zu Bischof Dietwin reisen, um sicher und fern allen Kampfgebrülls in der Obhut des Kirchenfürsten die kommenden Wochen voller Sorge und Zweifel, jedoch in Sicherheit zu überstehen.

Sie würde nur mit einem kleinen Gefolge reisen, wohl nur begleitet von einigen Dutzend Männern und Weibern. Die Hofdamen Kuniza, Affra und Käthelin reisten mit ihr, ihre Dienstleute, der Truchsess, die Dienerinnen und Knechte, ihre Geistlichen, allen voran Eliah, würden auch an ihrer Seite sein, wie auch die Krieger zu ihrem Schutze und natürlich Rainald.
Wenn der auch ein tüchtiger und starker Krieger war, so wollte der König auf ihn als Beschützer der Königin nicht verzichten.

Rainald beobachtete zwei kleine Vögel in dem Haselnussbusch vor ihm. Zwischen den zarten, jungen hellgrünen Blättern sprangen sie umher. Der eine war unscheinbar braun, der andere jedoch von einem hübschen braunroten Gefieder am Bauch und schillernd blauen Federn am Kopf geschmückt.
Bald schon würden sie also getrennt sein von den Mannen des Königs und auch die Gefolgsmänner der Großen könnte er nicht mehr befragen, kam es Rainald in den Sinn. Würde er dann noch die Rätsel der vergangenen Weihnacht lösen können?
Eliah setzte sich neben den Freund auf den kleinen Mauervorsprung und folgte dessen Blicken.
„Buchfinken."
„Was meinst du, Eliah?"
„Das sind Buchfinken, ein Männchen und ein Weibchen."
Beide Männer starrten in den Busch, wo das farbenfrohe männliche Tier dem unscheinbar gezeichneten Weibchen zaghaft hinterher hüpfte. Plötzlich hielt es jedoch inne, drehte sich ab und flog auf einen Zweig, keine drei Hand breit von der umworbenen Dame seines Herzens entfernt.
„Der weiß ebensowenig, was er machen soll", sagte der Geistliche und lächelte seinen Freund schelmisch an.
„Wovon redest du, Eliah?"
„Davon, dass diese einfältige Kreatur zwar auch nicht weiß, wie und warum sie jenes ersehnte Weibchen umwerben soll, aber wenigstens fühlt, dass es richtig ist, es zu tun."

„Mein guter Freund, du sprichst für mich heute wieder einmal in Rätseln. Was soll das Gerede über Buchfinken? Mir gehen ganz andere Dinge im Kopf herum.“
„Die da wären?“
„Wo ist Hetzil?“
Eliah nickte stumm.
„Wenn ich nur wüßte, was in jenen Tagen in Straßburg geschehen ist. Wieso mußte diese arme Maid, Hemma, die doch nur eine einfache und fromme Dienerin gewesen ist, so grauenvoll sterben?“
„Mein guter Rainald, wüßten wir es, dann wüßten wir, wer den armen Bodo erschlagen hat und ob der Anschlag wirklich ihm gegolten hat.“
„Nun, wer den Stein so meisterhaft geschleudert hat, ist wohl unstrittig. Du hast selbst gesagt, Hetzil galt als bester an dieser Waffe. Haben die anderen Knechte dir das nicht erzählt?“, fragte Rainald.
„Das ist wahr, selbst wenn Hetzil es gewesen ist, der den Stein so genau zielte, so wissen wir jedoch noch nicht, auf wessen Befehl er sein Mörderwerk unternommen hat.“
„Ich mache mir große Sorgen“, murmelte Rainald.
„Ich weiß, mein Freund“, antwortete Eliah und fuhr fort:
„Jedoch, die Großen sind vereint im Kampfe gegen die Aufständischen im Reich. Sobald sie bezwungen sind, braucht Heinrich keine Hetzreden mehr zu fürchten. König Heinrich hat die Großen hinter sich scharen können. Nun gelten ihre Anstrengungen nur noch dem gemeinsamen Kampf. Die Bluttaten der letzten Weihnacht werden bald vergessen und es besteht kein Grund mehr, ihren Geheimnissen nachzuspüren.“
Mittlerweile umflatterte der Buchfink seine Auserwählte in ziemlich aufdringlicher Art und Weise.
Rainald schienen die Worte des Freundes jedoch nicht zu erreichen.
„Nicht der Königin galten die Bluttaten.“
„Du glaubst noch immer, Ida sei in Gefahr?“
Rainald sah den Geistlichen nur stumm an und nickte kurz.
„Sag an, mein guter Freund, hast du in den Schriften einen Hinweis gefunden, der die Worte auf Hemmas Pergament erklären könnte?“

„marchi …nomine Ard…delicet de thesa?“, zitierte der Geistliche und schüttelte den Kopf.
„Dieses Pergament ist der Schlüssel, du musst sein Geheimnis aufdecken, Eliah.“
„Ich habe dir doch erklärt, mein Freund, du musst dich nicht länger grämen. Schließe ab mit den Ereignissen, vergiss, was geschehen ist.“
„Das kann ich nicht. Solange ich nicht weiß, wer meiner Herrin solch bösartigen Streich spielte, wer die arme Hemma gequält und getötet hat und wer Verleumdung und Angst über Königin Bertha brachte…“,
„…und ebenso Ida in Gefahr“, unterbrach Eliah den Freund.
Statt seine Rede fortzusetzen, nickte Rainald nur stumm.
„Ich kann dich verstehen. Auch mir ist nicht wohl bei der Erinnerung an das letzte Weihnachtsfest. Nur können wir nichts mehr ausrichten, um die Wahrheit zu ergründen. Die Teilnehmer der großen Versammlung in Straßburg sind im Reich verstreut und auch das Gefolge des Königs wird sich bald in alle Himmelsrichtungen verteilen. Schon bald wird Heinrich mit den Großen in den Kampf ziehen und wir werden an der Seite Berthas nach Lüttich reisen.“
„Wir haben noch immer das Pergament“, gab Rainald zu Bedenken.
„Das haben wir, fürwahr. Nur gelang es mir bisher nicht, zu erkunden, aus welcher Schrift es gerissen worden ist.“
„Ich bitte dich, mein Freund, lass nicht nach mit deinem Bemühen. Der Bischof von Lüttich besitzt doch auch eine ansprechende Sammlung von Büchern. Wenn wir dort angekommen sind, suche in ihnen nach einem Hinweis“, flehte Rainald den Geistlichen an.
„Ich bin überzeugt, das Pergament berichtete von einem Schatz: *‚delicet de thesaurus‘…* Wer jedoch gemeint war mit *‚marchi…nomine Ard‘,* ist mir noch immer rätselhaft.“
Das Buchfinkenpaar war mittlerweile in das Unterholz hinter dem Haselnussstrauch verschwunden.

Zwei Tage später verließ Königin Bertha zusammen mit ihrem Gefolge die Stadt Worms. Ihr Tross steuerte Lüttich an, fernab den Schlachtfeldern im Sächsischen. Der König sammelte währenddessen sein Heer bei Behringen, am Fuße des Hainichs, zwischen den Flüssen Werra und Unstrut. Gerüstet mit glänzenden Waffen, ließen seine Gefolgsmänner keine Zeit verstreichen und rückten an das feindliche Lager der Sachsen heran. Bei Homburg an der Unstrut, unweit des Ortes Salza, trafen sie aufeinander.
Herzog Rudolf führte, wie es guter Brauch war, seine Schwaben in der Mittagsstunde als erster in den Kampf und eröffnete damit die Schlacht. Mit ihm zogen die Reiter aus Burgund und Chur, gefolgt von den Mannen des bayerischen Herzogs und die Rheinfranken.
Tausende Krieger stürmten gegen die überraschten Sachsen, schlugen und stießen auf die Aufständischen in grausamer Art und Weise ein.
Als der blutige Kampf schon im vollen Gange war, erkannte Herzog Rudolf, dass die Mehrzahl der sächsischen Kämpfer einfaches Bauernvolk war, ohne Pferde oder Schwerter, nur mit Knüppeln und Spießen gerüstet. Viele suchten ihr Heil in der Flucht, andere versuchten mit besonderem Mut und Eifer die Lücken, die ihre geflohenen Stammesgenossen gerissen hatten, auszufüllen. Staub wirbelte auf und bald schon vermochte niemand mehr im Kampfgetümmel Freund und Feind zu unterscheiden.
Die Kämpfer schlugen blind aufeinander ein, die Pferde schrieen vor Furcht, denn sie konnten unter den sich auftürmenden blutverschmierten, zerschlagenen und verdrehten Körpern nicht den Boden erkennen, auf dem ihre Hufe Halt finden sollten.
Mitten in diesem Sturm aus Wut und Gewalt ritt der König und schwang sein Schwert durch die Luft. Heiser stieß Heinrich Anfeuerungsrufe aus, die im Schlachtenlärm jedoch untergingen. Auch der lothringische Herzog kämpfte voller Härte.

Die Sachsen jedoch wehrten sich tapfer und als der Kampf bis zur neunten Stunde angedauert hatte, schien es, als könnten die Königlichen trotz ihrer Überzahl nicht gewinnen. Schon wandten sich einige von ihnen zur Flucht, als endlich die Reiter des Böhmenherzogs und des Grafen Hermann von Gleiberg in den Kampf stürmten. Noch einmal brauste die Schlacht auf.
Herzog Rudolf kämpfte mit besonderem Eifer, sein Schwert fuhr mit solcher Wucht auf die Köpfe der Sachsen nieder, dass sein Pferd zögernd und bedachtsam über die Leiber der durch Rudolfs Klinge gefallenen Feinde klettern mußte. Da erschien neben ihm plötzlich Graf Udo von Stade.
„Du elender Verräter", schrie Herzog Rudolf den Grafen an.
„Du beschimpfst mich und schlägst dich selbst auf die Seite des Tyrannen." Die Antwort des Grafen ging beinahe im Getose der Kämpfer unter.
„Ich bin ein Fürst des Reiches. Ich verteidige dieses Reich. Aber obwohl du von meinem Blut bist, deine Mutter die Schwester meines Vaters war, erhebst du das Schwert gegen mich und somit auch gegen das Reich. Du Elender."
„Der König widersetzt sich altem Recht. Wir erwehren uns seiner Gewalttaten und des Unrecht, das er uns antat." Udo schleuderte sein Schwert gegen den Vetter. Bis auf eine Armlänge waren die beiden aufeinander zu geritten. Rudolf jedoch hielt das Schild geschickt vor den Körper und wehrte alle Angriffe des Grafen ab. Als er aber selbst die Lanze gegen Udo werfen wollte, ging dessen Schwert abermals auf Rudolfs Kopf hernieder. Diesmal war der Hieb so gewaltig, dass der Herzog aus dem Sattel geschleudert wurde. Benommen betastete er seinen Kopf. Der Helm hatte das Schwert des Vetters abgewehrt und den Herzog vor einer schweren Verletzung, womöglich sogar vor dem Tod, bewahrt.

Als die Sommertage immer länger wurden und die Sonnenwende bevorstand, schaute Ida gemeinsam mit Adelheid ängstlich nach Norden. Dort im Sächsischen tobte der Krieg. Herzog Rudolf führte ihn mit seinen Männern an, so hatte er es den Frauen vor seiner Abreise erklärt.
Und Rainald? Hatte auch er mit seinem Herrn, dem König, in den Kampf gegen die Aufständischen ziehen müssen oder war er an der Seite der Königin geblieben? War Rainalds Schutz und Schirm noch von Nöten? Hatte der König bestimmt, dass sein Ritter auch weiterhin der Gemahlin zur Seite stehen solle?
Die Unsicherheit raubte Ida den Seelenfrieden. Schlaflos lag sie manche Nacht. Am Tage jedoch lief sie gemeinsam mit Berthold hinab zu der flachen Kiesbank. Dort saß sie auf dem toten Baumstamm am Ufer des Rheins, blickte hinüber zum Höllenloch, sah das Wasser wild umher wirbeln und konnte die tödliche Gefahr am Grunde des Flusses nur erahnen.
Die Sonne kroch im Westen dem Horizont entgegen und schwarze Vögel umkreisten eine knochige Linde am rechten Ufer.
Heilige Kunigunde, geliebte Freundin, du hast Wunder getan an Lahmen, Siechen und Blinden, hast sie geheilt und ihr Elend gelindert. Nun erflehe ich keinen Segen für mich, nur dass du ihn beschützt, dass du ihm beistehst in der Ferne, im Krieg und in Gefahr.
Mit krampfenden Herzen sprach Ida ihr stummes Gebet, denn wenn sie auch Unheil und Gefahr ahnte, so wußte sie doch nichts von dem, was in den fernen Winkeln des Reichs vor sich ging.

Der Monat Juli brach an und ein Bote erschien auf der Burg des Rheinfeldners. Er überbrachte der schönen Gemahlin des Schwabenherzogs Nachrichten über die Schlacht gegen die aufrührerischen Sachsen.
Nachdem Ida den Brief ein ums andere Mal vorgelesen hatte, seufzte Adelheid endlich. Zuvor hatte sie nur stumm und regungslos mit versteinerter Miene gesessen und den Worten des Herzogs, die aus Idas Mund flossen, gelauscht.

Auch Ida war schwer ums Herz geworden. Voller Unruhe und Angst dachte sie an Rudolf. Was sollte werden aus ihr, wenn ihm etwas zustoßen sollte? Der Gedanke an Krieg und Gewalt jagte ihr einen Schauder über den geschundenen Leib. Raub, Feuersbrünste und Todschlag waren immer Teil ihres Lebens gewesen und drohten auch jetzt.
Es ist diese Zeit, die Not und Verzweiflung bringt.
Der Wind trug den Duft des gelb blühenden Ginsters herbei und die Wärme linderte die Schmerzen in dem verfluchten Bein. Ida schloss die Augen. Ihre Gedanken führten sie zurück. Wieder sah sie das blendende Licht der tief stehenden Wintersonne und roch die Luft, die Schnee versprach. Ihr Herz tat einen Stich. Sie hielt die Augen noch einen weiteren Augenblick geschlossen, zwang sein Bild herbei und hörte seine Stimme. Vergangen.
Seine Fürsorge war entschwunden, seine Gegenwart hatte sich verflüchtigt. Rainald war aus ihrem Leben getreten. Ida hatte sich für kurze Zeit einer Hoffnung hingegeben. Die war nun aber erloschen.
Als sein Bild noch deutlich vor ihren Augen gestanden war, ihr wohlige Schauer und zugleich auch dunkle Trübsal bereitet hatte, hatte sie irgendwann ihrem Verstand befohlen, wieder die Herrschaft über ihr Herz zu ergreifen. Was zuerst noch Zwang gewesen, war mit den Wochen jedoch zur Gewohnheit geworden und bald schon verstrich ihr Leben und Fühlen wie in all den vergangenen Jahren. Ida blieb achtsam und sorgsam an der Seite Bertholds, diente der Familie des Rheinfeldners, der sie in Dankbarkeit und Treue verbunden war, und war darin genügsam und zufrieden.

Währenddessen ritt ein weiterer Bote mit einem Brief nach Lüttich zu Königin Bertha. Die Gefallenen des Kampfes waren beigesetzt und einige der besiegten Sachsenführer von den Königlichen in Gefangenschaft genommen worden. Bischof Burkhard von Halberstadt war noch auf dem Schlachtfeld in die Fänge königlicher Ritter gefallen, die ihm als Gefangenen dem Bischof von Bamberg übergeben hatten. Bischof Werner von Merseburg kam ebenfalls in Geiselhaft wie auch der Sohn des Markgrafen Udo.

Königin Bertha jedoch fieberte nur einer Nachricht entgegen: Wie war es ihrem königlichen Gemahl ergangen? War er unbeschadet? Hatte er über seine Widersacher triumphiert?
Eliah stürzte, den königlichen Brief in den Händen haltend, die Treppe hinauf zum Schlafgemach der Königin. Wie schon in Straßburg bot auch in Lüttich der Palast des Bischofs Bertha eine standesgemäße Unterkunft. Nach einer kurzen Verbeugung vor seiner Königin verlas der Priester den Brief König Heinrichs. Nachdem er geendigt hatte, fiel Bertha auf die Knie und sprach, kaum hörbar, ein Gebet, Tränen liefen über ihr Gesicht. Sie war dermaßen darin vertieft, dass sie nicht bemerkte, wie Rainald in die Kammer schlüpfte. Der Ritter nickte seinem Freund mit ernster Miene kurz zu und wandte sich dann seiner Herrin zu.
„Verzeiht, ehrwürdigste Königin."
Bertha erhob sich und strahlte ihn an, noch immer glitzerten die Tränen in ihren Augen.
„Es ist errungen, Rainald, der Sieg ist errungen. Der König hat den frechen Aufrührern seine Macht und Herrschaft aufgezwungen. Gott hat sich nicht abgewandt von König Heinrich."
„Hoch verehrte Königin, verzeiht, wenn ich diesen Augenblick des Glücks für Euch mit einer bitteren Nachricht vergällen muss. Bischof Dietwin liegt dem Tode nah und fragt nach Euch. Er wird wohl die kommende Nacht nicht überstehen."
Erschrocken schlug Bertha beide Hände vor das Gesicht und eilte hinaus, Kuniza und Affra, die bisher stumm und von den beiden Männern unbemerkt am Fenster gesessen hatten, vertieft in ihre Handarbeiten, stürzten ihrer Herrin augenblicklich hinterher.
„Er ist ein Greis. Der Tod kommt für ihn als ein Freund", sagte Eliah, als die Frauen die Kammer verlassen hatten.
„Das ist wohl wahr, mein Freund, der Verlust ist dennoch gewaltig. Er war zeitlebens ein guter, verlässlicher und treuer Gefolgsmann des Königs und der Königin. Mit seiner Nähe und Hingabe zum Reich hat er sich in Rom deshalb auch unbeliebt gemacht."
Schweigend hingen die beiden Männer den Gedanken an den verstorbenen Kirchenfürst nach.

„Was hat deine Suche in den Büchern des Bischofs ergeben?“, unterbrach Rainald plötzlich die Stille.
„Geduld, mein Freund. Unter den Büchern hier in der Stadt fand ich Schriften des Augustinus und des großen Gregors, den der jetzige Pontifex als Vorbild gewählt hat. Viele großartige Väter der Kirche. Sie berichten leider nichts von einem Schatz, du erinnerst dich an die Schrift? *delicet de thesa.* Auch nicht von einem *marchio nomine Ad.* Ich muss weiter in den Büchern suchen.“
„Es ist unserer einziger Hinweis“, mahnte Rainald.
„Ach, ich vergaß dich zu fragen. Hat Bruder Gebhart schon mit dir gesprochen?“, entgegnete der Geistliche.
„Nein, der Erzieher der Königstöchter? Was will der von mir?“, entgegnete Rainald.
„Das kann ich dir nicht sagen. Nur soviel: er kam gestern zu mir, recht erregt, wenn du mich fragst, und meinte, es sei eine unverständliche Unterlassung, ihn nicht zu fragen. Er sei schließlich der einzige am Hofe, der über alles genau Bescheid wüßte.“
Rainald grinste bei dem Gedanken an Gebhart. Der kleinwüchsige Priester war mit einer überaus wohlmeinenden, wenn nicht sogar begeisterten Meinung von sich selbst beseelt.
„Dann warte ich ungeduldig auf den Priester Gebhart und was er mir zu berichten hat“, murmelte Rainald.
Bischof Dietwin starb, wie Eliah vorausgesagt hatte, noch in der folgenden Nacht. Die Sakramente waren gespendet und Königin Bertha hatte seine faltigen, von Flecken übersäten Hände gehalten, während die Domherrn seiner Stadt und die Priester der Königin für seine unsterbliche Seele gebetet und gesungen hatten. Als die Morgensonne im Osten über den Horizont kroch, verließen die Trauernden das Schlafgemach, wo die sterbliche Hülle des Bischofs der Totenwache durch die Priester überlassen wurde. Rainald stützte Bertha auf den Weg in ihre Kammer und übergab sie dort der Obhut von Kuniza und Affra. Nach der durchwachten Nacht sollten sie die Königin in ihr Bett geleiten, damit sie etwas Schlaf finden konnte und würde dieser sich nicht einstellen, sollte sie wenigstens zur Ruhe kommen.

Rainald jedoch konnte an diesem Morgen keine Entspannung finden und so lenkte er seine Schritte in den Garten, um die kühle Morgenluft zu genießen, bevor sich die Hitze eines neuen Sommertages wieder schwer auf die Stadt legen würde. Er schloß die Augen und spürte einen erfrischenden Windzug, als eine hohe Stimme ihn ansprach.
„Ritter Rainald, ich hörte, ihr sucht jemanden."
Ein kleingewachsener Priester, kaum größer als ein zehnjähriges Kind, stand neben ihm und schaute ihn offen ins Gesicht.
„Gebhard, ich verstehe nicht, was Ihr meint."
Priester Gebhard war trotz seiner körperlichen Unzulänglichkeiten ein munterer und aufgeschlossener Geistlicher, gebildet und, so erzählte man sich, von ausgesprochen schneller Auffassungsgabe. Daher oblag ihm schon seit Jahren die Erziehung der königlichen Kinder.
Nun stand er breitbeinig vor Rainald, die kurzen Arme in die fette Taille gestemmt und grinste breit.
„Man erzählte mir, Ihr sucht nach Hetzil, dem Pferdeknecht."
„Da erzählte man Euch die Wahrheit."
„Und weshalb habt Ihr nur bei den lausigen Knechten in den Ställen gesucht? Weshalb habt Ihr nicht mich gefragt? Es ist bekannt am Hofe der Königin, dass ich alles weiß."
So klein auch sein Körper maß, so gewaltig erhob sich seine Meinung über die eigenen Fähigkeiten.
„Nun, dann an, was wisst Ihr?"
„Ich sah Hetzil, kurz bevor Ritter Konrad ihn davonjagte, damals, am Weihnachtsfeste zu Straßburg. Hetzil sprach mit der edlen und schönen Kuniza. Oder sollte ich vielleicht sagen, sie sprach mit ihm. Oder noch besser, sie schimpfte mit ihm. Ihre Stimme überschlug sich beinahe, die Henkersfratze jedoch stand nur stumm, mit gesenktem Kopf und ließ ihre Reden über sich ergehen. Nur ab und zu raunte er ein ‚jawohl' und ‚zu Ihren Diensten'."
„Konntet Ihr verstehen, was die edle Frau Kuniza sprach?",
Gebhard hielt einen Augenblick inne und überlegte, die Hand am Kinn. Dann schüttelte er den Kopf.

„Nein, nicht wirklich", stieß er mit heller Stimme aus.
„Nur wenige Worte waren zu verstehen. ‚Pergament' und dass sie es suche, und immer wieder ‚Berg' habe ich gehört, und dann schrie sie, dass es bald am Ende sei, vorbei."
Gebhard hielt inne und sah den Krieger stolz an. Rainald jedoch schluckte schwer bei den Worten des Gelehrten.
„Sie sprach von einem Pergament? Seid Ihr sicher?"
Unwillkürlich veränderte Gebhard sein gerade noch triumphierenden Blick. Sein Lächeln verschwand. Übertrieben, als habe ihn jemand einer schweren Sünde zu unrecht geziehen, verzog er sein Gesicht und schüttelte seinen Kopf so heftig, dass er beinahe das Gleichgewicht verlor.
„Wo denkt Ihr hin, Ritter Rainald? Ich irre mich nie. Das habe ich gehört, und dass er sich anstrengen solle, irgendwas zu tun. Das habe ich verstanden, mehr aber nicht. Dann kam auch schon Ritter Konrad und schalt den armen Hetzil ebenfalls."
„Armer Hetzil?", Rainald sah den Kleinen fragend an.
„Werter Ritter, die schöne Frau Kuniza war längst entschwunden, da zeterte Konrad noch immer mit dem Pferdeknecht. Ja, bei Weibern findet der schöne Konrad immer honigsüße Worte, mit den Bediensteten ist er aber hart. ‚Ich will dich nie wieder bei den Pferden des Königs sehen', hat Konrad geschrien, dann lief er davon und Hetzil ging ebenfalls, mit hängendem Kopf, in den Stall. Da hat er dann wohl seine Sachen gepackt und ist verschwunden. Ich habe ihn nicht wiedergesehen."
„Der Hetzil mit Frau Kuniza, das habt Ihr beobachtet?"
„Ja, verehrter Rainald. Und es schien mir, als seien sie vertraut miteinander."

In Utrecht zum Feste der Auferstehung des Herrn, im Jahre 1076 nach seiner Fleischwerdung

Ein gewaltiger Donnerhall ließ den römischen Erdkreis erbeben, Italien und die deutschen Lande erzitterten von dem Schlag und auch in Frankreich, England, sogar im fernen Dänemark und Polen vernahm man das Unerhörte, nie Dagewesene.
Der Heilige Vater in Rom, Papst Gregor VII., hatte den König der Römer, Heinrich, den Sohn Kaiser Heinrichs und der Kaiserin Agnes, für abgesetzt erklärt, weil er sich mit unerhörtem Hochmut gegen die Kirche erhoben hätte.
Ruft er mir zu, gebe ich ihm Antwort. Diese Worte beteten die Christenmenschen am ersten Sonntag der österlichen Fastenzeit. In Rom hatte der Heilige Vater die Bischöfe seiner Kirche zur Synode geladen. Nachdem der Psalm gesungen ward, hatte Papst Gregor mit ihnen den Ungehorsam König Heinrichs verhandelt.
In einem Gebet an den Apostelfürsten Petrus hatte der Papst schließlich dem König die Herrschaft über Deutschland und Italien abgesprochen. Ein Brief an alle Gläubigen des Reiches hielt die Worte Gregors fest und wurde alsbald in den Kirchen verlesen. Alle Christen hatte er von jenem Treueid gelöst, den sie ihm einst ihrem König geleistet hatten. Allen verbot er, dem König zu dienen. Auch hatte er den Christenmenschen Heinrich aus der Kirche ausgestoßen, da dieser in ungehorsamer Weise mit anderen Gebannten Gemeinschaft gehalten, weil er Unrecht getan, die päpstlichen Ermahnungen verachtet, sich von der Kirche getrennt und sie zu spalten getrachtet habe. Niemanden war es nunmehr gestattet mit ihm in Gemeinschaft zu sein. Alle Sakramente waren dem König damit verwehrt.
In seinen Briefen an die Bischöfe des Reiches nannte der Papst den König einen Verächter des christlichen Glaubens, einen Verwüster der Kirche und des Reiches sowie einen Freund und Anstifter der Ketzerei.
Tief war der Graben aufgerissen zwischen dem Reich und Rom. Es hatte einst eine Zeit gegeben, als beide, Papst und Kaiser, sacerdotium und imperium, fest miteinander verbunden gewesen waren, um den Glauben zu schirmen und das Reich zu stärken. Jetzt war diese Einheit zerschlagen.

Früh am Ostersonntag zog König Heinrich an der Seite seiner ihm treu ergebenen Bischöfe durch die altehrwürdige Stadt Utrecht hin zur Kirche des Heiligen Petrus. Geschmückt war er mit der Krone, in den Händen hielt er Zepter und Apfel des Reichs. Sein Gefolge, Geistliche und Laien, Mönche, Äbte, Grafen und Ritter, schien kein Ende zu nehmen. Auch Königin Bertha war prächtig eingekleidet. Begleitet von den Damen, den Dienstleuten und Geistlichen ihres Hofes, schritt sie wahrhaft würdig ihrer königlichen Majestät.

Die Leute staunten über solche Pracht und Herrlichkeit.

Nur wenige Getreue wußten jedoch um Heinrichs Empfindungen an diesem Morgen. Seine Knie zitterten, als er dem Zug voranschritt, seine Stimme war brüchig gewesen, als er den Getreuen den Befehl gab, ihm zu folgen. Schon am Abend zuvor hatte er die ungeheuerliche Nachricht aus Rom erfahren. Dieser Hildebrand, wie er den Papst nannte, dieser falsche Mönch Hildebrand hatte Heinrich gedroht, dieser Unberufene hatte sich gegen die ihm von Gott verliehene königliche Gewalt erhoben. Hildebrand hatte gewagt, ihm Herrschaft und Krone abzusprechen und alle Treueide, die die Großen, die Dienstmänner, die Edlen und Ritter ihm geschworen hatten, ungeschehen zu machen.

Nein, verdammt war dieser gottlose Hund in Rom.

Heinrich sollte fortan nicht mehr König sein, so hatte es dieser falsche Papst in die Welt geschrieen.

Als hätte er sein Amt aus der Hand dieses Mannes erhalten, der sich selbst Stellvertreter Christi nannte. Heinrich konnte ein empörtes Kopfschütteln nur mühevoll unterdrücken, obwohl die Krone schwer auf seinem Haupt lastete. Niemand sollte seine Wut erkennen. Unbeeindruckt von dieser gottlosen Dreistigkeit wollte er sich seinem Volk zeigen, wollte König Heinrich vor den Altar treten und gemeinsam mit den Bischöfen seines Reichs die Auferstehung Christi feiern.

Träge zog die Prozession voran. Rainald lief im hinteren Ende des Zuges und versuchte seinen Schritt zu zügeln. Das langsame Laufen war ungewohnt und strengte ihn an. Immer wieder trat Rainald in die Hacken seines Vordermannes. Auf dem kleinen Platz vor der Sankt-Petri-Kirche angekommen, blieb der Zug stecken und Rainald musste seine Augen mit der flachen Hand beschirmen, denn die Frühlingssonne, die noch tief am wolkenlosen Himmel stand, blendete ihn. Einige der Königlichen waren bereits in das Kirchenschiff getreten, der König und die Königin hatten bestimmt schon vor dem Chor Aufstellung genommen. Rainald jedoch stand noch immer im Freien vor dem Portal, durch das sich schwerfällig die niederen Dienstleute und Priester drängten und das schließlich auch er passierte.
Drinnen war es dunkel und kühl. Es dauerte einige Augenblicke, bis Rainalds Augen die Personen im vorderen Teil des Kirchenschiffs erkennen konnte. König Heinrich starrte mit versteinerter Miene geradeaus. Bertha hielt den Kopf leicht geneigt, ihr Gesicht war von jener Traurigkeit gezeichnet, von der nur wenige wußten.
Einige Bischöfe konnte Rainald ebenfalls erkennen. Liemar von Bremen, Rupert von Bamberg und Eberhard von Naumburg tippelten unruhig umher. Pibo von Toul und Dietrich von Verdun jedoch waren nirgends zu sehen. Noch am gestrigen Abend hatten sie mit an der Tafel des Königs gesessen und gemeinsam mit ihm und den anderen Großen des Reichs die letzte Fastenspeise vor der Ostermesse zu sich genommen. Es war ein kurzes, freudloses Mahl gewesen. Heinrich hatte erst gewütet und geschimpft und war dann in düsteres Schweigen verfallen.
„Wir werden diesen Hundesohn verjagen. Das soll er mir büßen“, hatte der König nach geraumer Zeit endlich hervorgestoßen und war hinausgestürmt. Einige seiner treuesten Gefährten, allen voran Ritter Konrad und der Herr dieser Stadt, Bischof Wilhelm, waren ihm gefolgt.
Nun stand er kerzengerade und unbewegt vor dem Altar.
Die wartende Menge jedoch wurde unruhig und ein Raunen hob an, als Bischof Wilhelm den Mittelgang durch das Langhaus hin zum Chor schritt. Jeder konnte sehen, wie er dem König etwas zuflüsterte. Rainald hielt vor Spannung den Atem an. Irgendetwas war vorgefallen. Die Ratlosigkeit der Geistlichen vorn

vor dem Altar war zum Greifen spürbar. Aufgeregt tuschelten die Bischöfe aufeinander ein und plötzlich dröhnte in das Gewirr Heinrichs Stimme: „Wilhelm, dann sei es an dir, voranzugehen auf unserem gottgefälligen Weg.“
Der Kirchenfürst schien nicht überrascht und eilte bereitwillig zum Altar seiner Kirche.
Rainald suchte Eliahs Blick, doch der Geistliche stand zu weit entfernt von ihm, im Chorraum eingereiht zwischen den anderen Priestern und Kaplänen. Wunderte sich der Freund auch über das Schauspiel, das sich ihnen hier bot? Rainald konnte Eliahs Miene nicht erkennen.
Hatten Ritter Konrad und der Notar Gottschalk nicht noch gestern verabredet, dass Bischof Pibo von Toul nach der Ostermesse eine Rede verlesen sollte? Rainald und Eliah hatten mit den beiden engsten Vertrauten des Königs zusammengestanden, als die sich darüber besprachen. Und nun waren Bischof Pibo und auch Bischof Dietmar von Verdun, wie es schien, verschwunden, entwischt, wie feige Ratten. Noch während Nacht waren sie aus dem Gefolge des gebannten Herrschers geflohen.
Mit weit ausladenden Schritten eilte Bischof Wilhelm an den versammelten Kirchenfürsten, Priestern und Kaplänen vorbei und nahm seinen Platz hinter dem Altar ein.
Ganz allein stand er vorn und feierte die Ostermesse. Er war ein hoch gewachsener, nicht mehr ganz junger Mann. Seinen breiten Schultern und den muskelbepackten Armen sah man an, dass er geübt war im Schwertkampf und auch das Reiten, bewaffnet und in voller Rüstung, nicht vernachlässigte.
Andächtige Spannung hatte alle Anwesenden erfasst. Die Zuhörer konnten spüren, dass diesem Gottesdienst ein besonderer Geist innewohnte. Mit fester, tiefer Stimme sprach Bischof Wilhelm die geheimnisvollen Worte der Messe. Rainald kannte nur von wenigen die Bedeutung, aber der Klang der biblischen Sprache allein verhieß Heiligkeit.
Als der Bischof geendigt hatte, wandte er sich um und schritt bedächtig hinüber zum Lesepult. Der sonst so kraftvolle und ungestüme Mann bestieg aufreizend langsam die schmale Treppe hinauf und erhob die Stimme.

„Aus Rom ist Kunde zu uns gelangt, unser aller Herrscher, der unüberwindliche, gerechte und friedensliebende König Heinrich sei abgesetzt und exkommuniziert von einem Schwindler, der sich selbst Papst nennt, der jedoch nichts anderes als ein kleiner falscher Mönch ist. Und weil dieser Mönch Hildebrand als ein Meineidiger, Ehebrecher und falscher Apostel allgemein im Reich bekannt ist, besitzt dieser Spruch über unseren geliebten Herrn Heinrich weder Wirkung noch Kraft. Vielmehr zeigt er, dass Hildebrand ein Lügner und Betrüger ist. Durch Simonie kam dieser falsche Mönch zum Amte, die Gelübde, die er schwor, hat er allesamt gebrochen. Im Amte dann erschütterte er die von Gott gewollte Ordnung durch seine Tollheit.
Deshalb, oh Volk der Römer, rufe ich euch zu: Nehmt nicht hin, dass dieser Betrüger weiterhin Unfrieden stiftet und das Königtum, das Heinrich von Gott allein empfangen hat, missachtet.
Ich verkünde, dass der falsche Mönch Hildebrand von allen Bischöfen des Reiches exkommuniziert worden ist."
Erschrockenes Schweigen lag über den Gläubigen. Niemand wagte ein Wort zu sprechen.
Rainald rang nach Luft, als hielt eine unsichtbare Hand seine Kehle umklammert. Regungslos stand er und beobachtete den Bischof, wie der milde lächelnd und mit geschmeidigen Bewegungen vom Lesepult hinabstieg. Auch die Umstehenden schienen versteinert. Die Ostermesse war beendet, doch niemand wollte das Gotteshaus verlassen.
Endlich rührte sich König Heinrich, nickte Bischof Wilhelm kurz zu und schritt, das Kinn voraus gestreckt, durch das Kirchenschiff dem Ausgang zu. Nach und nach verließen die ihm treu anhängenden Geistlichen, Edlen, Ritter und Dienstleute die Kirche des Heiligen Petrus.

Als Rainald durch das Portal schritt, fiel sein Blick auf die steinerne Figur des Patrons der Kirche Sankt Petrus. Aufrecht stand der heilige Mann neben der schweren Holztür, als lehne er, Halt suchend, an dem Pfosten, den Kopf leicht zur Seite geneigt, den Schlüssel mit der linken Hand fest umschlossen, die rechte zum Segen erhoben, den Blick starr auf die Gläubigen gerichtet, die seine Kirche nach dem Gebet verließen. Auch wenn Petrus hier an der Außenseite des Kirchengebäudes wachte, war er doch wie Rainald Zeuge jenes ungeheuerlichen Vorganges im Innern geworden.

Der Heilige Vater in Rom hatte den König aus der Gemeinschaft der Gläubigen ausgeschlossen und ihn abgesetzt. Er hatte alle Treueide, mit denen die Großen des Reichs und deren Gefolgsleute sich an Heinrich gebunden hatten, für nichtig erklärt.

Aber auch der Papst war exkommuniziert worden. Die Bischöfe des Reichs hätten, so waren Wilhelms Worte gewesen, gemeinschaftlich entschieden.

Rainald wunderte sich, dass solch ein Unterfangen überhaupt nach althergebrachtem Recht möglich war. Zu wenig verstand er jedoch von diesen Dingen. Die Belange des Glaubens und der Kirche waren nicht für einen wie ihn gesetzt. Dennoch wollte er es verstehen, denn auch er hatte seinem König Treue geschworen.

Nochmals schaute Rainald zum steinernen Petrus empor und fragte sich, was der Heilige wohl von der unglaublichen Tat seines Nachfolgers hielt.

Zögernd und totenstill bewegte sich die Prozession hinüber zur Kathedrale, angeführt von König Heinrich und Bischof Wilhelm. Die Sonne hatte ihren höchsten Stand an diesem Ostersonntag erreicht und brannte mit erstaunlicher Kraft von einem wolkenlosen Himmel. Rainald hatte sich erneut in das Ende eingereiht und hing wie all die anderen Getreuen des Königs seinen Gedanken nach, als der Zug plötzlich zum Stehen kam. Stimmen murmelten aufgeregt durcheinander und als brauste ein Sturm plötzlich auf, erhob sich ein lautes Geschrei und erfasste die Menge.

„Der König!“

„Was ist geschehen?“

„König Heinrich schrie laut auf.“

„Laut gerufen hat er."
„Was hat er denn gerufen?"
„Er ist sehr erbost, der König."
„Die Königin, sie liegt am Boden."
„Die Königin weint."
„Weiß jemand, was geschehen ist?"
„Seid doch still."
„Sie ist zusammengebrochen."
„Der König schalt dem Ritter Konrad."
„Wie könnt Ihr das wissen? Ihr konntet ihn genauso wenig verstehen wie wir."
Verwirrt schauten die Frauen und Männer des königlichen Gefolges um sich. Rainald begriff, dass er zu seiner Königin eilen sollte. Eine beklemmende Ahnung umkrallte sein Herz. Die Erinnerungen an die Tage in Straßburg, an den Tod der armen Hemma und an den sterbenden Bodo stiegen in Rainald auf.
Jemand schrie laut: „Die Königin."
Nur mit großer Mühe konnte sich Rainald durch die Menschenmenge drängeln, immer dichter standen die Männer und Frauen aus Heinrichs Gefolge. Alle riefen laut durcheinander. Entschieden stieß Rainald einige Weiber zur Seite, die ihm den Weg versperrten und neugierig die Hälse reckten, um erkennen zu können, was am vorderen Ende vor sich ging. Als sie Rainalds harten Stoß wahrnahmen, drehten sie sich gleichzeitig zu ihm um und keiften in sein Gesicht. Sie waren ihm völlig unbekannt und daher vermutete Rainald, dass sie die Weiber wohlhabender Einwohner Utrechts waren, die sich unter die Menge geschummelt hatten.
Endlich hatte er sich bis zum Kopf der Prozession vorgekämpft, da erblickte Rainald den König, Bischof Wilhelm, Konrad und die Damen der Königin. Am Boden jedoch lag Bertha, neben ihr kniete Eliah. Dessen linke Hand hielt den Kopf der Ohnmächtigen, während die rechte Hand mit leichten, beinahe schon zärtlichen Schlägen Berthas Wangen streifte. Gerade öffnete die junge Frau die Augen, als Kuniza sich weinend und zeternd auf sie stürzte. Mit ausgestreckten Armen lag sie auf der Königin, die nun ihrerseits das Bewusstsein vollständig wiedererlangte und sich unter dem Körper der Hofdame zu winden begann.

„Genug, Kuniza, genug," herrschte Bertha die schluchzende Frau an. Ritter Konrad trat hinzu und zog Kuniza hoch, während Rainald der Königin behilflich war.
„Was ist geschehen?", Heinrichs Stimme ließ die Umstehenden zusammenzucken.
Aber ohne eine Antwort abzuwarten, befahl er: "Ich will, dass wir weitergehen."
Königin Bertha hakte sich bei ihrer Hofdame Kuniza unter und schritt neben ihrem königlichen Gemahl und dem Stadtherrn Bischof Werner dem Zug abermals voran, dicht gefolgt von den hohen Gästen, den edlen Rittern, den Geistlichen der Hofkapelle, den Herren des Domkapitells, und den Getreuen, Herren, und Dienstleuten.
Schweigend zogen sie durch die Straßen Utrechts hin zur Kathedrale und ebenso schweigend betrachtete das gemeine Volk die vorüberziehenden geschmückten Herren und Damen.
Lachten und feierten die einfachen Leute nicht sonst am Ostersonntag? kam es Rainald in den Sinn. Alle Heiterkeit des Festtages war jedoch verflogen. Die wenigen Festtage, an denen ihnen die mühevolle Arbeit auf den Feldern erlassen war, nutzten sie doch eigentlich für Tanz und Spiel und auch das Ende der Fastenzeit sollte Anlass für Frohsinn und Ausgelassenheit sein. Nun aber lehnten sie nur schweigend mit betretenen Gesichtern an den Mauern ihrer Häuser.
Rainald betrachtete sie genau. Ihrer aller Augen verfolgten König Heinrich. Nicht aus Neugier starrten sie ihm hinterher, sondern als versuchten sie zu ergründen, ob die königliche Aura ihn noch immer über alle anderen Großen erhob.
Sie wissen es, dachte Rainald. Sie wissen vom Bann des Papstes.
Sicher verstand das einfache Volk nicht, was das Urteil des Papstes zu bedeuten hatte und wie es dazu gekommen war. Rainald wußte selbst nur wenig darüber.
Der allerchristlichste Herrscher war abgesetzt und exkommuniziert vom Papst.
Das konnte niemand im Reich begreifen und niemand würde das so hinnehmen, davon war Rainald überzeugt. Die Würde des König jedoch war beschädigt, das spürte jeder, der den prächtigen Festzug betrachtete.

Die Ostermesse in der Kathedrale von Utrecht zog sich quälend langsam dahin. Gemeinsam mit den Priestern und Diakonen seines Domkapitels und der königlichen Hofkapelle hatte Bischof Wilhelm Evangelientexte gelesen und frohe Lieder über die Auferstehung des Herrn gesungen.
„Surrexit Dominus vere, alleluia“, sprach Bischof Werner mit fester Stimme.
„Surrexit Dominus vere, alleluia“, antwortete der Chor der versammelten Geistlichen.
Er ist wahrhaft auferstanden, Halleluja.
Jeder der Anwesenden wünschte nur noch das Ende des Gottesdienstes herbei und als endlich der Segen gesprochen und alle Gläubigen das Amen erleichtert geantwortet hatten, blickten einige Umstehende bereits verstohlen zum Ausgang. Die Sehnsucht nach einem deftigen Mahl war groß. Auch Rainald verspürte ein leichtes Grollen im Bauch. Nach der Fastenzeit war die Lust auf eine gebratene Keule kaum noch zu bezwingen.
Der Bischof jedoch trat nochmals an den Altar heran. Die Krone des Reiches lag darauf, neben dem hölzernen Kreuz der Kathedrale, dem goldenen Apfel und dem mit bunten Edelsteinen besetzten Zepter. König Heinrich schritt alsdann die zwei Stufen zu Wilhelm empor und kniete vor dem Kirchenfürst nieder. Der ergriff die Königskrone mit beiden Händen und setzte sie Heinrich auf das geneigte Haupt. Dann reichte er ihm die beiden anderen Zeichen seiner königlichen Herrschaft, den Reichsapfel und das Zepter. Tosender Jubel brandete auf. Als sei die Freude aus einem tiefen Kerker der Trauer endlich befreit, machte sie sich Luft und erfüllte das riesige Kirchenschiff.
Fürwahr er war auferstanden.

Ein wahres Festmahl ließ König Heinrich seinen Gästen an diesem Osterfest auftragen: feine Fischpasteten, gebratene Fasane und Tauben, Wildschweinbraten, gefüllt mit Eiern, Schinken und Kräutern, Soßen aus Wein und getrockneten Beeren, dazwischen vielerlei Mus und Käse, Speckkrapfen und Honigkuchen. Die Gäste griffen eifrig zu und auch das Bier und den Wein ließen sie sich schmecken.

Diese Esslust entsprang jedoch weniger ihrem Frohsinn, als der langen Fastenzeit, die hinter allen lag.
Scheu warfen sich die versammelten Damen und Herren Blicke zu, gezwungen klang ihr Lachen und immer wieder sahen sie hinüber zu ihrem König, einige verängstigt, andere abwartend. Der jedoch schien das Fest als einziger zu genießen. Sowohl der Ärger des vergangenen Abend, als auch die Anspannung des Morgens schienen verflogen. Befriedigt schaute er auf die Schar seiner Getreuen und schmatzte genüsslich.
Rainald und Eliah hatten das Ende der Fastenzeit mit gebratenen Wildschweinrippen, einem Mus aus Bohnen und Zwiebeln und süßer Mandelmilch gefeiert. Das Osterfest war Rainalds liebste Zeit im Jahr. Die Auferstehung des Herrn und der nahende Frühling verkündeten Lebendigkeit. Dass sie das hohe Fest in der Kaiserpfalz der Stadt feierten und nicht auf die Gastfreundschaft des Bischofs angewiesen waren, munterte, bei aller Freundschaft Wilhelms und trotz der bitteren Ereignisse des Vormittags, die Königlichen auf.
Heinrichs Vater hatte den Palast einst erbauen lassen. In direkter Nachbarschaft zum Dombezirk hatte er hier eine Pfalz für sich und seine Nachfolger erbaut. Wie der Vater nutzte auch der Sohn den Palast oft und gerne, die Freundschaft des Bischofs tat ihr übriges dazu, dass König Heinrich mit seinem Gefolge einige Male hier einkehrte.
Behaglich war es immer gewesen und vertraut. Bald schon hatten sich die Einwohner der Stadt Utrecht an die Pfalz des Königs in Mitten ihrer Stadt gewöhnt und nannten den Palast einfach nur den Lofen.
Würde der Besuch in Utrecht jedoch abermals angenehm sein? Rainald spürte tief in seinem Innern, dass dieses Osterfest die Geschicke des Königs und des Reichs verändern würde. Würde sein Lebensweg ebenfalls eine Wendung erfahren?
Sein Bauch war angenehm voll und schwer, der leicht süßlich-bittere Geschmack der Mandelmilch lag auf seiner Zunge, als Rainald seinen Freund mit einer Handbewegung auf den freien Platz neben dem König hinwies. Eliah blickte ihn fragend an.
Auch König Heinrich schaute sich verwundert um.

„Wo ist meine Königin? Was soll das für ein Fest sein, an dem die Königin nicht zugegen ist?"
„Mein verehrter Herr und König." Ritter Konrad war aufgesprungen und verneigte sich tief, dann sprach er schmunzelnd: „Die Damen sind nach der Messe eilig in die Schlafgemächer der Königin geeilt. Ein Schmuckstück musste wohl ausgetauscht werden, oder auch ein Schal oder Gürtel war nicht geeignet für das Mahl. Verzeiht, Herr, ich habe nicht verstanden, was mit dem Kleide der Königin in Unordnung war. Es war wohl ein Fehler, den wir Männer nicht verstehen können. Weiber dagegen wohl."
Der König und alle Bischöfe, Ritter und Dienstmänner lachten laut auf und auch die Damen der Tischgesellschaft fielen schließlich mit ein.
Rainald aber hatte sich weggeschlichen. Unbemerkt von den Feiernden verließ er die Festhalle der Kaiserpfalz, lief über den kleinen Hof und stürzte die Treppen des Südturms hinauf, wo die königlichen Wohnräume lagen.
Er hatte erst wenige Stufen der hölzernen Außentreppe genommen, als er schon die weinerliche Stimme der Königin hörte. Was sie sprach, konnte der Ritter nicht verstehen, umso deutlicher war jedoch die Antwort Kunizas zu hören.
„Verzagt nicht, werte Herrin, ich werde einen Diener schicken, sie zu suchen. Gott sei gedankt, verehrter Rainald, dass Ihr kommt. Die Königin hat ihre bronzene Fibel verloren. Die Rosenfibel. Geht und sucht sie."
Rainald achtete nicht auf den Befehl, den Kuniza noch kurz zuvor einem Diener erteilen wollte.
„Edle Herrin, die Fibel, die Ihr als Geschenk Eurer Mutter getragen habt?"
„Oh, Rainald, sie ist verschwunden. Ich habe dieses Stück geliebt. Es ist wahr. Ich bekam sie als Geschenk von meiner Mutter."
Kuniza wurde zusehends ungeduldiger, rief schließlich einen Diener herbei, der vor der Tür ausharrte, und schickte ihn fort, das verlorene Schmuckstück zu suchen.
„Wie fühlt Ihr Euch, edle Königin? Ihr hattet kurz die Besinnung verloren."
„Mein Kopf schmerzt ein wenig. Ich schlug mit ihm auf dem Boden auf, als ich stürzte. Ich habe nach Pater Eliah geschickt, damit er mir eine Medizin geben kann."

„Verzeiht mir noch die Frage. Weshalb seid Ihr gestürzt?"
„Ich weiß keine Antwort, Rainald, mir war, als würden meine Beine weggezogen."
„Weggezogen?", fragte Rainald verwundert.

Die Frühlingsluft roch süß an diesem Abend. Rainald und Eliah saßen auf einer kleinen Bank in einer versteckten Ecke der Pfalz. Die Gäste hatten sich satt und angeheitert zu Bett begeben und nur noch die Dienerschaft war emsig auf den Beinen.
„Was soll nun werden, Eliah?"
„Du meinst den Papst?"
„Einige Fürsten des Reiches achten und fürchten ihn mehr als ihren König."
Eliah nickte nur, ohne ein Wort zu sprechen.
„Wenn Heinrich aus der Gemeinschaft der Gläubigen ausgestoßen ist, ist es uns dann noch erlaubt, in seinem Gefolge zu dienen? Gregor ist der Papst. Heinrich jedoch ist nur ein Mensch. Wie soll man's halten als Christenmensch, Eliah?"
Beide starrten stumm zu Boden. Keiner von ihnen hatte bemerkt, dass dunkle Wolken aufgezogen waren und den Abendhimmel verfinsterten. Ein heftiger Windstoß traf die Männer, von Weitem war Donnergrollen zu hören. Doch Rainald und Eliah wurden erst aus ihren Gedanken gerissen, als dicke Regentropfen auf sie niederprasselten und erste wütende Blitze über ihnen den Himmel durchzuckten.

Es waren keine zwei Stunden mehr bis zur Mitternacht, als Affra aus der Kammer der Königin trat und über den schmalen Flur tippelte. Das Talglicht, dessen bleicher Schein ihr den Weg leuchtete, schirmte sie mit der linken Hand gegen die kalte Zugluft ab. Sie suchte etwas - oder jemanden-, denn sie hielt die Leuchte abwechselnd in alle Ecken des Obergeschosses. Noch immer stürmte draußen ein heftiger Sturm, stürzten Regenmassen hernieder und ließ lautes Donnergrollen die nächtliche Stille erbeben.
„Weib, wohin so spät?"

Statt einer Antwort entfuhr ein greller Schrei Affras Mund.
„So seid doch still, warum schleicht Ihr hier herum?“, Rainald hielt die verängstigte Frau am Ellenbogen fest. Er hatte sich von seiner Bettstatt hastig erhoben, die er sich wenige Schritte von der Türschwelle zu Königin Berthas Schlafgemach eingerichtet hatte, und war auf die dunkle Person zugesprungen. Der schwarze Schleier, der ihr Haar bedeckte, hing Affra tief in die Stirn.
„Rainald, Ihr erschrecktet mich zu Tode. Die Königin verlangt nach Euch und nach Eliah. Sie ängstigt sich zu Tode. Was drückt Ihr Euch hier vor ihrer Türe herum, während draußen dieses Unwetter tobt?“
Rainald folgte der Hofdame in das Schlafgemach der Königin. Die kauerte auf einem niedrigen Hocker.
„Rainald, Gott sei gedankt, Ihr seid gekommen. Dieses fürchterliche Unwetter. Wo ist Pater Eliah?“, kreischte die Königin, als der Krieger die Kammer betrat. Kuniza stand dicht bei ihrer Herrin.
Als ein naher Blitz den Raum erleuchtete und beinahe im selben Augenblick ein markerschütternder Donner die Luft erzittern ließ, fuhren die Damen zusammen und faßten sich an den Händen. Bertha war aufgesprungen und in die Arme ihrer Hofdame gestürzt. Erschrocken starrten sie Rainald an. Auch er war wie erstarrt und eilte zum Fenster, kalte Luft und eine Woge messerscharfen Regens peitschte ihm ins Gesicht.
Draußen konnte er nur ganz schemenhaft die Umrisse der Häuser erkennen und im Schein der unzähligen, dicht aufeinander folgenden Blitze sah er, nur einen kurzen Augenblick lang, die Kirche von Sankt Peter. Noch vor Stunden hatte sich ein blauer Himmel über dem Gebäude ausgebreitet. Jetzt jedoch hatten tiefschwarze Wolken das Gotteshaus eingehüllt, nur ein tiefroter Schein leuchtete aus einem der oberen hohen Fenster auf der Südseite.
War es dieser rote Schein oder die plötzlich von allen Seiten ertönenden Rufe und Schreie, dass sich in Rainalds Brust eine erdrückende Angst ausbreitete?
Rainalds Mund wurde trocken. Kurz schloss er die Augen und sah die schrecklichen Bilder jener Nacht in Straßburg wieder, als der Sturm die Kirche zerstörte hatte und Dutzende Männer unter den herabfallenden Steinen begraben worden waren. Rasch riss er die Augen wieder auf und schloss hastig die Läden.

Er hatte sich nicht getäuscht. Wie in Straßburg ereilte sie auch in dieser Nacht Gottes Strafgericht. Mit Donner und Blitz fegte es über sie hinweg und verwüstete den Ort mit Feuer. Eilig zeichnete Rainald mit Zeige- und Mittelfinger das Kreuzzeichen von der Stirn herab quer über die Brust, dann stürzte er die Treppe hinab, quer über den Hof der Pfalz hinüber zur Kirche des Heiligen Petrus.
„Ein Blitz," rief Eliah ihm zu, „ein Blitz ist in die Kirche eingeschlagen und hat ein Feuer entfacht."
„Ich sah den Feuerschein aus dem Fenster oben", antwortete der Krieger. „Die Königin, sie ängstigt sich und will dich sehen, mein Freund."
„Ich weiß, aber ich dachte, ich werde hier dringender gebraucht."
Beide standen sich auf dem kleinen Platz vor der Kirche Sankt Petri gegenüber. Der Regen prasselte auf sie nieder und erstickte beinahe jedes Wort.
„Eliah, vergiss nicht, du bist ein Mann der Kirche. Dein Dienst ist das Gebet, daran tust du gut. Ich werde sehen, wie ich hier anpacken und helfen kann", schrie Rainald dem Geistlichen zu.
Der nickte seinem Freund kurz zu, schaute sich stirnrunzelnd um und eilte dann hinüber zum Kaiserpalast.
Währenddessen kämpfte sich Rainald durch das Unwetter zur Kirche hinüber. Erschöpft stand er endlich vor dem Portal, durch das am Vormittag noch die feierliche Osterprozession gezogen war.
Ein gewaltiger Blitz erleuchtete das Gemäuer und für einen kurzen Augenblick erkannte Rainald die starren Gesichtszüge des Apostel Petrus. Mahnend hielt der noch immer die Hand erhoben und sein Blick traf den des vom Regen durchnässten Ritters. Der Heilige schien jedoch weder aufgebracht noch ärgerlich, vielmehr blickte er mitfühlend, beinahe mitleidig auf Rainald nieder.
„Bedauert er mich ob meiner Sündhaftigkeit und Verdammnis?", fragte sich Rainald.

Vor Monaten hatte er bereits einmal erlebt, wie die tosenden Elemente eine Kirche niederrissen, als schlage Gottes strafende Faust durch das Gemäuer. Damals in Straßburg hatte ein wütender, mächtiger Sturm jene Kirche zerschlagen, in der Heinrich glanzvoll im Kreise der Fürsten über seine Widersacher triumphiert hatte. Nun wurde abermals die Stätte verwüstet, an der Heinrich seine Macht und Stärke jedermann vor Augen führen wollte. In der Kirche des Heiligen Petrus hatte er den Fehdehandschuh angenommen und war in den Streit mit dem Heiligen Vater einstiegen.

Vielleicht hatten all jene Recht, die behaupteten, König Heinrich habe sich und seine Getreuen damit in die ewige Verdammnis gestoßen? Konnte es wahr sein, dass seine Herrschaft sündhaft und unrecht sei? War in der Nacht mit dem Unwetter, dem Blitz und Feuer auch das Strafgericht eines wütenden Gottes über sie gekommen.

Rainald rieb sich mit der flachen Hand die Stirn. Er war ratlos. Sowohl damals in Straßburg, als auch jetzt in Utrecht hatte Heinrich die Gotteshäuser zum Schauplatz für seine Streitlust mit seinen Widersachern erkoren und beide Male waren die Gotteshäuser anschließend niedergerissen worden von einer zornigen Macht.

„Herr, steh uns bei in dieser Stunde der Wirrnis“, betete Rainald stumm.

Der Sturm wütete noch weit bis nach Mitternacht und die Frühmette war nicht mehr weit, als auch das Feuer in der Kirche des Heiligen Petrus gelöscht war. Die Flammen hatten das Chorgestühl und das Lesepult gänzlich zerstört. Die bunten Malereien, die Wände und Decke geziert hatten, waren vom Russ geschwärzt. Nur an wenigen Stellen konnte man noch die bunten Blütenranken erkennen, die sich von an den Seitenpfeilern entlang nach oben zur Decke hangelten, oder die lebensnahen Gesichter der Heiligen zwischen den kleinen Fenstern, die traurig auf die Gläubigen hinunterschauten.

Mit schlürfenden Schritten zogen die erschöpften Männer hinüber zum Lofen, um sich in einer Ecke oder unter einer Treppe noch für wenige Stunden einen Schlafplatz zu suchen.

Die Morgenröte schob sich vor die nächtliche Finsternis als der König die Treppe seiner Pfalz emporstieg und sich dem Schlafgemach der Königin zuwandte. Davor lag auf Säcken und Decken wie gewöhnlich Rainald. Als Heinrich zu ihm trat, schreckte der Ritter aus einem leichten Schlaf auf, in den er nach den Anstrengungen der Nacht gefallen war. Der König bedeutete ihm mit einer kleinen Handbewegung, liegen zu bleiben.
Drinnen lagen Kuniza und Affra auf einer mit Stroh und wollenen Decken ausgelegten Schlafbank, Felle wärmten die Frauen, denn die Nächte waren noch immer kalt. Ihnen gegenüber stand das prächtige Ruhebett der Königin. Kunstvoll waren die Füße des Gestells gedrechselt, auf dem ein aus edlen Hölzern gearbeiteter Kasten stand. Wertvolle Teppiche waren darüber ausgebreitet, mit Daunen gefüllte Kissen und Pelze bereiteten der edlen Frau eine weiche Bettstatt. Als Heinrich sich seinem Weibe näherte, erhoben sich die Hofdamen von ihrem Lager, streiften sich ihre Leinenhemden über und schlüpften hinaus.

Am folgenden Morgen betraten Kuniza, Kätherlin und Affra zögernd die Kammer ihrer Königin und brachten ihr einen Krug warmer Milch und eine Schale mit Erdbeeren. Nachdem Bertha sich mit diesem kleinen Imbiss gestärkt hatte, zogen die Hofdamen ihr eine seidene Cotta an. Darüber streiften sie ihr ein Oberkleid, das wie ein edler Smaragd schimmerte. Seufzend strich die Königin mit den Fingern über die Stelle, an der sie sonst die verlorene Rosenfibel getragen hatte.
„Verliert nicht den Mut, edle Herrin," sprach Käthelin mit sanfter Stimme, „vielleicht können wir das Stück wiederfinden."
Bertha sah die Dame traurig an.
Die Dienerinnen liefen eifrig umher, um den Ofen zu heizen und weitere Morgenspeisen zu bringen. Derweil bedeckte Kuniza das Haar der Königin mit einem zarten, beinahe durchsichtigen Schleier.

Heinrich lag noch auf dem Bett seiner Gemahlin und beobachtete das Tun der Weiber. Zufrieden lächelte er Bertha zu. Ihm gefiel, was er sah. Er wußte, dass die Königin ihre Schwester um deren große, schlanke Gestalt, das edel geschnittene, schmalovale Gesicht und die hohe, klare Stirn beneidete. Die prächtigen dunkelblonden Locken trug Adelheid in dicken, aufgesteckten Flechten, Berthas kraus gelocktes Haar hing dagegen immer wild um ihren Kopf, nur notdürftig von den geschickten Händen Kunizas gebändigt.
Adelheid war schön wie Judith, doch diese hatte König Holofernes den Kopf abgeschlagen, als er betrunken bei ihr gelegen hatte. Bertha dagegen war eine Königin, voller Güte und Unschuld. Wie sie scheu die Augen niederschlug, als sie den begehrlichen Blick des Gemahls auf sich spürte.
Nun betraten auch die Diener des Königs das Schlafgemach. Einige brachten Krüge mit warmen Bier, duftendes Brot und Beeren. Andere schleppten Heinrichs Kleider herbei. Die Dienstmänner und Freunde des Königs folgten ihnen.
Mitten in dem geschäftlichen Treiben stand Konrad, die Hände gegen die schmalen Hüften gestemmt.
„Mein König, ich muss Euch gestehen, dass das Unwetter großen Schaden angerichtet hat in der Stadt. Die Kirche ist vom Blitz getroffen und völlig ausgebrannt."
„Welche Kirche meinst du?"
„Die vom heiligen Petrus."
Heinrichs Blick wurde düster. Hastig sprang er aus dem Bett.
„Der Herr straft seine Kirche mit Blitz und Feuer. Das sollte dem sündhaften Hildebrand in Rom ein Zeichen sein", rief er erbost aus.
„Das Lesepult, von dem Bischof Wilhelm gestern den Bann gegen den Papst verlas, ist auch vom Feuer zerstört. Schon hört man die Schandmäuler, wie sie von Gottes Strafe lästern."
„Ich warne dich, Konrad, schweig."
Als Rainald das Schlafgemach der Königin betrat, sah er als erstes Heinrichs wutverzerrtes Gesicht. Die Diener umschwirrten ihn wie emsige Bienen, kleideten ihn an, bürsteten sein Haar und den Bart und reichten ihm die Morgenspeise.

„Verzeiht mein König, Ihr solltet die Reise nach Rom antreten und den Papst um Absolution bitten.“ Die spitze Stimme Bischof Liemars von Bremen schnitt durch das gedämpfte Gemurmel der Diener.
„Was faselst du von Absolution? Ausgerechnet du rätst mir, ich solle mich vor diesem gottlosen Hund in den Staub werfen und um Verzeihung betteln. Bist du nicht der schärfste Gegner dieses anmaßenden, hochmütigen, größenwahnsinnigen Mönches?“.
Der König hatte sich in Wut geredet und wandte sich nun Konrad zu.
„Konrad, du bist mein ehrlichster Freund. Liemar ist wie die Wetterfahne hoch auf dem Turm seiner Kathedrale. Seine Rede wechselt die Richtung wie der Wind. Es ist noch nicht lange her, da beklagte er noch, der falsche Mönch Hildebrand sei ein gefährlicher Mensch, der die Bischöfe wie Gutsverwalter behandle. Nun meint er, ich solle wie ein getretener Hund vor diesem Gottlosen niederknien und um Vergebung bitten.“
„Wenn Ihr in die Gemeinschaft der Kirche wieder aufgenommen werdet, können Euch Eure Gegner nicht mehr gefährlich werden, da hat der ehrenwerte Bischof Liemar Recht. Ihr seid König von Gottes Gnaden. Der Bann mag für viele ein willkommener Grund sein, die Treue zu Euch aufzukündigen“, sprach Konrad mit gedämpfter Stimme.
„Der Stuhl Petri ist verwaist, ein sündiger falscher Mönch fläzt sich drauf, deshalb ist er aber noch kein Papst.“
„Ja, wie wahr Ihr sprecht, edler König“, Liemar beeilte sich sein Haupt demütig zu senken.
„Dennoch hat Bischof Liemar Recht“, hob Konrad von Neuem an.
„Noch mehr Schaden als das Unwetter heut Nacht hat der Urteilsspruch dieses sündigen Hildebrand gestern morgen angerichtet. Ich kann mir vorstellen, dass einige Fürsten von Euch abfallen werden. Sie werden wie lichtscheue Ratten davonrennen und in sich in ihren Löchern verkriechen. Der erste war bereits Bischof Pibo von Toul.“ Liemars Stimme überschlug sich, so aufgeregt war der Kirchenmann.
„Bischof Wilhelm hat ihn gestern in der Messe würdig ersetzt“, schnaubte Heinrich nur verächtlich.

„Euer Sieg über die treulosen Sachsen wird bedeutungslos, wenn die Herzöge Rudolf und Welf die Gelegenheit nutzen, ihren heiligen Treueschwur zu brechen", erklärte Konrad mit ruhiger Stimme.
„Rudolf kroch doch schon immer dem Speichel des Ketzers Hildebrand hinterher, dieses falschen Mönches, der sich Papst nennt in Rom", schimpfte Bischof Liemar.
„Den Herzögen habe ich noch nie vertraut", warf Konrad ein, das schöne Gesicht zu einer Fratze verzerrt, die seinen Ekel zeigte.
„Ihr könntet Recht behalten. Die Großen des Reiches werden die Gelegenheit nutzen und sich meiner Oberhoheit entziehen. Sie werden sich auf die Seite des falschen Mönches stellen. Papst Gregor", Heinrich schnaubte verächtlich.
„Dieser *confoederatio*, diesem abscheulichen Zusammenschluss muss ich entgegenwirken. Ich muss diesen Ketzer auf Petri Thron treffen und eine Einigung mit ihm erzielen. Nur so gibt es eine Möglichkeit, dass die Krone triumphiert."
„Ihr beabsichtigt nach Italien, nach Rom zu reisen, edler König?", in Konrads Stimme schwang Bewunderung mit.
„Aber die Herzöge Rudolf und Welf, die treulosen Hunde, werden die Gelegenheit nutzen und alle Kräfte des Reiches gegen Euch sammeln. Sie werden alles aufbringen, Euch die Straßen nach Süden zu versperren. Wie sollt Ihr dann diese Sperren über das Gebirge durchbrechen, um nach Rom zu gelangen?", warf Bischof Liemar ein.
Rainald horchte auf. Heinrich sackte in sich zusammen, so kraftlos hatte der Krieger seinen König noch nie zuvor erblickt. Beinahe war es ihm, als stünde sein Herr zitternd und gebrochen vor ihnen.
„Verehrter König, Ihr glaubt, die Herzöge werden so weit gehen? Das würde offene Rebellion bedeuten", rief Konrad aufgebracht und sprang auf.
„Herzog Rudolf wird das nicht wagen, sein Weib und die Königin sind Schwestern, Ihr seid verwandt, sein Sohn ist Euer Neffe", gab der schöne Konrad zu Bedenken und verneigte sich vor der Königin.
Rainald war an Berthas Seite getreten. Hilfesuchend hatte sie ihn zu sich heran gewunken. Auch Eliah war an die Seite der edlen Frau getreten.

Konrad nickte den beiden Männern kurz zum Gruß zu und erhob seine Stimme, jedoch etwas zu laut, als wolle er die Hoffnung herbeirufen:
„In der Schlacht gegen die Sachsen war Rudolf der tüchtigste Krieger. Vielleicht sind unsere Bedenken grundlos und der Herzog wird weiterhin treu an der Seite des Königs stehen."
Die Männer sahen sich beinahe flehend an. Niemand wagte ein Widerwort. Ohnmächtiges Schweigen lähmte sie.
„Ihr braucht Fürsprecher."
Die Worte der Königin hingen im Raum. Kuniza stand neben ihr und hielt ihre Hand. Rainald sah sie erstaunt an. Ungewohnt fest und laut hatte Berthas Stimme die Stille zerschnitten.
„Ich werde zu meiner Schwester reisen. Bei ihr auf Burg Stein, bei Rheinfelden, werde ich meine Mutter treffen."
„Weib, glaubt Ihr, Ihr könntet Eure Schwester für unsere Sache einnehmen? Und sollte es Euch gelingen, Adelheid könnte Rudolf nie überzeugen, still zu halten und meine Not nicht auszunutzen. Er verachtet sein Weib."
„Ich werde zu meiner Schwester reisen, denn dort werde ich meine Mutter treffen. Ich werde sie in Eurem Namen und um Eurer Willen anflehen."
„Die Markgräfin", raunte der König.
„Fürwahr, mein König", rief Bertha stolz aus, „die Markgräfin wird die Wege für Euch nach Süden hin offen halten. Sie wird Euch die Reise zum Heiligen Vater nach Rom durch ihre Lande hindurch ermöglichen, auf dass Ihr Euch versöhnen könnt mit ihm und in die Gemeinschaft der Christenheit wieder aufgenommen werdet. Kein Fürst wird es dann noch wagen, Euch zu widerstehen. Noch heute sollen die Boten ausgesandt werden."
Der König schaute sie nachdenklich an und begriff, dass Ihr Entschluss feststand.
An den heiligen Tagen zu Pfingsten im Jahre des Herrn 1076, entlang den Ufern des Rheins

Geschickt führten die Kaufleute ihre Karren und Pferdefuhrwerke auf der holprigen Straße entlang des Rheins. Es war eine mühevolle Reise bis hinauf nach Basel und nur die Aussicht auf eine ruhigere Schiffsfahrt flussabwärts zurück ins Kölner Gebiet versöhnte die Männer mit den Anstrengungen. Kuniza stolperte mehr als dass sie neben den Kaufleuten einher schritt. Sie hatte sich ihnen angeschlossen, um sicher vor Halunken und Diebesvolk bis nach Rheinfelden zu gelangen, jenem Ort, wo Rudolf, der Herzog der Schwaben, und seine Gemahlin Adelheid eine stolze und die Talebene überragende Burg bewohnten.
Einen goldenen Ring und die Kette, die sie einst von ihrem Oheim als Mitgift erhalten hatte, und die auch die Barbaren ihr nicht hatten rauben können, als sie sie entführten, hatte Kuniza den Kaufleuten als Preis für deren Schutz und Gesellschaft gezahlt. Fürwahr ein hoher Preis, jedoch, so ging es Kuniza durch den Kopf, würde er sich auszahlen, hielte sie erst in den Händen, wonach sie solange vergeblich bei der Königin gesucht hatte.
Die Zeit war knapp. Bald schon würde Bertha mit ihrem Gefolge auf dieser Straße nach Süden ziehen. Ihr musste sie bei Adelheid zuvorkommen, wollte sie ihren Plan erfolgreich zum Abschluss bringen.
Die Dienstmänner des Herzogs waren verwundert über das fremdländisch aussehende Weib, das spät an diesem Tage Einlass begehrte.
„Wer seid Ihr? Nennt uns Euren Namen und Eure Absicht."
„Ich komme in freundlicher Absicht. Lasst mich vor zum Herzog oder seinem Weibe. Ich suche Unterschlupf. Bin nur ein hilfloses, aber frommes Weib, ohne Schutz und Schirm."
„Seid Ihr eine Streunerin? Ihr seht nicht aus, als müsstet Ihr betteln."
„Ich war im Gefolge der Königin. Von dort bin ich geflohen, aus Angst, meine unsterbliche Seele könne Schaden nehmen, wenn ich noch länger mit einem Ketzer, einem Verdammten, einem Ausgestoßenen leben müsste."
Flink lief einer der Dienstmänner hinüber zum Palas. Die anderen führten das Weib in die Küche. Dort wickelte eine rundliche Magd die vor Kälte und Hunger schlotternde Frau in eine Decke, eine andere reichte ihr eine Schale dampfender Suppe.

„Kuniza, Ihr seht mich überrascht. Weshalb seid Ihr hier? Habt Ihr das Gefolge der Königin verlassen?“, Adelheid betrachtete die ehemalige Hofdame ihrer Schwester nicht ohne einiges Misstrauen.
„Verehrte Herzogin, ich konnte nicht länger in der Nähe dieses Verdammten leben. Der Heilige Vater hat den König aus der Gemeinschaft der Christen ausgestoßen und jedem dasselbe angedroht, der die Nähe zu dem Gebannten nicht miede. Ich hatte solche Angst um mein Seelenheil.“
„Es ist wahrlich für jeden Christenmenschen ausgeschlossen, diesem Ketzer Heinrich noch in Treue verbunden zu sein, und seinem Weibe wohl auch“, erklärte Adelheid mit fester Stimme.
„Die Eide sind gelöst, wer jetzt noch in ihrem Gefolge verbleibt, setzt sein Seelenheil aufs Spiel“, jammerte Kuniza. Heftig drehte sie den Kopf hin und her, ihre Blicke aus weit aufgerissenen Augen sprangen in alle Ecken der kleinen Kammer und blieben auf der edlen Frau Adelheid ruhen. Die nickte sanft.
„Herrin, ich habe solche Angst vor ewiger Verdammnis“, schrie Kuniza schrill und ihre Stimme überschlug sich dabei.
„Ihr seid heimlich fortgelaufen?“. Adelheid betrachtete den Gast aufmerksam. Die Frau zitterte und schluchzte, dennoch wirkte sie auch eigentümlich beherrscht.
„Die Königin hätte es mir nie gestattet. Aber bald schon wird die Strafe Gottes sie ereilen und sie wird ihre Krone verlieren. Ich kann es sehen“, sprach Kuniza nun ruhig und fing dann unvermittelt an in sich hinein zu lachen.
Adelheid nickte langsam, ihr Blick ließ von dem sonderbaren Weib ab und heftete sich an einen Punkt an der mit Blütenranken und Weinreben reich verzierten Wand.
Kuniza folgte Adelheids Blick hinüber zu einer bunt bemalten Wand an der Stirnseite der Halle. Ein wahrhaft gesegneter Maler hatte mit zartem Pinselstrich die hellroten Blätter einer Granatapfelblüte ausgemalt, beinahe so, als rankten sie sich wahrhaftig zwischen den Pilastern und Fenstern entlang. Es schien, als fesselte ein besonders fein gemaltes Blütenblatt Adelheids Aufmerksamkeit.
„So wird es wohl sein“, sprach die Herzogin tonlos.

„Ihr wollt, dass das Weib bei uns bleibt?“, die Stimme des Herzogs klang übellaunig.
„Verehrter Gemahl, Ihr laßt mich zu oft allein. Nur den unruhigen Zeiten ist es geschuldet, dass meine Töchter und ich wieder auf diesem elenden Felsen zurück gekehrt sind. Aber auch hier kommen wir nur selten in den Genuss Eurer Gegenwart. Wir haben keinerlei Zerstreuung, nur Idas verkrüppelte Gestalt und den schwachsinnigen Jungen vor Augen.“ Adelheid führte ihre Rede, ohne sich darum zu kümmern, dass Ida mit Berthold im Raum waren. Die Wohnhalle war an diesem Sommerabend angenehm kühl und der Junge lag müde vom Spielen auf dem nackten Steinboden, sein Holzpferd in den verkrampften Händen haltend. Auch wenn sein Geist träge und sein Körper schwächlich war, so verstand er doch die Worte der Stiefmutter. Sein Gesicht verzog sich. Sein lautes Geheul hallte durch den Raum.
Adelheid jedoch schaute nur kurz zu dem weinenden Jungen hinüber, zuckte mit den Schultern und wandte sich wieder ihrem Gemahl zu.
„Berthold sei ruhig“, schimpfte der Herzog laut und sprach dann mit sanfterer Stimme weiter: „Ida ist klug, sie kann wie Ihr lesen und schreiben und versteht sich ebenfalls wie Ihr auf die Wissenschaften. Sogar fröhliche Lieder auf der Fidel weiß sie zu spielen. Ich verstehe nicht, weshalb sie nicht zu Eurer Zerstreuung taugt.“
Ida kümmerte sich derweil um den noch immer schluchzenden Berthold. Sanft strich ihre Hand über sein struppig strähniges Haar, dabei sprach sie ihm leise beruhigende Worte zu und zog ihn in eine versteckte Ecke des Raums, hinter einem dicken Deckenpfeiler auf ein Lager bunter Kissen und Decken. Vor den feindseligen Blicken der Adelheid waren beide nun geschützt, nicht jedoch vor ihrer übelwollenden Rede.
„Wie Ihr wisst, schätze ich nicht nur eine Gesellschaft, die meinem Verstand schmeichelt, sondern auch meinem Auge. Und Kuniza ist beides, klug und schön“, erklärte Adelheid.
„Ihr werdet den Groll Eurer Schwester, vielleicht sogar des Königs ernten, wenn Ihr eine entlaufende Hofdame des königlichen Gefolges aufnehmt.“
Adelheid lachte schrill auf bei den Worten ihres Gemahls.

„Als ob das Wohlwollen des Königs jemals Euer Handeln bestimmt hätte. Seit Heinrich vom Papst gebannt ist, sucht Ihr doch im ganzen Reich nach Unterstützer, um Euch seiner Krone zu bemächtigen."
Ida schaute auf.
„Lauft eilig und holt Frau Kuniza herbei", rief Adelheid einem Diener zu und klatschte in die Hände.
Wenig später kam der Diener zurück und führte die Frau mit sich. Ida fiel ein weiteres Mal auf, wie fremdländisch Kuniza eigentlich wirkte. Die hohen Wangenknochen und die großen dunklen, mandelförmigen Augen waren ein ungewöhnlicher Anblick.
„Verehrtester Herzog", stieß Kuniza aus und fiel auf die Knie, „verzeiht, dass ich so einfach bei Euch vorspreche, aber ich weiß nicht, wohin ich gehen soll."
„Was, meine gute Frau, ist geschehen?", Herzog Rudolfs Frage schien aufrichtig zu sein.
„Der Heilige Vater." Ein heftiges Schluchzen brach ihre Worte ab.
„Nur ruhig, gute Frau. Was ist mit dem Heiligen Vater?", Rudolf trat zu der noch immer am Boden kauernden Frau und half ihr hoch.
„Der Heilige Vater verbot jedem aufrichtigen Christenmenschen die Gemeinschaft mit Heinrich. Der nennt sich noch König, doch er ist es schon lange nicht mehr. Ich hatte Angst."
„Ihr habt recht getan, als Ihr zu mir gekommen seid. Hier in Rheinfelden, auf der Burg Stein, werdet Ihr sicher sein. "
Herzog Rudolf schaute erst Kuniza und dann sein Weib sanft an.

Adelheid lächelte triumphierend. Ida jedoch schluckte und trotz der sommerlichen Hitze, die die dicken Mauern nur ungenügend aussperren konnten, fröstelte ihr. Was würde werden, wenn Heinrichs Macht weiter schwand?
Rudolf hatte dem König die Treue geschworen. Der Heilige Vater hatte alle Untertanen von ihren Eiden gelöst, die sie auf den König geschworen hatten. Aber war der geleistete Schwur deshalb wahrhaft nichtig? Immer mehr Fürsten des Reiches wandten sich ab von ihm, auch Bischöfe, die zuvor treu an seiner Seite gestanden hatten, suchten nun das Weite. Sollte es wahr sein, was Adelheid gerade dahergeplappert hatte? Sammelte Rudolf sie alle, um sich gegen König Heinrich zu erheben?
Der Herzog lief damit Gefahr, die Sünde des Meineides auf sich zu laden. Aber konnte er der Gelegenheit widerstehen, dem angeschlagenen König den Todesstoß zu versetzen? Würde der nicht, einem verletzten Wolf ähnlich, umso wütender zurückschlagen?
Ida spürte die Gefahr. Sie betete still, dass Rudolf sie auch wahr nehme.

Die Hitze lag über der Stadt Worms. Wochenlang hatte ein feiner Regen Straßen und Felder aufgeweicht. Heinrich war deshalb auch nur langsam auf seiner Reise von Utrecht über Aachen nach Worms voran gekommen. Immer wieder war der Tross stecken geblieben. Die Karren versanken im Schlamm, die Pferde und Ochsen rutschten aus und sogar die Königin musste oftmals absteigen, um zu Fuss weiterzuziehen, denn ihr Pferd konnte den Weg mit der Last auf dem Rücken nicht schaffen. Nur den königlichen Kindern ersparte man diese Strapazen. Sie hockten auf einem Karren, über den Decken gespannt waren, damit der Regen notdürftig abgehalten werden konnte. Dennoch waren die beiden Mädchen und der kleine Junge durchnässt bis auf die Haut.

Wenige Tage vor Pfingsten waren sie dann endlich in der Bischofstadt angekommen. Heinrich hatte erleichtert aufgeatmet, als er durch das Stadttor ritt. Nicht nur das Ende der beschwerlichen Reise munterte ihn auf, sondern auch die Begrüßung durch die Wormser Bürger. Sie waren ihrem König wahrhaftig noch immer treu ergeben. Reich hatte er sie dafür mit Rechten und Privilegien beschenkt in den letzten Jahren und dafür schienen sie ihm noch immer in Dankbarkeit verbunden.
Nun würde alles gut werden, hoffte Königin Bertha. Der Frühling zog endlich ins Land und schon bald schlug er in einen heißen Frühsommer um. Sie hatten das Pfingstfest im Kreise von Freunden gefeiert, in einer Stadt, in der die königliche Familie nur all zu gern Quartier nahm.
Von hier aus sollte die Königin sich bald schon auf die Reise begeben zu ihrer Schwester, den Rhein aufwärts bis in die Nähe der Bischofstadt Basel. Bis dahin aber könnten sie noch die Ruhe finden, die sie nach all den Anstrengungen der letzten Monate so ersehnten. König und Königin könnten sich in der geliebten Stadt erquicken und an der Gastfreundschaft der Wormser Bürger laben.
Sicher würde auch die kleine Adelheid bald wieder zu Kräften kommen. Das Kind fieberte schon seit Tagen. Nachdem der königliche Tross in der Stadt angekommen war, hatte Königin Bertha ihre älteste Tochter rasch in Decken gehüllt, hatte Kräutersud und Wadenwickel machen lassen und war nicht mehr von ihrer Seite gerückt. Das Kind jedoch war bald schon in einen fiebrigen Dämmerschlaf gefallen. Eliah wachte und betete mit der Königin, Rainald suchte derweil rastlos die Märkte der Stadt nach weiteren Heilkräutern für die kranke kleine Adelheid ab.
„Sie hätte nie den Namen Eurer treulosen und neiderfüllten Schwester bekommen sollen. Er ist wie ein Fluch. Die Rheinfeldener bringen nur Unheil über unsere Familie“, schimpfte Heinrich. Ärgerlich stampfte er durch die Räume der königlichen Pfalz. Nachts jedoch schlich er ängstlich zu seinem kranken Kind und legte seinem Weib beruhigend die Hand auf die Schulter.

„Erst läuft meine Kuniza fort, ach, wäre sie jetzt nur bei mir in dieser schweren Zeit und nun ist auch mein Kind krank. Alles scheint sich gegen uns zu wenden. Das Unglück begann an jenem Ostermorgen, als der Heilige Vater Euch in den Bann getan hat. Damals verlor ich meine Rosenfibel, die die Mutter mir einst zum Schutz vor Unglück und Leid geschenkt hatte."
„Still, du wirst sehen, es wird alles wieder gut." König Heinrich versuchte zu lächeln.
„Haben wir uns versündigt, dass Gott uns derart straft?", fragte die Königin. Doch Heinrich verwehrte ihr eine Antwort. Nach langem gemeinsamen Schweigen, stand er mühevoll auf und sprach mit gebrochener Stimme:
„Ich werde Sorge tragen, dass die Kirche des heiligen Petrus in Utrecht wieder aufgebaut wird. Diese Buße wird Gott annehmen. Schon morgen früh werde ich Gottschalk rufen, damit er eine Urkunde aufsetzt."

Der erste Gesang der Vögel war bereits zu hören, als der Notar der königlichen Kanzlei, Bruder Gottschalk, den Text für eine Schenkungsurkunde entwarf. Als die Sonne hoch am Himmel stand, schaute er zufrieden auf das eng beschriebene Pergament in seinen Händen.
Laut verlas er seinem König die lateinischen Worte:
„*caeli ianitorem, intergrę fidei confessorem, regni vel imperii defensorem, apostolorum principem beatum Petrvm apostolum in reparanda Traiectensi aecclesia sua placando honorare necessarium duximus, quam incendio consumptam nostris peccatis imputando ingemuimus.*"
Heinrich schaute den Notar zufrieden an.
„Wie gewohnt, habt Ihr die richtigen Worte gefunden, Bruder Gottschalk."
Rainald und Eliah hatten die Szene aus einer hinteren Ecke des großen Saales verfolgt. Beide hofften, dass das versprochene Bußwerk des Königs außergewöhnlich, beeindruckend und vor allem wirkungsvoll werden würde.
„Was bedeutet das? Was hat Bruder Gottschalk geschrieben?", flüsterte Rainald Eliah zu. Der zog den Freund am Ärmel hinaus.

„Gottschalk hat in der Urkunde davon geschrieben, dass Gott Heinrich als König eingesetzt hat und dass der heilige Petrus der Verteidiger von *regnum* und *imperium* sei, also von Königreich und Kaisertum."
„Ich kenne die Wörter *regnum* und *imperium*. Aber was hat er noch geschrieben?", fragte Rainald ungeduldig.
„Dass der Brand der Kirche Sankt Petrus in Utrecht am vergangenen Ostersonntag die Folge seiner Sünden sei."
„Der König hat seine Sünden eingestanden? Hat er sie benannt? Was meinte er?", fragte Rainald hitzig.
Eliah jedoch schüttelte nur sanft den Kopf.
Die beiden Männer schauten sich an. Würde dieses demütige Geständnis und die Schenkungen, die damit verbunden waren, genügen um Gott gnädig zu stimmen und die kleine Adelheid wieder gesunden zu lassen?
Über eine Woche sollte vergehen, dann jedoch zeigte sich alles Hoffen und Beten als vergeblich, denn das Mädchen starb.
„Wäre doch nur meine gute Kuniza bei mir", seufzte die Königin.
Doch die Hofdame blieb verschwunden.
Ausgelassenes Lachen und Kurzweil waren in die Burg auf dem Felsen oberhalb des Ortes Rheinfelden eingezogen, seitdem Kuniza mit ihren Geschichten von Helden, Zauberern, Drachen und Edelfrauen die Herzogin Adelheid erfreute. Oft saßen sie beisammen im Garten oder in dem geräumigen Palas, die Gegenwart Bertholds und Idas duldeten die beiden Frauen dabei meist nur abschätzig.
Die Rotta wußte Kuniza weit kunstvoller zu spielen als Ida die Fidel, dazu sang sie mit wohlklingender Stimme traurige Lieder über die Liebe und den Sommer.
Auch hatte sie Adelheid das Spiel mit jenen bunten Steinen beigebracht, die sie immer in dem Beutel am Gürtel trug und die aus fernen östlichen Ländern zu stammen schienen.
Voller Interesse beobachtete Ida die beiden dabei. Adelheid hatte rasch die Regeln und Winkelzüge des Spiels begriffen und gewann bald jede Runde. Mit wachsender Fertigkeit und stetem Glück im Spiel verbesserte sich auch ihre Laune und bald schon lud sie Ida lachend an den Spieltisch.
„Komm, Ida, setz dich zu uns. Das Balg kann auch einmal ohne dich sein."

Mit wenigen Worten hatte Adelheid ihr die Spielzüge erklärt und Ida spürte, wie Stolz und Freude in der Herzogin aufstiegen.
Die angenehmsten Stunden verbrachten die Frauen jedoch abends am Kamin im Palas. Berthold lag dann müde auf Fellen zu Füßen Idas und Adelheid war dicht ans Feuer gerückt, trotz der sommerlichen Milde fest in Schals und Decken gehüllt.
Von Helden und Königen, von vornehmen Frauen und Bösewichtern wußte Kuniza zu erzählen. Ida fragte sich dabei oft, woher dieser kaum wahrnehmbare Tonfall ihres Dialekts kam. So wie Kuniza hatte Ida noch niemanden sprechen gehört. Bei welchem der vielen Stämme des Reiches gab es diesen Dialekt? Sicher klang die Sprache ihrer Kindheit mit, wenn Kuniza sprach, eine Kindheit, die die ungewöhnliche Frau in fernen östlichen Ländern verbracht haben mußte.

Die ersten Sommertage am Fluß verhießen ein neues Leben und die vergangenen eiskalten Tage des letzten Winters erschienen mit einem Mal weit weg.
Mittlerweile dachte Ida überhaupt nicht mehr an die Weihnacht in Straßburg, nicht an Hemma und nicht an Bodo und erst recht nicht an all die bösen Geschichten, die man sich in jenen Tagen erzählt hatte über Schwarzen Zauber, Hebewetter, Hexerei und todbringende Atzmänner.
Auch der Gedanke an Rainald kam ihr nur noch selten in den Sinn. Als die ersten Schneeglöckchen sich der Sonne empor gereckt hatten, hatte sich Rainalds Bild noch in ihre Erinnerung gestohlen, wann immer sie die Augen geschlossen hielt. An manch einsamen Abend, den Ida in ihrer Kammer neben dem schlafenden Berthold verbracht hatte, hatte sie stumm zu ihm gesprochen, ihm von ihrem Kummer, ihren Sorgen und ihrem Glück erzählt.
Endlich aber, der Klee stand in voller Blüte, hatte der Verstand den Sieg über ihr Herz errungen. Rainalds Bild war verblasst, das Gefühl seiner Nähe vergangen. Das Hinkebein Ida war zufrieden.
Mit jedem Tag, den der Herrgott werden ließ, war Adelheid freundlicher zu ihr geworden. Rudolf war nur noch selten auf seiner Burg, dennoch schien sein Weib sich darüber nicht mehr zu grämen. Wie hatte die Frau in vergangener Zeit geschimpft, wenn der Herzog sie auf eine seiner Höfe zurückgelassen hatte?

Nun war der Herzog für viele Wochen aufgebrochen und reiste im Reich umher, um unter den Standesgenossen Gleichgesinnte zu finden und sich mit ihnen zu beraten, wie sie mit dem gebannten König umzugehen hätten.
Kunizas Gesellschaft schien Adelheid gut zu tun, wie auch der Gedanke, dass die gewandte, kluge Dame einst im Dienste der Schwester gestanden, sich nun aber gegen diese und für sie, für die Gemahlin Herzog Rudolfs, entschieden hatte.
Das Leben war leicht in diesen ersten Sommertagen und Ida beschloss, sich dieser Leichtigkeit hinzugeben. Sie begann, die Tage zu genießen.
Heilige Kunigunde, hab Dank für deine Güte. Die Tage hast du mir erträglich gemacht durch die Gunst der edlen Adelheid.
Die Nächte jedoch blieben weiterhin ein Gräuel. Spät fand Ida in einen nur leichten, unruhigen Schlaf, um dann abermals zur Beute des verhassten roten Greifs zu werden. Inmitten von Flammen lag sie dann, unfähig sich zu rühren. Derbe Fratzen lachten höhnisch, während sie dem mörderischen Vogel ausgeliefert war.

Aus dem Garten hörte Ida helles Lachen. Adelheid und Kuniza spielten unten zwischen den Rosenbüschen und den Obstbäumen. Derweil stand die kleine Frau in der Kammer neben ihrem Schlafgemach und versuchte, Berthold die Gestalt der Buchstaben einzubläuen. Schlapp saß der auf dem Hocker, die Schiefertafel auf dem niedrigen Lesepult vor ihm, Tränen flossen über sein Gesicht und tropften auf die eingeritzten Buchstaben. Mit dünner, hoher Stimme stieß er seine vergeblichen Versuche hervor, die ihm völlig unverständlichen Zeichen vorzulesen.
„Du bist wahrhaftig ein dummer Junge. Nicht einmal die einfachsten Worte weißt du zu entziffern. Welcher Buchstabe ist das?“ Ungeduldig zeigte Ida auf eine beliebige Stelle.

Der Junge jedoch schwieg. Nur sein Schniefen und sein Wimmern waren zu hören. Ratlos ließ Ida ihren Blick durch den Raum wandern. Die Fensterläden waren weit aufgestoßen, warmer Sonnenschein durchflutete die Kammer. Der Duft der blühenden Linden wehte hinein. Plötzlich jedoch erschrak Ida. Ein schwarzer Schatten stürzte ins Fenster. Erschrocken riss Ida die Hände hoch und hielt sie schützend vor ihr Gesicht. Berthold jedoch wurde völlig ruhig und starr, keinen Laut gab er mehr von sich. Mit geweiteten Augen blickte er ins einfallende Sonnenlicht.

Ein Rabe war herbei geflogen und saß auf dem Fenstersims. Abschätzig betrachtete er die beiden.

Langsam ließ Ida ihre Arme sinken und wandte sich dem Tier zu. Als der Vögel sie bemerkte, neigte er den Kopf leicht zur Seite. Nun hörte Ida von draußen das kehlige Schreien seiner Artgenossen. Obwohl es noch nicht Abend war, schienen sich die Vögel im Hof zu versammeln. Der Rabe auf Idas Fenstersims war davon jedoch völlig unbeeindruckt.

Willst du mir eine Botschaft bringen?, dachte Ida. Kündest du mir wieder von kommendem Unheil?

Wie ein Blitz in einem kurzen Sommergewitter schoss die Erinnerung an die letzte Weihnacht in Straßburg durch ihren Kopf.

An jenem Tag, als die Leiche der armen Hemma in der zerstörten Kathedrale gefunden worden war, hatte sie ebenfalls einen Raben gesehen. Am Morgen wie auch ein weiteres Mal am Abend hatte sich der Vogel ganz nahe zu ihr gesetzt. Genauso hockte er nun dort im Sonnenlicht, kaum eine Armspanne entfernt, und schaute sie vertraut an.

Man sagt, ihr schwarzen Vögel brächtet Unglück, dachte Ida. *Immer kämet ihr zusammen mit Tod und Verderben über die Menschen. Bist auch du mir Bote einer nahenden Gefahr? Oder womöglich doch ganz anders und bist mir Mahner und Warner, gar vielleicht ein Freund?*

Endlich war Rudolf nach vielen Wochen von seiner Reise durch das Reich auf seine Burg Stein im Rhein zurückgekehrt. Wortlos war er vom Pferd gestiegen, an seiner Gemahlin wie auch an Ida mit langen Schritten vorbei gelaufen und im Wohnturm verschwunden. Adelheid hatte sich, kaum dass ihr Gemahl sich zurückgezogen hatte, wieder Kuniza zugewandt. Kichernd liefen beide in den Rosengarten an der Südmauer des Burghofs.
Ida jedoch stand regungslos und starrte auf die Tür, durch die der Herzog soeben entschwunden war. Schließlich fasste sie sich ein Herz und humpelte ihm nach. Seine Kammer lag im oberen Stock des Turms. Mühevoll stieg die Frau hinauf. Als sie schwer atmend vor den letzten Stufen kurz inne hielt, hörte sie seine Stimme.
„Ida, was quälst du deinen zerschundenen Körper zu mir hinauf? Es ist nicht sehr sittsam, als Jungfer einem verheirateten Mann in seine Kammer zu folgen."
„Ihr treibt Späße in diesen Zeiten, das verwundert mich. Ein ehrliches Wort Euch gegenüber war mir immer gestattet und ich denke, besonders jetzt ist es vonnöten, dass wir reden."
„Reden willst du? Worüber? Ich verstehe beim besten Willen nicht, was du meinst, Ida."
Mittlerweile war die kleine Frau in Rudolfs Kammer getreten und nahm wie selbstverständlich auf einem Hocker neben seinem Stehpult Platz. Einer der Geistlichen hatte darauf die Briefe der letzten Wochen, jene, die Rudolf bei sich getragen, wie auch jene, die während seiner Abwesenheit durch Boten auf Burg Stein gebracht worden waren, ordentlich auf kleine Haufen gestapelt.
„Ich meine die Treue, die Ihr dem König geschworen habt."
„Heinrich wird nicht mehr lange König sein."
„Er wird sich nicht wehrlos die Krone nehmen lassen. Rudolf, noch stehen genug Fürsten des Reichs auf seiner Seite."
„Du redest von Dingen, von denen du nichts verstehst. Sogar die Bischöfe sind von ihm abgefallen und kriechen nun nach Rom, um Vergebung winselnd. Die meisten Fürsten haben mir zugestimmt, dass Heinrich erst wieder König genannt werden darf, wenn er in Rom die Absolution und die Loslösung vom Bann erwirkt hat. Wir, die Fürsten, sind berufen, das Reich und die Krone zu schützen vor dem gottlosen, gebannten und anmaßenden Heinrich."

„Rudolf Ihr habt einen Eid geschworen!“, rief Ida entsetzt aus.
„Der Heilige Vater hat mich und alle Lehnsmänner des Königs davon befreit“, entgegnete der Herzog.
„Aber wie steht Ihr vor Gott da? Rudolf, schon einmal habt Ihr vor Gott große Schuld auf Euch geladen, auch wenn die Pfaffen und Gelehrten behaupteten, es sei recht gewesen.“
„Es war Recht, Mathilde war mein Weib“, schrie Rudolf die kleine Frau an.
„Sie war noch kein Weib, das wisst Ihr genau, sie war ein Kind. Ihr hättet sie nie nehmen sollen. Ihr habt ihr Gewalt angetan“, Ida zwang ihre Stimme zur Ruhe.
„Ich bin doch wohl gestraft genug? Ein schwachsinniges Balg hat sie mir geboren.“
„...und ist dabei gestorben. Hoch verehrter Rudolf, Gott hat diese Sünde mit einer schweren Strafe vergolten. Die Kaiserin hat Euch dennoch verziehen, Ihr konntet in Frieden leben mit Gott und dem König. Weshalb wollt Ihr das gefährden? Und weshalb wollt Ihr Eure Seele erneut gefährden?“
„Schweig, es steht dir nicht zu, so mit mir zu sprechen, bist nicht viel mehr als eine einfache Dienstmagd“, herrschte der Herzog Ida an.
„Verzeiht, Herr, ich fürchte mich nur um Euch, Euer Weib und Euren Sohn. Ich verdanke Euch alles, das ist mir bewußt“, sagte Ida leise.
Schweigen stand zwischen den beiden. Rudolf starrte mit düsterem Blick in die Ferne. Ida wagte nicht, sich zu regen. Plötzlich drehte sich der Herzog ihr zu und lächelte sie scheu an.
„Das Reich ist in Aufruhr, es hat schweren Schaden genommen. Wir, seine Fürsten, müssen nun einstehen für die Sünden, die an seinem Haupte gemacht worden sind. Und wir müssen auch dafür sorgen, dass das Haupt nicht länger sündig handelt. Wenn nötig müssen wir es abschlagen. Es geht nicht um mein Wohl, es geht um das Wohl des Reiches“, erklärte Rudolf.
„Wollt Ihr Heinrich mit dem Schwert die Krone nehmen? Dann wird es wieder Krieg geben, Rudolf, das könnt Ihr nicht wollen“, klagte Ida. Doch Rudolf drehte sich nur schroff von ihr ab.
„Wenn es sein muss, wird es Krieg geben, Ida.“

Am Abend saßen der Herzog von Schwaben, sein Weib Adelheid, die Dame Kuniza und Ida gemeinsam am Feuer. Eifrige Dienerinnen hatten noch einmal den Kamin angeheizt, denn wenn auch die Tage schon den nahen Sommer versprachen, so standen die Abende und Nächte noch immer unter der Herrschaft eines vergehenden kühlen Frühlings.
Bis auf Ida hatten sich alle an dem üppigen Nachtmahl gütlich getan und auch dem süßen Wein fröhlich zugesprochen, waren jedoch noch nicht schläfrig genug, um sich zu Bette zu begeben. Adelheid hatte sich in einen rostroten samtenen Mantel gehüllt, der ihren offen herab hängenden Haaren einen goldenen Glanz verlieh. Der Feuerschein schenkte ein weiches Licht, in dem ihre Haut seiden schimmerte. Hinter ihr hatte Ida sich auf einer Truhe nieder gelassen, Kissen und Decken im Rücken stützten ihren krummen Körper, damit sie einigermaßen bequem sitzen konnte. Die Unterhaltung mit dem Herzog lag ihr noch immer auf der Seele, hatte ihre Kehle beim Essen zugeschnürt und beschäftigte noch immer ihren Geist.
„Wenn es sein muss, wird es Krieg geben, Ida“, hatte Rudolf ihr erklärt und einen Krieg gegen den König gemeint.
Heinrich, König von Gottes Gnaden.
Kuniza bereitete sich schon auf ihren Dienst in dem herzoglichen Haushalte vor, ihrer neuen Herrin auch an diesem Abend eine Geschichte oder ein Lied zur Erheiterung vorzutragen, als Adelheid ihr Einhalt gebot.
„Bitte liebe Kuniza, lass uns heute einmal die Rollen tauschen. Ich werde dir eine Geschichte von Heldentaten, Treue und Mut, von Kämpfern und Königen erzählen und du, Ida und auch Ihr,“ damit neigte sich die schöne Frau ihrem Gemahl zu und senkte artig den Kopf, „seid meine Zuhörer, wie wir sonst die deinen sind. Du hast mich nach der Geschichte des ehrwürdigen Klosters Novalesa gefragt, das im Susatal liegt, unweit der Markgrafschaft Turin.“
Kunizas Wangen begannen mit einem Male zu glühen.
„Ist dir nicht wohl, meine Liebe?“, fragte Adelheid verwundert, Kuniza schüttelte jedoch nur stumm den Kopf und setzte sich schwer atmend neben Ida auf eine einfache Holzbank.

„Im Susatal“, hob Adelheid ihre Erzählung von Neuem an, „verlebte ich meine Kindheit und dort lebt noch immer meine geliebte Mutter. Im Schatten des Rocciamelon, des höchsten Bergs der Welt, liegt die Abtei.“
Adelheid berichtete von der Geschichte des Klosters Novalesa im Susatal. Dort seien viele wundersame Dinge geschehen seit Kaiser Karl den Ort vor langer Zeit einmal besucht hatte.
„Unweit dieses wunderbaren Klosters bin ich und meine Schwester geboren, dort wuchs ich heran. Bertha musste uns, wie Ihr wisst, schon als kleines Kind verlassen, denn sie war dem Kaisersohn als Weib versprochen und reiste in die Obhut der Kaiserin Agnes. Mir jedoch war es vergönnt, bei meiner Mutter, der Comitissa Adelheid, auf der Burg in Susa bleiben. Ja, ich darf sogar ihren Namen tragen“, Adelheid wandte sich Kuniza zu und lächelte die Fremde stolz an.
„Die größten Gelehrten kamen an unseren Hof, denn sie schätzten und verehrten meine Mutter, die Comitissa von Susa, die sie mit der biblischen Deborah verglichen. Sie war anmutig und klug und liebte die Schönheit der Musik und der Dichtkunst. Und sie liebte die Historie. Die ließ sie aufschreiben im Kloster Novalese.“
„Weib, Ihr schweift ab, wolltet Ihr uns nicht eine Geschichte aus alter Zeit von Kämpfern und Königen erzählen. Nun schwärmt Ihr nur von Eurer Mutter, von der wir genug wissen. Ihr rühmt Euch ihrer Schönheit, ihres Geistes, aber damit langweilt Ihr Eure Zuhörer“, stieß Herzog Rudolf ungnädig hervor.
„Verzeiht meine Widerworte, Herr, jedoch höre ich gern diese Geschichten von der Gräfin Adelheid und dem Kloster Novalese. Soviel ich weiß, liegt diese Heimstatt frommer Mönche in den Bergen? Nahe eines ganz besonderen Berges? Darüber zu hören, meine verehrte Herrin, bin ich sehr begierig. Ich bin fremd an Eurem Hof und mir ist dies alles neu.“
Kuniza sprach lebhaft und ganz aufgeregt. Ida wunderte sich, dass die Fremde offensichtlich nicht nur höflich sein wollte gegenüber ihrer Herrin, sondern wahrhaft Gefallen zu finden schien an den Geschichten der Adelheid. Rudolf jedoch grunzte nur und starrte mit grimmigen Blick ins Feuer, eine Wolldecke noch fester um die Schultern gezogen.

„Die Liebe zur Historie vererbte mir die Mutter, die Comitissa von Susa, nicht wahr, hochverehrter Herzog?“ Adelheid blickte ihren Gemahl herausfordernd an, der jedoch schien sein Weib nicht gehört zu haben.
„Wie darf ich das verstehen, teure Dame? Was vererbte Euch die Mutter?“
Nun brach Kunizas Wissbegierde ungezügelt hervor. Mit lauter Stimme hatte sie ihre Frage herausgeschleudert und war dabei beinahe aufgesprungen. Adelheid und Ida sahen sie verwundert an und die Dame schien in diesem Augenblick ihr ungebührliches Verhalten zu bereuen.
„Verzeiht, edle Herrin.“
„In unserem Kloster Novalese schrieben die Mönche auf Geheiß der Mutter eine Chronik der wundersamen Begebenheiten auf. Sie zu lesen und Wert zu schätzen lehrte man mich. Zahlreiche Geschichten waren in dieser Chronik verzeichnet, meine liebste erzähle ich euch nun.“
Adelheid hielt kurz inne, nahm einen Schluck süßen Wein aus ihrem Becher und schaute zufrieden in die erwartungsvollen Gesichter ihrer Zuhörer. Selbst der Herzog schien seinem Weib nun volle Aufmerksamkeit zu schenken. Mit fester Stimme sprach Adelheid endlich weiter:
„Einst lebte im Kloster von Novalese ein greiser Gärtner, von hohem Geschlecht und großer Tapferkeit. Jedoch sprach der Mönch mit niemanden über seine edle Abkunft, sondern suchte die Stille und den Frieden der heiligen Stätte als Buße für seine Sünden, wie seine Brüder später erfahren sollten. Lange war er durch die Welt gereist, um einen Ort der Einkehr zu finden. In Novalese nahm man ihn schließlich auf und dort verbrachte er seine Tage als Mönch und Gärtner. Nach seinem Tode erfuhren die Brüder des Klosters von seinem Schicksal und schrieben es auf.
Sein Name war Walther und er war dem Hunnenkönig Etzil als junger Knabe vom Vater, dem Aquitanier Alpher, als Geisel gestellt worden. An dem fremden Hof wuchs er heran, freundschaftlich verbunden mit Hagen, der ebenfalls als Geisel von seinem Vetter, dem Frankenkönig, zum Hunnen Etzil entsandt worden war. Und auch Hildegund, Tochter des Burgunderkönigs, wuchs bei dem Fremden heran.

Die drei Kinder waren bald ihren Zieheltern herzlich zugetan und die Knaben wurden zu tapferen Kriegern im Heer des Hunnen.
Besonders Walther diente Etzil als trefflicher Feldherr, doch je stärker seine Liebe zu Hildgund erwuchs, desto sehnlicher brannte in ihm der Wunsch zur Flucht. Seinem brüderlichen Freunde Hagen wollte er nach. Dieser war zurück an den Hof des Frankenkönigs geflohen. Nach einem glanzvollem Sieg, den der Hunnenkönig und seine Männer mit einem großen Gelage feierten, wagten Walther und Hildegund aus der Geiselhaft zu entkommen, nicht ohne den Schatz des Hunnen mitzunehmen, als dessen Hüterin die schöne Hildegund eingesetzt ward. Zwei Schreine voller Gold und Schmuck führten sie hinfort."
Kuniza horchte aufmerksam zu, den Kopf leicht zur Seite geneigt, den Blick fest auf die Herzogin gerichtet.
„Den mörderischen Kampf zu verhindern, mahnte Hagen unablässig seinen König, der jedoch, von Gier nach seinem geraubten Schatze getrieben und gekränkt von Walthers kühner Flucht, lachte den Krieger nur an. Auch Walther suchte des Königs Wut zu mildern und bot zweihundert goldene Spangen aus dem Schatze als Wegegeld. Wie den Hagen zuvor zieh der König auch Walther der Feigheit."
Adelheid erzählte ausufernd von Walther und Hildegund, wie die beiden vollbeladen mit Etzils Schätzen nach Westen flohen, wie der Frankenkönig Gunther davon erfuhr und Habsucht in seinem Herzen entbrannte, er seine besten Krieger den beiden entgegenschickte und Walther im Kampfe jeden dieser Männer bekämpfte, bis nur noch Hagen ihm gegenüberstand.
Ida kannte die Geschichte der Freunde gut, dennoch ließ sie sich wie so oft auch dieses Mal begeistern, von deren Abenteuern, von der Liebe Walthers zu Hildegund und der Treue Hagens. Vergessen waren für den Augenblick ihre Ängste um Herzog Rudolf und einem drohenden Krieg gegen den König.
Es verwunderte sie jedoch, dass Kuniza, die noch kurz zuvor so begierig gewesen war, die alten Geschichten zu hören, nun sichtlich erschöpft und ermüdet, jede Aufmerksamkeit verloren zu haben schien. Mit abwesendem Blick, die schweren Augenlider halb geschlossen, hatte die Frau Mühe, der Erzählung Adelheids zu folgen. Beinahe war es Ida, als entwichen die Gedanken der Dame in die Ferne, während ein leichter Schlummer sich über ihre fremdartig anmutenden Züge legte.

„Die Geschichte der edlen Adelheid scheint nicht Eurem Geschmack zu entsprechen. Ist Euch nicht wohl?", raunte Ida der fremden Frau zu. Die aber schüttelte nur erbost den Kopf und straffte ihren Körper. Adelheid berichtete derweil unbeirrt weiter.
„Als letzter seiner Krieger blieb Hagen. Ihn bat der König inbrünstig am Kampfe gegen Walther teilzunehmen und zieh ihn abermals der Feigheit. Kalt jedoch wies der Krieger die Bitten zurück und weigerte sich, dem Freund mit dem Schwerte entgegen zu treten. Erst als König Gunther ihn auf Knien anflehte, eingedenk, dass die Ehre der Franken bedroht war, stellte sich Hagen dem Kampf mit Walther. Am nächsten Morgen trafen die drei Männer aufeinander: Hagen, Walther und der Frankenkönig. Mit dem Schwerte schlug Walther dem König ein Bein vom Rumpf. Als Hagen sich einem weiteren, todbringenden Hiebe entgegenwarf, streckte Walther seine rechte Hand hervor. Mit einem gezielten Schwertschlag trennte sie der Freund ab. Walther jedoch erfasste das krumme Hunnenschwert mit seiner Linken und schlug Hagen ins Gesicht. Ein Auge und sechs Backenzähne verlor der Gefährte aus Kindertagen bei dem Kampf.
Erst jetzt hatte das Ringen ein Ende. Die Helden saßen versöhnt beieinander, scherzten über ihre Wunden und lechzten nach dem Wein, den Hildegund ihnen reichte."
Zufrieden schaute Adelheid in die Gesichter ihrer Zuhörer.
„Das war mir immer die liebste Geschichte der Chronik aus Novalesa. Die Mönche haben sie mir oft erzählt und als ich zum jungen Mädchen herangewachsen war, las ich sie selbst in den kostbaren Schriften. Ich darf behaupten, dass die Kunst des Schreibens und des Lesens mir dadurch sehr vertraut wurde. Etliche Historien lernte ich kennen in den alten Schriften, sowohl in lateinischer Sprache als auch in der des einfachen Volkes. Nun trage ich sie zusammen mit all den anderen wunderbaren Begebenheiten mit mir." Adelheid faßte sich mit beiden Händen ans Herz.
„Ihr tragt sie mit Euch, edle Herrin? Wie kann ich das verstehen? Wo sind die Geschichten?"
Kunizas Aufmerksamkeit schien wieder erwacht.

Adelheid sah ihre neue Vertraute mit unverständiger Miene an und diese beeilte sich eine weitere Frage nachzuschieben:
„Kennt Ihr auch Geschichten, die man sich von den Bergen des Susatals erzählte?“
„Nun, da ist vor allem der Rocciamelon, das ist der höchste Berg der Welt. Er ist berühmt und die Chronik von Novalese weiß einige ungeheure Dinge über ihn zu berichten.“
Kuniza jedoch schüttelte nur still den Kopf, als enttäusche sie die Antwort der Herzogin.
„Und dieser Walther lebte in Eurem Kloster Novalese, verehrte Adelheid?“, fragte Ida merklich beeindruckt. Das Interesse der Kinderfrau stimmte die Herzogin milde. Sanft antwortete sie:
„Sehr wohl, liebe Ida, er lebte dort als greiser Gärtner und Mönch. Er starb auch in Novalese und wurde dort begraben, aber niemand würde sein Grab heute kennen, hätte nicht eine einzige alte Frau aus dem Dorfe nahe dem Kloster Kenntnis davon gehabt. Sie zählte 200 Jahre und zeigte den Mönchen die Stätte. Auch zum Grab der Bertha, der Gemahlin Kaiser Karls und deren Name meine hoch verehrte Schwester trägt“, bei diesen Worten umspielte ein feines Lächeln die Züge der Herzogin, „konnte sie die Mönche führen, damit diese die Stelle und ihre Geschichten in der Chronik niederschreiben konnten.“
„Nun ist es genug von Euren Geschichten. Ich schätze die alten Sagen um Walther und Hagen überhaupt nicht, all das Gerede von Treuebruch und Goldgier“, rief Rudolf erbost aus und stampfte aus dem Saal. Adelheid sah ihrem Gemahl spöttisch hinterher. Kuniza jedoch saß schweigend da, tief in Gedanken versunken, wie es schien.

Bis spät in die Nacht hinein lag Ida wach neben dem ruhig atmenden Berthold. Das Mondlicht schien durch die Ritzen der Fensterläden, die die kalte Luft aussperrten.
Die Geschichte vom heldenhaften Hagen spukte noch lange in ihrem Kopfe herum, jener Krieger, der, seinem König ergeben, das Schwert gegen den Freund geführt hatte, der hin- und hergerissen war zwischen Treueschwur und Freundesliebe.
Der Herzog hatte wütend darüber geschimpft. Nun erst begriff Ida, welche Seelenqual er durchlitt, seitdem der Heilige Vater Heinrich gebannt und die Großen des Reiches vom Treueid gegenüber dem König gelöst hatte. Seinem König ergeben, durch den Treueschwur verbunden und dennoch fortgerissen von der Liebe zur heiligen Kirche, in zwei Teile geteilt ward Rudolf von Rheinfelden, Herzog und Fürst des Reiches, wie durch des Scharfrichters Schwert.
Unwillkürlich musste Ida aber auch an Rainald denken. Auch er war ein Krieger, zwar im Dienste Berthas, jedoch wie Hagen dem König ergeben. Wem hing er an? Blieb er der Seite der Königlichen treu? Wer konnte Gottes Gunst für sich beanspruchen? Rainald würde nur einem gottesfürchtigen, der Kirche ergebenen Herrscher die Treue halten, davon war Ida aus vollstem Herzen überzeugt.
Ob Heinrich aber ein gottesfürchtiger, guter Herrscher war, der die Treue auch verdiente, war mehr als ungewiss. Sicher war, dass er mittlerweile ein schwacher König war. Vom Papst gebannt, aus der Gemeinschaft der Christen ausgestoßen, verlor er immer mehr Gefolgsmänner. Seine Macht bröckelte.
Ida fürchtete, dass auch Rainald bald in einen Zwiespalt geraten könnte so wie Herzog Rudolf und auch wie Hagen. Die Männer wurden zerrissen zwischen dem Treueschwur, der sie an ihren königlichen Herrn band, und der Liebe zu Gott, der heiligen Kirche und den Geboten.
Rainald war wie Rudolf ein aufrichtiger Mann. Würde er an der Seite des gebannten Herrschers streiten, sich und seine unsterbliche Seele in Gefahr bringen? Welches Schicksal stand ihm bevor? Mit Schaudern dachte sie an die drei Kämpfer aus Adelheids Geschichte und an deren Ende.

Wie Gottesurteile wirkten die Verletzungen auf Ida: König Gunthers abgeschlagenes Bein, Hagens zerschundenes Gesicht, dem das Auge herausgehauen war, und Walther, dem der Freund die Hand abgetrennt hatte mit nur einem Schwerthieb.
Sie fürchtete, diesen Bildern auch im Traum zu begegnen, sollte der rote Greif sie in dieser Nacht verschonen.

Wenige Tage vor dem Feste der Aufnahme der seligen Jungfrau Maria in den Himmel, im Jahre des Herrn 1076

Unversehens hatte sich die Sommerhitze schwer auf das Land gelegt. Keine kühlende Brise stieg mehr vom Ufer hinauf.
Träge zog sich der Rhein zwischen den Wiesen und Hügeln durch das Land und ruhig trug er das kleine Fährfloss, das die wenigen Menschen hinüber zum Stein brachte. Dicht gedrängt standen sie, Bertha, Käthelin und Affra. Sie hielten sich bei den Händen und Furcht stand in ihren Gesichtern, obwohl das Floss nur unmerklich schaukelte.
Eliah stand zusammen mit einer Hand voll Geistlichen und ebenso vielen Kriegern hinter den Frauen und schaute voller Staunen zu dem Felsen in Mitten des Flusses, auf dem die berühmte Burg der Rheinfeldener thronte. Man sagte, sie sei uneinnehmbar und das glaubte er bei diesem Anblick.
Ein mächtiger Turm aus dicken Steinquadern erhob sich über sie, als der Fährmann langsam das Floss dem Felsen entgegen steuerte und es sicher an der vorgelagerten Kiesbank anlandete.
Endlich war die Fahrt überstanden und die Königin betrat mit ihrem kleinen Gefolge die Felseninsel. Von allen Seiten waren nun die aufgeregten Rufe der herzoglichen Bediensteten zu hören.
„Die Königin!“
„Schnell, holt die edle Frau Adelheid!“
„Königin Bertha ist gekommen.“

„Ohne Ankündigung erscheint Ihr hier auf unserer Burg, verehrte Königin und Schwester. Das verwundert mich doch sehr. Nun konnte ich keine Vorbereitungen für eine standesgemäße Unterkunft treffen. Weder für Euch noch für Euer Gefolge.“ Adelheid betrachtete missmutig ihre vornehmen Gäste.

„Ich habe Gründe, weshalb ich den ärgsten Gegnern unseres Königtums mein Erscheinen nicht vorab angezeigt habe. Es sind unruhige, gefährliche Zeiten und mein Gemahl, der König, wie auch ich sind von Neidern und treulosen Großen umgeben, denen wir nicht mehr vertrauen können. Die Sicherheit unserer Krone und unserer Leben steht auf dem Spiel."
„Eure Worte verletzen mich sehr, teure Schwester. Ihr habt keinen Grund an der Treue meines Mannes wie auch an meiner zu zweifeln."
Bertha schien die Worte ihrer Schwester zu überhören und schritt eilig über den Burghof hinüber zum Palas.
„Der Herzog ist nicht hier? Ist er wieder unterwegs und sammelt Unterstützer für die Sache dieses gottlosen Mönches in Rom, der uns Reich und Krone nehmen will?"
„Edle Königin, ich verstehe Eure Worte nicht. Weshalb seid Ihr so misstrauisch gegen meinen Gemahl wie auch gegen den Heiligen vater in Rom?" Adelheids Worte verrieten eine gewisse Hilflosigkeit, die Eliah überraschte.
„Heilig", stieß Bertha spöttisch heraus als spucke sie bitteren Speichel auf den Boden. Dann streckte sie den zierlichen Körper und sprach mit fester stimme: „Ich treffe meine Mutter bei Euch, Boten brachten mir ihren Brief, dass sie sich ebenfalls auf dem Wege nach Rheinfelden befände."
„Die Comitissa ist bereits vor Tagen hier auf dem Stein angekommen", entgegnete Adelheid zaghaft.
Beklommenes Schweigen stand zwischen den Frauen. Adelheid hatte die Schwester samt deren kleinen Gefolge in den Palas geführt. Zusammen mit ihrer Mutter, der edlen Markgräfin von Turin, Comitissa Adelheid, hatte sie rasch Aufstellung genommen, um den gekrönten Gast gebührend willkommen zu heißen. Innerhalb der mächtigen Burg war es angenehm kühl, die dicken Mauern sperrten die Sommerhitze aus und durch die Fenster zog ein leichter Windzug. Königin Bertha starrte erhobenen Hauptes ins Leere, weder ihre Schwester noch die Mutter würdigte sie eines Blickes.

Mit eiligen Schritten war die Comitissa in den Saal geeilt, kaum dass ihr die Nachricht von der Ankunft ihrer Tochter überbracht worden war. Ihre Wangen glühten wie die eines jungen Mädchens, das sich beim Spiel erhitzt hatte und auch ihre gesamte Erscheinung verriet nicht im Geringsten, dass sie bereits das 60. Lebensjahr überschritten hatte. Von hohem und geraden Wuchs war die Comitissa, ihre Haut schien ohne Falten, weiß und schimmernd, wie die ihrer Töchter, ihre Augen strahlten noch immer klar und ihr Hals war makellos wie ihre kleinen festen Brüste und ihre schmalen Hände. Wer sie sah und nichts von ihrem wahren Alter wußte, hätte meinen können, sie zählte nur wenige Jahre mehr als ihre Töchter.

Ergeben und schweigend zu warten, bis die Königin das Wort an sie richtete, fiel der Comitissa offensichtlich schwer. Ungeduldig schnaufte sie bei fast jedem Atemzug laut auf, bis sie endlich sichtlich verärgert die Stimme erhob.

„Bertha, warum läßt du uns hier stehen, ohne uns zu begrüßen und dich nach dem Wohlergehen deiner Mutter zu erkundigen?"

„Ihr wißt doch wohl, dass es sich nicht schickt, ungebeten das Wort an die Königin zu richten?" Bertha starrte noch immer ins Leere.

„Was sich schickt und was nicht, das weiß ich sehr wohl, mein Kind. Jedoch gelten für die Comitissa von Turin aus dem alten Geschlecht der Arduine, Mutter der Römischen Königin, wohl eigene Anstandsregeln."

„Nun gut, wie geht es Euch, Mutter?", zögerlich wandte sich Bertha der Comitissa zu, das letzte Wort auffällig betonend.

„Ich freue mich sehr, Dich nach so langer Zeit zu sehen, auch wenn der Anlass wohl ein sehr ernster ist."

„Ich bitte Euch, mir in die anderen Räume zu folgen. Die Diener haben ein kleines Mahl zur Erfrischung zubereitet. Ihr müsst erschöpft sein von der Reise", rief Adelheid mit zitternder Stimme.

Ein Dienstmann des Herzogs war erschienen und hatte ihr einige Worte zugeflüstert. Als Truchsess des Herzogs von Schwaben war der Mann verantwortlich für die Tafel und die Speisekammer des Rheinfeldeners. Angesichts der unerwarteten Gästeschar hatte er seit Berthas Ankunft hektisch alles Nötige herrichten lassen, war durch die Keller, die Vorratsräume und die Gärten der Burg gelaufen, hatte Diener angeschrieen und den Köchen Anweisungen gegeben. Nun stand er schwer atmend neben Adelheid.
Zögerlich setzte sich die Gesellschaft in Gang und folgte der Gastgeberin. Königin Bertha an der Spitze, neben ihr die Mutter, dahinter folgten die königlichen Hofdamen und Pater Elias.

Ida wunderte sich über den lauten Tumult, der vom Burghof zu ihrer Kammer hinauf schallte. Neugierig schaute sie aus dem Fenster.
Es war zu heiß gewesen, um mit dem Jungen den Tag an ihrem Lieblingsplatz bei der umgestürzten Buche am Flussufer zu verbringen, deshalb hatten sie sich innerhalb der mächtigen Mauern des ‚Steins' vor der brennenden Mittagssonne verschanzt. Berthold saß auf dem Boden und spielte mit seinen Holzpferden.
Es waren Gäste angelandet, soviel konnte Ida erkennen. Im Hof wurden fremde Reitpferde versorgt, eine kleine Schar von Dienern und Kriegern lief eifrig umher und an der Fährstelle verließen fremde Knechte und Mägde, Diener und Krieger zusammen mit vollbepackten Lastpferden gerade das Floss. Offenbar gehörten sie alle zum Gefolge des geheimnisvollen Gastes.
Als die Tür aufgestoßen wurde, zuckte Berthold zusammen und jaulte laut auf. Ein Diener stand atemlos im Türrahmen.
„Bitte Frau Ida, kommt schnell, die Herrin braucht Eure Hilfe."
„Wobei soll ich helfen? Was ist passiert?"
„Die Königin, die Königin ist mit ihrem Gefolge eingetroffen. Ihr müßt der edlen Herrin beistehen, ihr helfen sich anzukleiden, das Gastmahl vorzubereiten."
„Weshalb holst du nicht Kuniza?"
„Das wollte ich. Ich habe sie überall gesucht, aber Kuniza ist verschwunden."

Es erstaunte Adelheid sehr, welch üppiges Mahl ihr Truchsess in den wenigen Stunden seit Königin Berthas Ankunft hatte zusammentragen lassen. Gerade brachte er, wie es seinem Dienst entsprach, die erste Schüssel mit gebackenen Pasteten herein und reichte sie der Königin. Duftendes Bohnenmus, in Bier geschmorte Pastinaken und gebratenes Hühnerfleisch, auf großen Holztellern angerichtet, wurden von weiteren Dienern hereingetragen.
„Es beschämt mich, Euch, hochverehrte Königin, solch ein ärmliches und bescheidenes Mahl anbieten zu müssen", erklärte Adelheid stolz, „mehr jedoch war meinem Truchsess nicht möglich, denn Ihr kamt zu unerwartet."
„Euer Truchsess? Ihr sprecht, als seid Ihr eine Königin mit großem Gefolge. Versteigt Euch nicht in den Ehrgeiz und den Eifer Eures Gemahls."
„Was meint Ihr, verehrte Herrin?", Adelheid schaute die Schwester entgeistert an.
„Er will die Krone des Reiches, soviel ist gewiss. Mit dem gottlosen Hund, der sich selbst Papst nennt und König Heinrich die Krone rauben will, macht er schon seit langem gemeinsame Sache." Angewidert schaute Bertha zu Adelheid hinüber. Diese senkte den Blick und fiel in eisiges Schweigen. Auch die Königin verstummte und wand sich ab von der Schwester.
Unmerklich kroch die Zeit dahin, nur der schwere Atem der Comitissa war zu hören. Die saß kerzengrade. Mit ernstem Gesicht schaute sie erst auf Adelheid und dann auf ihre gekrönte Tochter.
„Mein liebes Kind, sei nicht ungerecht zu deiner Schwester." Die dünne Stimme der alten Comitissa zerschnitt das feindselige Schweigen der Frauen.
Ida hielt den Atem an. Nur wenige Augenblicke zuvor hatte sie eilig, nachdem der Diener aus ihrer Kammer herausgestürzt war, ihre beste Cotta übergestreift, hatte Bertholds Hand ergriffen, den jaulenden Jungen hinter sich über den Hof her geschleift und ihn in die Küche gebracht, wo ihr die Köche und Mägde wortlos zunickten. Wie so oft würde der Sohn des Herzogs auch an diesem Abend in ihrer Mitte verwahrt, verborgen vor den Augen der edlen Gäste.

Sodann war sie in die Halle gehumpelt zu den edlen Damen, von denen keine sie auch nur eines kurzen Blickes gewürdigt hatte. Wie ein flüchtiger Schatten war die kleine, verwachsene Frau an die Tafel heran getreten und hatte sich still an Adelheids Seite gesetzt. Verstohlen blickte sie nun in die Gesichter der Frauen, die jedoch weiterhin starr auf ihre Teller gerichtet waren, als seien die Worte der Comitissa ungehört verhallt.

In edler Gesellschaft hatte sich Ida noch nie wohl gefühlt, nun jedoch war es ihr, als hielte sie die eisige Stille, die über der reich gedeckten Tafel hing, kaum noch aus. Trotz der Sommerhitze fröstelte es Ida. Die stumme Feindseligkeit schien ihr noch um vieles verletzender als all die Spottreden und belustigten Blicke auf den so verhassten Gesellschaften der königlichen Hoftage.

Schweigend taten sich die Damen gütlich an den Leckereien, die der herzogliche Truchsess hineinbringen ließ und mit hoher Stimme anpries. Ida beobachtete sorgenvoll jede Regung in den Gesichtern der Frauen, jede Geste und jeden Blick, den sie sich zuwarfen wie giftige Pfeile.

Mit jedem Happen schienen die Gegnerinnen jedoch von ihrem stummen Gefecht abzulassen und sich auf das Mahl zu besinnen. Nun wagte Ida, das kleine Gefolge der Königin, das hinter ihrer Herrin Aufstellung genommen hatte, näher zu betrachten. Suchend strich ihr Blick über die Köpfe der Gäste. Mit pochendem Herzen erkannte sie einige vertraute Gesichter, der Gesuchte jedoch war nicht dabei.

Die Geistlichen, allen voran Eliah, schienen müde und ihre Augen blickten leer. Wie die königlichen Krieger standen die Priester und Kapläne zusammengesunken hinter ihrer Herrin. Vielleicht sind sie alle nur hungrig, dachte Ida. Wenn sie ebenfalls gespeist haben, kehren die Lebensgeister auch in ihre Glieder wieder ein.

Ihr selbst hatte Adelheid einen Platz an der Tafel zugestanden, wie auch der Gräfin Ansillia, einer Freundin und Vertrauten der Comitissa, den Hofdamen Affra und Käthelin und, zu Idas besonderem Erstaunen, dem schönen Ritter Konrad.

Warum begleitete Heinrichs Berater und Freund die Königin? Er war nicht Teil von Berthas Hof. Wie er in gewohnter Weise strahlend lachte und seine blauen Augen beinahe zärtliche Blicke über die Damen streichen ließen, als wohne er einer freudigen Lustbarkeit bei, wirkte er doch merkwürdig unpassend in diesem Kreis. Er ist zu klug, um nicht zu begreifen, wie feindselig sich die Damen gegenüber sitzen, dachte Ida.
Endlich ließ Ida die Frage zu, die ihr Herz anrührte. Lange hatte sie sich verboten, an ihn zu denken, sich nach ihm zu sehnen, hatte sein Bild aus ihren Erinnerungen getilgt.
Der Sonnenschein, der sich in den leicht kräuselnden Wellen des Flusses spiegelte, der sanfte Wind, der über Burg Stein einherging, die vertrauten Bäume, Wege und Ufer der Inseli hatten ihr in den vergangenen Monaten geholfen, die Leere anzukennen. Nun aber waren die Gesichter jener Wintertage wieder aufgetaucht. Nicht in ihren Träumen, nicht in ihrer Erinnerung, sondern leibhaftig hier auf der Burg Stein. Sie standen kein halbes Dutzend Armlängen von ihr entfernt. Eliah, Affra, Käthelin. Wo war Rainald?
Nun drängte sich der verbotene Gedanke mit aller Wucht in Idas Geist. Zwischen den Kriegern war der hünenhafte Ritter nicht zu sehen und auch in Eliahs Nähe konnte Ida sein derbes, oft mürrisch dreinschauendes und dennoch so lieb gewonnenes Gesicht nicht entdecken.
War ihm womöglich etwas zugestoßen? Hatte er gekämpft gegen die aufständischen Sachsen? War er womöglich verletzt, verstümmelt oder gar schon lange tot, ohne dass sie nur eine wage Ahnung von diesem Leid gehabt hatte? Ida gab sich der Sorge um den Ritter nun völlig hin.
„Du isst nicht, Ida? Nimm von dem herrlichen Speckkuchen und dem Bohnenmus. Wie sollen unsere Gäste sich daran laben, wenn wir selbst die Speise unserer Küchenmeister verschmähen?“, mahnte Adelheid. Ihre Stimme war streng.
„Verzeiht, edle Herrin, die Ehre und die Freude über den hohen Besuch unserer verehrungswürdigen Königin bringt mir die Körpersäfte in Wallung und versetzt mich in solche freudige Unruhe, dass ich kaum einen Bissen hinunter bekomme“, raunte Ida und senkte beschämt den Kopf.

Ein Blick traf sie. Verwundert schaute Ida auf und sah Eliah direkt in die Augen. Der lächelte sanft zu ihr hinüber und verneigte sich verhalten zum Gruß. Ebenso zögerlich antwortete Ida mit einem stummen Nicken. Sein freundliches Gesicht, stimmte Ida wieder etwas hoffnungsvoller. Würde er sanft und beinahe unbeschwert lächeln, wenn dem Freunde Schreckliches widerfahren wäre? Nur kurz währte die Zuversicht, dann bedrückten wieder Sorge und Ohnmacht die kleine Frau.

Mittlerweile wurde ihr die Gesellschaft der Gäste immer bedrückender und unerfreulicher. Dass inmitten der Gästeschar das eine Gesicht, jenes, das sie so lieb gewonnen hatte, fehlte, betrübte Ida. Tränen stiegen ihr in die Augen und ihr war, als umklammere eine eiserne Faust ihre Kehle.

Endlos wurde die Zeit an der Seite Adelheids und unruhig betrachtete Ida die Anwesenden.

Noch immer füllte die bedrückende Stille den Raum aus. Schweigend aßen die Gäste und jeder versuchte dabei angestrengt den Blicken der anderen auszuweichen. Nur der schöne Konrad saß erhobenen Hauptes und blickte in die Runde. Unversehens beugte er sich Affra zu und flüsterte ihr einige Worte ins Ohr. Die Hofdame nickte ergeben und erhob sich. Unter den neugierigen Blicken der Gäste wie der Burgbewohner schritt die Dame zur Königin und sprach leise in ihr Ohr.

Als Affra sich wieder zu ihrem Platz begab, reckte Bertha das Kinn hervor und erhob die Stimme.

„Verehrte Schwester, wie ich vernehmen muss, ist die treulose Kuniza wie ein entlaufener Köter bei dir untergekrochen."

Adelheid sah zu Bertha hin und entgegnete ihr mit sanfter Stimme:

„Geliebte Königin, Kuniza kam zu mir, da sie Angst hatte um ihr Seelenheil, wenn sie noch länger leben sollte am Hofe Eures Gemahls, der vom Heiligen Vater aus der Gemeinschaft der Christen verstossen wurde."

Wut erfasste die Königin, das konnte ihr nun jeder deutlich ansehen. Rote Flecken verfärbten Berthas Hals und Gesicht und sie atmete schwer.

„Kuniza steht in meinen Diensten. Ich habe sie nicht daraus entlassen. Dass sie bei dir unterkriecht, ist gegen alle alten Rechte und Gewohnheiten. Ich verlange, dass du sie mir überstellst. Unverzüglich."
„Geliebte Schwester", antwortete Adelheid ruhig, „zu gerne würde ich deiner Weisung Folge leisten, nur ist Kuniza abermals verschwunden. Ich denke sie floh vor Euch und Eurem Hofstaat."

Die Frauen wechselten nach dem Mahl in die Kemenate der Herzogin, begleitet nur von ihren vertrauten Hofdamen.
Die Gräfin Ansillia sang zur Kurzweil der edlen Gäste fremdartig anmutende Lieder, wie man sie wohl schon seit vielen Hundert Jahren in der Grafschaft Turin kannte. Schweigend saßen die Damen aber keine lauschte tatsächlich dem Gesang. Jede hing ihren Gedanken nach. Die Gesichter waren verschlossen, die Blicke starr. Als Bertha plötzlich hochfuhr, erschraken die Frauen. Entschlossen erhob die Königin ihre Stimme, die sie mit aller Kraft zur Ruhe zwang.
„Wir werden nicht noch länger untätig hier hocken. Ihr zeigt Euch fürwahr als eine große Herrin des Reiches, liebe Schwester. Die Gastfreundschaft in Eurem Hause ist fürstlich. Auf die Zerstreuung und die Lustbarkeiten, die Ihr uns nun darbietet mit dem herrlichen Gesang muss ich jedoch verzichten. Werte Mutter, ich habe mit Euch zu reden, deshalb bin ich hergereist."

Endlich konnte Ida die schmerzenden Glieder ausruhen. In ihrem verfluchten krummen Bein quälte sie hämmernde Pein und auch die Hüfte brannte wie Feuer vom steifen Sitzen an der Seite der vornehmen Frauen, bei dem sich Ida doch so sehr darum bemüht hatte, gerade gewachsen zu erscheinen. Als die Königin die Frauenrunde zusammen mit ihrer Mutter verlassen hatte, konnte sich Ida heimlich zur umgestürzten Buche am Flussufer stehlen, um etwas Ruhe und Frieden zu finden.

Kraftlos hatte sie sich auf dem toten Baum niederfallen lassen, in der Einsamkeit ihres Lieblingsplatzes galten keine Regeln und Verbote, hier war sie nicht das Findelkind, Balg eines Unfreien, angewiesen auf die Gnade ihrer Gönner und Beschützer. Hier musste sie sich nicht unentwegt schinden und mühen, den zerschlagenen Körper plagen im Dienst für den Herzog und sein Weib.
Die Mittagshitze war vergangen, dennoch stach die Sonne auch zu dieser späten Stunde noch ungnädig jeden, der es wagte, auch nur einen Schritt aus den länger gewordenen Schatten in ihr Licht zu gehen. Ida atmete schwer, Schweißperlen zogen von ihrer Schläfe hinab über ihre Wangen.
Das nahe Wasser brachte keine Erfrischung, kein Windzug regte sich. An dieser Stelle, gegenüber der kleinen Siedlung am Fuße des alten Burghügels, zog der Fluß träge dahin. Hier verleugnete er dem Unwissenden, dem Fremden jenes Höllenloch, das sich nur wenige Längen nördlich auf seinem Grund auftat.
Ida schloss die Augen und ließ die Bilder des sich dem Abend zuneigenden Tages in ihrer Erinnerung vorbeiziehen. Wie die Königin mit ihrem Gefolge von Adelheid und ihrer Mutter im Speisesaal bewirtet worden waren, welch eisige Stille hatte da zwischen den Frauen geherrscht. Weshalb nur hatte dieser Hass und diese Missgunst aber das Wiedersehen der Frauen vergiftet?
Ida erinnerte sich an die ebenfalls unfreundlichen Begegnungen zwischen den Schwestern in der Vergangenheit. Weshalb jedoch begegnete Bertha ihrer Mutter ebenfalls so feindselig?
Sie sollte Pater Eliah fragen, kam es Ida in den Sinn. Ein Gespräch mit dem klugen Beichtvater würde viele Fragen beantworten. Vielleicht auch jene nach Rainald.
Ida schüttelte verärgert den Kopf. Der Gedanke an den Geistlichen hatte die Erinnerung an ihn wieder erweckt.

Unbemerkt näherte sich derweil das Fährfloß der Anlegestelle am Ufer, unweit von Idas Lieblingsplatz. Erst als der Fährmann seinem Helfer einige Befehle zurief, bemerkte Ida das Treiben auf dem Fluß. Deutlich erkannte die kleine Frau nun den einzigen Passagier des Fährmanns, der sich zu dieser späten Stunde langsam der Inseli näherte. Ein warmer, wohliger Schauer bemächtigte sich ihres Leibes und unwillkürlich strich ein Lachen über ihr Gesicht. Ihr Mund jedoch wurde plötzlich trocken, ihr Atem ging schnell und ihr war, als trage sie plötzlich einen Stein in ihrer Brust.
„Nein, er ist es, er kommt wahrhaftig hierher."
Eine massige Gestalt stand neben dem Fährmann und überragte den Alten um beinahe zwei Köpfe. Den Mantel hatte der riesenhafte Mann fest um seine Schultern gelegt wie zum Schutze.

Erstaunlich leichtfüßig sprang Rainald von der Fähre hinüber auf die der Burg flussabwärts vorgelagerten Kiesbank. Der Abend war angebrochen und im Dämmerlicht verschwammen die Umrisse von Büschen und Treibgut entlang des Ufers. Dennoch war es ihm, als sitze keine dreißig Fuss entfernt eine Gestalt auf einem umgestürzten Baumstumpf, seltsam verdreht und krumm, dennoch auch irgendwie vertraut.
„Ida, sitzt Ihr hier ganz allein?", donnerte seine Stimme durch die nun einsetzende Dunkelheit.
„Ritter Rainald, Ihr seid doch noch gekommen. Ich dachte schon, es sei Euch etwas zugestoßen, sodass die Königin Euren Schutz entbehren muss."
Mit wenigen Schritten war Rainald zu Ida hinübergesprungen und ließ sich neben sie auf dem Baumstumpf nieder.
„Warum seid Ihr nicht bei den anderen Damen? Nun wird es doch schon kühl. Die Kemenate der edlen Frau Adelheid ist sicher geheizt."
„Ich ruhe aus von den Anstrengungen des Tages. Die Ankunft der Königin hat für große Aufregung gesorgt. Niemand erahnte ihren Besuch."
„Es ging doch ein Bote hinaus", gab Rainald zu Bedenken, Ida jedoch zuckte nur die Schultern.

„Wir waren völlig unvorbereitet. Außerdem weilt die Mutter der edlen Adelheid, die Comitissa, seit Tagen hier auf dem Stein mit ihren Hoffräuleins und Kriegern."
„Das ist auch der Grund, weshalb die Königin hierher gereist ist. Sie will ihre Mutter treffen, darum ging es auch in dem Brief an die Comitissa."
„Das ist fürwahr seltsam, die Comitissa erwähnte Berthas Besuch mit keiner Silbe. Wir konnten keine Vorbereitungen treffen", entfuhr es Ida, „zumal Adelheid heute auch noch ihre Freundin verloren hat, wie es scheint."
„Wie meint Ihr das, verehrte Frau Ida?", fragte Rainald die verlegen dreinblickende Frau.
„Ich meine Kuniza, mein guter Ritter Rainald. Sie wohnte in den letzten Wochen hier auf dem Stein und wurde Adelheid eine gute und vertraute Freundin."
„Und wie verlor die Herzogin sie?"
„Kuniza verschwand. Noch an diesem Morgen sah ich sie gemeinsam mit Adelheid in der Kapelle, dann jedoch, als die Ankunft der Königin alle in Aufregung versetzte, war Kuniza plötzlich nicht mehr auffindbar. Die Diener haben nach ihr gesucht, denn Adelheid war in Sorge und großer Not. Sie brauchte die Hilfe der Kuniza."
Statt Idas Worte zu erwidern, schaute Rainald nur nachdenklich auf den sich finster vor ihnen ausbreitenden Fluss hinaus.
„Das Wasser sieht friedlich aus. Der Fluss ist hier nicht sehr tief, oder verehrte Frau Ida?"
„Hier mag das so angehen. Der Fluß ist jedoch tückisch, Ritter Rainald. Auf Höhe der Burg, dort drüben", Ida zeigte mit der rechten Hand gen Osten, „fällt das Wasser wie in ein Loch. Das ist am Boden des Flusses. An der Oberfläche brodeln und wirbeln die Wasser, am Grunde fällt der Fluß mehrere Fuss hinunter. Gefährliche Strudel gibt es dort. Wen die Fluten dort mitreißen, geben sie nicht mehr frei."
Rainald und Ida sahen hinaus auf den nur scheinbar ruhig daliegenden Fluß.
„Es ist dunkel und kalt geworden", stellte Rainald alsbald fest, „gehen wir hinein und suchen uns ein verborgenes Plätzchen, an dem ich Euch erzählen kann, was ich in Erfahrung gebracht habe in den letzen Wochen."
„Ritter Rainald, Ihr versteht es, meine Wissbegierde zu wecken."

Das Stroh unter ihr roch faulig. Die Decke, die ihr die Alte gereicht hatte, war fleckig und von Motten verfressen.
Ich habe durchaus schon schlimmer genächtigt, murmelte Kuniza in sich hinein. Aber auch schon besser. Bei diesem Gedanken huschte ihr ein spöttisches Lächeln über das Gesicht. Es werden wieder bessere Tage und Nächte kommen. Sie spürte, dass sie nicht mehr weit von ihnen entfernt war.
„Ihr seid zufrieden, verehrte Frau? Ich sehe Euch lächeln, das erfreut mich sehr und erfüllt mich mit Stolz. Ich habe schon lange keinen so vornehmen Gast in meiner einfachen Stube beherbergt“, krächzte die Wirtin und schlurfte auf Kuniza zu. Ihre armselige Gestalt stand in einem argen Gegensatz zu ihrer geschwollenen Sprache.
„Ihr solltet aber näher ans Feuer kommen, werte Herrin. Die Nacht wird kalt werden und wenn Ihr in der dunklen Ecke liegen bleibt, fressen Euch noch die Ratten an.“
Ungebeten zerrte die Alte an Kunizas Arm und zog die Frau hoch, dann schob sie sie an einen freien Platz dicht an der Feuerstelle. Ein Dutzend Körper lagen wie schwere Bündel dicht gedrängt am Boden. Bedächtig stiegen die beiden Weiber über sie hinweg.
Sollte mir einer der Galgenvögel hier zu nahe kommen, spürt er die Klinge, dachte Kuniza, als sie sich niederlegte. Ihre rechte Hand umkrallte den Dolch, der ihr bester Reisegefährte geworden war.

Die Mägde und Küchenknechte hatten längst ihr Tagewerk beendet, als Ida und Rainald noch immer auf der Ofenbank beieinander saßen.
Ihre Schlafplätze hatte sich das Gesinde nahe des Ofens hergerichtet, der noch immer behagliche Wärme ausstrahlte. Männer und Frauen schmiegten sich aneinander und zwischen ihnen erkannte Ida Berthold. Er lag ruhig auf Strohsäcken, eingehüllt in derbe Wolldecken und Schaffelle. Eine barmherzige Seele hatte dem Jungen hier eine Schlafstelle bereitet und ihn zur Nacht gebettet. Ida betrachtete gerührt den friedlich schlummernden Jungen und hörte gleichzeitig Rainalds Erzählung aufmerksam zu.

Der Krieger berichtete von Eliahs Bemühungen, das Stück Pergament, das sie unter Hemmas Cotte gefunden hatten, zu enträtseln und einen Sinn in den Worten darauf zu finden.
„Der Gute suchte in den Bibliotheken der Bischofstädte, die wir seitdem besucht haben. Jedoch sind auf dem Pergament wohl zu wenige Buchstaben zu erkennen, um den Text darauf entschlüsseln zu können."
Von seiner Suche nach Hetzil erzählte Rainald Ida ebenfalls, wie er bei allen Knechten, Stalljungen und Mägden nachgefragt hatte nach der Henkersfratze, denn Eliah hatte schließlich von den Knechten des Straßburger Bischofs erfahren, dass der Kerl die Steinschleuder wahrlich meisterhaft zu führen wußte. Schließlich berichtete Rainald noch vom königlichen Prinzenerzieher Gebhard, genannt der Kleine, der ihm Antworten gegeben hatte, die der Ritter nie erwartet hatte.
„Der Kaplan hatte Hetzil zusammen mit Kuniza gesehen, beide waren wohl so vertraut miteinander, wie es ihm schien, dass sie Heimlichkeiten teilten."
„Die schöne, stolze Kuniza und der elende Hetzil?"
Ida dämpfte ihre Stimme, wohl eher um nicht aufgeregt aufzuschreien, denn aus Rücksicht auf die Schlafenden zu ihren Füßen.
„Was könnte die zwei verbunden haben? Eine Liebelei wird es doch wohl nicht gewesen sein?", Idas schöne Augen waren weit aufgerissen.
„Gebhard erzählte davon, wie Kuniza den Hetzil gescholten habe. Sie habe auf ihn eingeredet und geschimpft. Und schließlich habe sie von einem Pergament gesprochen."
„Rainald, das ist schon sehr seltsam. Aber wenigstens bringt diese Geschichte etwas Licht ins Dunkel. Bisher erschienen die Ereignisse in Straßburg mir immer geheimnisvoll und verwirrend. Nichts passte zum anderen, alles war undurchsichtig und durcheinander, wie in einem Knäuel verworrener Wolle. Doch nun können wir endlich einzelne Enden erkennen."
Der Krieger zog die Augenbrauen zusammen.
„Ach, können wir das?" Rainalds dunkle Augen ruhten auf Idas strahlendem Gesicht.
„Schaut nicht so fragend", lachte Ida, „wir haben sozusagen einen Faden, dem wir folgen können, um aus dem Labyrinth herauszufinden."

„Ida, Ihr verwirrt mich nun ganz. Welches Labyrinth meint Ihr? Von welchen Fäden sprecht Ihr nur?“ Rainald schien ratlos. Die kleine Frau lachte kurz, wurde dann jedoch wieder ernst und sah beschämt zu Boden. Hochmut ob ihrer Bildung war eine Sünde, vor der sie sich immer wieder in Acht nehmen musste. Das wusste sie nur zu gut.
„Verzeiht Herr Ritter, es gibt in alten Büchern eine Geschichte. Sie ist ganz und gar von den Heiden, und dass Ihr sie nicht kennt, gereicht Euch zur Ehre. Ich dachte nur, vielleicht gelingt es uns mit ihrer Hilfe, das Ganze zu entwirren.“
Rainald betrachtete Ida abwartend. Weil die jedoch schwieg, forderte er sie mit einer leichten Handbewegung auf, zu erklären, wessen Hilfe sie denn meine.
„Ihr erzähltet mir die Geschichte von Kuniza und Hetzil. Mein geschätzter Freund, Euch ist sicher nicht verborgen geblieben, dass während der Tage in Straßburg auffällig oft Schriftstücke auftauchten. Ihr selbst fandet jenen Fetzen Pergament am Leibe der toten Hemma.“
„Eliah konnte seinen Sinn zwar noch nicht entschlüsseln, aber er scheint bedeutsam zu sein“, warf Rainald zustimmend dazwischen.
„Erinnert Euch an jene fremde Person, die unsere Kammer durchsuchte und dabei besonderes Augenmerk wohl auf die Schriften in Herzogs Rudolfs und Adelheids Gepäck legte. Wißt Ihr noch, wie in der ganzen Kammer die Pergamente zerstreut lagen?.“
„Gewiss. Und nun erfahren wir auch noch, dass Kuniza mit Hetzil über ein Pergament sprach. Verehrte Ida, Ihr seid fürwahr eine sehr kluge Beobachterin und eine erstaunliche Frau.“
Ida schüttelte verhalten den Kopf und senkte den Blick. Sie hatte sichtlich Mühe, sich zu sammeln und ihre Gedanken wieder auf die geheimnisvollen Vorfälle in Straßburg zu lenken. Seine Nähe, seine Stimme und sein Atem waren ihr so nahe wie nie zuvor.

Betretenes Schweigen stand zwischen den beiden. Niemand wagte in diesem Augenblick den anderen anzuschauen oder gar mit ihm über Pergamente und die Toten von Straßburg zu sprechen. Zu weit waren in diesem Augenblick die Schrecken der Weihnacht in Straßburg entfernt und zu nah fühlten sich Ida und Rainald. Sachte ergriff der Krieger Idas Hand. In seiner kräftigen Pranke wirkte die noch zarter und feiner. Rainald betrachtete beglückt die weißen Finger und streichelte sanft deren weiche Haut.
Sie schwebten jenseits der unmerklich verstreichenden Zeit in ihrer eigenen Sphäre. Rheinfelden, die Küche von Burg Stein, die Sommernacht, alles war für die beiden nicht wirklich. Einzig das Klopfen ihres Herzens hörte Ida. Ihr war als dröhnten die Schläge laut durch den Raum. Ob Rainald sie auch hören konnte? Schon an jenen unheilvollen Tagen in Straßburg, als Schrecken und Tod, Misstrauen und Lügen sie umgaben, hatte Ida diesen Augenblick herbeigesehnt. Glückselig dachte Ida daran zurück.
Wie oft hatte sie sich vorgestellt, er hielte ihre Hand, sitze ganz nahe bei ihr? Aber sie hatte ihn unerreichbar gewähnt. Oft war sie in Scham versunken ob ihrer Gefühle für Rainald. Schenkte er ihr Aufmerksamkeit, so suchte sie nach Erklärungen und meinte sie in seiner Unaufrichtigkeit gefunden zu haben. Sie misstraute seinen Bemühungen, denn sie konnte nicht glauben, dass er es ehrlich mit ihr meinte.
Dennoch hatte er sie gerettet, als sie im Schneesturm kraftlos zusammengesunken war auf der Suche nach Rudolf. Auf seinen Armen hatte er sie durch das Unwetter getragen, durch die Stadt bis in das Haus des Domherrn Hermann. Und als sie Tage später die dunkle Gestalt in ihrer Kammer überrascht hatte und der Schrecken sie wie Espenlaub zittern ließ, hatte er ihr sanft seinen Mantel um die Schultern gelegt. In ihrer Erinnerung sah Ida die Pergamente überall in der Kammer verstreut liegen. Eilig war die dunkle Gestalt die Treppe hinab gestürzt, als sie sich ertappt gesehen hatte. Zuvor hatte Ida aber noch die Umrisse jenes Eindringlings gesehen. Sie erinnerte sich plötzlich wieder an jede Einzelheit dieses schrecklichen Erlebnisses.

Wie ungeheuer ihre Stärke ist. Sie ist eine kleine und zerbrechliche Frau, sie wirkt aber wie eine mächtige Königin.
Rainald hing verzückt seinen Gedanken nach, als plötzlich Idas Stimme die Stille zerriss.
„Kuniza."
Erschrocken blickte der Ritter auf.
„Kuniza steckt hinter all den furchtbaren Ereignissen. Ich hatte schon in Straßburg das unheimliche Gefühl, dass sie nicht ganz unschuldig ist."
Rainald lachte laut auf.
„Du bist wirklich unvergleichlich, Ida. In Augenblicken, in denen die Zeit still zu stehen scheint, wir einander nahe sind und unsere Seelen sich zu einander sehnen, ist dein Geist rege und müht sich mit Schwarzem Zauber, einem unheimlichen Pferdeknecht und einer toten Magd."
Der Ritter führte Idas Hand an die Lippen und küsste sie sanft.
Ida lächelte scheu, entzog dem Ritter jedoch ihre Hand und straffte ihren Körper, so gut sie es eben vermochte.
„Ich sehe sie plötzlich in meiner Erinnerung wieder vor mir."
„Ida, was meinst du?"
„Jene dunkle Gestalt, die in Straßburg unsere Kammer durchwühlt und die Schriftstücke aus unseren Taschen gerissen hat. Erinnerst du dich nicht mehr? Sie hat dich beinahe umgestoßen auf ihrer Flucht."
Rainald nickte und blickte Ida abwartend an.
„Was hat Kuniza mit dem Fremden zu schaffen?", fragte er schließlich.
„Mir war damals schon, als sei an jener Gestalt etwas Ungewöhnliches."
„Ich erinnere mich wohl, du hast ihn mir beschrieben als einen knabenhaften Mann, feingliedrig und schmächtig, eurem Bodo nicht unähnlich. Jedoch hast du auch gemeint, etwas an ihm stimme nicht."
„So war es auch", nickte Ida eifrig, „Dass es der Bodo nicht gewesen sein kann, sah ich schon damals."
„Das hast du auch gleich so gesagt", pflichtete Rainald ihr bei.

„Am nächsten Tag verstand ich, dass der Eindringling ein Weib gewesen sein muss. Nun aber ahne ich, dass es womöglich Kuniza war. Derselbe schlanke Wuchs, die langen, schmalen Hände. Ich hatte sie an jenem Tage bereits erkannt, nur hatte ich meine Beobachtungen noch nicht richtig verstanden."
„Hast du damals mit irgendeiner Seele darüber gesprochen?", in Rainalds Stimme schwang Sorge mit.
Ida nickte betrübt.
„Ich sprach wenig später mit der Käthelin darüber. In der Kammer der Königin traf ich sie, wobei ich eigentlich mit mir selbst redete. Zuerst hatte ich sie ausgefragt nach den Haarnadeln, von denen Affra behauptet hatte, sie gehörten dem jungen Ding. Du sagtest mir damals, die Nadeln hätten in dem Atzmann gesteckt, den ihr bei Hemmas Leiche gefunden hattet. Käthelin gab zu, dass es die ihren gewesen seien. Nur hatte sie mir auch unter bitteren Tränen versichert, dass man sie ihr gestohlen hatte."
„Und dann sprachest du mit ihr über deinen Verdacht?", fragte Rainald eindringlich.
„Das junge Ding verstand nichts von meinen Worten. Sie ist eine einfache Jungfer, die lediglich Angst hatte, ihre Liebelei mit Bodo komme ans Tageslicht. Sie hat es Kuniza sicher nicht zugetragen", verteidigte sich Ida und setzte dann jedoch nachdenklich hinzu: „Allerdings…ich sprach mit Käthelin am Vorabend vor Bodos Ermordung."
„War damals noch ein anderer zugegen?"
„Das nicht, wir waren allein in der Kammer der Königin. Kuniza begegnete uns jedoch später davor, auf der Treppe, als wir hinunter zum Festmahl gingen."
„Vielleicht hat sie dich belauscht. Solltest du Recht haben mit deiner Ahnung, so musste sie befürchten, dass du ihr niederträchtiges Treiben durchschauen würdest."
„Das würde auch Bodos Tod erklären. Der Mordanschlag auf ihn hatte eigentlich mir gegolten, das hatten wir damals schon vermutet."
Rainald stimmte den Worten Idas mit sanftem Nicken zu.
„Glaubst du, sie trachtete mir nach dem Leben aus Furcht vor Entlarvung?"

„Ihre Schuld scheint augenfällig zu sein und ihre übereilte Flucht heute Morgen läßt sie nicht minder unschuldig erscheinen."
„Ich jedoch kann nicht recht an ihre Schuld glauben. Sie trat mir hier auf der Burg Stein immer freundlich entgegen, nicht wie ein Mörderweib."
Ida schloss kurz die Augen und presste die Lippen aufeinander.
„In den letzten Tagen hegte ich keinen Argwohn gegen sie. Ich gewann sie beinahe lieb. Sie war gesellig und zuvorkommend der Herzogin gegenüber. Dass sie mir gleichzeitig nach dem Leben trachtete, kann nicht sein. Und auch der Grund ihrer Missetaten ist mir unerklärlich. Wonach suchte sie? Warum?"
„Ja Ida, was trieb sie in Straßburg? Und ist sie auch schuldig am Tod der armen Hemma?", beide sahen sich an. Ida schlug ihre schönen großen Augen auf und Rainald begriff ein weiteres Mal, wie liebreizend ihr Gesicht war.
„Ich muss Kuniza finden", rief er plötzlich aus, „so rasch wie möglich. Weit kann sie doch noch nicht sein. Ich glaube fest, dass Kuniza die Hauptschuldige ist. Pater Gebhards Worte sind mir Grund genug, an ihre Schuld zu glauben. Sie und Hetzil heckten all die schrecklichen Verbrechen gemeinsam aus. Die Nachricht von ihrer Flucht heute Morgen ist mir eine sichere Bestätigung dafür."
„Rainald, die Nacht ist angebrochen. Du wirst nun nichts mehr ausrichten können und auch morgen werden deine Mühen nicht fruchten. Wenn Kuniza sich in der Nähe versteckt hält, wirst du sie allein nicht finden. Niemand wird dir helfend zur Seite stehen. Du bist fremd hier. Überlaß die Suche mir. Ich werde den alten Fährmann vom Stein morgen beauftragen uns zu helfen."
Vorsichtig trat sie zum schlafenden Berthold heran, deckte ihn mit einem Schafsfell zu. Einem Knecht, der auf der hinteren Ofenbank eingenickt war, rief sie zu, er solle den Jungen gegen Morgen hinauftragen in das Schlafgemach, dann schlich sie sich aus der Küche hinaus. Schweigend folgte Rainald ihr, bis sie an ihrer Kammer angelangt waren. Vor der Türe standen sie sich wortlos gegenüber, der hünenhafte Krieger hielt die Hände der kleinen Frau, lächelte sie zärtlich an und küsste sie schließlich sanft auf die Lippen.
„Gott behüte deinen Schlaf."

„Ihr wolltet meine Herberge verlassen, ohne den Preis dafür zu entrichten, werte Herrin?“
Die krächzende Stimme der Alten fuhr Kuniza durch alle Glieder. Steif vor Kälte war sie mit dem ersten Vogelgezwitscher von ihrem harten Nachtlager aufgeschreckt, hatte ihr Bündel gegriffen und war über die vielen schlafenden Leiber hinweg gestiegen.
„Ich wollte beileibe dich nicht verlassen, nur den Tag wollte ich nutzen. Die Sonne steht bereits breit am Himmel. Sage an, Weib, ich suche nach meinem Pferdeknecht. Er ist mir voraus gereist, hat deine Herberge mir empfohlen und meinen Schimmel im Ort untergebracht. Wo kann ich beide finden?“
„Die hässliche Fratze sucht Ihr, werte Herrin? Nun, versucht es im Stall bei der Alten Burg. Die Händler, die nach Rheinfelden kommen, stellen dort ihre Gäule unter. Daneben ist ein Gasthaus, das mir schon manchen Geldsack als Kunden abspenstig gemacht hat.“
Kuniza seufzte über die Anmaßung der Alten, ihre dunkle und dreckige Spelunke einem reichen Kaufmann anbieten zu wollen. Lachen würde der und die Alte verspotten. Wußte die denn nicht, dass ein stolzer Städter, der seine Waren aus fernen Ländern herbrachte, nie wie ein armer Bauer auf dem blanken Boden am Herd, nur mit etwas Stroh unter sich und in eine von Flöhen und Läusen zerfressenen Decke gehüllt, nächtigen würde?
„In das elende Loch, das du als Herberge anbietest, wird wohl kein anständiger Gast kriechen. Dafür, dass du auch noch einen halben Pfennig für ein armseliges, hartes Nachtlager und eine Schale Mus verlangst, solltest du vor den Richter gezerrt werden.“
Die Alte baute sich drohend vor Kuniza auf und zischte: “Dann geht in das Gasthaus bei der Alten Burg, aber nicht, ohne mir vorher die letzte Nacht zu bezahlen, sonst seid Ihr es, die vor dem Richter steht.“

Zu dieser frühen Stunde war die Tempelgasse, die hinauf zu Sankt Martin führte, noch menschenleer. Kuniza strich im Schatten der Alten Burg an den Hütten der Handwerker entlang, bis sie zu jenem windschiefen, etwas abseits gelegenen Unterstand gelangte, der doch viel eher betrunkenen, schnarchenden und stinkenden Herumtreibern und Tagedieben einen Schlupfwinkel bot, denn den treuen und arbeitssamen Gäulen der Kaufleute.
Gerade wollte sie durch die kleine Seitenpforte hineinschlüpfen, als eine dünne, hohe Stimme sie zusammenfahren ließ.
„Solch feine Frau ganz allein, sagt an, fürchtet Ihr Euch nicht?"
Kuniza sah erschrocken zu allen Seiten und wahrlich, neben ihr hockte eine winzige Gestalt. Aus einem dreckverschmierten und von zerzausten Haaren eingerahmten Gesicht blickten zwei große Augen auf sie, die so blau waren wie der Himmel an diesem strahlend schönen Sommermorgen.
„Geh weg", schalt Kuniza, „was willst du von mir?"
„Brot, Herrin, gebt mir Brot oder etwas Hirse. Bitte, ich flehe Euch an." Die Bettlerin streckte der Dame die kleine Hand entgegen.
Mit einem Tritt entledigte sich Kuniza der ungebetenen Bekanntschaft und trat ein in den Stall, der doch mehr ein Unterschlupf war. Die plötzliche Dunkelheit um sie herum ließ sie vor Schreck erstarren. Vorsichtig streckte sie die Hände vor, um Halt und Orientierung zu finden, als plötzlich grelle Bilder ihren Geist durchzuckten. Wie Feuer brannten sie hinter ihrer Stirn. Es war ihr, als jage ein Fieber durch Arme und Beine, als habe sich ihre Haut entzündet und stehe in Flammen. Schweiß rann über ihr Gesicht. Kuniza sah grell schimmerndes Gold, Edelscheine, die in allen Farben des Regenbogens leuchteten und sie sah sich, wie sie mit kostbaren Geschmeide geschmückt einer Kaiserin gleich in einem prachtvollem Saale thronte.
Schwer ging ihr Atem und vorsichtig machte Kuniza kehrt. Ihre Füße schoben sich langsam über den unebenen Boden zurück zu der Pforte, durch die sie gerade eingetreten war. Endlich erlosch das fieberhafte Feuer in ihr und ihr Geist wurde wieder klar. Sie kannte die Bilder von Gold und Edelsteinen, das Fieber hatte sie ihr schon oft vor Augen gehalten. Nun musste Kuniza sie nur noch zum Leben erwecken.

Noch im Gehen durchwühlte ihre Hand den Beutel, der an ihrem Gürtel hing, und zog einen Kanten Brot hervor. Als sie in das Sonnenlicht trat, sah sie vor dem Stall noch immer jene verdreckte Gestalt, für die sie vorhin nicht als einen Fusstritt erübrigt hatte. Kuniza brach ein Stück aus dem Kanten heraus und reichte es der Bettlerin, die es gierig ergriff und sogleich in Gänze verschlang. Den Rest verstaute Kuniza wieder in ihrem Beutel.
„Gesegnet seid Ihr, Herrin, gesegnet“, stammelte das verdreckte und verlauste Geschöpf nur schwer verständlich, denn das harte, trockene Brot zu kauen, war beschwerlich.
„Ja, ja, lass gut sein. Wie ist dein Name?“
„Stina“, murmelte das Mädchen beinahe tonlos hervor. Es war ihr anzumerken, dass sie ihren Namen noch nicht oft ausgesprochen hatte.
„Sag an, wo finde ich dich, wenn ich deine Dienste benötige? Soll nicht zu deinem Schaden sein.“
„Ich hocke hier oder vor Sankt Martin, wenn die elende Metze vom Talhof mich nicht verscheucht. Weit komme ich eh nicht umher“, stieß die junge Bettlerin hervor und lüftete den Rock. Zum Vorschein kam ein Beinstumpf. Ihr linker Oberschenkel hing kraftlos herab.
Angeekelt drehte sich Kuniza ab und schlich zurück in den Stall. Nachdem sich ihre Augen an die Dunkelheit gewähnt hatten, schaute sie in all die dreckigen, fleckigen und behaarten Gesichter der Herumtreiber, die für die vergangene Nacht hier untergekrochen waren. Einer nach dem anderen erwachte zu dieser Stunde, Husten und Stöhnen schallten von allen Seiten zu ihr hinüber. Von den elenden Gestalten ging ein beißender Gestank aus, der den Stall erfüllte. Kuniza hielt sich die Hand vor Nase und Mund. Aber nicht nur der üble Geruch der Galgenvögel, Halunken und Streuner nahm ihr den Atem. Über allem legte sich der Odem der Gefahr. Sie konnte Kuniza riechen und spüren. Hastig griff die Frau abermals in den Beutel und zog ihren Dolch heraus. Ihre zitternden Finger hatten Mühe, die Waffe aus der Scheide zu befreien.

Da durchfuhr sie jäh ein Schrecken, denn ein fester Griff umklammerte plötzlich ihren rechten Knöchel. Kuniza wusste zuerst nicht, ob eine Faust oder ein eiserner Ring sie gefangen hielt, jedoch versuchte sie hektisch die Fessel abzuschütteln. Immer wütender zappelte sie, versuchte das Bein umher zu schleudern, damit es frei kam, bis sie schließlich stürzte. Schon spürte sie, wie ein schwerer Leib sich über sie wälzte und sie in den Boden drückte, bis sie sich nicht mehr rühren konnte. Ein säuerlicher Gestank hüllte sie ein und Übelkeit stieg in ihr hoch. Kuniza sammelte all ihre Kräfte, umfaßte den Dolch noch fester und riss den Arm hoch. Nur kurz widersetzte sich das Fleisch ihres Angreifers der Klinge. Schließlich glitt jedoch das Eisen ihm in die Seite und durchschnitt Haut, Muskeln und Eingeweide.
Kuniza lag unter dem leblosen Körper. Entkräftet und vom Schrecken noch immer gelähmt, war sie unfähig sich zu rühren. Sie hatte sich gerettet, aber wozu? Wohin sollte ihr Weg sie weiterführen? Sie wollte nur noch liegen bleiben.
Die Übelkeit jedoch wurde stärker, der Gestank nahm ihr die Luft zum Atmen. Die Last des schweren Leibes auf ihr drückte ihre Körpersäfte zusammen. Hastig befreite sich Kuniza von dem Haufen menschlichen Fleisches und krabbelte einige Schritt weit fort von ihrem Angreifer.

Bis zum Tagesanbruch lag Ida schlaflos neben Berthold auf dem gemeinsamen Bett. Sie starrte in die Finsternis, unfähig die Augen zu schließen und erinnerte sich an Rainalds Küsse, an seine sanften Worten. Ihr war, als spürte sie noch immer seine Lippen auf ihren.
„Gott behüte deinen Schlaf“, stiegen seine Worte aus Idas Erinnerung herauf
Sie wollte fest daran glauben, dass ihre geheimsten Wünsche erhört worden waren. Ida ließ keinen Argwohn, keine Zweifel mehr an seiner Aufrichtigkeit aufkommen. Ihr Vertrauen in seine Zuneigung berauschte sie und ließ sie nicht zur Ruhe kommen.

Immer wieder sah sie sein Gesicht vor sich, hörte sie seine Worte. Sie konnte es nicht abwarten, ihn zu sehen und wünschte, die Nacht würde endlich vergehen. Das morgendliche Konzert der Vögel setzte schon ein, als Ida doch noch in einen traumlosen Schlaf fiel.
Nur kurz war dieser Schlummer, aber er brachte sie dem ersehnten Morgen näher. Als sie aufschreckte, sah sie Berthold bereits auf dem Fußboden vor dem Bett hocken, die hölzernen Pferde in Reihen aufgestellt. Eine Magd bemühte sich den Jungen von seinem Spielzeug fortzuziehen und anzukleiden. Sein Gejammer hatte Ida wohl geweckt.
An jedem anderen Morgen hätte sie ihn dafür gescholten und auch sich selbst Vorwürfe gemacht, dass sie müßig beinahe die Morgengebete verpasst hätte. Heute aber empfand sie keinen Groll. Der Tag versprach herrlich zu werden und auch die vergangene Nacht hatte ihr keine jener Qualen sonstiger Nächte bereitet, denn sie war endlich einmal von den peinigenden Angriffen des roten Greifs verschont geblieben.
Nach dem Frühgebet in der Kapelle genügte Ida ein kleiner Imbiss. Sie saß zusammen mit Berthold auf jener Ofenbank der Burgküche, die schon am Abend zuvor Rainald und ihr einen behaglichen Platz geboten hatte. Der Junge verschlang seinen Hafermus, Ida jedoch rührte nur lustlos mit dem Löffel in ihrer kleinen Schale herum. Sie war zu aufgewühlt, um auch nur einen Bissen herunter zu bekommen. Wie zugeschnürt war ihr die Kehle. Immer wieder sah sie zur Tür, ob nicht Rainald zusammen mit den anderen Kriegern zum Morgenmahl hereinkäme.
Schon zerrte Berthold seine Holzpferde aus einem Beutel heraus, den er am Gürtel trug, und stellte sie vor sich auf der Bank auf.
„Rasch, lauf hinauf in deine Kammer und nimm die Schiefertafel zur Hand. Übe die Buchstaben zu schreiben, wie ich es dir gezeigt habe“, wies Ida den Jungen gedankenverloren an.
Der jedoch jaulte nur laut auf.
„Berthold du darfst nachher auch mit mir zu den Ställen und die Pferde füttern, wenn du fleißig übst.“

Mit wütender Geste warf Berthold seine Holzpferde um, dann griff er nach einer Figur und schlug damit auf den Boden. Aus seinem Mund kamen wütende, wehklagende Laute.

„Berthold", mahnte Ida streng.

Der Junge sprang auf, die Holzfigur noch immer in seiner Faust umklammert, und rannte aus der Küche hinaus.

Nur wenige Augenblicke später erhob sich auch Ida. Schwerfällig humpelte sie über den Burghof hinüber zu der Kiesbank. Schon immer, so weit Idas Erinnerung reichte, lebte an deren Ufer, versteckt hinter den geduckten Buchen, in einer engen, von Ruß geschwärzten Hütte der alte Fährmann vom Stein. Er hatte in all den Jahren beinahe die Sprache verlernt, denn er hauste dort ganz allein. Auch mit seinen Passagieren wechselte er nur selten ein Wort. Einzig mit Ida teilte er bisweilen seine Gesellschaft.

Die Unterredung mit ihm dauerte daher auch einige Zeit, nicht weil die beiden sich etwa viel zu erzählen gehabt hätten, sondern weil der Alte nur stockend Worte fand.

Endlich trat Ida aus der düsteren Hütte hinaus in die Sonne. Sie blickte hinüber zum Felsen, auf dem sich die Burg erhob. Die Menschen auf dem Stein gingen bereits eifrig ihrem Tagewerk nach, hetzten über den Hof und schleppten Lasten hinauf. Ida kannte sie alle. Sie erkannte sie, grüßte sie scheu mit einem Nicken, das eine Gesicht jedoch konnte sie nicht finden.

Rainald gab vor der Tür zu Berthas Schlafgemach den anderen Kriegern kurze Anweisungen die Königin nicht aus den Augen zu lassen und niemanden den Zutritt zu gewähren, der nicht dem Hofstatt angehöre. Drinnen suchten die Dienerinnen und Hofdamen eifrig Kleider und Schmuck für ihre Herrin zusammen. An diesem Tag sollte Bertha in besonderem königlichen Glanz erstrahlen. Zwar feierte man keinen hohen Festtag, jedoch würde das Zwiegespräch der Königin mit ihrer Mutter an diesem Tag ebenso bedeutsam werden wie eine Ostermesse.

Rainald hörte die aufgeregten Stimmen der Weiber in Berthas Schlafgemach. Kurz hielt er inne, dann eilte er die Treppe hinab in den kleinen Burghof. Dort wartete in der wärmenden Morgensonne schon Ritter Konrad. Wenige Worte genügten den Männern, sich auszutauschen, und genauso rasch wie sie zusammengekommen waren, liefen sie auch wieder auseinander. Konrad schritt zurück in die Burg, ein Lächeln huschte über sein schönes Gesicht. Rainald dagegen lief hinüber zu der kleinen Hütte des Fährmanns auf der lang gestreckten Kiesbank.
Schon nach wenigen Schritten erkannte er die kleine krumme Gestalt, die humpelnd auf ihn zukam.

Die Wärme tat der verwachsenen Hüfte und dem verkrüppelten Bein gut. Die Schmerzen waren erträglich, das Laufen jedoch strengte sie wie so oft an. Jeder Schritt kostete Ida ungeheure Kraft. Den Blick hielt sie fest auf den Weg gerichtet. Wurzeln krochen dort über den Boden. Auch die Steine, die der Fluss angespült hatte, und die vom Regen ausgewaschenen Löcher bedeuteten für Ida zusätzliche Hindernisse.
Schon stiegen ihr kleine Schweißperlen auf die Nasenspitze.
„Darf ich dich stützen, verehrte Ida?"
Rainalds Stimme traf Ida unerwartet. Mit einem spitzen Aufschrei zuckte die kleine Frau zusammen.
„Verzeih, dass ich dich erschreckt habe", Rainald war sichtlich verlegen.
„Es war nur, ich habe auf den Weg geachtet, er ist doch sehr uneben, und darüber vergaß ich alles um mich herum."
„Du hast auch mich vergessen?"
Ida lächelte beschämt und senkte den Blick. Statt nach einer Antwort zu suchen, bemühte sie sich vielmehr die aufsteigende Röte in ihrem Gesicht zu unterdrücken. Sie war solch offenherzige Reden, wie sie zu jedem Getändel zwischen Weib und Mann gehören, nicht gewohnt.
Rainald trat ganz nah an die Frau heran und strich mit dem Zeigefinger sanft die kleinen Schweißperlen auf ihrer Nase fort.

„Lass uns hinüber gehen, wo niemand uns stört“, flüsterte er zärtlich und nahm Idas Hand. Das kleine Weib schrak zurück und sah den riesigen Ritter an. Wieder krampfte sich ihr Leib zusammen und ein wohlig heißer Schauer schnellte in ihrem Innern hoch bis in die Stirn, sodass es ihr schwindlig wurde. Für einen kurzen Augenblick schloss sie die Augen. Dieses Gefühl festzuhalten, es in ihrem Herzen einzuschließen wie in einer Schatztruhe, wünschte sich Ida so innig wie nichts auf der Welt.
Rainald blickte auf sie hinab und lächelte stumm. Er wollte diesen süßen träumerischen Anblick aus ihrem Gesicht nicht durch gewöhnliche Worte vertreiben. So standen sie beisammen, spürten des anderen Atem und Herzschlag, bis Rainald den nahen Augenblick widerwillig zerriss.
„Eliah wartet in der Kapelle auf uns, wir müssen miteinander besprechen, was wir tun sollen, um das gefährliche Weib unschädlich zu machen.“
Wenig später standen die lahme Ida, Rainald, der Dienstmann des Königs, und Eliah, der Beichtvater Königin Berthas, dicht beieinander vor dem Altar der kleinen Kapelle von Burg Stein. Die Luft war kühl in dem kleinen Gotteshaus, während draußen bereits die Mittagshitze durch das Tal zog. Rasch hatte Rainald dem Freund erzählt, was sich bisher zugetragen hatte und was er zusammen mit Ida ersonnen hatte.
„Rainald, du bist also überzeugt, dass die Dame Kuniza schuldig ist am Tod der armen Hemma und des Ritters Bodo?“, fragte Eliah den Freund im Flüsterton, obwohl sie allein in der kleinen Kapelle standen.
Statt Rainald ergriff Ida das Wort: „Auch wenn Pater Gerhard Kuniza zusammen mit Hetzil gesehen hat, so bedeutet das nicht, dass das Weib schuldig ist am Tod der Hemma. Wir wissen nicht einmal genau, ob Hetzil überhaupt der Mörder der armen Maid ist.“
„Aber sie sind fortgelaufen. Das kann doch nur bedeuten, dass sie schuldig sind“, warf Rainald ein und erhob dabei die Stimme. Unwillkürlich sahen die anderen beiden sich um.
Eliah schüttelte stumm den Kopf und murmelte: „Der Verstand schafft die Wahrheit nicht, sondern findet sie vor. Suche nicht draußen!“
„Was meist du, mein Freund?“

„Augustinus. Er sagt: Weil Gott die Wahrheit ist und sie dem Menschen vermittelt wird durch Gottes Erleuchtung des Geistes, findet sich die Wahrheit nicht außerhalb des Menschen, sondern im Menschen selbst."

„Eliah, ich schätze deine Gelehrsamkeit. Nur verstehe ich leider deine Worte nicht und kann auch ihren Nutzen für unsere Sache nicht erkennen", entgegnete Rainald.

Der Geistliche jedoch sprach unbeeindruckt weiter: „Wir müssen sicher gehen, wer die Verbrechen in Straßburg begangen hat, denn es ist durchaus möglich, dass von dieser Person noch immer Gefahr ausgeht."

Dann verstummte Eliah, drehte sich ab und ging einige Schritte umher. Rainalds Blick verfolgte dabei jede Bewegung des Freundes. Unterdessen bemerkte aber keiner der beiden Männer, dass es Ida immer größere Mühe bereitete in der kühlen Kapelle zu stehen.

„Suche nicht draußen! Kehre in dich selbst zurück! Im Innern des Menschen wohnt die Wahrheit. Die Dinge offenbaren in ihrem Sein die Wahrheit. Dem äußeren Schein begegne mit Argwohn. Zweifle die Schale an und erkenne den Kern der Wahrheit."

„Verehrter Pater Eliah, Eure Worte erinnern mich an meinen guten Freund, Pater Hermann. Auch er sprach von den Vorzügen des Zweifels und des Argwohns. Er erzählte mir, dass in den Schriften der Gelehrten dieser Vorzug gepriesen wird. Das bedeutet aber auch, dass wir alles, was wir an jenen Tagen in Straßburg gesehen und erlebt haben, in Zweifel ziehen sollen. Das nichts so war, wie es uns erschien."

„Gute Frau Ida, fürwahr das meine ich."

„Erzähle ihm, was wir gestern besprochen haben, Ida", munterte der Ritter die kleine Frau auf, während Eliah sich über diese vertrauten Worte des Freundes wunderte.

„Hemma wurde im Pferdestall gequält und dann getötet. Unter ihrer Cotte war ein abgerissenes Stück Pergament versteckt. Ein Fremder drang heimlich ein in unser Schlafgemach und durchwühlte die Taschen nach Schriftstücken des Herzogs und der Herzogin Adelheid. Schließlich erfuhr Rainald von Gebhard dem Kleinen, dass Kuniza den Hetzil gescholten habe. Sie habe geschimpft und von einem Pergament gesprochen“, berichtete Ida. Eliah hörte nachdenklich mit geschlossenen Augen zu.
„Immer wieder ist von Pergamenten die Rede, immer wieder scheinen sie von Bedeutung zu sein für die seltsamen Ereignisse, die sich in Straßburg ereigneten. Der Tod der armen Hemma, der Einbruch in unser Schlafgemach, das Verschwinden des Hetzils und auch der Tod des armen Bodos.“
„Und, was glaubt Ihr?“, Eliahs Frage schoß wie ein Pfeil durch Idas Rede.
„Wir haben schon an jenem Abend, als Bodo starb, den Verdacht gehabt, dass der Mordanschlag nicht diesem armen Jungen gegolten hatte, sondern mir.“
„Ich erinnere mich“, stimmte Eliah ihr bei.
„Nun sehe ich alles wieder deutlich vor mir, dank Rainalds Zuspruch“, bei diesen Worten lächelte Ida den Ritter schüchtern an, „dass ich Käthelin erzählte, der Fremde in unserem Gemach sei mir wie ein Weib erschienen. Kurz darauf traf ich Kuniza auf den Treppen. Es scheint durchaus möglich, dass sie meine Worte erlauscht hatte. Das alles weist auf Kuniza hin. Und auf Pergamente.“
„Sehr wohl“, Eliah zog seine Worte in die Länge, um ihnen besonderes Gewicht zu verleihen.
„Bedenkt also, die Pergamente, die der Fremde durchwühlt hatte in Eurer Kammer, waren nicht gestohlen. Sie waren vielmehr angekohlt, erinnert Ihr Euch?“
„Was glaubst du, ist das auch von Belang?“, fragte Rainald ungeduldig.
„Das glaube ich unbedingt. Die Schriftstücke wurden nah an die Flamme des Talglichtes gehalten. Was sie enthielten, war für den Eindringling ohne Bedeutung, er suchte hinter das Offensichtliche zu schauen.“
Ida und Rainald betrachteten den Geistlichen voller Ungeduld.
„…weil der geheimnisvolle Eindringling eine Geheimschrift vermutete. Vielleicht auf der Rückseite.“
„Du meinst mit dem Saft einer Zwiebel?“, fuhr Rainald dem Freund ins Wort.

„Das wäre möglich. Die Wärme der Flamme hätte sie sichtbar gemacht. Der Unbekannte suchte nicht irgendeinen der Briefe, er suchte etwas ganz anderes. Als er es zwischen den Pergamenten nicht fand, vermutete er es womöglich auf den Briefen. Unsichtbar. Und…“, Eliah machte eine Pause, atmete schwer ein und sprach mit gedämpfter Stimme weiter: „…er hat es noch nicht gefunden. Er sucht sicher weiter. Das sind die Dinge, die wahr sind. Sie sind so geschehen, wie sie uns erscheinen. Sie offenbaren ihre Wahrheit erst durch den Zweifel.“
Rainald schüttelte bei den Worten des Freundes den Kopf, statt sich jedoch über die gelehrte Rede des Geistlichen zu beschweren, murmelte er nur: „Für mich zählt, dass dieses elende Weib Kuniza verschwunden ist. Fortgerannt wie eine Ratte.“
„Ich muss dir zustimmen, guter Freund, das ist wirklich verdächtig und nicht zu leugnen. Ansonsten begegnen wir zu oft nur einem bloßen Schein, der uns verwirren und das wahre Sein überdecken soll.“
„Freund, deine Worte sind dunkel. Aber ich gebe dir Recht, Kuniza steckt hinter all den Verbrechen.“
„Zu schnell, Rainald, zu schnell. Wir müssen uns davor hüten, das Falsche zu erschließen von äußerem Schein, Lug und Trug.“
„Wenn ich Euch recht verstanden habe, werter Pater Eliah, so scheinen die Ereignisse nicht die gewesen zu sein, die wir angenommen haben“, schaltete sich Ida mit schmerzverzerrtem Gesicht ein, „verzeiht, das Stehen fällt mir schwer.“
Ida hielt kurz inne und fuhr dann stockend fort: “dass das vermeidliche Hexenwerk der Königin ein Mittel war, sie oder König Heinrich zu verleumden, mutmaßten wir schon während jener Weihnachtstage in Straßburg. Auch der Atzmann, der bei Hemmas Leiche lag, schien uns verwirren zu wollen. Dann waren da noch die Nadeln, die in ihm steckten und von denen wir nun wissen, dass sie der Käthelin gestohlen waren. Hemma, von der getratscht wurde, sie sei die Buhlerin des Hetzils gewesen. Nur wegen Affra hielten wir sie für ein Liebespaar.“ Ida hatte jeden benannten Punkt mit den Fingern abgezählt.
„Affra ist ein Klatschweib, der man nur einen kleinen Fetzen reichen muss und sie spinnt daraus ein großes Netz von Gerüchten, Lügen und üblen Nachreden. Das verbreitet sie dann am ganzen Hof.“

„Wie übrigens auch Hanno, mein verehrter Bruder“, ergänzte Eliah.
„Mir schwirrt der Kopf, Pater. Bisher sind wir nur der Lüge und dem Trug begegnet. Intrigen und Verrat drohen an jeder Ecke und streuen Misstrauen und Angst. Wir wissen nichts. Die Wahrheit, wie Ihr es nennt, Pater Eliah, ist zugeschüttet. Alles ist falsch“, Idas Stimme klang betrübt und seufzend setzte sie hinzu: „…außer die Pergamente.“
„Verzeiht, gute Frau Ida, aber wir wissen bereits sehr viel: Erinnert Euch. Der leblose Körper der armen Hemma wurde auf den Trümmern der Kathedrale, vor dem Altar gefunden. Sie lag dort wie aufgebahrt, neben ihr lag diese heidnische Figur.“
Ida nickte stumm.
„Auch kennen wir den Ort, an dem das arme Weib gequält und getötet worden ist. Im Stall fanden wir die Spuren“, Eliah blickte zu seinem Freund hinüber und fuhr dann fort:
„Jemand nahm die Mühe auf sich, den Leichnam in die Kathedrale zu bringen. Seit ich die Tote dort liegen gesehen habe, ließ mich die Frage nicht mehr los.“
„Ich verstehe nicht, welche Frage meint Ihr, Pater Eliah?“
„Verehrte Frau Ida, fragt Ihr Euch nicht auch, weshalb jemand uns den Mord an einer niederen Dienerin regelrecht vor die Augen gezerrt hat? Warum die Mühen, weshalb wurde aller Augenmerk auf den Tod einer Dienerin gelenkt, eines Weibes ohne Belang und Stand? Hätte man die Leiche im Stall belassen, an der Stelle, an der der Tod das Weib ereilt hat, hätte kaum jemand der Tat Beachtung geschenkt.“
Idas schöne große Augen verengten sich, ihre Stirn durchzogen tiefe Falten. Schließlich nickte sie dem Geistlichen zu.
„Ich verstehe, wir kennen die Umstände, aber ich habe nie deren Bedeutung gesehen. Damit die Verleumder der Königin Hemmas Tod als Hexenwerk missdeuten konnten, musste der Leichnam ihnen derart vorgeführt werden.“
„Stellt Euch nur vor: eine niedere Dienerin wird tot in den hinteren Ställen gefunden“, gab Eliah vor und Rainald vollendete den Gedanken:

„Es hätte geheißen, dass sich eine Bluttat unter dem Gesinde ereignet hätte. Kaum einer der hochgeborenen Gäste des Königs hätte jedoch davon Kenntnis erhalten.“
„Hemmas starb wahrscheinlich wegen des Pergaments, ihr Tod diente aber auch dazu, Misstrauen und Verleumdungen zu mehren.“
„Sehr wohl, mein Freund“, stimmte Eliah dem Ritter zu,“womit wir wieder bei Königin Bertha sind.“
„Du willst nicht behaupten, die Königin hätte mit dem Mord zu schaffen?“, fragte Rainald den Geistlichen aufgebracht.
„Nicht so, wie du glaubst, mein Freund. Ich flehe dich an, nicht wieder zu eilig Vermutungen anzustellen. Halten wir fest, welche Tatsachen wir bisher haben. Wir kennen, den Ort, an dem Hemma starb. Wir fanden sie kunstvoll aufgebahrt vor dem Altar der Kathedrale. Wir erlebten, wie Königin Bertha verleumdet wurde und sich ein Fremder in das Gemach der Herzogin einschlich. Schließlich haben wir das Pergament.“ Eliah hatte die einzelnen Punkte seiner seiner Rede an den Fingern abgezählt. Nun hielt er seinen beiden Zuhörern die gespreizte Hand entgegen, als liege auf ihr die ganze Wahrheit.
„Der kleine Fetzen Pergament unter Hemmas Cotte weist uns den Weg. Deutlich waren darauf die Worte zu lesen: *delicet de thesa…* nämlich ein Schatz.“
Die Worte des Geistlichen blieben in diesem Augenblick jedoch ohne Beachtung. Ida war zu Boden gestürzt.
„Bitte verzeiht mir, die Kräfte schwinden mir. Das Bein schmerzt. Heilige Kunigunde schaffe mir Linderung nur in dieser Stunde, in der mein Geist klar sein muss.“
Rainald stürzte auf Ida zu und ergriff ihren Arm, um sie zu stützen.
Währenddessen betrachtete Eliah die Innenfläche seiner noch immer gespreizten Hand und murmelte: „In den Schriften wird sich die Wahrheit zeigen.“

Hastig hatte sich Kuniza von dem schweren, leblosen Körper, der wie ein Mühlstein auf ihr lag, befreit. Mit ganzer Kraft zog und stieß sie ihn in eine dunkle Ecke des Stalls und bedeckte ihn mit Stroh, Lumpen und was sie sonst noch auf dem schmutzigen Stallboden finden mochte. Zwischen all den anderen Galgenvögel, die die Nacht mehr schlecht als recht in dem Stall verbracht hatten, fand die sterbliche Hülle ihres Angreifers hier seine Grabstätte.
Sodann kroch Kuniza ganz benommen hinfort von diesem schrecklichen Ort. Noch immer war ihr, als umhülle sie der widerliche Geruch des Angreifers, als spüre sie dessen bedrohlichen Körper hart auf ihr. Die Frau sah zitternd an sich hinunter. Ihre Cotta war über und über mit Blut verschmiert.
Eilig hetzte sie von der Siedlung unterhalb der Alten Burg hinab zum Fluss. Am steilen Ufer sah sie kurz auf, ob jemand sie hier bei ihrem Tun stören würde. Aber obwohl die Sonne ihren höchsten Stand am wolkenlosen Himmel erreicht hatte, war keine Menschenseele zu erkennen. Stille lag über dem sanft vorbei rauschenden Fluss. Weder von den Hütten der Handwerker und Bediensteten noch vom Stein auf der kleinen Flussinsel hallten Stimmen hinüber.
Sie kletterte eine steile Böschung zum Flussufer hinunter. Wellen klatschten dort sachte auf einen schmalen Kiessaum. Kuniza stolperte einige Schritte am Wasser entlang auf der Suche nach einer geeigneten flachen Stelle, wo sie die Cotta ausspülen konnte.
Endlich ließ sie sich erschöpft nieder und schaute hinauf zum Weg, den sie gekommen war. Erleichtert schloss sie für einen Moment die Augen. Sie saß zu weit unterhalb der Böschung, als dass jemand sie von dort oben hätte sehen können.
Nun musste Kuniza nur noch die Schmutzspuren auf ihrer Cotta abwaschen. Der Dreck der billigen Herberge und das Blut des Toten verklebten das feine Tuch. Eilig löste sie ihren Gürtel, an dem der kleine Beutel mit den wenigen Habseligkeiten hing, zog das Gewand über den Kopf und machte sich an die Arbeit. Ein stechender Schmerz durchfuhr ihren Leib. Kuniza erkannte ihn sofort. Sie hatte seit dem gestrigen Morgen keine Mahlzeit zu sich genommen. Lediglich das Stück Brot, das sie mit dem verkrüppelten Bettlermädchen geteilt hatte, war ihr heute ein karges Morgenmahl gewesen.

Gold, Geschmeide und Edelsteine durften nicht länger nur Bilder glühender Fieberträume bleiben, sie wollte sie in den Händen halten, wollte sich schmücken mit ihnen, musste sie endlich besitzen. Dafür aber bräuchte sie Hetzils Hilfe.
Sie legte die nasse Cotta auf die Kieselsteine am Flussufer und setzte sich daneben in die Sonne. Die Wärme tat ihr gut.
Die lahme Ida hatte erzählt, dass sich auf Höhe der Inseli am Grunde des Flusses ein wahrhaftiges Höllenloch auftat. Dort hinein stürzten die Wassermassen und rissen alles mit sich, was der Fluss bis dahin mit sich geführt hatte.
Kuniza blickte hinüber zu jener Stelle, wo wilde Strudel die ungeheure Wucht der Fluten verrieten. Hier hätte sie den toten Leib ihres Angreifers versenken können, überlegte sie. Sobald er die Felsen des Steins erreichte, zögen ihn die Strudel auf den Grund und würden ihn nie wieder frei lassen. Jedoch hätte sie dazu zurückkehren müssen in den Stall, zu dem stinkenden Lumpengesinde. Kuniza schüttelte sich unwillkürlich. Auch war der tote Leib zu schwer, um ihn ungesehen hierher zu verfrachten.
Nein, zwischen all den Halunken, den dreckigen und bösartigen Schurken, hatte er eine würdige Ruhestätte gefunden.

Königin Bertha spürte, wie die Blicke der Comitissa auf ihr ruhten. Sie konnte sie nicht abstreifen und das Wissen um dieses Unvermögen ließ ihr jede Handbewegung noch fahriger, jedes Wort noch leiser und stockender und jeden Atemzug noch schwerer werden. Sie wollte abreisen. Unverzüglich. Das jedoch hätte ihre und Heinrichs Hoffnungen zerschlagen.
Gemeinsam mit ihren Hofdamen saßen Bertha und die alte Gräfin Adelheid von Susa im Schatten eines großen Rosenbuschs am Rande des Burghofes. Aber nicht nur die Blicke der Mutter verfolgten jede Regung der Königin. Auch ihre Schwester beobachtete hoch oben von ihrer Kammer aus jede Regung Berthas.
„Mein Kind, es schmerzt mich, deinen Kummer und dein Leid zu sehen", murmelte die Alte und schaute der Tochter sanft in die Augen.

„Gräfin, Ihr vergesst Euren Stand. Ihr sprecht zur Königin des Römischen Reiches. Von Gott sind wir eingesetzt in unser Amt und von Gott sind wir geliebt und geschützt. Euer Mitgefühl ist gänzlich unbegründet und müßig."
„Verzeiht, edle Königin, nur sehe ich mit Kummer, wie Ihr mit grauem Gesicht und dunklen Augenringen vor mit sitzt, die Hände unruhig und den Leib geduckt. Ist dies die königliche Haltung, die Euch die Kaiserin anerzog, um an der Seite König Heinrichs Herrschaft und Würde des Reiches zu zeigen?"
Bertha atmete tief ein und besann sich auf ihre Aufgabe. Kurz traf sich ihr Blick mit dem ihrer Hofdame Affra. Königin Bertha wollte sich nicht zu einem Wortgefecht mit der Mutter hinreißen lassen.
Heißer Zorn stieg auf in ihr, aber diesem Laster, das nur Sünde und Verderben bringen konnte, durfte sie sich nicht hingeben. Der Zorn brächte mehr noch als ihr Seelenheil das Wohl des Königtums in Gefahr. Statt den herausfordernden Reden der Mutter mit zornigem Widerworten zu begegnen, wollte sich die Königin mäßigen. Es war von entscheidender Bedeutung, die Comitissa gnädig zu stimmen.
In diesem Augenblick erschien der schöne Konrad und stellte sich dicht neben seine Königin.
Adelheid schmunzelte, als sie von ihrem Fenster aus sah, wie sich der engste Berater König Heinrichs zu ihrer Schwester beugte und die alte Comitissa unbeachtet ließ.
In ungebührlicher Art begannen Ritter und Königin miteinander zu tuscheln, während sich die Alte das beleidigende Verhalten ihrer Tochter nicht anmerken ließ. Endlich beendeten die zwei ihr heimliches Gespräch und Bertha wendete sich wieder ihrer Mutter zu.
„Wenn Kummer meine Seele beschleicht, dann wegen der Bösartigkeit einiger Fürsten des Reiches. Der falsche Mönch und ketzerische Verleumder Hildebrand, der sich selbst Papst nennt, hat in seinem abgrundtiefen Hass auf das Haupt und die Krone des regnum die Großen des Reiches aufgehetzt. Sie wollen meinem Gemahl, König Heinrich, die Krone entreißen, nur aus niederer Boshaftigkeit und Treulosigkeit."

Adelheid stand noch immer oben am Fenster ihrer Kammer und versuchte die Worte ihrer Schwester zu verstehen, jedoch lauschte sie vergebens. Nicht einmal einzelne Fetzen erreichten ihr Ohr.
„Meine geliebte Bertha, unsere Familie steht seit alters her treu an der Seite des Römischen Königs. Sein Wohl und seine Herrschaft zu mehren ist mein wichtigstes Anliegen“, sagte die Comitissa sanft.
„Mutter, Ihr meint wohl eher, Euer eigenes Wohl zu mehren ist euer obsterstes Anliegen.“
„Geliebte Herrin und Königin, ich erflehe Gerechtigkeit von Euch.“
Berthas Miene blieb unbewegt.
„Tochter“, versuchte es die Comitissa erneut, „habe ich nicht fest an deiner Seite gestanden, als dein Gemahl die Scheidung beim Papst erwirken wollte? Mein guter Freund, der hochverehrte Petrus Damiani, hat sich damals für dich verwendet. Ich habe gestritten mit dem König für deine Ehre und deine Ehe.“
Bertha hörte schweigend die flehentliche Bitte der Mutter. Sie erinnerte sich an jene Wochen, als Heinrich ihr übel wollte und ihr Untreue nachsagte. Sein Weib sollte sie fürderhin nicht mehr sein. Aber die Zeit hatte ihn verändert. Er war ihr Gemahl, ihr König. Ihm beizustehen hatte sie geschworen und sich bei ihrer Mutter für ihn zu verwenden hatte sie versprochen.
„Das ist wahr, Mutter, verzeiht die harschen Worte.“
„Ich werde auch weiterhin alles, was in meiner Macht steht, unternehmen, Euch beizustehen, meine Tochter. Sagt mir aber, ist Euer Wohl und das des Römischen Königs ein und dasselbe?“
„Nur für ihn habe ich diese Reise auf mich genommen. Heinrich ist mir ein guter Freund und Gemahl. Gemeinsam haben wir gute Zeiten erlebt, aber auch Unglück und Kummer durchlitten. Nun aber steht uns die größte Prüfung bevor. Mutter, die Fürsten, allen voran, mein verlogener und treuloser Schwager, Herzog Rudolf, gieren nach unserer Krone. Gemeinsam mit diesem falschen Mönch, der sich selbst Papst nennt. Ich flehe dich an, Mutter, willst du uns, willst du mir beistehen?“
Die Comitissa rückte noch näher an ihre Tochter heran. Konrad stellte sich mit den Rücken vor die beiden Frauen, um sie vor neugierigen Blicken zu schützen.

„Meine Liebe, ich war dir nie nahe, habe dich fortgeschickt, als du noch ein kleines Kind warst. Aber du bist in meinem Herzen. Ich werde dir helfen, so es in meinen Kräften steht.“

Die Comitissa ergriff die Hände ihrer Tochter. Für wenige Augenblicke saßen die Frauen schweigend beieinander.

Dann jedoch löste Bertha den Griff der Mutter.

„Comitissa, ich bitte Euch nur um eines, gib meinem Gemahl den Weg durch Eure Herrschaft nach Italien frei, sobald es vonnöten sein wird. Die Fürsten werden nicht mehr lange still halten und zum Angriff übergehen. Solange dieser gottlose Papst seinen Bannspruch aufrecht hält, ist Heinrichs Stellung schwach. Er muss nach Rom. Er muss diesen Ketzer in der Heiligen Stadt um Vergebung bitten. Der treulose Verräter Welf und auch mein niederträchtiger Schwager Rudolf versperren die Alpenpässe. Ich flehe Euch an, Mutter, helft meinem Gemahl, steht dem König bei, dass er durch Eure Herrschaft nach Rom reisen kann.“

Unterdessen war Adelheid so eilig, wie es der Anstand grad noch zuließ, die Treppe hinab in den Burghof geeilt. Unten angelangt zwang sie sich zur Ruhe und schritt erhobenen Hauptes zu dem Rosenbusch hin.

Königin Bertha und die Comitissa verstummten sogleich, als sie Adelheid ansichtig wurden.

Lächelnd ließ die ihren Blick über die kleine Gesellschaft schweifen und rief spöttisch aus: “Ach, wie friedlich ihr hier hockt. Und der ehrenwerte Ritter Konrad als Aufpasser meiner geliebten Schwester immer zur Stelle. Vertraut der unüberwindliche König Heinrich seinem Weibe so wenig, dass er ihr seinen treuen Dienstmann hinterher schickt? Ihr sollt wohl das tugendhafte Verhalten der Gemahlin überwachen. Oder vielleicht auch das untugendhafte? Eifert er etwa wieder danach, sich Euch und Eurer ehelichen Gemeinschaft zu entledigen?“

„Sei still“, wies die Comitissa ihre Tochter, die Herzogin, an.

„Dann sagt mir, weshalb der treueste Ratgeber und Freund des Königs die Gastfreundschaft meines verehrten Gemahls beansprucht. Konrad ist ein sehr willfähriger Dienstmann König Heinrichs, dazu noch gebannt und ausgestoßen aus der Gemeinschaft der Christenmenschen, wie übrigens Ihr auch, werte Schwester. Wie ein Köter schleicht er um seinen Herrn herum und gehorcht auf jedes Wort. Und wenn der es verlangt, hetzt und schlägt er die Beute und schleppt sie, wenn es sein muss, auch noch zurück vor die Füße seines Herrn. Mutter, mir graut es vor diesem schönen, treuen Konrad."
„Adelheid, deine Aufregung ist ohne rechtes Mass. Ich bin mir sicher, dass Ihr nichts von Konrad zu befürchten habt und auch nichts vom König", erklärte die Alte mit fester Stimme. Konrad, der während Adelheids Rede unruhig von einem Fuss auf dem anderen trat, wandte sich nun jedoch ab, als wollte er sich anschicken, die Frauenrunde zu verlassen.
„Bleibt, werter Ritter, meine Tochter spricht unbedacht. Womöglich hat die Einsamkeit ihr Herz und ihre Zunge mit Zorn beschwert. Zu lange ist sie wohl schon von ihrem Gemahl getrennt. Wir wissen nur zu gut, dass du uns nichts Böses willst."
„Das überrascht mich nicht, dass Ihr für Heinrich und seinen Dienstmann sprecht. Im Hass auf den Heiligen Vater wart Ihr schon immer mit dem König verbunden. Es wäre nicht das erste Mal, dass Heinrich meinen Gemahl hätte schaden wollen mit Hilfe seiner Getreuen. Aber vielleicht hat meine verehrte Schwester ja auch einiges zu befürchten. Dass Heinrich seinem Weibe nicht wohl gesonnen ist, weiß jeder im Reich. Jeder kennt doch die Geschichten, wie er mit jeder Magd und jeder Bauersfrau herumhurt und auch, dass es immer wieder hässliche Gerüchte über Euch gibt", Adelheid wandte sich der Schwester zu.
„Ich verstehe nicht, was Ihr mir sagen wollt." Berthas Stimme war schwach.

„Ich meine, dass Euer Gemahl es immer wieder versucht hat, Eure Ehe auflösen zu lassen und immer hat er sich dabei der Hilfe seiner Dienstmänner bemächtigt. Damals, als er seine Getreuen aufgefordert hat, Euch zu verführen. Dann an jenem Weihnachtsfest in Straßburg, als vermeidliches Hexenwerk in Eurer Kammer versteckt worden ist, nur um Euch in Verruf zu bringen. Da steckten ganz sicher auch seine treuen Dienstmänner wie dieser Konrad dahinter und nun hat er ihn Euch wieder auf den Hals gehetzt. Sagt an, will Heinrich Euch wieder einmal loswerden?"
„Wie widerlich doch Euer Lügengewäsch ist. All diese Geschichten haben Lästermäuler ersonnen", jammerte Bertha.
Die Comitissa streichelte sanft die Hand ihrer gekrönten Tochter.
Königin Bertha jedoch versank in Affras Armen.

Als Ida gemeinsam mit Eliah und Rainald die kleine Treppe in den Burghof hinaufstiegen, sahen sie gerade noch die Königin zusammen mit der Comitissa und ihren Damen durch das Portal in das Innere des Palas verschwinden.
Im Schatten des Rosenbuschs erblickte Ida jedoch Affra, die ihrer Herrin nicht gefolgt war, sondern schweigend, mit gesenktem Kopf neben Konrad stand. Mit wilden Gesten redete der Ritter auf sie ein.
Eliah, der Ida den Vortritt gelassen hatte, hielt die kleine Frau nun am Ärmel fest.
„Haltet ein, Frau Ida, ich möchte dieses Bild noch etwas genauer beschauen und nicht die zwei dort drüben beim Rosenbusch aufschrecken wie scheue Finken."
Ida verstand augenblicklich, was der Geistliche ihr bedeuten wollte.
Welch wunderliches Bild, dachte sie. Jedoch konnte sie nicht ergründen, was daran so verwunderlich war.
Rainald, der bereits einige Schritte voraus gelaufen war, kam zurückgeeilt zu Ida und Eliah und sah beide fragend an.
„Der schöne Konrad und Affra", stellte Eliah fest.
„Ja, und?", Rainalds Frage beantwortete der Pater seinerseits mit einer Frage.
„Wundert es dich nicht, dass der König in diesen schwierigen Zeiten auf seinen engsten Berater und Freund verzichtet und ihn seiner Frau an die Seite stellt?"

„Nun, Konrad ist ein selbstgefälliger, eitler Pfau, aber ich kann nicht glauben, dass er unserer Königin Schaden zufügen soll auf des Königs Geheiß."
„Es geht nicht darum, was wir glauben können oder nicht, allein was wir wissen, was wir erkennen können als wahr, kann uns die Gefahr aufzeigen."
„Ich werde ihn befragen. Er soll mir erklären, weshalb er im Gefolge der Königin reist", erklärte Rainald entschlossen.
Eliah nickte zufrieden und geleitete Ida zu den anderen Damen, die sich hinter die kühlen Burgmauern in die Kammer der Comitissa zurückgezogen hatten. Die Königin hatte es zwar vorgezogen in ihr eigenes Gemach zu gehen, Adelheid jedoch und ihre Mutter thronten sich schweigend gegenüber, umgeben von den Damen der Alten.
Der Raum der Comitissa war der geräumigste und sogar noch bequemer als der der Königin. Ein großes Bett stand in der Mitte, am Boden lagen zu beiden Seiten Decken und Felle, die den Hofdamen als Lagerstatt dienten. Über eine große Truhe in der Ecke war ein schweres Tuch ausgebreitet und an der dem Fenster gegenüber liegenden Wand hing ein breiter Teppich, auf dem Hirsche und Fasane, Hasen und Hunde in wilder Rauferei zu erkennen waren. Davor standen Sessel und Hocker. Wer sich auf ihnen niederließ, konnte sitzend den Blick durch das Fenster über den Fluss und durch das Tal schweifen lassen. Sogar ein kleiner Kamin sorgte in den kalten Wintermonaten für behagliche Wärme in der vornehmen Kammer. Nun jedoch lauerte er in der Wand, sauber gekehrt, wie der Schlund eines Höllentieres.
Ida erschrak jedes Mal, wenn sie ihn erblickte. Sie erinnerte sich daran, wie sie als junges Mädchen ängstlich zu ihm hinübergeschaut hatte. In ihrer Vorstellung war er das Höllenportal, aus dem der rote Greif jede Nacht heraufgestiegen kam, von den ruhelos umherirrenden Toten hin zu ihr ausgesandt.
„Ida, wo warst du? Ich habe mich gesorgt um dich", Adelheids Stimme klang streng und überhaupt nicht besorgt.
„Verzeiht Herrin, ich habe mit Pater Eliah einige Erkundigungen eingeholt, Kuniza betreffend."
„Kuniza?", die Stimme der Alten durchschnitt Idas Rede.

„Sie ist fort, edle Comitissa“, erklärte Ida und verneigte sich leicht in Richtung der Alten.
„Sie ist ein so treuloses Weib, erst kriecht sie bei mir unter, sucht Schutz und Schirm und kaum benötige ich ihre Dienste, weil hohe Gäste auf der Burg eintreffen, macht sie sich aus dem Staub. Was nur in das böse Weib gefahren ist?“; Adelheids Gesicht glühte rot vor Zorn.
„Weshalb soll es dir mit ihr besser ergehen als es mir mit dem schändlichen Weib ergangen ist?“ Bertha stand mit erhobenem Haupt in der Tür.
Eilig erhoben sich die Frauen.
Zufrieden lächelnd schritt Bertha, gefolgt von ihren Hofdamen, auf einen der Sessel zu und ließ sich sanft darauf nieder.
„Kuniza ist ein falsches Weib. Sie tat, als sei sie mir eine liebe Freundin, ich habe ihr in Treue angehangen und trotzdem hat sie mich verlassen, in der Nacht und ohne ein Wort.“
„Sie behauptete, sie könne nicht weiter dienen einem König, der gebannt ist vom Heiligen Vater, ausgestoßen aus der Gemeinschaft der Gläubigen“, entgegnete Adelheid ihrer Schwester spitz.
Die jedoch blies statt einer Antwort nur Luft durch die gespitzten Lippen aus und schüttelte den Kopf. Jeder konnte erkennen, wie verärgert die Königin noch immer über ihre ehemals so geliebte Hofdame war.
„Habt ihr erfahren, wo Kuniza hin ist?“, wandte sich Adelheid fragend Ida zu.
„Leider nein, Herrin, ich habe einige unserer Dienstmänner aufgetragen, nach ihr Ausschau zu halten. Die Leute kennen die Gegend hier und auch jedes Versteck.“
„Glaubst du denn, Ida, Kuniza ist noch immer hier in der Nähe?“
„Daran glaube ich ganz fest, Herrin“, erklärte Pater Eliah an Idas Stelle, „und ich denke auch, dass sie zurückkommen wird“.
Die Frauen sahen ihn verwundert an. Bisher hatte er stumm in einer dunklen Ecke der Kammer gestanden. Bei Idas Worten war er jedoch hinausgetreten aus dem Schatten und unbekümmert beteiligte er sich nun an der Unterhaltung der Damen.
„Erkläre mir, was du damit sagen willst.“ Berthas Worte klangen scharf. Das Gespräch über ihre untreue Kammerfrau verärgerte die Königin, das war offensichtlich.

„Bücher, Briefe, Pergamente“, rief Eliah aus. Die Königin nickte verständig mit dem Kopf, die Erinnerungen an jene schrecklichen Feiertage in Straßburg schossen ihr wieder in den Geist.
Nun betrachtete jedoch Adelheid den Geistlichen streng. Sie schob die Augenbrauen zusammen und wartete, dass der Beichtvater seine so lebhaft ausgeschrienen Wort erklären möge.
„Die Dienerin Hemma hatte, als sie starb, zerrissene Kleidung, Ihre Cotte war geöffnet und darunter war ein breites Leinenband, das um ihren Leib gebunden war, zu erkennen. Unter diesem Band fand ich ein ein Stück Pergament, wohl abgerissen von einem größeren Bogen, den man gewaltsam herausgezogen hatte. Es war eng beschrieben und einige Wörter waren verschmiert mit ihrem Blut. Dennoch konnten einige Sätze entziffert werden. Auch dank Eurer Unterstützung, hochverehrteste Königin.“
Eliah verbeugte sich tief vor seiner Herrin. “
„Was stand auf dem Pergament geschrieben?“, rief die Comitissa aufgeregt. Statt einer Antwort senkte Eliah jedoch nur den Blick und murmelte: „Nichts, was ihren Tod bisher restlos erklären könnte. Aber seit jener unheilvollen Weihnacht in Straßburg ist immer wieder die Rede von Pergamenten gewesen, als liege in ihnen der Schlüssel zu all den Geheimnissen. Diese Pergamente sind wie lose Fäden, die miteinander zusammenhängen, verknotet sind und in dem Knoten findet sich der Meuchelmörder.“
Ida schmunzelte, als sie den Beichtvater abermals von Fäden sprechen hörte. Wohlige Erinnerungen an die vergangenen Stunden stiegen in ihr auf.
Die anderen Frauen jedoch sahen Eliah fragend an. Statt seiner erhob Bertha die Stimme.
„Ich erinnere mich noch sehr gut an jene Wintertage in Straßburg, wie wir gemeinsam in der kleinen Kammer des Bischofs beieinander standen, über den Fetzen Pergament gebeugt. Ich sehe die Schrift noch vor mir: *delicet de thesa.* Wir mutmaßten beide: *thesaurus.* Ein Schatz ward beschrieben auf dem Pergament der Hemma.“
Die Worte der Königin hingen in der Luft.

„Sagt an Pater Eliah, was hat das alles zu bedeuten?“ Adelheid hatte sich erhoben und ging einige Schritte im Raum umher.
„Bitte, mein Kind, nimm wieder Platz.“ Die mahnenden Worte der Comitissa waren kaum hörbar, verfehlten dennoch nicht ihre Wirkung.
„Als ein Unbekannter in Eure Kammer eindrang, werte Herzogin“, Eliah verneigte sich vor Adelheid, „im Hause des Domherrn Hermann, da wurden Eure Schriften, die Pergamente Eures verehrten Gemahls und die Euren durchwühlt und im ganzen Raum verteilt.“
Wieder versank Eliah in Schweigen. Die Frauen warteten auf Erklärungen, bis die alte Comitissa endlich die Stille durchbrach.
„Sagt an, Pater Eliah, was glaubt Ihr?“
„Nun, edle Herrin, leider tut mein Glaube nichts zur Sache, auch wenn er unumstößlich in Jesu ist. Um die vergangenen Geheimnisse von Straßburg zu erhellen und, was noch wichtiger ist, die drohenden Gefahren abzuwehren, brauchen wir Gewissheit und nicht meine Mutmaßungen.“
„Alles nur Geschwätz, das niemand fürchten muss“, stieß Adelheid erbost aus.
„Mein Kind, das denke ich nicht. Was ihr mir berichtet habt, bestätigt die Lehren, die während meines langen Lebens machen musste: Auch das boshafte Geschwätz der Leute kann zur tödlichen Gefahr werden. Die Todesfälle damals am Geburtsfest unseres Heilands in Straßburg und das Gerede über Schwarzen Zauber haben die Zungen aller Treulosen und Bösen im Reich gelöst und ihre falschen Absichten bestärkt. Pater Eliah weiß allen trügerischen Schein klug von der Wahrheit zu trennen“, mit diesen mahnenden Worten drehte sich die alte Comitissa von ihrer Tochter ab und wandte sich dem Geistlichen zu.
Zum ersten Mal betrachtete Eliah die alte Markgräfin genauer und begriff, weshalb man sie mit Deborah verglich, jener Richterin und Prophetin des Alten Testaments, die die Stämme Israels in die Schlacht gegen die Kanaaniter geführt hatte. Sie war trotz ihres Alters noch immer schön und anmutig und ihre Töchter, so überlegte Eliah weiter, hatten ihren Liebreiz und ihr vornehmes Wesen geerbt. Aus den Augen der Comitissa glänzte jedoch auch jene besondere Klugheit auf, mit der sie seit ihrer Jugend ihre Grafschaften weise und mutig regiert hatte. Darin übertraf sie Bertha und Adelheid bei Weitem.

„Ihr glaubt an weitere Gefahren, die auf meine Töchter lauern, mein guter Pater Eliah?“
„Meine verehrte Herrin, ich bin fest davon überzeugt, dass die Unglücke der vergangenen Zeit einem einzigen Zweck dienten und dieser noch nicht erreicht ist.“
Die Alte nickte nachdenklich, während die anderen Damen stumm daneben saßen und ihre Blicke zwischen der Comitissa und dem Geistlichen hin und her wandern ließen.
„Ich habe jene Kuniza kaum gekannt, ich traf sie vor zwei Tagen hier das erste Mal. Dennoch schien sie mir sehr eifrig bemüht. Sie suchte meine Gesellschaft und schon am ersten Abend meines Besuchs hier stellte sie mir Fragen über Fragen“, erzählte die Comitissa.
„Worüber? Edle Fürstin, bitte erlaubt mir die Neugierde“, fragte Eliah mit aufrichtiger Ehrfurcht.
„Sie wollte all die alten Geschichten wissen, die die einfachen Leute über unsere Berge erzählen.“
Die Augen aller waren erwartungsvoll auf die Comitissa gerichtet. Diese stummen Fragen beantwortete die Alte aber nur mit einem leichten Schulterzucken. Endlich durchbrach Eliah das Schweigen.
„Das ist fürwahr sehr verwunderlich, dass eine vornehme Frau wie Kuniza solch Wissbegierde offenbart. Alte Geschichten, die sich die einfachen Leute über Eure Berge erzählen“, wiederholte der Geistliche.
„Zumal sie auch hier, in meiner Gesellschaft immer wieder verlangte, dass ich die alten Geschichten der Markgrafschaft erzähle, du erinnerst dich vielleicht, Ida?“, ergänzte Adelheid die Schilderung ihrer Mutter und Ida antwortete gehorsam:
„Daran erinnere ich mich sehr wohl, teure Herrin, ebenso gut weiß ich aber auch noch, dass sie sehr schnell die Lust an den Geschichten verlor, nachdem Ihr begonnen hattet zu erzählen.“
Adelheid schaute Ida verärgert an und diese besann sich sofort ihrer Worte.
„Verzeiht edle Herrin, ich meine, dass es doch sehr erstaunlich war, dass Kuniza die Lust verlor, die sie zuvor so lebhaft bekundet hatte. Zumal Eure Geschichten sehr lebendig und reizvoll waren.“

„Ich war jedenfalls erstaunt über Kunizas Anliegen“, ergriff die Comitissa wieder das Wort.
„Eine junge Frau, die von einer Alten wie mir die Geschichten der einfachen Leute aus lang vergangener Zeit hören will. Aber ich erklärte ihr, dass ich diese alten Geschichten habe aufschreiben lassen, damals, in einer Chronik unserer Grafschaft. Sie hätte Euren Vorgänger, Pater Aurelius, befragen sollen. Der kannte all jene Geschichten.“
„Aurelius, der Iberer“, rief die Königin aus.
Die Comitissa achtete nicht auf ihre Tochter und sprach ruhig weiter: „Nun, vielleicht sollte ich es anders sagen. Er kannte nicht alle Geschichten, er war ein Novize gewesen in Novalese, damals als die Brüder die Chronik schrieben. Pater Ramigius leitete das Scriptorium und bestimmt vier oder fünf Mönche waren an der Arbeit beteiligt. Pater Aurelius, der Iberer, war nur einer von ihnen gewesen.“
„Mich schaudert es noch immer, wenn ich an ihn denke. Er war ein unheimlicher Kerl“, erklärte Bertha und wand sich Eliah zu,“Ihr seid mir um vieles lieber.“
„Man zerriß sich das Maul über den Iberer . Die Leute sagten, er stünde mit den bösen Mächten im Bunde und verstünde sich auf Schwarzem Zauber“, murmelte Affra.
Ida horchte auf, die vornehmen Frauen jedoch übergingen die Rede der Hofdame und die fügte mit zögernder Stimme hinzu:
„Unheimlich war auch sein Ende, wenn Ihr Euch erinnert.“
Ida schluckte und zwang ihre Stimme ruhig zur Ruhe.
„Affra, Eure Worte brachten ihn mir wieder in den Sinn. Der Herzog weilte zur damaligen Zeit an Eurem Hofe“, Ida verneigte sich dabei leicht in Richtung der Königin. Als sie die Aufmerksamkeit der anderen spürte, brach all ihre Anstrengung hinfort. Heftig schüttelte sie den Kopf, als wolle sie alles Gehörte und Gesehene abschütteln.
Adelheid jedoch duldete diese Verweigerung nicht. Streng fuhr sie die Kinderfrau an:
„Nun an, Ida, was hast du uns zu erzählen? Zierst dich, als seist du eine junge Maid vor einem hübschen Burschen, der sie freit.“
Ida schloss die Augen und atmete tief, dann stieß sie mit zitternder Stimme aus:

„Als Herzog Rudolf nach Rheinfelden zurückgekommen war, erzählte er davon, dass der Beichtvater der Königin hinterrücks erstochen ward."
„Ich betrauerte seinen Tod damals aufrichtig. Ich schätzte diesen Geistlichen, sonst hätte ich ihn Euch, werte Königin und Tochter, auch nicht gesandt. Er war sehr gelehrt, hatte nicht nur in unserem Kloster Novalese, auch in Italien und sogar in Castillien und Aragon studiert. Man munkelte, er sei sogar zu den Heiden in den Süden, nach Andalus gereist. Ich habe auf das Gerede, er verstünde sich auf Schwarze Magie, nie viel gegeben. Er war bei den Mauren gewesen, das hieß doch aber nicht, dass er ein Hexer war."
„Schwarze Magie, ein weiteres Fadelknäuel", murmelte Ida und obwohl sie nur leise zu sich selbst gesprochen hatte, waren plötzlich die Augen aller auf sie gerichtet. Als sie dies bemerkte, stieg Röte in ihr Gesicht und ihr ohnehin schon krummer Körper sackte noch stärker in sich zusammen.
„Was wollt Ihr damit sagen, Ida?"
Die Stimme der Comitissa verriet Ungeduld.
„Mir ist nur aufgefallen, dass diese beiden uns so oft in Straßburg begegnet sind. Der Atzmann, der bei der toten Hemma lag und die Hexenschale in Eurem Gemach", bei den Worten verbeugte sich Ida vor der Königin.
„Aber der Iberier ist doch schon lange tot, er kann mit den schrecklichen Ereignissen in Straßburg nichts zu schaffen haben", warf Bertha ein.
„Er war jedoch am Leben, als Ihr, hoch verehrte Königin, das erste Mal im Verdacht standet, der Schwarzen Magie anzuhängen."
„Ida, ich verstehe Eure Worte nicht, was hat denn diese alte Geschichte mit den Ereignissen in Straßburg und dem Treuebruch der Kuniza zu tun?", rief Bertha ziemlich erbost aus.
„Verzeiht, edle Herrin, mir ist es nur aufgefallen", flüsterte Ida kleinlaut und verzog sich so unauffällig wie möglich in den Schatten.
„Es macht mich traurig zu hören, dass Ihr Euch vor dem Iberier gefürchtet habt", erklärte die Comitissa und lenkte die Aufmerksamkeit der Frauen wieder auf ihre Person. Betrübt blickte die Alte zu ihrer Tochter Bertha hinüber.

„Eine Chronik“, sagte Eliah mehr zu sich selbst als zu den Frauen und fragte dann in die Runde: „Wann starb dieser Bruder? War Kuniza damals schon in Euren Diensten, verehrte Herrin?“
„Soweit ich mich erinnern kann, kam Kuniza erst später zu mir“, antwortete Bertha stockend.
„Könnt Ihr mir sagen, wann?“, bat Eliah.
„Wenige Wochen nach unserer lieben Frauentag, im Jahre des Herrn Tausenddreiundsiebzig.“
„Nur ein knappes Jahr später kam ich zu Euch als Euer Beichtvater., verehrte Königin. Kuniza hatte Euch also fast drei Jahre gedient, als sie euch verließ und hierher nach Rheinfelden lief.“
„Und gerade mal ein Jahr und ein halbes, als Hemma getötet wurde“, ergänzte Ida.
„Ich will nicht mehr über das böse, treulose Weib reden“, schrie Bertha schrill aus. Eliah stellte sich wieder in den Schatten und auch die Frauen fügten sich dem Wunsch der Königin, starrten auf die Handarbeiten in ihren Händen und fielen in Schweigen. Nur eine regte sich plötzlich. Adelheid stand langsam auf und wandte sich dem königlichen Beichtvater zu.
„Mein werter Pater, ich habe mit großer Bestürzung gehört, was Ihr zu berichten hattet. Ich wußte nichts von dem Pergament, das die tote Dienerin meiner Schwester am leibe trug. Ich gebe sogar zu, dass ich den Ereignissen damals in Straßburg kaum meine Aufmerksamkeit geschenkt habe. Auch dass ein Unbekannter unsere Taschen durchsuchte, wurde mir nicht berichtet. Weder von dir, Ida, noch von meinem Gemahl.“ Adelheid schaute streng zu Ida hinüber.
„Nun jedoch beginne ich zu begreifen. Ich bitte Euch, verehrter Pater Eliah, verlaßt die Kammer meiner Mutter.“
Der Geistliche, sichtlich erstaunt sowohl über das ungewöhnliche Anliegen als auch über den freundlichen Ton der herzoglichen Worte, verneigte sich tief vor der Schwester seiner Herrin und trat in den Flur.

Adelheid begann sodann die Schnüre und den Gürtel ihres Obergewandes zu lösen und bedeutete Affra, ihr dabei zur Hand zu gehen. Bertha schien zu billigen, dass ihre Hofdame einer niederen Herrin zu Diensten kam. Auch dass die Herzogin am helllichten Tag begann, sich vor ihren Gästen zu entkleiden, schien weder die Königin noch die Damen zu verwundern. Vielmehr spürten die Frauen, dass Adelheids eigenwilliges Tun sie alle der Klärung jener Fragen näher brachte, die soeben lebhaft diskutiert worden waren.
Erwartungsvoll beobachteten die Frauen Adelheid, die mittlerweile die Tunika über ihren Kopf gezogen hatte und im Untergewand vor den Frauen stand. Nun hob sie auch dieses bis über die Taille an und ihr Hemd, das wie das Untergewand bis zu den Knöcheln reichte, wurde sichtbar. Es war von feinstem weißen Leinen und schimmerte matt.
Zum Erstaunen der Frauen glitt es aber nicht nach Weibersitte gerade am schlanken Leib der Herzogin herunter, sondern wurde von einem schmalen Gürtel über der Hüfte zusammengerafft, an dem ein kleiner, schmuckloser Lederbeutel hing.

Eliah kniete vor dem Altar, das Kinn auf die Brust gedrückt, die Augen geschlossen. In der Zwiesprache mit Gott hatte er bisher immer Frieden und Kraft gefunden. Heute jedoch richtete er seine Gebete als stummen Hilferuf zu seinem Herrn, denn Gefahr schwebte über Rheinfelden. Sie kroch immer näher an die Burg heran und lauerte den Frauen auf.

Vom inneren Burghof hörte Eliah fröhliche Rufe hoher Kinderstimmen in die Kapelle hinüber schallen. Der Geistliche lächelte bei den Gedanken an Berthold, der seit Tagen unschuldig und friedlich mit den königlichen Töchtern spielte. Sogar die schwache Stimme des kleinen Konrads gluckste immer wieder auf. Die Kinder waren Jesu, seinem Herrn, eine Wonne gewesen, erinnerte sich Eliah und die Worte des Evangeliums kamen ihm in den Sinn: Lasst die Kinder zu mir kommen; hindert sie nicht daran! Denn Menschen wie ihnen gehört das Reich Gottes. Amen, das sage ich euch: Wer das Reich Gottes nicht so annimmt, wie ein Kind, der wird nicht hineinkommen. Und er nahm die Kinder in seine Arme; dann legte er ihnen die Hände auf und segnete sie.
„Herr, gebe mir Einsicht und schärfe meinen Geist, damit ich erkennen kann das Ansinnen und den Zweck der Übeltäter. Sie haben ihr Mörderwerk noch nicht beendet und ich fürchte um das Heil der Frauen, um das der Königin und besonders um Adelheids Leben“, murmelte Eliah beinahe tonlos, als gedämpftes Schlurfen auf dem Steinboden und unterdrückter Atem trotz des Kinderlärms an sein Ohr drangen.
Langsam bewegten sich die Geräusche auf ihn zu. Eliah spürte, dass ihr Urheber sie zu vermeiden suchte, jedoch ohne Erfolg. Der Geistliche beendete sein Gebet im Stillen und konzentrierte sich ganz auf die Geräusche in seinem Rücken. Unmittelbar hinter ihm verstummte der schwere Atem und das Schlurfen brach ab. Deren Ursprung wußte Eliah nun ganz nah.
„Verehrte Frau Ida, was hat Euch die Herzogin so Geheimnisvolles offenbart, dass ich die Kammer verlassen sollte?“
„Mein guter Pater Elias, Ihr wußtet, dass ich es bin, die die Kapelle entlang schritt, leichtfüßig wie eine Feder, auf der Suche nach Euch?“, Ida lachte, aber Eliah hörte die Bitterkeit ihrer Worte heraus, auch wenn sie unbeschwert klingen sollten.
„Meine verehrte Frau Ida, jedem Menschen ist ein besonderer Gang eigen, so wie sein Wesen ganz einmalig ist, verliehen von Gott, das solltet Ihr bei allem Spott nicht vergessen.“
„Ihr habt Recht, Pater Eliah, wie so oft. Ihr seid ein guter und aufrichtiger Mann. Lasst mich Euch berichten, was sich in der Kammer der edlen Comitissa zugetragen hatte, nachdem Ihr hinausgetreten ward.“

Der Geistliche machte ein besorgtes Gesicht und schob sie sacht in die Sakristei, um Lauschern zu entkommen. Der Raum war so eng, dass er gerade einmal den beiden Platz bot. Auf einfachen Hockern saßen sie dicht beieinander, Ida erzählte und Eliah folgte aufmerksam jedem ihrer Worte.
„Somit war es also berechtigt, dass ich weitere Gefahren befürchtete“, erwiderte der Pater schließlich Idas Erzählung.
„Mein guter Eliah, es scheint mir aber auch immer klarer zu werden, was der Beweggrund all der schrecklichen Ereignisse war“, erklärte Ida.
Sie zog unter ihrer Cotta den Lederbeutel hervor, der noch kurz zuvor am Leibgürtel der Herzogin gehangen hatte, und reichte ihn dem Geistlichen.
„Darin finden wir die Antwort. Der Mörder suchte das hier. Deshalb musste Hemma sterben und danach durchwühlte er unsere Taschen, als ich dazu trat und Rainald verdächtigte.“
Eliah ergriff den Beutel, öffnete ihn vorsichtig als befürchtete er das Leder zu beschädigen und zog schließlich ein zusammengefaltetes Pergament hervor. Obwohl er es dicht vor die Augen hielt, konnte er nichts darauf erkennen.
„Hier drin ist es zu dunkel, wir müssen uns ein verschwiegenes Plätzchen draußen suchen, wenn wir es näher betrachten wollen“, meinte der Geistliche.
„Fürwahr Eliah, und wir müssen Rainald dazu holen“, rief Ida lebhaft aus.
„Unbedingt, sein Ratschlag wird mir bei der Untersuchung dieses Stückes mit seinen Kenntnissen der lateinischen Sprache und seiner Geduld sehr wertvoll sein“, meinte Eliah, verzog sein Gesicht, als meine er die Worte ernst und wiegte den Lederbeutel in seiner Hand hin und her.
„Ihr seid ein Spötter, Pater Eliah“, sagte Ida und lachte.
Der Geistliche winkte einen Diener heran und befahl diesem, den Ritter Rainald unverzüglich hinab auf die Kiesbank zu bestellen.
Wenig später saßen Pater Eliah, die lahme Ida und Rainald gemeinsam auf dem Baumstamm am Flussufer.
Ida dachte an jene unzähligen Stunden, die sie dort allein gesessen hatte, um ihre Erinnerung an den blutroten Greif zu verdrängen und ihren sehnsuchtsvollen Träumen nachzuhängen.

„Wir brauchen ihm also nicht mehr zu misstrauen“, Rainalds Worte rissen Ida aus ihren Gedanken.
„Ida, hast du verstanden, was ich erzählt habe?“
„Verzeih, ich dachte an vergangene Tage“, verlegen sah die kleine Frau den Ritter an.
„Ich habe Konrad gefragt, weshalb er uns begleitet hat, weshalb er nicht als wichtiger Ratgeber nun beim König ist und warum er mit Affra gestritten hat.“
„Und?“, fragte Ida leise.
„Die Königin ist in einer wichtigen Mission hier. Sie führt Verhandlungen mit ihrer Mutter über die Geschicke des Reichs. Damit wollte Heinrich sie nicht allein lassen. Affra jedoch muss immer wieder zur Ordnung gerufen werden, denn sie gefährdet mit ihrem Schandmaul die Mission.Sie tratscht gerne und kann kein Geheimnis für sich behalten.“
Derweil steckte Eliah Ida das Stück Pergament entgegen, etwa zwei Spanne breit wie hoch. Einige Knicke durchliefen es. Das Schriftstück schien also mehrfach gefaltet worden zu sein. Linien kleiner Buchstaben drängten sich dicht aneinander. Ida betrachtete die Zeichen, ihr ungeübtes Auge konnte aber nur wenige entziffern. Aber obwohl sie die Worte nicht verstand, erkannte sie die Schrift. Sie hatte das Pergament an jenem Tage in Straßburg zusammen mit den Briefen des Herzogs gesehen, als sie von dem Einbrecher durchwühlt und auf dem Bett verstreut worden waren.
Der Pater drehte das Schriftstück. Kreuze und Linien waren großzügig über die Rückseite verteilt. Nur wenige Wörter waren zu sehen und an einigen Stellen hatte der Schreiber sogar kleine Zeichnungen eingefügt. Bäume waren dargestellt und in der oberen rechten Ecke war ein unregelmäßiger Kreis mit Fischen zu sehen.
„Nun sag schon, was du in diesen unleserlichen Schnörkeln lesen kannst, wir hocken hier schon eine Ewigkeit“, raunte Rainald seinem Freund grob zu.
Der jedoch lächelte Ida nur zu, die den freundlichen Blick jedoch nicht erwiderte.

„Rainald, die Ewigkeit werden wir, hoffentlich, bei unserem Schöpfer verbringen, wenn wir sein Angesicht schauen dürfen, und nicht auf einem toten Baumstamm. Ida, Ihr sagtet, die Herzogin Adelheid trägt dieses Pergament seit Jahren in dem kleinen Lederbeutel an ihrem Leibgürtel, verborgen vor aller Welt? Der Inhalt dieser Schrift rechtfertigt es jedenfalls nicht, dass eine schöne Frau es am Leibe trägt."
„Sie erzählte uns, nachdem Ihr die Kammer verlassen hattet, von ihrer Sehnsucht. Als Adelheid ihre Mutter und die Markgrafschaft Susa verlies, um zu heiraten, war sie ja schon älter als Bertha bei deren Abschied gewesen ist. Sie hatte ihr bisheriges Leben in der Markgrafschaft verbracht und war ihrer Familie fest verbunden. Die Berge, das Kloster Novalese, ihre Brüder, all das hatte Adelheid fest in ihrem Herzen und fürchtete die Trennung. Deshalb nahm sie dieses Pergament mit sich, als sie hierher nach Rheinfelden zu Rudolf kam. Das Schriftstück sollte ihr ein Stück aus ihrer Vergangenheit sein."
„Aber was steht denn nun auf diesem Pergament, das doch so bedeutsam sein soll?", Rainalds Stimme überschlug sich beinahe vor Ungeduld.
„Du hast Recht, mein guter Freund, lesen wir gemeinsam, was wohl einem Mörder Grund und Anlass gewesen war für seine schändlichen Taten."
„Eliah, Ihr macht mir beinahe Angst", flüsterte Ida und drehte sich unwillkürlich etwas von ihm ab. Rainald rückte sodann noch näher an sie heran und legte seinen Arm schützend um ihre Schultern. Verlegen schüttelte sie seinen Arm ab.
„*Ad dexteram namque huius monasterii partem habetur montem Romuleum, excelsiorem cuntis monitbus sibi adherentibus*", las Eliah mit ruhiger Stimme vor.
„In Gottes Namen, Eliah, willst du uns den ganzen Text in Latein vorlesen? Ich bitte dich, verrate, was er bedeutet."
„Nun, die Schrift erzählt von einem Kloster und einem Berg. Er heißt Romuleus, nicht wahr, werter Pater? Das konnte ich verstehen", fiel Ida dem Ritter ins Wort. Eliah nickte ohne seinen Blick von dem Pergament zu lassen. Unbekümmert las er weiter. Ida versuchte angestrengt, die fremd klingenden Wörter zu verstehen, während Rainald mit verärgerter Miene hinaus auf den Fluss starrte.

Als der Redefluss des Beichtvaters nach einiger Zeit verebbte war, hatte Ida jedoch schon längst aufgehört, den lateinischen Text im Geiste zu übersetzen und auch Rainald war nicht mehr in seinem Groll über Eliah gefangen. Beide hatten die Wärme des Sommertages genossen und die Nähe des anderen. Sie waren sich selbst genug in diesem Augenblick.

Am Ufer des Flusses war Kuniza eingeschlafen. Als sich dunkle Wolken vor die Sonne schoben, strich ein frischer Wind über den Fluss und glitt über ihren Körper. Die plötzliche Kühle weckte sie auf. Erschrocken schaute sie sich um. Obwohl sich die dunklen Wolken am Himmel immer dichter zusammenzogen, war Kuniza, noch immer schlaftrunken, von der Helligkeit des Tages geblendet. Als sie begriffen hatte, wo sie war, sprang sie auf, raffte das mittlerweile trockene Oberkleid zusammen und schlüpfte flink hinein. Ich muss Hetzil finden, dachte sie und rannte schnell den Weg hinauf zur Alten Burg. Irgendwo musste sich dieser Gauner doch verkrochen haben.

„Es wird wohl Regen geben, schaut, der Himmel“, Ida zeigte hinüber nach Osten, wo sich eine dunkelgraue Wolkenwand auftat.
„Du zitterst, lass uns hinein gehen. Dann kann uns Eliah in aller Ruhe und im Trockenen erzählen, was auf dem Pergament geschrieben steht.“ Rainald wies mit dem Kopf zu seinem Freund hinüber und bot Ida seinen Arm als Stütze, während er selbst sich langsam erhob. Zögernd nahm die kleine Frau ihn an. Der vertrauliche Ton des Kriegers ihr gegenüber und die zärtlichen Gesten in Gegenwart eines Dritten verunsicherten sie.
Das erste Grollen eines Sommergewitters war zu hören, als die drei in einer Ecke der Burgküche saßen, dicht neben einem Herdfeuer, über dem ein Kupfertopf hing. Eine dicke Köchin stand daneben, die linke Faust gegen die Hüfte gestemmt, und rührte ab und zu darin.
Zu ihren Füßen saß Berthold auf einem Schafsfell. Seine Holzpferde lagen achtlos verteilt um ihn herum. Er schenkte ihnen keine Beachtung, sondern wiegte nur langsam seinen Oberkörper hin und her und murmelte unverständliche Sätze.

„Ihr habt ganz richtig übersetzt, verehrte Frau Ida“, sagte Eliah und zog durch die Nase genüßlich den Duft, der von der Herdstelle zu ihnen hinüber drang.
„Die Schrift erzählt von einem Berg mit Namen Romulus.“
„Dann suchte Kuniza also nach diesem Berg. Das Weib war doch ganz begierig danach, Geschichten über Berge zu erfahren, seltsame Grille“, rief Rainald dazwischen. Eliah jedoch wies ihn mit erhobener Hand an, zu schweigen und sprach ruhig weiter.
„Fürwahr, das Weib wollte diese Geschichte wissen, jedoch nicht, weil sie die Berge so liebte. Die Schrift weiß von einem gewissen Markgrafen Arduin zu berichten, *marchio arduino*.“
„Wie auf dem Pergament, das Ihr unter der Cotte der toten Hemma fandet.“ Nun hatte auch Ida die Erzählung des Geistlichen unterbrochen, weshalb dieser etwas ungehalten dreinschaute und laut aufseufzte.
„Meine guten Freunde, bitte lasst mich zu Ende erzählen, ich verstehe eure Erregung. Denn von jenem Arduin wird berichtet, er habe als erster Mann den Weg ins Innere des Berges Romulus gefunden. Viele waren vor ihm bereits daran gescheitert. Diesen Arduin jedoch trieb die Gier voran, Mönche aus dem Kloster Novalese mussten ihn begleiten. Sie beteten und sangen auf ihrem gefährlichen Marsch unaufhörlich, trugen das Heilige Kreuz voran. Weihwasser und das Banner des Königs führten sie ebenfalls mit. Dieser Beistand sollte sich letztendlich auszahlen.“
Eliah machte eine kurze Pause, die Ida ohne Zögern nutzte.
„Die Geschichte einer Wanderung soll Grund für Mord und Betrug sein?“
„Meine verehrte Frau Ida, Ihr seid ungeduldiger als mein alter Freund hier.“ Mit dem Daumen wies er zu Rainald.
„Das Ziel dieser Wanderung war Grund für die abscheulichen Ereignisse.“ Wieder hielt der Geistliche inne, nun jedoch, um sich an der Ungeduld seiner Zuhörer zu ergötzen. Schließlich hatte er ein Einsehen mit ihnen und sagte: „ein Schatz.“
Rainald und Ida sahen ihn verwundert an.

„Vor langer Zeit habe ein König Romulus in diesem Berg gewohnt und in seinem Inneren einen gewaltigen Schatz angehäuft. Münzen reinen Goldes habe er zusammengetragen und dort versteckt. Niemand habe diesen Schatz aber später finden können. Jeder, der versuchte einen Weg ins Innere zu finden, sei gescheitert."
Eliah warf einen Blick auf das Pergament, las einige Sätze und fuhr fort:
„Bis auf den Markgrafen Arduin. Er habe den Eingang in den Berg gefunden. Als er jedoch vor dem Goldschatz gestanden habe, habe er ihn nicht hinabgebracht, sondern sei augenblicklich von seiner gottlosen Gier befreit. Die Kleider habe er sich vom Leib gerissen und sei nackt und barfuß gemeinsam mit seinen frommen Mönchen wieder hinaus gerannt. Ich kenne diesen Grafen nicht und glaube auch nicht, dass jener Berg existiert. Die Linien, Kreuze und Zeichnungen hier", Eliah hielt das Pergament in die Höhe und zu sehen war seine Rückseite, „scheinen mir einen Weg zu zeigen. Wahrscheinlich ein Plan jenes Weges, den Arduin genommen hat, um den Münzschatz zu finden."
„Doch, Pater Eliah, Markgraf Arduin lebte. Vor sehr langer Zeit." Adelheids Stimme klang ungewohnt dunkel. Unbemerkt war die Herzogin in die Küche zu den Dreien hinzugetreten.
„Er ist der Urahn unserer Familie, die Markgrafen von Turin leiten ihre Linie bis zu ihm ab. Und auch den Berg des Romulus gibt es. Nur die einfachen Leute nennen ihn aber noch so. Die Gelehrten gaben ihm den Namen Rociamlon. Er ist der höchste aller Berge in unserer Markgrafschaft. Einige sagen, er sei der größte Berg überhaupt. An seinem Fuße steht das Kloster Novalese, in dem fromme und gute Mönche seit alters her leben und wo die Chronik der Markgrafschaft geschrieben wurde."
Adelheid sah sich kurz um. Ihr Blick streifte auch Berthold, der mittlerweile zusammengekauert am Boden lag. Sicher war die Herzogin noch nie in diesem Teil ihrer Burg gewesen. Die fremde Umgebung beeindruckte sie aber nicht im Geringsten. Erhobenen Hauptes schritt sie durch die Küche zu der Herdstelle vor der die drei saßen, als schreite sie durch einen prächtig geschmückten Palas.

„Die Geschichte vom Schatz des Romulus erzählen sich die gemeinen Leute seit langer Zeit und auch von den Taten des marchio Arduio. Meine Mutter ließ sie aufschreiben in jener Chronik wie auch die vielen anderen Legenden und Geschichten, aber nicht, weil sie wahr sind. Nein, sie sind allesamt erdichtet und erlogen, jedoch sind sie schön anzuhören. Wie ich liebt auch meine Mutter diese alten Sagen und Legenden, deshalb gab sie das Chronicon Novaliciense in unserem Kloster in Auftrag. Nun geschah es aber, als die Mönche die Legenden sammelten und schrieben, dass zwei verschiedene Texte über die Wanderung des Arduin entstanden."
Wie selbstverständlich nahm die Herzogin am Herdfeuer Platz.
„Die eine Handschrift erzählte davon, dass der Markgraf auf seinem Weg hinauf zum Berggipfel scheiterte trotz der Bittgebete und Gesänge seiner Mönche und keinen Schatz fand. Die andere ist diese hier."
Adelheid zeigte auf das Pergament in Eliahs Fingern.
„Mutter entschied sich damals für die erste, denn sie dient eher einem frommen Zweck. Ist gottgefällig und regt die Gier der Menschen nach Gold nicht an. Sie wurde in die Chronik übernommen. Den anderen Text samt dem Plan des Weges, den Arduin ins Berginnere genommen haben soll, behielt sie verborgen und schenkte ihn mir beim Abschied zur Erinnerung an die Markgrafschaft, ihre Berge und Kloster Novalese."
„Ihr habt ihn all die Jahre am Körper, in dem kleinen Lederbeutel verwahrt?"
Statt einer Antwort nickte die Herzogin dem Geistlichen nur kurz zu.
„Mit einer Ausnahme, verehrte Frau Adelheid", unterbrach Ida plötzlich die nachdenkliche Stille.
„In Straßburg habt Ihr jenen Beutel abgelegt und seinen Inhalt in der Tasche des Herzogs verstaut. Ich sah Euer Pergament mit den anderen Briefen und Schriftstücken auf Eurem Bett verstreut, zerwühlt durch den Eindringling, den ich aufschreckte."
Erschrocken blickten die Vier einander an. Alle verstanden sofort die Bedeutung von Idas Beobachtung.

„Bodo wäre noch immer am Leben, wenn ich Kuniza nicht aufgeschreckt hätte. Sie hatte das Pergament, das sie suchte vor Augen, erkannte es aber nicht. Sie hätte ihr mörderisches Werk nicht fortgesetzt, wenn sie damals schon gefunden hätte, wonach sie begierig suchte."
Ida war den Tränen nahe. Adelheid wandte sich ihr zu, ergriff ihre Hände und lächelte mild.
„Dich trifft keine Schuld, Ida. Kuniza war verdorben und besessen von der Gier nach Gold und Reichtum. Sie allein beging die schrecklichen Werke, sie trieb den Hetzil zu seinem mörderischen Handeln." Ida blickte die Herzogin dankbar für die trostvollen Worte an. Ruhig griff Adelheid nach dem Pergament, nahm es Eliah aus den Händen und betrachtete die Schrift.
„Es ist eine Legende, eine Geschichte, die sich das unwissende Volk erzählt. Nichts daran ist wahr."
„Dennoch entfachte sie eine mörderische Gier, so wie Eure Mutter es vorausgeahnt hat", sagte Rainald und die anderen nickten stumm.

Kuniza war hinauf zu der Kirche des Heiligen Martin gelaufen, wo sie die verkrüppelte Stine fand, jene Bettlerin, mit der sie tags zuvor das Brot geteilt hatte. Die dunklen Wolken hatten sich schon gefährlich nahe geschoben und Kuniza musste endlich einen geeigneten Unterschlupf finden.
„Du, gibt es einen Platz, an dem ich mich verstecken kann? Eine Herberge kann ich nicht bezahlen, aber ich werde in einigen Tagen genügend Gold besitzen, um dich für deine Dienste zu entlohnen. Auch suche ich einen Kerl, der wahrlich wie ein Ungeheuer aussieht. Ein Ohr fehlt ihm und seine Fratze ist von Narben zerfurcht, wie der Teufel ist seine Stimme."
Ängstlich schlug das Mädchen bei diesen Worten das Kreuzzeichen gegen ihre Brust. Kuniza jedoch sprach weiter.
„Er ist ein Teufel, ohne Frage, aber er ist mir treu ergeben und ein wertvoller Knecht. Hetzil ist sein Name. Weißt du, wo er steckt?"
Stine sprang überraschend flink auf.

„Herrin, ich führe Euch zu unserem Versteck. Dort werdet Ihr auch Euren Knecht finden. Wenn er des Teufels ist, so ist er dort unter seinesgleichen."
„Wer verkriecht sich denn sonst noch dort?", fragte Kuniza besorgt.
„Bettler, Strauchdiebe wie wir", lachte das Mädchen.
Rechtzeitig bevor das Gewitter über der kleinen Siedlung Rheinfelden hereinbrach, hatten sich Kuniza und Stine in einen verfallenen Unterstand gerettet. Lauter elende Gestalten blickten die beiden an. Kuniza erinnerte sich an jenen stinkenden Halunken, der sich auf sie gedrückt hatte. Übelkeit kroch ihre Kehle hoch. In dieser Gesellschaft mußte sich Hetzil herumtreiben, dessen war sie sich sicher.
„Hetzil, wo bist du, du gottloser Schurke, wo bist du?", flüsterte Kuniza vorsichtig und schlich zwischen den Leibern umher.
„Herrin, hier. Hier hinten."
Die heisere Stimme kannte Kuniza nur zu gut. Immer wieder staunte sie darüber, dass sich das schlechte Temperament dieses Bösewichts auch in dessen hässlicher Erscheinung und sogar in dessen rauher Stimme zeigte. Aus der hintersten Ecke war sein Ruf zu ihr gedrungen. Einige Bettler saßen um eine Feuerstelle und beobachteten die fremde schöne Frau mit dem gewaschenen Gesicht und den edlen Kleidern. Eilig hastete sie dem Ruf nach.
„Ich habe dich schon heute Morgen gesucht. Wo warst du?", raunte sie dem Komplizen zu.
„Ich musste mir was zu beißen beschaffen, und zu saufen brauchte ich was", sagte Hetzil und wischte sich den Mund mit dem Ärmel seiner nur knielangen Cotta ab. Der dicke Stoff war an einigen Stellen bereits sehr dünn und löchrig und von seiner ursprünglichen Farbe war nichts mehr zu erkennen. Wortlos reichte er der Frau und dem Mädchen einen Kanten Brot. Kuniza hasste dieses harte, dunkle Brot der armen Leute. Sehnsüchtig erinnerte sie sich an das helle Weizenbrot, das am Hofe der Königin serviert wurde und das einzig dazu diente, die köstlichen Saucen aufzunehmen.

„Wir müssen warten, bis die Königlichen abgezogen sind. Dieses neugierige Hinkebein wird zwar bleiben, mit der nehme ich es allemal auf. Wir schleichen uns zurück auf den Stein und du, Hetzil, wirst mich diesmal begleiten und mir helfen. Ein paar von den Halunken hier können wir auch noch gut gebrauchen. Adelheid hat den Plan und wenn List und Vorsicht nicht helfen, brauche ich halt Gewalt, um ihn von ihr zu bekommen. Deine Gewalt."
Entschlossen nickte sie dem Galgengesicht zu. Der grinste nur breit.

„Was Ihr erzählt, überzeugt mich, verehrte Herrin, dass dieses Pergament tatsächlich der Grund für alle Morde gewesen ist und auch, dass Kuniza dahinter steckt. Wir waren lange vorsichtig mit unserem Verdacht", erzählte Eliah nun der hohen Dame, „die schrecklichen Vorfälle in Straßburg hätten auch andere Gründe, andere Urheber haben können. Der Streit des Königs mit den Großen des Reichs, mit Eurem Gemahl, all die Verdächtigungen und Ränkespiele am Hof. Das alles hatten wir bedacht."
„Ich will nun nichts mehr von diesen schrecklichen Dingen hören. Zu sehr hat mich dieses Weib enttäuscht", erklärte Adelheid und erhob sich.
„Werte Herrin, ich fürchte nur, der Schrecken hat noch kein Ende gefunden, vielmehr wird er in den nächsten Stunden seinen Weg auf diese Burg finden."
„Ihr macht mir Angst, Ritter Rainald. Was gedenkt Ihr zu tun, um meine Sicherheit zu gewähren? Mein Gemahl ist fort und ich bin nur mit wenigen Kriegern allein auf dieser Burg."
„Seid unbesorgt, verehrte Herrin, wir kennen nun den Gegner und wissen, wie wir ihm begegnen müssen", erklärte Rainald ruhig.
„Lange war alles verworren und verschwommen vor unseren Augen, nichts schien zusammen zu gehen. Dauernd geschahen schreckliche Dinge, aber deren Sinn blieb im Nebel", ergänzte Eliah die Worte seines Freundes.

Ida erhob sich schwerfällig und humpelte hinüber zu Berthold. Der Junge war längst in einen tiefen Schlummer gefallen. Ida hatte längst aufgehört sich über Bertholds Gabe zu wundern, alle Menschen um ihn herum, deren Reden, seien sie freundlich oder voller Häme und Boshaftigkeit, zu übersehen, sie abzutun, ihnen oft sogar freundlich zu begegnen und auch im lautesten Gewirr einer aufgeregten Menschenmeute noch Schlaf zu finden. Mit einer Wolldecke, die neben dem Schaffell nachlässig auf dem Boden lag, deckte sie den schlafenden Jungen zu. Dann drehte sie sich Adelheid zu.
„Wir haben uns sogar gegenseitig verdächtigt. Rainald glaubte, Herzog Rudolf habe seinen Treueschwur gebrochen und Bodo angestiftet, der Königin die Hexenschale unterzuschieben. Die Königlichen verdächtigten die Großen des Reiches, es mit den Sachsen oder dem Päpstlichen zu halten. Ich dagegen war lange überzeugt, der König habe Rainald in meine Nähe geschickt, um den Herzog auszuspähen. Als unsere Schlafkammer im Hause des Domherrn durchwühlt worden war, glaubte ich ihn dahinter.“
Ida sah Rainald fragend an, doch der schaute stumm zu Boden.
„Die Verdächtigungen und das Misstrauen haben uns den klaren Blick verstellt“, sagte Eliah.
Adelheid blickte die drei nur streng an und verließ die Küche ebenso eilig, wie sie sie betreten hatte.
„Der Schwarze Zauber hat uns lange verwirrt, da gebe ich dir Recht, aber, wenn ich ehrlich bin, verstehe ich noch immer nicht, was es mit diesem Atzmann an Hemmas Leiche und den Hexenschalen im Gemach der Königin eigentlich auf sich hatte“, entgegnete Rainald.
„Mein guter Freund, du sprachst ganz richtig davon, dass uns dieses Zeug verwirrt hat und genau darin lag auch sein Zweck“, antwortete Eliah.
„Die Angst der Königin und unser gegenseitiges Misstrauen“, fuhr der Pater fort, „ebneten den Mördern den Weg…“
„…in die Gemächer der Königin, in ihr Vertrauen und in ihr Herz“, vollendete Ida den Satz des Geistlichen.

„Ein Mörder hat leichtes Spiel, wenn das Band der Treue und des Vertrauens eine Gemeinschaft nicht mehr zusammenhält. Er kann dann sein böses Treiben verbergen hinter all der Wirrnis und der Angst. Es ist wie im Nebel. Ein Nebel aus Angst, Misstrauen und Verleumdung verstellt den Blick."

Bei Sonnenaufgang begannen die Bediensteten der Königin alles Gepäck zusammenzupacken und zur Mittagszeit brach Bertha mit ihrem Gefolge auf. Ida starrte dem Tross hinterher.
Langsam zog Ruhe ein auf dem Stein. Keine Seele war mehr auf dem inneren Burghof zu sehen. Dort, wo am Tage zuvor noch die Knechte und Mägde, die Diener und Krieger umhergelaufen waren, um ihrer gekrönten Herrin alle Wünsche zu erfüllen, und wo die Zelte für das königliche Gefolge aufgebaut waren, schien alles menschenleer.
Lediglich die alte Comitissa war geblieben und saß noch immer auf der Burg, umgeben von ihren Hofdamen und Kriegern und auch Adelheid konnte auf wenige Dutzend wehrhafter Männer zählen.
Sie würden die Frauen beschützen, würden wachen und kämpfen. Einen zahlenmäßig unterlegenen Feind könnten sie sogar bezwingen, nur ein Überfall aus dem Hinterhalt barg Aussicht auf Erfolg.
Das wußten auch die Leute drüben in der Siedlung unterhalb der alten Burg.
Eine schwere Hitze lag über dem Fluss, das Gewitter hatte keine Abkühlung gebracht. Trotzdem zog Ida den Mantel enger um ihre Schultern. Die Morgenspeise hatte sie verwehrt, Hunger spürte sie dennoch nicht. Würde der Feind jetzt, da die Königlichen abgezogen waren, auf den Stein vorstoßen? Ach wäre doch Rudolf hier. Konnten die Bewaffneten jeden Winkel der Burg überwachen?
Die schwere Holztür bewegte sich langsam. Ida schreckte herum und erkannte einen riesigen Schatten aus der Dunkelheit unter den Türsturz treten.
„Ida."

Warm und zärtlich klang die Stimme. Ihre Milde und Sanftheit ging überhaupt nicht mit der Erscheinung Rainalds zusammen. Und fürwahr, wann immer er mit den anderen Kriegern der Königin redete, ihnen einsilbig, wie es seine Art war, Befehle zurief, vernahm jeder aus seinem Munde auch weiterhin nur ein dunkles Grollen. In Idas Gegenwart jedoch veränderte sich ihr Klang, die Worte kamen süß über seine Lippen und entfachten in Idas Leib eine wohlige Wärme.
„Sind die königlichen Krieger gut untergekommen? Man darf sie auf keinen Fall außerhalb der Burg sehen."
„Sei ohne Angst. Sie haben sich auf alle Räume verteilt und werden darin ausharren, bis die Gefahr vorüber ist."
Ida drehte sich von ihm ab.
„Gebe Gott, dass sich niemand das Gefolge der Königin näher betrachtet. Sogar unseren alten Pferdeknecht Thomas steckten sie in eine Rüstung, so blind und taub wie der ist".
Rainald wunderte sich über den harschen Ton in Idas Worten und auch über ihr Lächeln, das ungewohnt starr wirkte.
„Die Küchenmägde sahen dagegen richtig kriegerisch aus, man könnte die Eva, die noch gestern die Suppe aufgetan hat, wahrlich für einen Rittersmann halten."
„Kuniza muss unbedingt glauben, dass mit der Königin auch ihr gesamtes Gefolge samt Kriegerschar abgereist ist, sonst wagt sich dieses grauenvolle Weib nie zurück."
Die kleine Frau entfernte sich einige Schritte von Rainald und stand nun mit dem Rücken zur Wand am anderen Ende der Kammer.
„Kuniza wird kommen und ich werde dich beschützen."
Ganz dicht trat Rainald an Ida heran und nahm ihr Gesicht in beide Hände. Sie stieß einen kurzen Seufzer aus.
In diese Augen möchte ich mein Leben lang schauen, dachte der Ritter, als Ida ein wenig die Lippen öffnete. Bevor auch nur ein einziger Laut darüber kommen konnte, küsste er sie.

Ein prächtiger Zug bewegte sich entlang des Flusses: Krieger und Damen zu Pferde, Mägde und Knechte, die die Packgäule führten oder kleine Lastkarren zogen und an der Spitze Königin Bertha, umgeben von ihren Geistlichen und Hofdamen.
Das Volk der kleinen Siedlung war zusammengelaufen. Die Leute bestaunten das Spektakel und inmitten der Menge stand Kuniza. Sie lächelte verhalten, denn endlich verschwanden die Königlichen aus Rheinfelden. Der neugierige Pfaffe Eliah und der riesenhafte Rainald konnten ihr nun nicht mehr in die Quere kommen. Kuniza war zufrieden, denn mit dem Hinkebein Ida und dem kleinen Trupp herzoglicher Krieger würden sie allein fertig werden.
Wenig später stand ein kleiner Trupp armseliger Bauern am Ufer und winkte den Fährmann der Burg Stein herbei. Sie hatten Körbe voller Gemüse und Früchte um sich stehen. Einer der Männer trug, wohl zum Schutze vor der tief stehenden Sonne, einen einfachen, bereits ziemlich zerschlissenen Strohhut auf dem Kopf, dessen Krempe er tief in das Gesicht gezogen hatte. Auch sein Weib war kaum zu erkennen, Dreck verkrustete ihr Gesicht, unter der Last ihrer Kiepe stand sie weit nach vorn gebeugt und trotz der Hitze hatte sie sich einen dicken Schal um den Kopf gewickelt. Die anderen sahen auch nicht besser aus, der eine war mager und sein von der harten Arbeit gekrümmter Leib schlich schwerfällig auf den Kahn zu. Auch er ächzte unter der Last einer schwer beladenen Kiepe auf seinem Rücken.
Auf solch elendes Bauernpack schaut kein edler Herr, dachte der alte Fährmann, als er seinen Kahn am Ufer festmachte und die Meute zusteigen ließ. Sogleich stieß er die Fähre wieder ab und steuerte sie auf den Burgfelsen inmitten des Flusses zu.
Diese Fahrt erschien dem Fährmann länger als gewohnt und die ganze Zeit dachte er nur an den Knüppel, der verborgen hinter ihm lag.
Endlich kletterten die Bauern von seinem Kahn, stellten die voll beladenen Körbe ans Ufer und reichten dem Alten zum Lohn für die Überfahrt einen Beutel voller junger Möhren. Dann packten sie ihre Waren und trugen sie hinauf in den Burghof, weshalb der Fährmann sie rasch aus den Augen verlor.

„Hörst du den Schrei des Eichelhähers? Es ist soweit. Unser Gegner hat wahrlich nicht viel Zeit verstreichen lassen“, stellte Rainald fest.
„Der Fährmann?“, fragte Ida leise.
Rainald nickte.
„Das verabredete Zeichen, der Schrei des Eichelhähers.“
Ida blickte hinüber zu Adelheid. Zusammengesunken hockte die Herzogin auf der Bank vor dem Kamin. Ihre schönen Augen starrten ins Leere. Die Gefahr schlich näher, dessen waren sich alle bewußt, Adelheid genauso wie Rainald und Ida. Nur Berthold lag bäuchlings, unbeschwert und zufrieden lächelnd auf einem schneeweißen Schafsfell und döste. Ein unschuldiges Kind, das nichts von Gier, Verrat und Mord wußte.
In der Kammer der Herzogin hatte sich Rainald zusammen mit einem halben Dutzend königlicher Krieger verschanzt. Auch in den benachbarten Räumen, auf der Treppe, in den Kellern, Ställen und sogar in der kleinen Kapelle waren überall Ritter aufgestellt. Sie hatten den Befehl abzuwarten, bis Kuniza und ihre Helfer ihr schändlichen Werk fortgesetzt hatten. Niemand konnte sagen, was sie unternehmen würden, um an die Handschrift zu gelangen und auch nicht, wieviele Männer ihr zur Seite stehen würden. Jeder wußte aber, dass das Weib etwas unternehmen würde.
Der Tag verging langsam. Als die Abendglocke erklang, trugen Mägde wie gewohnt Teller und Schüsseln über den Burghof hinüber ins Haupthaus, wo die Damen in einem kleinen beheizten Raum oberhalb des großen Saals das Nachtmahl zu sich nahmen. Auch hier wurden sie von einigen königlichen Rittern bewacht.
Lauthals beklagten sich die Dienerinnen schon auf ihrem Weg von der Küche darüber, denn sie mußten die Speisen die enge Treppe hinauf schleppen.
„Wo ist Berthold?“, Ida schaute besorgt in dem kleinen Raum umher, während eine der Dienerinnen einen milchigen Brei in die Schalen der Damen füllte.
„Der Junge, verehrte Frau Ida? Der lief hinüber zum Turm. Ist hoch in die Kammer der Herrin.“

Augenblicklich begannen Idas Hände zu zittern. Hastig ergriff sie ihren Stock, richtete sich auf und humpelte hinaus. Wenig später mühte sie sich die Turmtreppe hinauf in Adelheids Schlafkammer.
Als sie die Stufen beinahe geschafft hatte, stellte sich ihr Rainald plötzlich in den Weg und die kleine Frau fuhr erschrocken zusammen.
„Was tust du hier? Ihr Weiber solltet drüben im Haupthaus warten. Dort seid ihr sicher."
„Wo ist Berthold? Er lief hier hinüber. Er ist in Gefahr."
„Das ist er nicht. Wieso sollte er?"
„Er ist verschwunden. Eine Magd sah ihn hier herüber laufen."
Ein weiterer Ritter aus Königin Berthas Wache erschien auf dem Treppenabsatz vor Adelheids Kammer.
„Seid still, wollt ihr das Teufelsweib verscheuchen mit eurem Gezeter?"
Auch ihn bemerkte Ida nicht. Sie stand nur bewegungslos da, blickte zu Rainald hinüber und Tränen liefen über ihr Gesicht. Die Sorge um den Jungen hatte sie alle Vorsicht vergessen lassen. Rainald nickte dem Gefährten zu und sprang zu Ida hinüber. Obwohl sie stumm weinte, drückte er ihr seine große Hand auf den Mund und zog sie hinein in die Kammer.

Verborgen hinter einem Schuppen bei den Ställen wartete Kuniza mit Hetzil und seinen Kumpanen und hörte die wütenden Reden der Dienerinnen. Sie nickten sich kurz zu, die Gelegenheit war günstig. Die Damen der Burg würden sich nun zum Nachtmahl im Haupthaus begeben und ihre Kammern derweil leer bleiben. Kuniza wartete einen Augenblick bis alle Dienerinnen verschwunden waren, dann liefen sie und und ihre elenden Helfer eilig hinüber zum Bergfried.
„Hetzil und ich werden oben die Kammern durchsuchen, ihr bleibt hier und wartet, bis wir euch rufen." Kunizas Anweisungen waren knapp und entschlossen.
Beide schlüpften hinein. Das Weib war oft genug in die Kemenate der Herzogin gestiegen, die Stufen der Treppe waren ihr vertraut, so dass ihr die Dunkelheit nichts ausmachte.

Hetzil dagegen, der vor ihr ging, fluchte leise, denn das wenige Licht, das durch die schmalen Schlitze im Mauerwerk fiel, genügte nicht, um die unregelmäßigen Stufen zu beleuchten. Vorsichtig ertasteten seine Füße den Untergrund, bevor er einen weiteren Schritt machen konnte. Endlich hatten sie ihr Ziel erreicht.
Sofort stürzte sich Kuniza auf eine der Truhen der Herzogin. Während Hetzil an der Tür stehen blieb und lauschte, ob sich Schritte näherten, hatte das Weib schon Stoffe, Beutel und Taschen hervorgekramt und achtlos auf den Boden verteilt.
„Ich kann nichts finden“, fluchte Kuniza.
„Ich denk, Ihr habt’s schon durchsucht?“, zischte Hetzil, „Ihr könnt’s durchsuchen, wie Ihr wollt, da werdet Ihr’s nicht finden.“
„Sie trägt es tatsächlich am Körper.“
Ratlos sah sich Kuniza um, als sie ein leises Wimmern vernahm. Lautlos schlich sie durch die Kammer hin zu Hetzil, der noch immer in der geöffneten Tür stand und nach draußen blickte. Sie bedeutete ihm zu schweigen und in die Kammer zu treten. Mit einem Ruck ergriff sie den Riegel und schloss die schwere Tür. Zum Vorschein kam Berthold, der sich vor Angst von den beiden abgewandt hatte und sein Gesicht gegen die Wand drückte.
„Die Missgeburt“, rief Kuniza laut aus, „du kommst mir genau zur rechten Zeit. Der blöde Tölpel wird uns zu unserem Schatz führen.“
„Der Sohn des Herzogs und Enkel der Kaiserin“, antwortete Hetzil und grinste breit, „warum seid Ihr noch nich auf den gekommen?“
Kuniza stand dicht bei Berthold und riss ihn unsanft herum. Übertrieben laut jammerte der Junge, dicke Tränen liefen über sein verzerrtes Gesicht. Hetzil sprang dem Weib helfend zur Seite und packte Bertholds dünne, kraftlose Arme. Mit einem Schal, den Kuniza vom Boden rasch aufgehoben hatte, fesselten sie den Jungen. Dann riss Hetzil ein Stück Stoff von einem weiteren Schal ab und steckte es dem Jungen in den Mund. Mit dem längeren Ende des zerrissenen Schals umwickelte er den Knebel.
„Ich hatte gehofft, ich könnte mein Ziel im Geheimen erreichen. Niemand sollte erfahren, dass ich hinter all dem stecke.“

Mit dem Kopf wies Kuniza auf die verstreuten Kleidungsstücke der Herzogin auf dem Boden.
Sowohl Hetzil, als auch Rainald, der sich zusammen mit Ida und den Rittern der Königin hinter einem Paravent in einer hinteren, dunklen Ecke der Kammer versteckt hielt, verstanden, dass das Weib die Morde an Hemma und Bodo wie auch die anderen schändlichen Taten meinte.
„Mit dem Dummkopf in meiner Gewalt wird die Herzogin all meine Wünsche erfüllen."
Auf deren Erscheinen wollte Rainald jedoch nicht länger warten. Bisher hatte Kuniza sich so verhalten, wie er es vorausgesehen hatte. Sie hatte sich zusammen mit ihren zerlumpten Gehilfen auf die Insel geschlichen. Als die Dienerinnen ihr lauthals verkündet hatten, dass an diesem Abend das Nachtmahl im Haupthaus eingenommen würde, hatte das Weib sich sicher gewähnt und war hierher in den Wohnturm gestiegen. Nun aber drohte sein Plan zu scheitern, dachte Rainald.
„Weib, sei still", flüsterte er leise Ida zu, deren Mund er noch immer zuhielt, und sprang auf ein Zeichen zusammen mit den anderen Kriegern aus seinem Versteck hervor.
Kuniza reagierte blitzschnell und bevor noch einer der königlichen Ritter Berthold aus ihrer Gewalt befreien konnte, hatte sie dem Jungen schon ein Messer an die Kehle gesetzt.
„Ein Schritt und die Klinge durchdringt seinen Hals"; schrie sie.
Auch Hetzil trat dicht an den Jungen heran und richtete einen Dolch gegen dessen Brust.
„Was wollt Ihr von der edlen Herrin Adelheid?", fragte Rainald so ruhig wie möglich.
„Ich will ein Leben, wie es mir gebührt. Ich bin von edler Geburt wie sie. Auch mein Vater war ein mächtiger Fürst, meine Vorfahren stammen aus einem alten und vornehmen Geschlecht. Der Kaiser in Byzanz war der Lehnsherr meines Vaters."
Rainald bemerkte erstaunt, dass Tränen über Kunizas hohe Wangen flossen.
„Gottlose Heiden drangen ein in unser Land. Ein Unglück, das ich nicht verschuldet habe, dem ich mich aber beugen muss, seit Kindertagen."

„Der allerchristliche Herr und König hat sich Eurer erbarmt und die edle Königin Bertha hat Euch in ihre Dienste genommen. Sie schenkte Euch Vertrauen und Liebe. Ihr ward als Hofdame der Königin eine angesehene Person am Hof", fiel Rainald der Kuniza ins Wort.
„Ach was, kein Edler ist in diesen Tagen angesehen am Hof. Heinrich und sein Weib bevorzugen die niederen Leute, das weiß jeder im Reich. Jeder Unfreie lebt besser am Hof als Edelleute und Fürsten. Sicher, die Königin vertraute mir, aber nur weil ich ihr schmeichelte und mich bei ihr einschlich. So wie die niederen Männer und Weiber, auf die der König hört in diesen Tagen."
„Aber die Königin hätte Euch bald aus Dankbarkeit einen geachteten Gemahl gegeben und sicher auch ein gutes Stück Land, was Euch gut ernährt hätte."
Während Rainald sprach, bewegte er sich unmerklich in Bertholds Richtung. Die Ritter hinter ihm machten es ihm nach.
„Almosen, ein Leben wie eine Magd, abgespeist mit Almosen", schimpfte Kuniza und fuhr dann ruhig fort: „dann kam Hemma und plötzlich schien sich mein Los zu bessern."
Langsam schob sie den Jungen vor sich her zum Fenster. Noch immer hielt sie ihn mit dem einem Arm kräftig umschlungen, so dass er sich aus diesem Griff nicht befreien konnte, während sie ihm mit der anderen Hand das Messer gegen die Kehle presste.
„Los, kommt endlich her, ihr nutzlosen Halunken," schrie die Frau plötzlich aus dem Fenster hinunter auf den Hof.
Rainald bedeutete den anderen Rittern mit einem kurzen Wink der Hand stehen zu bleiben. Er ahnte, dass der kurze Befehl weiteren Helfern gegolten hatte.
„Wie meint Ihr dies, Frau Kuniza?", fragte er.
„Das dumme Ding plapperte ja nicht so viel wie die anderen Dirnen, aber eines Abends klagte sie mir ihr Leid. Sie meinte wohl, ich hätte Erbarmen. Ein schlechtes Gewissen hatte sie. Aber statt es einem Pfaffen zu beichten, damit er sie hätte frei sprechen können von all ihren Sünden, erzählte sie mir alles."
Rainald erkannte, dass nicht nur Bertholds Kräfte schwanden, auch Hetzil und Kuniza kostete es nun immer mehr Mühe, sowohl den Jungen als auch ihre Angreifer im Visier zu behalten. Ungeduldig warteten sie auf ihre Unterstützer.

„Was?“, drängte der Ritter das Weib.
Schweißperlen standen auf ihrer Stirn, ihre Hände zitterten und auf ihrem Hals zeigten sich große rote Flecke.
„Hemma war eine Mörderin. Sie hatte den Pfaffen der Königin erschlagen, diesen Iberer. So nannten ihn doch die Leute, oder? Ich war damals noch eine von vielen Weibern im Gefolge, noch keine Hofdame der Königin.“
„Hat sie Euch auch gesagt, weshalb sie den Beichtvater erschlagen hat?“
Mittlerweile war Ida ebenfalls hinter den Wandschirm hervor geschlichen. Besorgt erblickte Rainald sie und warf ihr einen Blick zu, der sie wortlos mahnte im Schatten, nahe der hinteren Wand, zu verharren.
„Sicher“, verkündete Kuniza stolz. „Wegen dieser Handschrift. Einen Teil hatte der Iberer ja schon, war für ihn aber nutzlos. Er brauchte die Fortsetzung. Der Pfaffe war böse, zwang Hemma ihm zu helfen bei seinem verleumderischen Hexenwerk. Zusammen wollten sie die Königin in Verruf bringen und sich so bei ihr einschmeicheln. Er war überzeugt, dass die Königin diese Fortsetzung besaß. Hinter dem Pergament war er her. Das Pergament aus dem Kloster Novalese, das den Weg zum Schatz im Romulusberg verrät.“
Kunizas Kräfte waren mittlerweile beinahe völlig geschwunden. Erschöpft ließ sie sich auf einem Hocker nieder. Gleichzeitig stürmten ihre Gehilfen hinein und verteilten sich in der Kammer. Ein jeder von ihnen grinste breit, denn die kleine Zahl von königlichen Kriegern, der sie gegenüberstanden, und das Messer an der Kehle des herzoglichen Sohnes versprachen einen schnellen und leichten Sieg und damit auch reiche Beute.
„Die dumme Gans hat mir den ganzen schönen Plan verraten. Ich musste ihn nur noch ausführen. Ich brauchte dazu aber den Teil der Handschrift, den sie damals von diesem Iberer erbeutet hatte. Als sie sich wehrte, mußte ich leider meinen guten Hetzil schicken.“
Die Henkersfratze lachte schrill auf und Berthold wimmerte.
„Das dumme Weibsbild hielt’s Maul. Sie hätt’s mir nur zu geben gebraucht, dann hätt’s für sie nich so lang gedauert. Die Arme“, rief der Pferdeknecht lachend aus.

„Hätte ihr die Kleider ja gerne noch weiter vom Leibe gerissen, war ein liebreizend Weibsbild“, lachte der Kerl mit übertrieben feierlicher Stimme, „aber die Frau Kuniza wollt's nich. Schade. Hatte feste Brüste, das Weib.“

Rainald ekelte der Anblick von Hetzils zahnlosem Maul.

„All diese Morde wegen eines Stückes Pergament?“, der Ritter schüttelte ratlos den Kopf.

„Nicht wegen eines Pergaments, wegen des Schatzes, zu dem es den Weg weist. Zu all dem Gold und Zierrat. Meins. Mir allein gebühren die Kostbarkeiten. Es ist nicht recht, dass sie im Berg vermodern, während ich wie eine niedere Magd mein Leben friste. Und es ist auch nicht recht, dass dieses umherbuhlende Weib des Herzogs den Schatz all die Jahre an ihrem Gürtel getragen hat. Ich glaubte ihn bei der Königin und dabei war er bei diesem liederlichen Weibsstück. Meine Schmeicheleien waren umsonst, wie oft tröstete ich dieses Weib, wenn ihr Gemahl, der doch so mächtige König, sie wieder beschimpft und verstoßen hatte? Dabei war sie mir ständig zuwider“

Kuniza redete sich in Wut. Ihre Stimme ging hoch und überschlug sich schrill. Für einen kurzen Augenblick schien es, als lasse sie vom Jungen ab. Ihr Blick verlor sich im Raum, ihr Körper erschlaffte und ein Lächeln umspielte ihre Lippen. Dann aber besann sie sich ihres Gefangenen, hielt ihr Messer wieder dicht an Bertholds Hals und brach in schallendes Gelächter aus. Ihre Augen jedoch warfen Rainald und den anderen Rittern wütende Blicke entgegen.

Ida schrie kurz auf.

„Ah, wie nett, das Hinkebein macht mir ebenfalls ihre Aufwartung. Das ist beinahe zu viel der Ehre. Nicht nur der Galan der Königin und das schwachsinnige Balg des Herzogs, auch dieses Hinkebein beehrt mich mit Ihrer Gegenwart.“

Wieder lachten Kuniza und Hetzil boshaft.

„Wie eine Fürstin will ich leben, so steht es mir zu, nicht länger wie eine Dienstmagd. Ich will Schmuck, goldene Ringe, Spangen, Ketten mit Edelsteinen, und edle Kleider, wie Adelheid sie trägt. Das Weib eines mächtigen Fürsten sollte ich sein. Reich und prächtig geschmückt“, schimpfte Kuniza aufgeregt.

Rainald blickte sich um, nickte kurz und sogleich begriffen die anderen königlichen Krieger. Gemeinsam stürzten sie sich auf das Weib und ihre Gehilfen.

Kuniza konnte ihren Angreifern nichts entgegen setzen. Rasch hatten zwei der Krieger die Frau überwältigt und mit Seilen gefesselt.
Laut jammernd lag sie am Boden, bis Knechte sie hoch rissen und hinaus führten. Hetzil und die anderen Halunken dagegen wehrten sich verbissen und mit ungeahnten Kräften. Sie waren nur mit Messern bewaffnet, einer sogar kämpfte lediglich mit einem Knüppel. Dennoch bereitete der Kampf den königlichen Männern einige Mühe. Schließlich waren jedoch die Halunken bezwungen und gebunden mit Stricken und Ketten. Lediglich Hetzil stand noch in einer Ecke des Raumes und grinste seine Gegner hämisch an. Es bedurfte dreier Ritter, den Pferdeknecht zu Boden zu werfen. Er schien bereits bezwungen, als er plötzlich aufsprang und einem der Krieger das Schwert entriss. Wütend schlug er damit um sich. Seine schiefe Fratze war von Abscheu gezeichnet.
„Ihr elenden Kerle, Knechte eines Gottlosen. Mich wirste nich bezwingen“, schrie er den Rittern entgegen.
Bero, einer jener drei Krieger, die ihn noch kurz zuvor zu Boden gerissen hatten, stand dem Knecht gegenüber, das Schwert in beiden Händen.
„Nur zu, du Ketzer, willste mich erschlagen? Eher ramme ich mir dis Schwert selbst innen Leib.“
„Hetzil, du bist des Teufels“, zischte Bero.
„Sicher, aber wenn ich schon inner Hölle schmoren muss, nehm ich dich mit auf de Fahrt.“
Die Männer schauten sich hasserfüllt an, bis Hetzil mit einem wilden Schrei auf Bero losging. Der Ritter begegnete dem Angriff und schleuderte sein Schwert dem Knecht entgegen. Mit Wucht fuhr das Metall auf Hetzils Kopf hinab und schlug eine tiefe Kerbe in den Schädel. Sofort spritze Blut aus der Wunde. Erschrocken griff sich Hetzil an den Kopf, wankte und und sank langsam zu Boden. Kurz zuckte noch sein Leib und ein leises Röcheln drang aus seinem verzerrten Mund, dann jedoch erlosch das Leben in seinem Körper. Mit der Fussspitze drehte Bero den Erschlagenen auf den Rücken und die Männer sahen in die Henkersfratze. Es schien, als grinste Hetzil sie noch im Tode an.

Derweil lief Rainald zu Berthold und löste ihm die Fesseln und den Knebel. Kaum war der Junge befreit, jaulte er laut auf und fiel Rainald um den Hals. Weinend umklammerte er den Ritter.
„Lauf und sage den Damen Bescheid, dass die Gefahr gebannt ist", rief Rainald einem seiner Kampfgefährten zu, während er sanft versuchte, sich aus der Umklammerung des Jungen zu befreien. Ida stand derweil noch immer zitternd im Schatten. Tränen liefen ihr über das Gesicht, gleichzeitig lachte sie jedoch wie befreit lauthals auf.
„Ida, wo bist du? Ist dir auch nichts Böses geschehen?", fragte Rainald sorgenvoll in die dunkle Ecke der Kammer hinein.
„Ich bin hier, Geliebter. Mir ist nichts geschehen. Du bist doch da für mich."
Verlegen und doch auch beglückt blickte Rainald zu seinen Kampfgefährten.

Die Morgendämmerung zog bereits auf, als Berthold sich endlich beruhigt hatte. Gemeinsam mit den edlen Damen der Burg und einigen Kriegern saß er in dem kleinen Wohnraum oberhalb des großen Saals. Zwei Schalen Brotsuppe hatte er gierig verschlungen und dazu einige Krüge Bier getrunken.
Nun lag er zufrieden lächelnd in Idas Arm. Rainald war sowohl gerührt als auch erschrocken über die Verwundbarkeit dieses Jungen von königlichem Geblüt. Anders als sein Onkel und auch sein Großvater war Berthold schwächlich an Geist und Körper. Das war ihm heute erstmals bewußt geworden. Bisher hatte Rainald dem Sohn Herzog Rudolfs nie besondere Beachtung geschenkt.
Nachdem der verbrecherische Hetzil ihn jedoch geknebelt und gefesselt hatte, hatte Berthold so hilflos und bemitleidenswert am Boden gelegen, dass Rainald regelrecht vor seinem Anblick erschrocken war.
„Ist er tot?", flüsterte der Junge.
„Ja, der schlimme Mann ist tot. Hab keine Angst mehr", sagte Ida sanft.
„Er war ein Teufel, mit einer Fratze, wie sie nur aus der Hölle kommt", schimpfte Berthold, hielt dann aber erschrocken inne und flüsterte wieder: „und das böse Weib? Auch tot?"

„Ja, Berthold, das böse Weib ist auch tot“, kam Rainald mit seiner Antwort Ida zuvor.
„Nachdem wir sie nach Waffen durchsucht hatten, führten wir sie über den Hof hinüber zu den Kellern. Dort wollten wir sie erst einmal einsperren. Sie machte sich aber los, rannte zur Mauer, kletterte hinauf und stürzte sich in den Fluss. Berthold, du kennst die wilden Wasser hier vor der Inseli? Das Höllenloch? Die Strudel rissen sie sofort in die Tiefe.“
„Wen diese Strudel erfassen, kommt niemals mehr frei“, murmelte Ida. „Was hattest du eigentlich allein in der Kammer der edlen Herrin zu suchen?“
Im Gegensatz zu Berthold war sie noch immer aufgewühlt von den Ereignissen des vergangenen Abends.
„Du solltest doch in meiner Nähe bleiben, in der großen Halle bei Adelheid. Habe ich dir das nicht befohlen?“
„Da war große Gefahr. Das hast du gesagt, Ida. Adelheid ist in Gefahr. Das habe ich gehört. Ich wollte hin und die Frau Adelheid beschützen. Wie ein richtiger Ritter. Ein mutiger und starker Ritter. Ich mußte doch der Frau Adelheid helfen.“
„Ach Berthold, bist ein guter Junge“, sagte Ida und stricht dem Jungen sanft über die Stirn.
„Das ist wohl wahr, Ida. Er hat sein Leben für mein Wohl in die Waagschale geworfen.“
Rührung schwang in Adelheids Stimme mit.
„Die waren böse. Der Kerl sah aus wie eine Teufelsbrut, aber ich bin in der Kammer geblieben. Ich wollte ja für die Frau Adelheid kämpfen. Das Weib hat geschrien und ich hatte Angst. Ich konnte mich nicht rühren, so groß war meine Angst. Da waren so viele böse Männer. Die sahen gar schrecklich aus. Und gestunken haben die.“
Berthold verdrehte die Augen.
„Dann haben sie mich gefesselt, das war nicht schlimm. Aber der Knebel, der war schlimm“, Bertholds Worte sprudelten unbändig hervor, sowohl vor Stolz als auch vor Entsetzen.

„Du bist nun ein Mann, Berthold. Ich werde deinem Vater berichten, wie heldenhaft du heute für mich eingestanden bist. Es wird wohl langsam Zeit, dir eine ritterliche Ausbildung zu geben, damit du deinem Vater ein würdiger Nachfolger wirst."

Als Berthold dies hörte, erstrahlte sein Gesicht. Freudig sprang er auf und begann lauthals zu lachen.

„Danke, danke, verehrte Frau Adelheid, danke." Überglücklich rannte er hinaus, eilte die Treppe hinab und tanzte ausgelassen auf dem Burghof.

„Haben dich die Schrecken der letzten Tage milde gestimmt oder heckst du eine neue Finte gegen den Sohn deines Gemahls aus?", fragte die alte Comitissa ihre Tochter.

„Verehrte Mutter, meine Worte sind ehrlich. Ich meine, dass Berthold fürwahr tapfer seinem königlichen Geblüt alle Ehre gemacht hat. Eine Kinderfrau wie Ida braucht es nicht länger."

Ida schaute erschrocken auf.

„Liebe Ida, hab keine Sorge. Ich bin dir dankbar, nicht nur für deine Sorge um Berthold. Du hast gemeinsam mit diesem Ritter die schrecklichen Ereignisse der letzten Zeit aufgeklärt und die Gefahr von unserem Hause abgewandt. Auch im Namen meiner Schwester danke ich dir. Ihren guten Leumund hast du ebenso verteidigt wie meine Sicherheit."

Herzogin Adelheid lächelte freundlich. Ida wollte fest daran glauben, dass ihre Herrin es diesmal ehrlich meinte.

Ein kräftiger Wind kam auf und brachte die ersehnte Erfrischung. Wie so oft saß die kleine Frau auf dem toten Baumstamm am Ufer des Flusses und schaute auf die träge vorbeiziehenden Fluten.

Idas Blick schwenkte hinüber, wo wilde Strudel an der Wasseroberfläche das Höllenloch am Grunde verrieten. Dort hielt der Fluss die sterbliche Hülle der Kuniza gefangen.

„Zu Recht hast du mich damals in Straßburg verdächtigt."

Wie der Stoß einer kalten Klinge durchschnitten die Worte den Frieden des Ortes.

„Ritter Konrad trug mir auf, deine Nähe zu suchen, um Herzog Rudolfs Treiben in Straßburg auszukundschaften. Ich sollte Beweise für seinen Treuebruch finden, Briefe des Papstes womöglich, oder anderer Verschwörer. Rudolf traf sich in Straßburg mit Gesandten des Papstes, das weißt du so gut wie ich. Und nun reist er im Reich umher, um die Gegner des Königs zu sammeln. Du weißt auch, dass Rudolf König Heinrichs Krone will."
Ida starrte weiter auf die krause Wasseroberfläche.
„Ich bin Dienstmann des Königs. Ich bin ihm treu und verteidige ihn und die Königin gegen jeden ihrer Feinde. Du bist jedoch das Weib, das ich aufrichtig lieb gewonnen habe. Meine Küsse waren ehrlich."
Noch immer saß Ida reglos vor ihm auf dem toten Baumstumpf. Kein Wort, kein Blick antwortete auf seine Rede. Rainald, der noch nie ein Mann großer Worte gewesen war, schüttelte entmutigt den Kopf.
Seine breiten Schultern hingen kraftlos herunter. Langsam drehte er sich ab und schlich mit trägem Schritt fort.
Idas Gesicht verriet mit keiner Regung die Wirrnis ihrer Gedanken und Gefühle. Erst als dicke Regentropfen auf den ausgetrockneten Boden vor ihr fielen und die Abenddämmerung schon über das Land gezogen war, schaute die kleine Frau wieder auf, ohne zu wissen, wie lange sie so erstarrt am Ufer gesessen hatte. Ein Diener der Herzogin kam zu ihr hinübergelaufen.
„Werte Frau Ida, ich soll Euch holen, ein Unwetter zieht herauf."
Eilig legte ihr der Junge eine Decke um die Schultern und stützte sie auf dem Weg zur Burg. Als sie im Palas angekommen waren, stürzte draußen bereits ein wild tosender Regenguss hinunter.
„Sag mir, wer trug dir auf, nach mir zu sehen?"
Der Diener grinste und zeigte mit dem Daumen zur Türe, die in die große Halle führte. Dort stand Rainald und schaute sie sorgenvoll an.
„Weshalb hast du mir davon erzählt?" Ida humpelte hinüber zu dem riesigen Krieger und schleuderte ihm die Frage ins Gesicht.

„Ich wollte lange nicht glauben, dass ein Mann eine Zuneigung zu mir entwickeln könnte. So sträubte ich mich und war verletzend zu dir. Ein Krüppel wie ich kann keinem Krieger gefallen. Und nun erklärst du mir, dass diese Sorge berechtigt war. Aus Berechnung hast du mich umgarnt."
Ida war dicht an Rainald herangetreten, ihre Stimme war nun kaum hörbar.
„Aber nicht du hast mich enttäuscht, sondern ich mich selbst. Denn ich war mir sicher, dass kein Mann jemals ehrliche Liebe für mich empfinden könne. In mir waren Hoffnungen und Gefühle erwacht, trotz der Bedenken."
Rainald ergriff ihre Hände und führte sie hastig an seine Lippen.
„Doch war auch ich nicht ehrlich zu dir."
Rainald schaute sie überrascht an.
„Ich genoss deine Sorge um mich, deine Aufmerksamkeiten und schließlich deine Küsse. Ich wusste, dass du nicht ehrlich gewesen warst zu mir und ließ es dennoch zu, dass du mein Gesicht in beide Hände nahmst und mich so zärtlich küsstest. Denn trotz meines Kummers liebte ich dich. Und ich liebe dich auch jetzt noch."
„Du sollst nie mehr Kummer erleiden, denn ich liebe dich auch. Aufrichtig. Dessen sollst du gewiss sein."
„Gerade eben hast du mir gestanden, dass du nur meine Nähe gesucht hast, um einem Befehl nachzukommen, um den Herzog auszuspähen."
„Ich bin nicht so gewandt mit Worten." Rainald fuhr sich aufgebracht mit beiden Händen durch die Haare.
„Warum glaubst du wohl, habe ich dir von den Befehlen des Konrads erzählt? Ich will, dass weder Misstrauen noch Argwohn auf unserer Liebe lastet. Ich liefere mich dir aus. Ich gestehe: Ja, ich habe mich in deine Nähe geschlichen. Jedoch weil dein Lächeln mich entzückten, deine Augen meine Tage erleuchteten. Wenn du damit leben kannst, dass ich im Dienste des Königs stehe, dass ich ihm und der König treu ergeben bin, auch gegen alle seine Feinde, dann werde mein Weib."

Schon früh am nächsten Tag, die ersten Sonnenstrahlen weckten gerade Mensch und Getier, verließ ein Bote die Burg Stein und überbrachte Herzog Rudolf einen Brief seiner Gemahlin, in dem sie von den Ereignissen der letzen Tage berichtete und ihn darum bat, Berthold zur weiteren Erziehung in die Obhut eines hohen Herrn zu geben. Ida dagegen möge er frei geben und ihr erlauben, den Dienstmann des Königs, Ritter Rainald, zum Gemahl zu nehmen.

Die Königpfalz Worms, Spätsommer im Jahre des Herrn 1076

Die Königin stand am Fenster und schaute hinaus in die Weite der Rheinebene, die sich unterhalb der Pfalz ausbreitete. Ein kühlender Wind zog durch die Halle, verscheuchte die spätsommerliche Wärme und kündigte den nahenden Herbst an.
„Der Sommer geht."
Der Mohn war schon verblüht, einige letzte Malven und Schwertlilien jedoch schmückten noch immer die Gärten der Pfalz.
Wehmut lag in Berthas Stimme. Jeder am Hof wußte, dass die Königin die Kälte hasste. Voller Sorge schaute sie in die Zukunft, jedoch nicht aus Trauer um die Farbenpracht der Blumen, sondern wegen der schweren Aufgaben, die vor ihr und ihrem Gemahl lagen. Fürwahr, es war Bertha gelungen, die Mutter zu überzeugen, dass diese dem Römischen König das Geleit durch ihre Markgrafschaft gewährte. Der Weg nach Italien, nach Rom zu dem verlogenen und heuchlerischen Pfaffen war frei.
Ärgerlich schluckte Bertha und zwang sich zur Ruhe. Der Gedanke an den Papst brachte ihr Blut in Wallung. Ihr war als umklammerte eine eiserne Faust ihre Kehle. Was würde werden?
Bald schon mussten sie sich nach Rom aufmachen, wenn Heinrich sein Königtum retten wollte. Eine anstrengende, womöglich sogar gefährliche Reise stand ihnen bevor.
Es war keine gute Zeit zum Reisen. *Aber wann war je eine gute Zeit gewesen?*
Kindergeschrei riss Bertha aus ihren Gedanken. Sie erkannte die Stimmen ihrer Mädchen, die laut miteinander stritten. Worüber die Auseinandersetzung ging, erkannte die Königin jedoch nicht. Lediglich einzelne beruhigende Worte Pater Gebhards ließen darauf schließen, dass ein gemeinsames Kaninchen den Anstoß für den Streit gegeben hatte und die Frage, welches der Mädchen das Tier halten und füttern dürfe, lauthals ausgefochten wurde.

Obwohl die Töchter mit ihren Erziehern und Ammen im oberen Teil der Pfalz untergebracht waren, erschallten ihre hohen Stimmen schrill durch Berthas Gemach. Der kleine Konrad, der eben noch friedlich in seiner Wiege geschlafen hatte, erwachte von dem Gekreische der Mädchen. Nun vermengten sich die Schreie des Sohnes mit dem Gezeter der Schwestern.
Die Amme stürzte zu dem schreienden Kind, Bertha jedoch kam ihr zuvor und nahm den Sohn aus der Wiege, drückte ihn an die Brust und wiegte ihn sanft hin und her.
„Mein armer Kleiner, sei ganz ruhig, es ist nichts. Schlaf ruhig wieder ein. Alles wird gut."
Königin Bertha stellte sich vor, wie sie mit ihren Kindern schon in wenigen Wochen an der Seite des Gemahls über die Alpen reisen würde, durch Eis und Schnee auf dem Weg nach Italien. Es geht in den Winter hinein, dachte sie, aber ihnen blieb keine Wahl. Die Fürsten würden nicht länger zögern, sich offen gegen den gebannten Herrscher zu stellen mit dem Papst auf ihrer Seite.
Endlich herrschte wieder Ruhe in der Kammer der Töchter. Pater Gebhard war es wohl gelungen den Streit der Mädchen zu schlichten. Auch ihr Sohn hatte sich beruhigt und schaute erst sie, dann seine Amme mit großen Augen fragend an.
„Will Garten, Ball spielen und Häschen. Häschen hat Hunger. Ich habe auch Hunger."
Lächelnd stellte Bertha ihren Sohn auf seine kurzen Beinchen. Wackelig lief er hin zu seiner am Boden knienden Amme, die ihn in die Arme nahm.
Konrad wird die Krone des Römischen Reiches erben, wie weiland Heinrich sie von seinem Vater erhalten hat.
Bertha straffte ihren zierlichen Körper und schaute wieder zum Fenster hinaus. In einiger Entfernung erkannte sie Reiter. Es waren Krieger, die sich der Pfalz näherten, begleitet wurde der Tross von einem Lastkarren, auf dem die Königin eine Frau sitzen sah.
„Eliah, ruft nach Eliah, er soll vor mir erscheinen. Ritter Rainald und die anderen Krieger sind zurück, schnell, ruft ihn herbei."

Rainald war zusammen mit den anderen Kriegern der Königin nach Worms nachgereist, begleitet von seinem Weibe Ida. Vor drei Tagen hatten sie die Burg Stein verlassen, nicht ohne zuvor zu der kleinen Kirche am Dinkelsberg zu pilgern und am Grabe der heiligen Kunigunde zu beten. Ida dankte der Freundin und Schutzpatronin. Die Heilige hatte weder ihr lahmes Bein noch ihre schiefe Hüfte geheilt, aber sie hatte ihr ein Glück geschenkt, auf das Ida nicht zu hoffen gewagt hatte.
Unmittelbar nachdem sein Pferd im großen Hof der Pfalz zum Stehen gekommen war, lief Rainald auch schon mit großen Schritten hinauf zu seiner Herrin, Königin Bertha. Währenddessen kümmerten sich Diener der Königin um sein Weib, hoben sie sanft von ihrem Karren herab und brachten ihr Decken und einen warmen Trunk. Die Sonne kroch langsam hinter den Horizont und eine herbe Kühle kündigte den spätsommerlichen Abend an.
Hoch oben im Palas ihrer Pfalz hatte Königin Bertha erwartungsvoll mit Eliah der Ankunft ihres Dienstmannes Rainald entgegengesehen. Nun konnte sie sich kaum noch gedulden, bis er ihr endlich von den vergangenen Ereignissen auf der Burg Stein erzählte.

„Am meisten erschüttert mich, was du von Hemma berichtest. Das Mädchen, so still und freundlich, soll eine Totschlägerin gewesen sein?“
Noch immer war Berthas Blick starr nach draußen gerichtet. Eliah trat an die Königin heran.
„Sie hatte wohl aus Verzweiflung gehandelt. Mein Bruder Aurelius, den alle nur den Iberer nannten, war vom Guten abgefallen und hatte das Mädchen gezwungen, ihm zu helfen. Ihr sagtest selbst, edle Herrin, dass Ihr Euch gefürchtet habt vor ihm. Er war besessen von diesem Schatz im Berg, den er unbedingt finden wollte“, erklärte der Geistliche.
Langsam drehte sich die Königin den Männern zu. Sie sah traurig aus.

„Dem Schatz des König Romulus“, flüsterte Bertha, „nur eine Legende, das Gerede alter Weiber. Er kannte sie aus seiner Novizenzeit in unserem Kloster Novalese und er wußte auch, dass es zwei verschiedene Fassungen der Geschichte gibt. Die eine, die den Weg zum Schatz verschweigt und die meine Mutter in die Bücher aufnehmen ließ, und die andere. Dass auch sie aufgeschrieben worden ist von den Mönchen, habe ich nicht gewusst und auch nicht, dass ein Teil dieses Pergaments im Besitz meiner Schwester ist.“
Bertha schüttelte leicht den Kopf.
„Der Wahn des Iberer ging über auf Kuniza, wie ein Feuer. Ein Feuer aus Gier und Niedertracht brannte in ihnen. Beide jagten einer Handschrift nach.“
„Hochverehrte Königin, so muss es gewesen sein“, pflichtete Eliah ihr bei, „einen Teil dieser Handschrift besas der Iberer bereits. Von dem anderen Teil wußte er, dass Eure Mutter ihn verschenkt hatte. An eine ihrer Töchter, zum Abschied.“
Aus der Wiege des kleinen Konrads war leises Jammern zu hören. Bertha stürzte hinüber und deckte den Jungen mit einem weiteren Wolltuch zu. Sofort verstummte das Kind und Bertha wandte sich wieder den beiden Männern zu.
„Der Iberer wußte nur nicht, welche der Töchter die Handschrift besaß. Er vermutete das Pergament bei Euch.“ Eliah verbeugte sich leicht vor Bertha. Dann fuhr er fort:
„Allein konnte er jedoch nicht suchen, er brauchte ein Weibsbild, das als Dienerin Zugang zu Eurem Geheimsten und Eigensten hatte. Besonders da Ihr ihm nicht vertrautet, Euch vor ihm fürchtetet. Das hatte er begriffen. So bediente er sich erst Juta und dann Hemma. Wie er sie dazu gebracht hat, wissen wir nicht. Aber sicher wehrten sie sich beide irgendwann dagegen. Juta bezahlte es mit ihrem Leben, Hemma dagegen kam ihm zuvor und erstach ihn. Vielleicht sogar aus Not. Damit hatte sie das schändliche Treiben des Iberers beendet. Sie nahm sein Pergament an sich und glaubte wohl, wenn das Schriftstück den Augen anderer verborgen bliebe, könne die Geschichte vom Schatz im Berg, der die Goldgier des Iberers befeuert hatte, kein weiteres Unheil mehr anrichten. Nur als das arme Ding ihr Gewissen erleichtern wollte und der bösen Kuniza davon erzählte, erweckte sie den teuflischen Plan wieder zum Leben.“

Abermals drehte sich die Königin dem Ausblick auf die Ebene zu. Rainald und Eliah warteten geduldig, dass Bertha sie entließe, als diese plötzlich herumfuhr. Sie drückte beide Hände auf die Brust.
Schwer ging ihr Atem und ihre Stimme zitterte.
„Die Hexenschale, der Schwarze Zauber, den sie mir nachsagten, all das war ihr Werk? Sie wollten mich verleumden und mich von meinem Gemahl, meinen Freunden und Getreuen trennen? Ich sollte schwach und hilflos ihr allein ausgeliefert sein?“
„Meine Königin, zweimal seid Ihr Opfer dieses bösen Treibens geworden. Einmal hätte Euch beinahe Euer Gemahl verstoßen, als Pater Aurelius mit Jutas Hilfe jenen bösen Zauber vortäuschte. Das zweite Mal diente der falsche Schwarze Zauber dazu, Euch und auch uns zu verwirren, zu verunsichern, uns den Blick auf die wahren Umstände einer Mordtat zu verschleiern.“
„Mein guter Pater Eliah, du hast dich nicht verwirren lassen und du, mein treuer Ritter Rainald, ebensowenig.“
„Ihr seid zu gütig“, sagte Rainald leise und senkte sein Haupt vor seiner Herrin, dann fuhr er aber fort: „Kuniza wußte durch Hemma vom schädlichen Treiben Pater Aurelius. In ihr erwuchs eben jene Gier nach Gold und Edelsteinen, die schon den Iberer in die Verdammnis gerissen hatte. Kuniza stiftete Unruhe, nutzte den Streit und das Misstrauen zwischen den Gästen des Hoftages aus. Hader und Misstrauen herrschten damals in Straßburg. Sie mußte nur Öl in diese Glut gießen, oder besser gesagt, sie mußte vielmehr einige Tropfen ihrer stinkenden Brühe aus der Hexenschale ausgießen…“,
„…und einen Atzmann daneben legen“, vervollständigte Eliah den Satz seines Freundes.

„Die Nacht des Unwetters war dafür besonders gut geeignet. Wer weiß, ob sie ihren teuflischen Plan auch umgesetzt hätte, hätte der Sturm nicht unsere Aufmerksamkeit beansprucht. Wahrscheinlich hätte sie auch dann das Hexenwerkzeug in Eurer Kammer versteckt, um Euch zu verleumden. Vielleicht hätte sie ein ähnliches Schauspiel vor unseren Augen aufgeführt. Es brachte Euch dazu, ihr noch mehr zu vertrauen als bisher. Sie gab sich aus als Eure Vertraute, Eure Freundin, die Eure Sorgen verstand und teilte. Sicher planten Hetzil und Kuniza von vornherein an jenem Abend Hemma zu zwingen, ihnen das Pergament des Iberers auszuhändigen. Das Unwetter tat dabei gute Dienste."
Bertha sah den Geistlichen traurig an.
„Sie war ein kluges, aber auch hinterhältiges Weib", gab die Königin zu bedenken.
„Verehrte Herrin, das ist wahr. Sie kannte die Leute am Hof, wusste von ihren Schwächen und Geheimnissen. Affras Tratschlust und Hochmut nutzte sie aus, um Hemma in Verruf zu bringen."
„Bruder Eliah, du darfst nicht solch freche Reden über eine meiner Damen führen", unterbrach die Königin mit erhobener Hand ihren Beichtvater, dann jedoch umspielte ein leichtes Lächeln ihre Lippen und sie gebot dem Geistlichen weiter zu sprechen.
„Verzeiht Herrin, ich vergaß mich. Jedoch war Affra der Kuniza unwissentlich bei ihren Schandtaten förderlich. Das böse Weib brauchte Eurer Dame nur einzuflüstern, sie hätte die Dienerin Hemma mit dem Pferdeknecht Hetzil gesehen, schon erzählte Affra es weiter", erzählte Eliah und Rainald ergänzte:
„Mit Hanno war es ebenso. In jener schrecklichen Nacht rief sie nicht nach Eliah, obwohl er sich mit mir und Hanno zusammen um die Verletzten des Sturms kümmerte. Sie ließ den geschwätzigen Hanno rufen, weil sie wußte, dass der die Neuigkeit über die gefundene Hexenschale sogleich weitererzählen würde."
„Ich wollte ihn nicht, ich erinnere mich, dass ich nach dir, Eliah, gefragt habe."
Eliah und Rainald nickten der Königin milde zu.
„Sie war klug und berechnend, gleichzeitig aber war ihr Geist verwirrt von der Gier nach dem Schatz", seufzte der Geistliche.
„Ein böses Feuer, fürwahr, edle Königin, brannte in ihrem Herzen wie ein Fieber."

„Mein guter Rainald, ich glaube eher, dass das Feuer ihr Herz bereits verbrannt hatte. Das böse Weib spielte uns alle einen Mummenschanz vor. Die Gier nach dem Golde hatte jenen Brand in ihr entfacht, an dem schon Bruder Aurelius zugrunde gegangen war. Das Feuer verbrannte ihr Herz“, entgegnete Eliah.
„Und sie konnte es verheimlichen. Niemand merkte etwas von dem, was in ihr vorging.“
„Teuerste Königin, grämt Euch nicht. Euch trifft keine Schuld“, sprach Rainald auf die Königin sanft ein, Eliah jedoch entgegnete:
„Ihr Herz verbrannte, aber ihre Seele war schon lange verglüht.“
„Ganz recht, mein teurer Eliah. Und derweil waren wir damit beschäftigt uns gegenseitig zu verdächtigen. Die Getreuen des Königs gegen die, die es mit den aufständischen Sachsen hielten, oder jene, die sich verschworen hatten gegen unseren König, auf Weisung dieses gottlosen Papstes. Kuniza musste nur ihre Spuren gut genug verwischen“, erklärte die Königin.
„Nun, Herrin, sie hat sie nicht nur verwischt, sie hat auch geschickt neue Spuren gelegt. Ihr standet als Täterin und als Opfer da. Jeder fragte sich: Wer will der Königin schaden?“
„Ich“, donnerte König Heinrichs Stimme plötzlich durch den Saal. Niemand hatte sein Erscheinen bemerkt. Voller Ehrfurcht sanken die Königin, ihr Beichtvater und Ritter Rainald auf die Knie.
„Das glaubten doch alle? Der König will wieder einmal seine Königin los werden.“ Heinrich trat nahe an sein Weib heran, ergriff ihre Hand, küsste sie und half ihr hoch. Dicht standen beide beieinander und sahen sich fest in die Augen.
„Allerchristlicher König, Herzog Rudolf stand ebenso in Verdacht, hinter dem Spuk zu stehen“, rief Ritter Konrad in die Stille hinein. Hinter seinem König war er in den Saal gekommen und stellte sich wie selbstverständlich neben ihn.
„Daher erging auch mein Befehl an Rainald, diesen hohen Herrn etwas genauer in Augenschein zu nehmen.“
Rainald blickte verlegen in die Runde und stellte erleichtert fest, dass Ida nicht zugegen war. Zögerlich ergriff er das Wort.

„Fürwahr, ich tat, wie mir befohlen. Bald aber stellte ich fest, dass sich dieses schändliche Treiben auch gegen den Herzog und sein Gefolge richtete, schließlich konnte Kuniza nicht ausschließen, dass das Pergament auch im Besitz Eurer verehrten Schwester gewesen sei. Ich selbst wurde Zeuge, wie das Gepäck der Damen Adelheid und Ida durchwühlt worden war. Ein Unbekannter hatte offenbar ein besonderes Schriftstück darin gesucht. Briefe und Pergamente lagen verstreut auf dem Boden. Und schließlich gab es in jenen Tagen in Straßburg auch noch einen weitern Mord."

Bei diesen letzten Worten horchten die Umstehenden auf.

„Ein weiterer Mord? Was meinst du?", fragte Bertha erschrocken.

„Herrin, man berichtete Euch damals nichts darüber, um Euch nicht noch weiter zu ängstigen. Ein Steingeschoss tötete Bodo, einen Ritter aus Herzog Rudolfs Gefolge."

Entsetzt hielt sich die Königin die Hände vor das Gesicht.

„Herzog Rudolf verließ augenblicklich den Hoftag aus Sorge und Trauer darüber. Mein guter Freund Eliah und ich erkannten jedoch schnell, dass der Mordanschlag Ida gegolten haben musste, der Kinderfrau Eures Neffen Berthold." Mit diesen Worten verneigte sich Rainald vor seinem König.

„Rainald, was ist es übrigens mit dieser Ida? Eine Unfreie aus Herzog Rudolfs Gefolge? Du weißt, Rudolf sammelt seit Monaten Männer um sich. Er will die Krone des Reiches. Ein Verräter ist er", unterbrach Konrad Rainalds Rede.

„Edler Ritter", antwortete Rainald, „ich sage es hier vor unserem König ganz offen. Herzog Rudolf hat Ida frei gegeben und sie meiner Munt unterstellt. Mein Herr, der allergnädigste König Heinrich hat es erlaubt und Eliah wird unseren Bund morgen segnen. Rudolf mag ein untreuer Aufwiegler sein, ein Verräter und Feind der Krone. Ida aber hält aufrichtig zu unserer Sache."

„Sie ist ein redliches und braves Weib. Du tust gut daran, sie zum Weibe zu nehmen. Wir verdanken ihr ebenso viel wie dir", entgegnete Bertha.

Rainald verneigte sich tief vor seiner Herrin, dann griff er in die kleine Tasche, die er an einem Gurt quer über seinem Mantel trug. Hervor zog er die bronzene Rosenfibel und streckte sie der Königin entgegen.

„Mein guter Rainald, ich bin überglücklich. Woher hast du sie?"

„Nachdem Kuniza in die wilden Wasser des Rheins unterhalb der Burg Stein gesprungen war, fand ich das Stück in einem ihrer Beutel. Wir hatten ihn ihr abgenommen, bevor wir sie in das Kellerloch der Burg gesperrt hatten. Ich nehme an, das böse Weib stahl Euch das Zierstück, weil sie die Handschrift darin versteckt glaubte. Nachdem sie alle Eure Kleider, Truhen und Briefe schon durchsucht hatte, blieb ihr die Fibel als letzte Möglichkeit. Sie vermutete das Pergament wohl zusammengefaltet hinter der bronzenen Rose. Beides ist schließlich ein Geschenk Eurer Mutter. Als Kuniza das Pergament darin auch nicht finden konnte, wandte sie sich Eurer Schwester zu.“
Lange schwiegen die Königin und ihr Dienstmann. Dann straffte Bertha ihren zarten Leib. Die Bitterkeit verflüchtigte sich aus ihren Zügen und Freude erhellte ihr Antlitz.
„Ich danke dir. Gottes Segen sei mit dir und deinem Weibe.“
Strahlend hielt sie ihr verloren geglaubtes Schmuckstück in den Händen. Es würde ihr in den kommenden schweren Wochen Kraft geben.

Anfang Oktober, im Jahre des Herrn 1076

Die Fürsten kamen aus allen Teilen des Reichs zur Pfalz Trebur auf der rechten Seite des Rheins. In ungewohnter Eintracht schlugen sie ihre Zelte dicht nebeneinander auf. Jeder sollte hören können, was im Nachbarzelt gesprochen wurde. Kein Misstrauen und kein Hader herrschte länger zwischen den Großen. Der angesehenste unter ihnen war wahrlich Herzog Rudolf von Schwaben. Vergessen war sein Streit mit einzelnen seiner Standesgenossen. Die Herren schlossen untereinander Frieden und ihre Gefolgsmänner taten es ihnen nach. Sogar Herzog Welf und Otto von Northeim beendeten ihre Fehde, gaben sich den Friedenskuss und umarmten sich. Ihr Friede sollte herrschen zum Nutzen des Reichs.

Mit großen Heeren kamen Sachsen, Schwaben, weltliche Herren und Kirchenfürsten. Sogar Erzbischof Siegmund von Mainz war erschienen. Vor Monaten war er noch eine wichtige Stütze des Königs gewesen, nun führte er seine Ritter zu diesem Fürstentreffen am rechten Rheinufer. Sogar Legaten des Heiligen Vaters waren nach Trebur gekommen, um zu schlichten und die erhitzten Gemüter zu besänftigen.

Gemeinsam wollten alle die schweren Missstände, unter denen das Reich litt, lindern und, wenn nötig, einen neuen König aus ihrer Mitte wählen.

Auch Heinrich reiste mit den wenigen Getreuen, die ihm verblieben waren, von Worms aus dem Rhein gen Trebur hinab. Auf der gegenüberliegenden Seite der Pfalz machte er Halt und bezog die Burg oberhalb von Oppenheim. Ohnmächtig mußte er mitansehen, wie sich seine Gegner auf der anderen Rheinseite versammelten. Er schickte Boten hinüber und machte Zugeständnisse, um seine Krone zu retten.

Eine vorzeitige Antwort blieb man ihm aber schuldig. Die Verhandlungen zogen sich über zehn Tage zäh hin. Hitzig schilderten die Fürsten Heinrichs Ungerechtigkeiten gegenüber den Sachsen und manch edlem Herzog. Eindringlich beschworen sie ihre Sorge um das Reich. Der König habe ihren Rat und ihre Stellung in all den vergangenen Jahren verschmäht und ihnen seine niederen Dienstleute vorgezogen. Größtes Unglück habe aber sein Ungehorsam gegenüber dem Heiligen Vater und seine Exkommunikation über das Reich gebracht. Nun seien sie zusammengekommen, die verlorene Würde dem *regnum* und *imperium* wiederzubringen.
Wie würden sie entscheiden? Welche Zukunft hatte König Heinrich?
Boten wurden hinübergeschickt zu den versammelten Fürsten. Sie überbrachten Briefe, in denen Heinrich vorgab im Streit einzulenken und allen Forderungen zu entsprechen.
Jedoch vergebens, die Großen des Reichs ließen ihn warten.
Am 1. des Monats November kamen sie endlich zu einem Ergebnis.
Als der König es vernahm, sackte er in sich zusammen. Halt suchend, torkelte er in seinem Zelt umher, einen Stuhl, oder wenigstens einen Hocker suchend, der ihn auffangen würde.
Die Fürsten seines Reiches waren ihm entgegengetreten und verlangten nun, er sollte öffentlich erklären, dass er dem Heiligen Vater, Papst Gregor, den schuldigen Gehorsam leisten wolle, ihm Genugtuung geben und Buße leisten sollte.
Auch erklärten ihm die Großen, die Herzöge und Bischöfe, dass sie ihn nicht länger zum König haben wollten, wenn es ihm nicht gelänge, sich vom Bann zu lösen. Dies müsse noch vor Jahresfrist der Exkommunikation geschehen. Danach solle eine Fürstenversammlung mit dem Papst an der Spitze über ihn und seine weitere Herrschaft entscheiden.
Das würde sein Ende bedeuten. Die Fürsten hatten ihm eine Frist gesetzt in der Hoffnung, dass er sie nicht einhalten könnte. Nach Rom schickten sie ihn, Buße zu tun, wissend, dass die Alpenübergänge versperrt waren durch Herzog Rudolf und Herzog Welf.

Aber Heinrich hatte es befürchtet und seine treue Bertha hatte für diesen Fall Vorkehrungen getroffen. Auch wenn die Gegner ihm alle Pässe sperrten, die alte Comitissa würde ihm den Weg durch ihre Markgrafschaft gewähren. Voller Zärtlichkeit dachte der König in diesen schweren Stunden an sein Weib. Er wünschte sie sich an seine Seite.
Entschlossen sprang er empor und lief hinaus aus seinem Zelt.
„Schreiber, komm. Schicke diese Nachricht meiner Königin: Ich erwarte, dass sie mir Stütze und Gesellschaft ist auf meiner Reise über die Alpen nach Rom zum Heiligen Vater. Ferner erwarte ich, dass auch meine Kinder mich begleiten werden, sowie die mir in Treue und Liebe verbundenen Fürsten, Großen und Bischöfe."
Der Fürstenversammlung mit Gregor als seinem Richter musste der König zuvorkommen. Er musste verhindern, dass der falsche Mönch Hildebrand, dieser Heuchler und Lügner auf Petri Stuhl, seinen Fuß auf den Boden des Reichs setzte, um einem Fürstengericht gegen ihn vorzusitzen und einen Richterspruch über ihn zu fällen. Womöglich war der falsche Mönch Hildebrand schon auf dem Weg nach Norden. Die treulosen Großen erwarteten sicher diesen Betrüger, um mit seiner Unterstützung ihren Verrat weiter zu treiben.
Heinrich konnte nicht zulassen, dass sich die feindlichen Kräfte noch enger zusammenschlossen.
Wenn es notwendig war, sich vor dem Heuchler, der sich selbst zu Unrecht Papst nennen ließ, in den Straub zu werfen und um Vergebung zu winseln, so war Heinrich dazu bereit. Es war ein billiger Preis für die Krone des Römischen Reichs, die er vom Vater ererbt hatte und die er dem Sohne einstmals weitergeben würde. Der Augenblick war gekommen, die Initiative zu ergreifen und den Weg nach Rom anzutreten. So rasch wie möglich mussten Heinrich mit seinem Gefolge die Reise durch das Gebirge antreten, auch wenn dem beginnenden Herbste bald ein ungnädiger Winter folgen sollte.

Derweil zogen Ida und Rainald von Worms aus nach Süden. Der König hatte seinem Ritter nach Fürsprache seiner Gemahlin Königin Bertha das an der Werra gelegene Gut Kahlenwerth nebst allem Zubehör und allen Einkünften zu freiem Eigen geschenkt. Das Herrscherpaar hatte dem königlichen Dienstmann und der ehemals Unfreien damit seine Dankbarkeit für die geleisteten Dienste bezeugt. Einen Tag zuvor hatte Pater Eliah, Beichtvater der Königin, ihren Bund in Christi Namen gesegnet.
Auf einem Ochsenkarren, den ein junger Knecht führte, hockte Ida und genoß die Wärme dieses Herbsttages. Ein schwarzer Vogel flog über ihren Köpfen und ließ sich auf einer Buche am Wegesrand nieder, kein Dutzend Schritte entfernt.
Du bringst keinen Tod und kein Verderben, mein lieber Freund, dachte die kleine Frau. Du stehst mir bei in Glück und Unglück, bist ein weiser Mahner und treuer Begleiter.
In der vergangenen Nacht war er ihr sogar im Traum erschienen, groß, kräftig und stark war er herangeflattert. Ida hatte sich erschrocken, der schwarze Vogel aber hatte sich sanft auf ihren Leib gesetzt. Kurz darauf schon war der gräßliche rote Greif auf sie zugestürzt, um sich an ihren Wunden zu laben und ihr Fleisch zu kosten. Der schwarze Vogel aber ließ dies nicht geschehen. Er schrie laut auf, begann mit dem spitzen Schnabel nach dem Untier zu hacken und seine scharfen Krallen gegen das feuerrote Gefieder zu schleudern. Endlich war der Greif laut schimpfend geflohen.
Nun beginnt eine neue Zeit. Wirst du auch weiterhin mich warnen, führen und beschützen?
Der schwarze Vogel hielt still, als die Reisenden an ihm vorüber zogen, dann erst flatterte hinfort.
Rainald war voraus geritten. Plötzlich zog er seinen Rappen am Zügel und zwang ihn zum Halten. Er blickte zurück. Sein Weib Ida strahlte ihn an. Die Zukunft war ungewiss: Krieg, Streit und Unglück oder Freude, Wohlstand und Frieden? Was würde sich ihnen in den gemeinsamen Weg stellen? Würden sie die kommenden Jahre bewältigen mit all den Prüfungen und Herausforderungen? Es waren schwere Zeiten, die noch mancherlei Ungemach und Beschwernis bringen würden.

Gott allein weiß, was kommt. Rainald schenkte Ida ein aufmunterndes Lächeln. *Mit diesem Weib an meiner Seite wird Gottes Gnade uns behüten und das Glück mir treu sein,* dachte Ritter Rainald und trieb den Rappen an.

Biografisch-Historisches
- Verzeichnis der historischen Persönlichkeiten -

Adelheid, Comitissa von Susa, Markgräfin aus dem Geschlecht der Arduine. Mutter Königin Berthas wie auch Adelheids von Turin, Gemahlin des Schwabenherzogs Rudolf von Rheinfelden. Sie griff wiederholt in die Reichspolitik ein, war als Vermittlerin im Streit ihrer beiden Schwiegersöhne König Heinrich und Rudolf von Rheinfelden tätig, verfolgte gleichzeitig aber auch machtbewusst eigene Ziele. Sie war Gegnerin der gregorianischen Reform, galt als klug, schön, temperamentvoll und förderte die Künste in ihrer Markgrafschaft.

Adelheid von Turin, Tochter der Markgräfin Adelheid von Susa, Gemahlin Herzog Rudolfs von Schwaben und Schwester Königin Berthas. 1069 wurde sie wegen des Vorwurfs des Ehebruchs von ihrem Ehemann verstoßen. 1071 nahm Rudolf sie wieder an, gemeinsam hatten sie drei Töchter.

Agnes, Kaiserin und Gemahlin Kaiser Heinrichs III., Mutter Heinrichs IV., wurde nach dem Tode ihres Mannes Regentin, da ihr Sohn noch minderjährig war. Gegen ihre Regierung erhoben sich einige Fürsten, aber erst nach der Schwertleite Heinrichs und dessen damit verbundener Volljährigkeit zog sie sich aus dem weltlichen Leben beinahe vollständig zurück. Sie reiste nach Italien, verbrachte dort längere Zeit in klösterlichen Gemeinschaften und kehrte nur noch selten ins Reich zurück, meist um als Vermittlerin zu wirken.

Berchthold, Königlicher Rat, von Bruno in dessen Buch vom Sachsenkrieg erwähnt

Bertha, Königin, Gemahlin König Heinrichs IV., Tochter der Markgräfin Adelheid von Susa und Schwester Adelheids von Turin, wurde bereits als Vierjährige mit dem Sohn Kaiser Heinrichs III. verlobt und lebte ab diesem Zeitpunkt am Hofe, wahrscheinlich unter der Obhut von Kaiserin Agnes. Die eigentliche Vermählung fand 1066 statt. Über das Verhältnis der Eheleute gibt es sehr kontroverse Mitteilungen in den

Quellen. Einer der heftigsten Widersacher des Königs, der sächsische Geschichtsschreiber Bruno, berichtet von der chronischen Untreue Heinrichs und dessen ausschweifendem Lebensstil. 1069 strengte Heinrich sogar die Scheidung an. Die Begründung, die er dafür gab, ist in den Annalen des Lampert von Hersfeld, ebenfalls ein erklärter Gegner des Königs, überliefert: „Er könne ihr nicht vorwerfen, was eine Scheidung rechtfertige, aber er sei nicht imstande, die eheliche Gemeinschaft mit ihr zu vollziehen." Diesem Begehr wurde von kirchlicher Seite jedoch nicht stattgegeben und auch Heinrichs ablehnende Haltung Bertha gegenüber ließ bald nach, so dass sich seit 1070 bei den Eheleuten Kindersegen einstellte. Bertha war seitdem oft an Heinrichs Seite, ist als Fürsprecherin in zahlreichen königlichen Urkunden bezeugt und begleitete 1076 ihren Gemahl sogar auf seiner Reise nach Canossa.

Berthold von Rheinfelden, Sohn Rudolfs von Rheinfelden, Herzog von Schwaben. Die Identität seiner Mutter ist nicht geklärt wie auch sein Geburtsjahr nicht genau angegeben werden kann. Hans-Jörg Frommer formulierte es folgendermaßen: „Über seiner Herkunft liegt ein eigenartiges Dunkel." Dass er Sohn der Adelheid von Turin war, ist eher unwahrscheinlich. Ihre Mutterschaft zu verheimlichen ergibt keinen Sinn, denn sie war die rechtmäßige Gemahlin des Herzogs. Dass er illegitimer Spross Rudolfs war, ist ausgeschlossen, eine Nachfolge wäre in diesem Fall nicht möglich gewesen. Diese trat Berthold jedoch im Jahre 1079 an. Er muss somit aus einer ehelichen Beziehung Rudolfs von Rheinfelden vor Adelheid von Turin stammen. Der Herzog 1059 war seine erste Ehe mit der damals erst 11jährigen Mathilde, Tochter Kaiser Heinrichs III., eingegangen. Nach der Erzählung des Mönches Ekkehard hatte Rudolf das Mädchen wohl entführt und die Verlobung dadurch bei Kaiserin Agnes erzwungen. Mathilde starb bereits im Folgejahr. Ob sie die Geburt eines Kindes nicht überlebte, ist nicht bekannt. In den Jahren nach Rudolfs Tod berichten die Quellen, Berthold habe unter der schützenden Hand Herzog Welfs und Bertholds von Zähringen gestanden, die auch in der Folgezeit die eigentlichen Regenten waren und den Kampf um das Herzogtum Schwaben gegen Heinrich IV. führten. Berthold trat nicht in Erscheinung, obwohl er bereits ein erwachsener Mann gewesen ist.

Burkhard, Bischof von Halberstadt, stand während der Sachsenkriege in offener Feindschaft zum König.

Dietrich, Bischof von Verdun, stand während des Streits mit Gregor VII. und den oppositionellen Fürsten auf der Seite König Heinrichs, versuchte dennoch nicht die Gunst des Papstes zu verlieren. War beim Osterfest 1076 im Gefolge König Heinrichs in Utrecht, als der Absetzungsbeschluss des Papstes bekannt wurde und der Hof beschloss, seinerseits Gregor als abgesetzt zu erklären. Der Verlesung dieser Sentenz am Folgetag entzog sich Dietrich gemeinsam mit Bischof Pibo von Toul durch eine nächtliche Flucht.

Dietwin, Bischof von Lüttich, stand treu zu König Heinrich IV. und brachte deshalb auch Papst Gregor VII. gegen sich auf. Während der Sachsenkriege 1075 fand König Bertha bei ihm auch Zuflucht. Er selbst stellte nur ein Truppenkontingent, wie Lampert von Hersfeld in seinen Annalen berichtet, nahm selbst aber nicht am Feldzug des Königs teil, womöglich aufgrund seines hohen Alters.

Eberhard, Bischof von Naumburg, stand treu zu König Heinrich IV. seit dessen Kindertagen, blieb eine wichtige Stütze in den Sachsenkriegen und im Investiturstreit.

Egeno von Konradsburg, behauptete 1070 öffentlich, Mitwisser einer Verschwörung des Bayernherzogs Otto von Northeim gegen König Heinrich IV. zu sein. Da Otto sich weigerte, den Anschuldigungen im Zweikampf entgegen zu treten, wurde die Reichsacht über den Herzog verhängt. Offensichtlich handelte es sich bei den Anschuldigungen um ein Komplott, dessen Ziel es war, den Herzog zu entmachten. Anstifter sollen die Grafen Giso II. und Adalbert von Schauenburg gewesen sein. Mit Wissen König Heinrichs sollen sie den Plan dazu geschmiedet haben.

Godobald, Vertrauter Heinrichs, von Bruno in dessen Buch vom Sachsenkrieg erwähnt

Gottschalk von Aachen, seit Ende 1071 in der Kanzlei König Heinrichs als Notar, Schreiber und Diktator tätig. Besonders in der Auseinandersetzung mit Papst Gregor brachte er sein rhetorisches Talent ein. Er entwickelte das Bild der zwei Schwerter weiter, das das Verhältnis von kaiserlicher und päpstlicher Macht beschreibt, und verwendete es in seinen Schriften. Auch verfasste er wichtige Schreiben, unter anderem das Absetzungsschreiben Heinrichs an den Papst, das mit den Worten: „Steige herab, steige herab" endet.

Gregor VII, eigentlich Hildebrand, Mönch und seit 1073 Papst. Er verfolgte mit eiserner Konsequenz die Ziele einer Kirchenreform, die den Primat der geistlichen Macht vor der weltlichen beanspruchten. Ferner stritt er für eine sittliche Reform der Kirche, z.B. für die Durchsetzung des Zölibat, gegen Ämterkauf. Diese Ziele notierte er in dem überlieferten Dictatus Papae. In der Frage der Berufung einiger Bischöfe kam es schließlich zum Bruch mit König Heinrich. Auf dessen Absageschreiben, mit dem er Gregor zur Abdankung aufgerufen hatte und das mit den Worten „Steige herab" endete, antwortete der Papst auf der Fastensynode 1076 mit der Bannung und Exkommunikation Heinrichs.

Heinrich IV., war bereits als Dreijähriger von seinem Vater Kaiser Heinrich III. zum Mitkönig erhoben worden und wurde nach dessen Tode drei Jahre später als römisch-deutscher König durch Wahl der Fürsten bestätigt, führte das Amt jedoch nicht aus. Statt seiner hatte seine Mutter Kaiserin Agnes die Regentschaft bis zu seiner Volljährigkeit inne. Ebenfalls im Kleinkindalter wurde er mit Bertha, der Tochter der Markgräfin Adelheid von Susa verlobt. Die Ehe wurde dann nach Heinrichs Schwertleite 1065 geschlossen. Bereits während der Regentschaft Kaiserin Agnes kam es immer wieder zu Konflikten mit einzelnen Großen des Reiches. Auch nachdem Heinrich die Regierung übernommen hatte und sich seine Mutter für eine klösterliche Lebensweise entschieden hatte, entflammten Aufstände und

Streitigkeiten, die Heinrichs Macht untergruben. Der Hauptvorwurf der Fürsten gegen die königliche Herrschaft lautete, Heinrich bevorzuge Männer aus dem niederen Adel und ehemals unfreie Dienstleute ihnen gegenüber als Ratgeber und Helfer. Auch das Verhältnis zu seiner Ehefrau wird als problematisch geschildert, jedoch sind diese Nachrichten mit Vorsicht zu lesen, denn die Geschichtsschreiber, die von der unmoralischen Lebensweise des Königs berichten, waren Anhänger des Reformpapsttums. Bertha jedenfalls unterstützte ihren Gemahl bei dessen Streit mit Gregor VII., indem sie sich für ihn bei ihrer Mutter verwendete, damit dafür sorgte, dass der Alpenpass der Markgrafschaft Turin für den König durchgängig blieb und der Bußgang nach Canossa damit möglich war.

Konrad (III.), Sohn König Heinrichs VI., geboren am 12. Februar 1074, begleitete seine Eltern auf ihrer Reise zum Papst nach Canossa im Winter 1076. Er hatte noch zwei ältere Schwestern. Sein Bruder Heinrich war 1071 geboren, war jedoch wenig später gestorben. Im Januar 1086 sollte dem Königspaar abermals ein Heinrich geboren werden, der schließlich auch die Königskrone trug. Konrad dagegen hatte zwar 1087 die Königsweihe erhalten, sprach sich dann aber vom Vater los und wechselte ins gegnerische päpstliche Lager. Ein vom König einberufenes Fürstengericht erklärte Konrad daraufhin für abgesetzt und den jungen Heinrich zum Nachfolger des Vaters.

Liemar, Bischof von Bremen, stand treu an der Seite König Heinrichs, stritt für diesen mit den Legaten des Papstes während des Investiturstreits und begleitete den König auf seinem Gang nach Canossa. Von ihm ist die Formulierung überliefert, der Papst, „dieser gefährliche Mensch“, wolle den Bischöfen befehlen, was immer er wolle, als seien sie seine Gutsverwalter.

Mathilde, Tochter Kaiser Heinrich III. und seiner Gemahlin Kaiserin Agnes. Sie wurde im Oktober 1048 geboren und als 11jährige mit Herzog Rudolf von Rheinfelden verheiratet, der zu diesem Zeitpunkt bereits um die 35 Jahre alt war. Über ihr weiteres Schicksal ist nichts überliefert, außer ihr Todesdatum: 12. Mai 1060. Ob sie die Mutter Bertholds von Rheinfelden war, über dessen Geburt ebenfalls keine Quellenbelege existieren, kann nur spekuliert werden.

Moricho, Dienstmann und Truchsess des Königs, sein Name und Stand sind in einer Urkunde vom Oktober 1068 überliefert.

Otto von Northeim, wurde von Kaiserin Agnes während ihrer Regentschaft für ihren Sohn Heinrich mit dem Herzogtum Bayern belehnt. Er fiel dann jedoch einer Intrige des übel beleumundeten Egeno zum Opfer, die offensichtlich von Anhängern König Heinrichs geplant worden war. Otto verlor Lehen und Titel. Als der Aufstand der Sachsen gegen Heinrich losbrach, stellte er sich ihm als Anführer an die Spitze.

Pibo, Bischof von Toul, bereits 1074, als das Verhältnis zwischen König Heinrich IV. und der Reichskirche einerseits und Papst Gregor VII. andererseits noch entspannt war, sorgte Pibo für einen ersten Konflikt. Bischof Udo von Trier hatte aus Rom den Auftrag erhalten, Anschuldigungen eines anonymen Domherren gegen Pibo zu klären. In dem Anschreiben des Papstes war es aber bereits zu einer Vorverurteilung gekommen. Auf der Straßburger Fürstenversammlung zu Weihnachten 1074 wurden den anwesenden Reichsbischöfen die Anschuldigungen des Papstes bekannt gemacht. Diese hätten sich gegen das Vorgehen Gregors verwahrt. Am Osterfest 1076 in Utrecht war es wiederum Pibo, der auserkoren worden war, die vom König erwirkte Absetzung Gregors öffentlich zu verkünden. Dieser Aufgabe entzog er sich jedoch durch eine nächtliche Flucht zusammen mit Bischof Dietrich von Verdun. In den folgenden Jahren ersuchte er immer wieder die Aussöhnung mit dem Papst.

Regenger, Vertrauter des Königs, behauptete, Heinrich IV. habe ihn beauftragt, Herzog Rudolf zu ermorden, überliefert durch Lampert von Hersfeld.

Rudolf von Rheinfelden, sein Geburtsdatum wie auch der Name seiner Mutter sind nicht überliefert, auch die Herkunft seines Vaters Kuno ist nicht vollständig geklärt. Angenommen wird eine Verbindung mit dem burgundischen Königshaus. Er wurde von der Regentin Kaiserin

Agnes mit dem Herzogtum Schwaben belehnt. Zu ihr wie auch zu dem späteren Papst Gregor VII. unterhielt er zeitlebens einen engen Briefkontakt. Besonders Agnes vermittelte immer wieder in den Konflikten zwischen ihm und dem König. Durch Heirat war er zweimal mit dem salischen Königshaus verbunden. In erster Ehe war er mit der 11jährigen Tochter Kaiserin Agnes, Mathilde, verheiratet. Einige Jahre nach deren frühen Tod, nahm er Adelheid von Susa zur Frau, Schwester Königin Berthas. Durch diese verwandtschaftliche Nähe zu König Heinrich entspannte sich auch anfangs das politische Verhältnis zum Herrscher. Wiederholt aufkeimende Gerüchte über Verschwörungen und Attentatspläne, die wohl von beiden Seiten gestreut wurden, vergifteten aber das Verhältnis. Nach der Exkommunikation Heinrichs IV. durch Papst Gregor stellte sich Rudolf offen auf die Seite der oppositionellen Fürsten und wurde von diesen 1077 zum Gegenkönig gewählt.

Rupert, Bischof von Bamberg, hielt während des Investiturstreits zu König Heinrich IV:

Udo II. von Stade, Graf und Markgraf der sächsischen Nordmark, zählte zum aufständischen sächsischen Adel und kämpfte gegen die Königlichen bei der Schlacht bei Homburg an der Unstrut 1075, wo das sächsische Heer eine Niederlage erlitt. Bruno berichtet in seinem Buch vom Sachsenkrieg, dass Udo dabei auf seinen Vetter Herzog Rudolf von Rheinfelden gestoßen sei, der im gegnerischen Lager kämpfte. Beide hätten dabei erbittert mit dem Schwerte gestritten. Der Markgraf hätte den Rheinfeldener so gewaltig ins Gesicht getroffen, dass er ihm den oberen Teil des Kopfes gänzlich abgehauen hätte, wenn nicht die vorspringende Nase des Helms den Herzog zuverlässig geschützt haben würde.

Udo, Bischof von Trier, war zwar oft an der Seite des Königs anzutreffen, kämpfte auch im Sachsenkrieg in dessen Lager, tat sich aber auch sehr als Vertrauter Papst Gregors hervor. Diese Position nutzen er und die

Kontrahenten des Investiturstreits wiederholt, um den Bischof als Vermittler einzusetzen.

Welf, Herzog von Bayern, wurde nach dem Sturz Otto von Northeims vom König mit dem Herzogtum Bayern belehnt. Dennoch stand er immer wieder in Opposition zu Heinrich IV. und näherte sich politisch dem Schwabenherzog Rudolf von Rheinfelden an. Nach der Exkommunikation Heinrichs war er zusammen mit Rudolf eine wichtige Stütze der Reformkleriker um Papst Gregor. Nach der Wahl Rudolfs zum Gegenkönig wurde er jedoch geächtet und floh nach Ungarn.

Werner, Bischof von Straßburg, wurde von König Heinrich 1065 zum Bischof erhoben, obwohl er erst 16jährig war. Beide verband eine enge Freundschaft. Gleichzeitig blieb Werner auch ein erklärter Gegner des Reformpapsttums, denn sowohl seine Erhebung in das geistliche Amt, als auch seine Lebensweise entsprachen nicht den Forderungen der Reformer. Wiederholt zog er sich den Unmut der Päpste zu, wurde ermahnt, pilgerte sogar als Büßer nach Rom, um sich zu versöhnen. Dem Zölibat unterwarf er sich dennoch nicht. Daraufhin kam es zu Eskalation im Streit zwischen Papst und König, im Verlaufe dessen sich Werner treu auf Seiten Heinrichs hielt. Wie dieser wurde er vom Papst exkommuniziert, mit ihm zog er nach Canossa und als er erfuhr, dass die oppositionellen Fürsten planten, den Schwaben Herzog zum Gegenkönig zu wählen, griff er gemeinsam mit anderen königstreuen Bischöfen die Ländereien des mit Rudolf verbündeten Zähringers an. Dabei soll er tot vom Pferde gefallen sein, als er den Befehl gab, die Abtei Hirsau zu plündern.

Werner, Bischof von Merseburg, stand auf Seiten der aufständischen Sachsen und wurde 1075 vom König inhaftiert.

Wilhelm, Bischof von Utrecht, war einer der treuesten Unterstützer König Heinrichs IV. Blieb an dessen Seite auch nachdem der Papst den Herrscher exkommuniziert hatte. An Ostern 1076 übernahm er die zuerst Pibo von Toul zugedachte Aufgabe den Papst als abgesetzt zu erklären. Er starb wenig später.

Nachwort

- Achtung Spoiler! -

„Unterdessen, als die Nachricht vom Bann des Königs der Menge zu Ohren kam, erzitterte unser ganzer römische Erdkreis."

Jahrzehnte nach dem Bannspruch Gregors VII. im Jahre 1076 beschrieb mit diesen Worten der Bischof Bonizo von Sutri den Ausbruch jener erbarmungslosen Auseinandersetzung zwischen König und Papst, der als Investiturstreit in die Geschichte eingehen sollte und der bürgerkriegsähnliche Dimensionen annahm, als sich auch die Großen des Reiches in den Kampf um Vorrechte einschalteten. Dem politischen Erdbeben des Jahres 1076 war ein langes Grummeln unter der Oberfläche, waren leichte Erschütterungen und erste Vorbeben vorausgegangen. Die Zeitgenossen hatten die Spannungen spüren können, noch bevor es zur Eskalation kam. Gegenseitiges Misstrauen, Intrigen und Verdächtigungen hatten schon viele Jahre zuvor das politische Klima im Reich vergiftet. Aufstände erschütterten die bisherige Ordnung.

Zeiten des Umbruchs sind reizvoll als Untersuchungsgegenstand für den Historiker, ideal sind sie jedoch als Kulisse für einen Kriminalroman.

Die Entscheidung für die zeitliche Einordnung der Krimigeschichte rund um die fiktiven Detektive Ida, Rainald und Eliah fiel somit nicht schwer: Ein Mord am Hofe König Heinrichs IV., am Vorabend des Investiturstreits. Der grobe Handlungsrahmen war durch die historischen Fakten festgesteckt.

Die mittelalterlichen Quellen, Urkunden wie auch die Erzählungen der Geschichtsschreiber, berichten vom weihnachtlichen Hoftag in Straßburg 1074, von den Streitereien der anwesenden Fürsten, vom Aufstand der Sachsen, dem Schicksal Ottos von Northeim, der Schleifung der Harzburg und von Heinrichs erbarmungslosen Gegenschlag, schließlich auch vom Streit zwischen König und Papst mit der Bannung des Königs durch den erzürnten Papst.

Jede Stufe der Eskalation wird bei den Geschichtsschreibern erzählt oder hat ihren Niederschlag in Briefen und Urkunden gefunden.

Dennoch bleiben viele Unklarheiten, sind aus der Distanz von fast 950 Jahren einige Umstände nicht mehr zu klären. Hier war erzählerische Fantasie gefragt. Erstaunlicherweise sind die familiären Verhältnisse der handelnden Personen, allen voran denen aus dem salischen Königshaus, wie auch Herzog Rudolfs von Rheinfelden, nicht überliefert. Diese Lücken schrieen regelrecht danach, mit fiktiven Handlungssträngen gefüllt zu werden. So erhielt der Herzog von Schwaben im Roman wieder eine Familie zuzüglich einiger fiktiver Freunde und Vertrauter mit entsprechenden Geschichten.
Besonders einladend präsentierte sich dabei Rudolfs Sohn Berthold, über den die Quellen überraschenderweise keine genauen Angaben machen. Weder sein Geburtsjahr, noch der Name seiner Mutter oder die Umstände der Geburt sind in den schriftlichen Quellen verzeichnet. Überliefert sind lediglich Spekulationen über eine mögliche Entführung der kindlichen Kaisertochter Mathilde durch den Rheinfeldener und der Tod des Mädchens nur ein knappes Jahr später.
War sie die Mutter des kleinen Berthold? Wurde er geboren als Frucht einer Vergewaltigung? War Mathildes kindlicher Körper an den Strapazen dieser Entbindung zerbrochen? Die zahlreichen Fragen, die sich aus den Überlieferungslücken ergaben, führten hin zu der Geschichte eines geistig unterentwickelten jungen Mannes und seiner tragischen Geburt.
Ebenso erging es den Scheidungsaffären der beiden Schwestern Adelheid und Bertha, die in den Quellen lediglich angedeutet werden, im Roman aber einer Ausschmückung bedurften.
Es können noch weitere Beispiele für historische Fakten genannt werden, die ausfabuliert wurden, um sich um die Mördergeschichte zu ranken.
So erfahren wir bei Lampert von Hersfeld von jener bedauernswerten Frau, die ein wütender Mob während des Kölner Aufstandes gegen Bischof Anno 1074 als vermeintliche Hexe von den Mauerzinnen stieß. Ein Schicksal, das Bertha im Roman für ihre eigene Person fürchtete.

Die kurze Notiz in einer französischen Chronik über den Einsturz des Straßburger Münsters während eines schrecklichen Unwetters am Weihnachtstag 1074, just als der König mit seinem Gefolge und den Großen des Reiches in der Stadt Hoftag feierte, war schließlich Inspiration für die Mordgeschichte. Leichenfund und Schwarze Magie passten bestens zu dem historischen Unglück einer stürmischen Winternacht.
Selbstverständlich fanden auch kurze Berichte wie beispielsweise jener über den Blitzeinschlag in die Kirche Sankt Peter in Utrecht unmittelbar nach der Absetzung Gregors durch Heinrich und die Quellennotiz über den Tod der kleinen Königstochter Adelheid in Speyer im Juni 1076 Eingang in den Roman.
Jedoch sollten die historisch belegten Personen nicht nur schmückendes Beiwerk sein. Ihre Streitigkeiten, Ängste und Wünsche, ihre so ganz und gar mittelalterlichen Ideen und ihr oft eigenartig anmutendes Handeln sind ihrer Epoche geschuldet. Das 11. Jahrhundert ist nicht Rahmen, sondern Bedingung für jene Geschichte um einen Mord am Hofe des Königs. Es bestimmt das Verhältnis der Personen zueinander, seien sie nun fiktiv oder historisch belegt, und sie lenken deren Handlungen. Missgunst und Argwohn, vor allem aber der Zwiespalt zwischen Treueschwur und Frömmigkeit, zwischen weltlicher Macht und göttlicher Gnade ist ein zutiefst mittelalterlicher. Heute ist es kaum noch vorstellbar, dass ein Kirchenoberhaupt ein Staatsoberhaupt aus der Kirche ausschließt, noch weniger jedoch vermag man sich vorzustellen, wie dies auf dessen mittelalterliche Untertanen gewirkt haben mag.
Für sie erbebte der Erdkreis. Das Ungeheuerliche war geschehen.
Abschließend muss erwähnt werde, dass es - selbstverständlich - das Chronicon Novalese gibt. Es wurde tatsächlich auf Befehl der Markgräfin und Königinmutter Adelheid von Mönchen in deren Hauskloster Novalese aufgeschrieben. Darin wird die Geschichte vom Schatz des Romulus im Berge Rocciamelon erzählt, ohne allerdings den Weg zum Gold und zu den Edelsteinen zu verraten. Diese zweite Fassung, der Kuniza gnadenlos nachjagte und die Auslöser war für Leid und Tod, ist ebenfalls Produkt schriftstellerischer Fantasie.

Herstellung und Verlag: BoD – Books on Demand, Norderstedt
ISBN: 9783754317686

Lightning Source UK Ltd.
Milton Keynes UK
UKHW010636090821
388558UK00002B/349